Robert Littell

Das STALIN Epigramm

Roman

Aus dem Amerikanischen von
Werner Löcher-Lawrence

ARCHE

Für meine Muse Stella, für die
die Sterne »immer noch tanzen«.
(um ein Bild aus Philip Sidneys
»Astrophel und Stella«, 1591, auszuleihen)

»... et chacun effectuera avec son âme,
telle l'hirondelle avant l'orage,
un vol indescriptible.«
Ossip Emiljewitsch Mandelstam

»Unter Pharisäern stehe ich – allein.
Kein Spaziergang ist das Leben.«
Aus Boris Pasternaks verbotenem Gedicht
»Hamlet«, das seine Freunde voller Trotz
bei seiner Beerdigung 1960 verlasen

In diesem Buch melden sich zu Wort:

Nadeschda Jakowlewna Mandelstam, »Nadenka« für ihren Mann, den Dichter Ossip Emiljewitsch Mandelstam. Sie ist vierunddreißig Jahre alt, als wir ihre Stimme 1934 zum ersten Mal hören.

Nikolai Sidorowitsch Wlasik, Stalins persönlicher Leibwächter und gelegentlich auch der Fotograf der Familie. Er ist Mitte dreißig, als wir ihn in der Villa von Maxim Gorki treffen.

Fikret Trofimowitsch Schotman, ein bekannter sowjetischer Gewichtheber, ist zweiunddreißig, als wir ihm begegnen. Schotman, der aus Aserbaidschan stammt, gewann bei den europäischen Spielen in Wien 1932 die Silbermedaille. Wenig später zog er sich wegen einer verpfuschten Knieoperation aus dem Wettkampfsport zurück. Nach dem abrupten Ende seiner Gewichtheberlaufbahn trat er als »Kraftmensch« im Zirkus auf.

Anna Andrejewna Achmatowa, geborene Anna Gorenko, war eine enge Freundin von Ossip Mandelstam und Boris Pasternak und eine so bekannte wie bewunderte Dichterin, wenn die Kommunisten Mitte der Zwanzigerjahre auch die Veröffentlichung ihrer Werke verboten. 1911 in Paris war sie die Geliebte des damals noch wenig bekannten italienischen Malers Amedeo Modigliani und saß ihm, groß und schlank, wie sie war, für Aktporträts Modell. In den Augen ihres

Vaters war die Achmatowa eine »dekadente Dichterin« (er verbot ihr, als Dichterin den Familiennamen Gorenko zu benutzen), für die bolschewistischen Kulturwächter »halb Nonne, halb Hure«. Sie ist fünfundvierzig Jahre alt, als wir sie auf den Seiten dieses Buches kennenlernen.

Zinaida Zaitsewa-Antonowa, eine sehr junge, sehr hübsche Theaterschauspielerin, ist eng mit den Mandelstams bekannt.

Ossip Emiljewitsch Mandelstam, »Ossja« für seine Frau Nadeschda, etabliert sich mit der Veröffentlichung seines ersten Gedichtbandes *Der Stein,* 1913, in den Augen von vielen als *der* große russische Dichter des zwanzigsten Jahrhunderts, eine Einschätzung, die Stalin eindeutig teilte.

Boris Leonidowitsch Pasternak, Sohn des Malers Leonid Ossipowitsch Pasternak, ist ein berühmter Dichter und 1934 vierundvierzig Jahre alt. Sein erster Gedichtband *Zwilling in Wolken* kam 1914 heraus und mag erklären, warum ihm Stalin, der eine gewisse Bewunderung für Pasternak hegte, den Spitznamen »der Wolkenbewohner« gab. Pasternak brauchte Jahre, bis er anerkannte, dass es Stalin selbst war, und nicht die hinter seinem Rücken operierenden Tschekisten, der für die Deportationen, die Säuberungen und Hinrichtungen verantwortlich war.

Eins

Nadeschda Jakowlewna
Samstag, 13. Januar 1934

Am kommenden Maifeiertag sind es fünfzehn Jahre, dass sich unsere Lebenslinien in einer schlaflosen Nacht in Kiew miteinander verbanden, im *Ramschladen,* einer schäbigen Künstlerkneipe. Seitdem habe ich Mandelstam bei zahllosen Lesungen erlebt, was meinen Gefallen an der Poesie seiner Gedichte keineswegs schmälert. Es gibt immer wieder Momente, da mich die unbeschreibliche Schönheit seiner Worte zu Tränen rührt. Durch das Ohr aufgenommen nehmen sie eine andere Dimension an als mit den Augen vom Papier gelesen. Wie kann ich dieses Wunder erklären, ohne wie seine vernarrte, in blinder Bewunderung für ihn schwelgende Frau zu klingen? Dieser nervöse, dickköpfige, lebensfrohe *Homo poeticus* (so beschrieb Mandelstam sich leichthin selbst, als er seine erste Zigarette von mir schnorrte, damals im *Ramschladen,* was mir längst wie der Teil einer früheren Inkarnation vorkommt), dieser nervöse Liebhaber (von mir und verschiedenen anderen) ist beim Rezitieren wie verklärt und wird zu einem – zu etwas – anderem. (Es muss nicht extra gesagt werden, aber lassen Sie es mich dennoch tun: Wenn er sich so verwandelt, verwandele auch ich mich.) Unbeholfen fährt er mit dem Arm durch die Luft, und die Haltung seines Körpers spiegelt Reim und Rhythmus des Textes und die vielfältigen darin verborgenen Bedeutungen wider. Den Kopf in den Nacken gelegt, fährt der unverwechselbare semitische Adamsapfel hinter der fast durchsichtig dünnen Haut seiner blassen Kehle auf und ab. So verliert Mandelstam sich völlig an diese Sache, die wir Dichtung nennen. Er *wird* das Gedicht.

Wenn er zu Beginn eines solchen Abends am Lesepult erscheint, kommt es für gewöhnlich zu einigen kaum verhohlenen Heiterkeitsbezeugungen, wirkt er doch aufgeregt und bühnenscheu und ist gekleidet wie zu seiner eigenen Beerdigung. An jenem Abend, den ich hier beschreibe, trug er seinen einzigen Anzug (aus dunklem, kratzigem Wollköper, gekauft in einem Devisenladen mit Coupons, die ich mit dem Erlös aus einer kleinen Erbschaft erworben hatte), dazu eine Seidenkrawatte (ein Mitbringsel von seiner Reise nach Paris, vor der Revolution), die um einen gestärkten, abnehmbaren Kragen gebunden war. Mandelstam liest so, wie es nur der Schöpfer des Gedichtes vermag: mit einer kleinen Atempause, einem unhörbaren Einatmen an Stellen, wo die Verse brechen, sich neigen oder auf sich selbst zurückverweisen. Diese Pausen sind notwendig, um die Bedeutung eines Mandelstam-Gedichtes zu verstehen. Ich habe mich mit einigen von Ossjas »ersten Lesern«, wie er sie nennt, ausgetauscht (er liest vor, sie hören zu), und die verständigeren von ihnen sagen einhellig, dass er während des Lesens den jeweils nächsten Vers zu erfinden scheint. Was dem Zuhörer, der das Gedicht doch bereits kennt, das unheimliche Gefühl vermittelt, er hörte die Verse zum ersten Mal – dass es sie vorher noch nicht gegeben hätte und sie nicht längst komponiert, überarbeitet, poliert, memoriert, von seiner Wenigkeit auf Zwiebelhautpapier notiert und in Teekannen, Schuhen und Damenunterwäsche versteckt worden wären, in der Hoffnung, dass die Tschekisten, sollten sie ihn holen kommen, nicht auch sein Werk verhaften können.

Wie ein Vers und dann, nach einer Atempause, der nächste Vers gleichsam frisch geprägt von seinen Lippen fließt, das, meine Lieben, macht das Innerste, die Seele einer Mandelstam-Lesung aus. Aus Gründen, die ich nicht verstehe, ist dieser Effekt immer dann zu beobachten, wenn er ein Liebesgedicht liest – besonders, wenn das fragliche Liebesgedicht nicht an mich gerichtet ist, seine beste Freundin, Waffengefährtin und gesetzlich angetraute Frau, sondern, was an diesem Abend der Fall war, an den Federbusch der schlanken Theaterschauspielerin, die auf einem Klappstuhl in der ersten Reihe der schmuddeligen Redaktion der *Literaturnaja Gaseta* neben mir saß. Ich hatte mich bei ihr eingehakt, und mein Handrücken streifte wie unachtsam über die Wölbung ihrer wunderschönen Brust.

Vorn am Pult wandte sich Mandelstam ab, um einen Schluck Wasser zu trinken, bevor er das letzte Gedicht des Abends vortrug. Die Schauspielerin, die ihren Bühnennamen Zinaida Zaitsewa-Antonowa auch außerhalb des Theaters benutzte, beugte sich zu mir hin und drückte dabei ihre Brust gegen meine Hand. »Welches Gedicht kommt jetzt, Nadeschda Jakowlewna?«, hauchte sie mit einer lüsternen Heiserkeit in der Stimme.

»Das, welches er für Sie geschrieben hat, meine Liebe: *Meisterin der schuldbewussten Blicke*.«

Mandelstam stellte das Glas Wasser ab. »*Meisterin der schuldbewussten Blicke*«, begann er, legte sich die kurzen

Finger einer Hand auf den kahl werdenden Schädel, und sein Blick brannte sich in die Augen der Frau neben mir.

»Bewohnerin der schmalen Schultern, liebenswert:
Aller Männerstarrsinn – zahmgeknickter …«

Ich neigte den Kopf zu Zinaida hin. »Heute Abend müssen Sie sich schicklich aufführen«, ermahnte ich sie. »Sie müssen aufhören, ihn so zu reizen.«

»Aber ich reize doch Sie«, antwortete sie flüsternd und schlug verspielt mit dem Ende des vor ihrer Brust hängenden Zopfes gegen meine Fingerknöchel. »Sie erregen mich genauso wie er.«

»Lippenwinzling, fliegend-rot betont –
Warum ist (wie bei einem Janitscharen)
Mir so köstlich dieser halbe Mond?

Türkenmädchen, liebes, sei nicht böse,
Nähe mich mit dir ins blinde Tuch …«

»Im Osmanischen Reich«, erklärte ich Zinaida und naschte mit den Lippen von ihrem Ohr, »wurden ehebrecherische Ehefrauen mit ihren Liebhabern in einen Sack genäht und ins Meer geworfen.«

Den Blick nicht von Mandelstam nehmend, murmelte sie, und ihre roten, herzzerreißend niedlichen Lippen bewegten sich dabei kaum: »Oh, so zu ertrinken, dagegen hätte ich nichts.«

»Ich steh an der unbeugsamen Schwelle.
Geh doch. Geh schon! Bleib …«

»*Unbeugsam*«, wiederholte Zinaida.

»Unbeugsam und hart«, sagte ich mit einem anzüglichen Kichern.

Die anderen elf Seelen, die dem winterlichen Schneesturm draußen getrotzt hatten, um zu Mandelstams Lesung zu kommen, brachen in glühenden Applaus aus. Zwei, drei der jüngeren Zuhörer stampften mit den Galoschen auf die schweren Bodendielen. Der Leiter der *Literaturnaja Gaseta,* ein mutiger Mann, der Mandelstam veröffentlicht hatte, als er noch veröffentlicht werden durfte, war bitter enttäuscht gewesen, als so wenig Leute kamen, und gab der Witterung die Schuld. Wenn mein Mann während der letzten Jahre auch wenig hervorgetreten sei, gebe es immer noch viele Lyrikliebhaber, die in ihm eine Ikone sähen, hatte uns der Redakteur versichert. Nur zu gerne glaubten wir ihm das, waren uns aber längst nicht mehr so sicher wie noch in den späten Zwanzigern, als Mandelstam mit seinen Lesungen kleine Konzertsäle füllte.

Mandelstam atmete plötzlich schwer (er litt gelegentlich unter starkem Herzklopfen), wankte wie betrunken, tat einen Schritt zur Seite und hielt sich bei der Verbeugung am Pult fest.

»Hat er getrunken?«, fragte mich Zinaida über den Lärm hinweg.

»Eine halbe Flasche georgischen Wein, um seine Nerven zu beruhigen«, erklärte ich ihr. »Aber er ist nicht betrunken, wenn Sie das meinen. Ich habe Mandelstam, wenn überhaupt, immer nur worttrunken erlebt.«

Hinten im Raum stand die Lektoratsleiterin eines staatlichen Verlages, die als »die Taube« bekannt war (es wurde allgemein vermutet, dass sie die Tschekisten darüber informierte, wer sich bei Veranstaltungen wie dieser womit zu Wort meldete) und jetzt rief: »Wenn jemand Fragen hat ...«

Ich hob warnend den Finger in Richtung meines Mannes und hoffte, ihn dazu bewegen zu können, den Abend zu beenden. Ich hatte Angst, die Taube könnte ihn zu einer Aussage provozieren, die uns unseren Aufpassern gegenüber in Schwierigkeiten bringen würde. Als Mandelstams Überlebensinstinkt (genau wie meiner) noch stärker gewesen war als sein feines Gespür für richtig und falsch, vermochte er geschickt heiklen Themen auszuweichen. Aber so war es nicht mehr. In den Monaten nach unserer Krimreise, auf der wir klapperdürre, völlig erschöpfte Bauern erlebt hatten, Opfer des Stalin'schen Kollektivierungswahns, die uns auf den Bahnhöfen entlang des Weges um Brotkrusten anbettelten, nahm Mandelstam trotz aller Gefahr kein Blatt mehr vor den Mund. Wann immer einer seiner Bekannten während der letzten Wochen in unsere Küche getreten war, hatte er ein paar Zeilen aus einem alten Gedicht von 1931 zitiert: »*Wie gern möcht ich mich in ein Spiel vertiefen, Wie Kinder unbeschwert die Wahrheit reden*«, und ich lebte in der Furcht, dass er genau das tun würde – dass er öffentlich Dinge wiederholte, die er bislang nur engen Freunden gegenüber geäußert hatte: über den Mann, den er den »Gebirgler im Kreml« nannte, über das vollkommene Scheitern der bolschewistischen Revolution, was die Verbesserung des Loses der einfachen Leute betraf, und darüber, dass Russland zu einem weit schlimmeren Polizeistaat als unter den elenden Zaren geworden war und die kommunistischen Apparatschiks den Dichtern das Recht nahmen, langweilige Gedichte zu schreiben.

Mit einer höflichen Handbewegung erlaubte Mandelstam der Frau, ihre Frage zu stellen.

»Sagen Sie uns, Ossip Mandelstam, wie entstehen Ihrer Erfahrung nach Gedichte?«

»Wenn ich da sicher wäre, würde ich noch mehr schreiben als sowieso schon.« Mandelstam genoss das Lachen, das seine Antwort hervorrief. »Um aber dennoch eine Antwort zu versuchen«, fuhr er fort, als sich die allgemeine Heiterkeit gelegt hatte, »Pasternak behauptet, dass der Dichter seine Bilder nicht erfindet, sondern von der Straße aufliest.«

»Wollen Sie damit sagen, dass ein Dichter so etwas wie ein Müllkutscher ist?«, fragte die Taube.

»Die kapitalistische Gesellschaft scheidet Müll aus«, konstatierte Mandelstam und lächelte der Taube über die Köpfe der Zuhörer hinweg milde zu. »Unsere sozialistischen Sowjetrepubliken produzieren keinen Müll, was auch das Fehlen von Müllkutschern erklärt.«

Damit erntete er ebenfalls Lachen. Ein Funktionär der Moskauer Stadtkooperative war vor Kurzem verhaftet worden, weil er nicht ausreichend Müllkutscher eingestellt und so die Arbeit der hauptstädtischen Abfallbehörde sabotiert hatte.

»Kein Müll, keine Müllkutscher«, stimmte ihm Zinaida murmelnd zu. Sie tat es auf eine Weise, die mein Herz mit Eifersucht erfüllte: Einen Wimpernschlag lang klang sie wie Mandelstam selbst.

»Was ist mit der Achmatowa?«, fragte ein begeisterter junger Dichter in der Reihe hinter mir.

»Auf Anna Achmatowa«, sagte Mandelstam, »trifft der Ausdruck zu, dass sie Gedichte *schreibt*. Bei ihr ist es tatsächlich so, dass sie ein Heft öffnet und die Verse *hineinschreibt,* die sich in einer Phase prälyrischer Unruhe, wie sie es nennt, in ihrem Kopf gebildet haben. Ich selbst habe erlebt, wie sie einzelne Zeilen, die sich noch nicht in ihr gebildet hatten, zunächst durch eine Reihe Punkte ersetzte, um sie später nachzutragen.« Mandelstam schloss die Augen, legte den Kopf in den Nacken und rezitierte aus einem Gedicht Anna Achmatowas, das wie so viele andere ihrer neueren Gedichte unveröffentlicht geblieben war.

»O wüsstet ihr, aus welchem Unrat, Miste,
die Verse wachsen …
Ein Wutschrei, Teergeruch, gar heilsam, nüchtern.
Geheimnisvoller Schimmel an der Wand.
Schon meldet sich ein Verslein, zärtlich, schüchtern –«

»Genug von Pasternak und Achmatowa«, rief Zinaida. »Woher kommen Mandelstams Gedichte, Ossip Emiljewitsch?«

Mandelstam schenkte ihr ein verschwörerisches kleines Lächeln, als hätten sie genau darüber schon an einem ihrer sogenannten literarischen Abende gesprochen. »Ein Gedicht beginnt mit einer kaum hörbaren Stimme im Ohr, lange bevor sich die Verse ausbilden«, antwortete er. »Sie signalisiert, dass die Suche nach verlorenen Worten eingeleitet wurde. Meine Lippen bewegen sich dann stumm, sagt man mir, bis sie unzusammenhängende Begriffe oder Ausdrücke formen. Nach und nach wird diese innere Stimme jedoch deutlicher und bildet Bedeutungseinheiten, worauf das Gedicht wie eine Faust gegen das Fenster schlägt. Für mich vollzieht sich das Schreiben von Lyrik in zwei Phasen: Wenn sich die ersten Worte zu erkennen geben und wenn die letzten wie fremde Splitter im Körper des Gedichtes steckenden Worte durch die richtigen ausgetrieben werden.«

»Gott, er stellt es so einfach dar«, sagte Zinaida, während wir unten im Eingang warteten. Mandelstam signierte noch schmale Ausgaben seiner frühen Lyrik und aus Zeitungen ausgeschnittene neuere Gedichte (von denen es nicht viele gab, hatten unsere Aufpasser doch entschieden, dass Mandelstam nichts zum Aufbau des Sozialismus beitrug). »Ich könnte auf die innere Musik lauschen, bis die Arktis schmilzt«, fuhr Zinaida mit einem Theaterseufzen fort, »und würde doch nie ein Gedicht schreiben können.«

»Mandelstam«, informierte ich die junge Schauspielerin, nach der wir uns beide verzehrten, »ist mit einer göttlichen Gabe gesegnet: Entweder hat man sie, oder man hat sie nicht. Wenn ja, werden einem Musik und Worte gleichsam auf einem Silbertablett serviert.«

»Stimmt es, Nadeschda, dass Sie, wie die Leute sagen, jedes einzelne seiner Gedichte auswendig kennen?«

»Natürlich kenne ich seine frühen Gedichte äußerst gut, die aus der Zeit bis vor sechs Jahren, als er noch veröffentlicht wurde. Seitdem sorgen unsere literarischen Aufpasser dafür, dass so gut wie keine Mandelstam'sche Lyrik mehr gedruckt wird. Was ihn in den späten Zwanzigern in eine Phase der, wie er es nennt, Taubstummheit stürzte, während der er kein einziges Gedicht schrieb. Alles, was er danach schuf, musste und muss ich auswendig lernen und wiederhole es Tag für Tag. So werden die Gedichte überleben, falls ihm selbst etwas zustoßen sollte.«

»Und was, wenn auch Ihnen, was Gott verhüten möge, etwas zustoßen sollte?«

Damit traf die kleine Spötterin eine wunde Stelle. Ich fragte mich, ob Mandelstam mit ihr darüber gesprochen hatte, was, wie ich ihn kannte, sicher der Fall war. Intime Geheimnisse waren eine unfehlbare Möglichkeit, das Vertrauen einer Frau zu gewinnen und sie so davon zu überzeugen, dass man sie nicht mit Gewalt dazu verführen würde, in einen Akt einzuwilligen, der letztlich gewalttätig war. »Da legen Sie den Finger auf eine wunde Stelle«, gab ich zu. (Auch ich selbst scheute nicht davor zurück, einen Mann oder eine Frau mittels intimer Geheimnisse in mein Bett zu locken.) »Mandelstam hegt so geringe Illusionen über sein eigenes Überleben wie über das seines Werkes. Seit Stalin verfügt hat, dass nichts veröffentlicht werden darf, das der Parteilinie widerspricht, hält er sein Schicksal für besiegelt. Machen wir uns nichts vor: Ein unveröffentlichter Dichter erregt nicht mehr Aufsehen als ein Baum, der in einem fernen Wald unbemerkt umstürzt. Stalins Haltung, die sich am Ende auf ein *Entweder seid ihr für uns oder gegen uns, meine Lieben* reduziert, lässt Menschen wie Mandelstam keinen Raum. Wobei, meine liebe Zinaida, mein Mann nicht nur an sein literarisches Vermächtnis gedacht hat, als er mich ermutigte, seine Gedichte auswendig zu lernen. Da wir uns entschieden haben, keine Kinder in die Welt zu setzen, ist er zu der Überzeugung gelangt, dass ich als letzte Hüterin seines Werkes auch nach ihm noch Lebenswillen empfinden werde.«

»Und hat er damit recht?«

Ich muss wohl mit den Schultern gezuckt haben. Wenigstens versuche ich so für gewöhnlich, der Antwort auf eine dumme Frage zu entgehen. Wer vermag schon zu sagen, was einen jenseits der schwer abzulegenden Gewohnheit zu atmen, kurzzeitiger körperlicher Erfüllung oder der tiefen Befriedigung, die Mächtigen zu enttäuschen, die einen tot sehen wollen, noch dazu bringen kann, sich ans Leben zu klammern?

Zinaida betrachtete ihr Spiegelbild in der Glastür. »Wenn mein Mann in einem Lager verschwinden sollte, würde das all meine Probleme lösen. Sie haben bereits angefangen,

Agronome zu verhaften, weil die Schlangen vor den Bäckereien immer länger werden.« Sie wiegte den hübschen Kopf hin und her, um zu zeigen, dass sie das nur im Spaß sagte, aber ich wusste gut genug über ihre Ehe Bescheid, um zu begreifen, dass sie es zumindest halb ernst meinte. Ihr Mann war zwölf Jahre älter als sie und hatte wenig Interesse an Theater und Kunst. »Dann könnte ich mich scheiden lassen, die Wohnung behalten und dürfte in Moskau bleiben.«

Mandelstam kam herunter, bevor ich sie darüber aufklären konnte, dass die Frauen von verhafteten Volksfeinden dieser Tage meist mit ihren Männern ins Exil geschickt wurden. Als Zinaida ihn sah, zog sie die schäbige Fuchsstola um ihren zarten Hals so zurecht, dass der Kopf des Tieres mit seinen so reglos wie gleichgültig in die Welt blickenden Knopfaugen auf ihrer Brust ruhte. Mandelstam sah es gleich, und er ließ nichts, was er für sexuell anzüglich hielt, unkommentiert. »Zum ersten Mal in den dreiundvierzig Jahren meiner Existenz werde ich ganz grün vor Eifersucht auf einen toten Fuchs«, bekannte er, worauf Zinaida kokett den Blick abwandte. (Sie war, wie Sie sich erinnern werden, die Meisterin – und wie ich hinzufügen möchte, auch die Herrin – der schuldbewussten Blicke.) Ich zog den abgewetzten Kragen meines Wintermantels fester um den Hals und zerrte die schwere Tür des Gebäudes auf. Der Mantel stammte von meiner verstorbenen Tante und war, wollen Sie meinem Mann Glauben schenken, aus Stinktierfell. Eiskalte, schneegefüllte Luft versengte uns die Gesichter. Mandelstam zog die Ohrenklappen seiner pelzgefütterten Mütze herunter. »Zigaretten«, verkündete er, hakte sich bei uns unter und schob uns hinaus auf die winterliche Moskauer Straße.

Wie viele Männer – vielleicht sollte ich sagen, wie die meisten Männer – segelte Mandelstam mit der Last etlicher Manien durchs Leben. So lebte er in der ständigen Angst, dass ihn eines Tages seine Muse und seine Erektion verlassen würden, und gleichzeitig ließ ihn die Angst vor der Angst nicht los. Er dachte kaum darüber nach, woher der nächste Rubel oder der nächste Währungscoupon kommen würde, sondern nahm einfach an, sollte er das eine oder andere brauchen, würde ich es schon auf irgendeine wundersame Weise beschaffen, was tatsächlich meist der Fall war. Allerdings kam er fast um vor Sorge, dass ihm mitten in der Nacht die Zigaretten ausgehen könnten, wenn ihn die Stimme in den Ohren aus seinem unruhigen Schlaf riss und er stundenlang rastlos durch die winzigen Räume der Wohnung wanderte, die wir glücklicherweise ergattert hatten, Zigarette um Zigarette rauchte und auf die Ankunft jener unzusammenhängenden Worte und Ausdrücke wartete, die sich zu einem Gedicht fügen würden. Und so führte er uns, nachdem er von den Zuhörern oben zwei Zigaretten geschnorrt und dabei bemerkt hatte, dass nur noch fünf Herzegowina Flor in seinem zerdrückten Päckchen waren, auf eine verrückte Suche nach billigem Nachschub. Mandelstam hielt den weißen Knauf des Stocks umfasst, den er seit einiger Zeit benutzte, geriet er doch gelegentlich in Atemnot, und gemeinsam senkten wir die Köpfe, um uns vor dem beißenden, tränentreibenden Schneesturm zu schützen, und zogen durch die Kaffeestuben und Kantinen des Viertels, in der Hoffnung, ein frisches Päckchen Zigaretten erbetteln oder kaufen zu können, eventuell auf Pump. An unserer dritten Station, der bis spät geöffneten, in einer schmalen Gasse hinter dem Kremlbahnhof versteckten Kantine für Straßenbahnarbeiter, fand Mandelstam endlich, was er suchte (eine zwielichtige Gestalt, die behauptete, eine Konzession dafür zu haben, einzelne, in eine Zigarrenkiste gepackte bulgarische Zigaretten zu verkaufen). Allerdings kam noch etwas dazu, das er nicht gesucht hatte: Erniedrigung.

»Ossip Emiljewitsch! Was bringt Sie in einer Nacht wie dieser hierher? Nach dem alten julianischen Kalender ist heute Neujahr. Eine frohes neues Jahr also, mein Freund.«

Die Stimme war die eines unrasierten Raubeins, das an zwei hinten in der Kantine zusammengeschobenen Tischen Hof hielt. Die fünf jungen Frauen um den Kerl herum, die gefütterte Wintermäntel trugen und an Teegläsern mit, wie ich annahm, Wodka nippten, wandten uns den Blick zu, als wären wir Gestalten, die geradewegs von einem Friedhof hereingewandert gekommen waren. An der Art, wie Mandelstam den Kerl mit halb erhobenem Stock grüßte, konnte ich erkennen, dass er nicht sicher war, mit wem er es zu tun hatte. Mandelstam tat sich oft schwer, Gesichtern den richtigen Namen zuzuordnen, wenn er sie in fremder Umgebung traf.

»Ich grüße Sie, Ugor-Schitkin«, rief ich und sah, wie mein Mann erleichtert nickte, begriff er doch, wen er da vor sich hatte.

»Ugor-Schitkin, endlich sehe ich Sie«, rief Mandelstam und wandte sich von dem Verkäufer bulgarischer Zigaretten ab. »Seit Wochen schon hinterlasse ich bei Ihrer Sekretärin Nachrichten für Sie.«

»Um diese Zeit des Jahres geht es bei uns zu wie im Irrenhaus«, murrte Ugor-Schitkin, als wäre das Entschuldigung genug. »Da sind alle möglichen Dinge zu erledigen, alle möglichen Leute zu sprechen …«

Mandelstam hatte vor zwei, drei Monaten von Pasternak erfahren, dass Ugor-Schitkin Originalmanuskripte für die neue Bibliothek des Literaturmuseums kaufte. Die einzigen Manuskripte unveröffentlichter (und laut unserer literarischen Aufpasser unveröffentlichbarer) Gedichte, die mein Mann besaß, waren von mir geschrieben, und er hätte sich keinesfalls von ihnen getrennt, selbst wenn jemand tollkühn genug gewesen wäre, sie zu wollen. Aber wir brauchten dringend Geld, da ich keine Übersetzungsaufträge mehr bekam, seit Mandelstam zur Persona non grata der literarischen Welt geworden war und wir weder Pasternak noch Anna Achmatowa ein weiteres Mal um Geld bitten wollten (ohne Hoffnung darauf, es zurückzahlen zu können). Weshalb wir den Plan fassten, ein Manuskript zusammenzustellen, das Mandelstam als Original ausgeben und verkaufen konnte. Über die Linoleumplatte unseres kleinen Küchentischs gebeugt, mit einem Stück Brotkruste unter einem der Beine, damit er nicht wackelte, übertrug Mandelstam jedes einzelne Gedicht aus der grün gebundenen *Stein*-Ausgabe, seiner ersten veröffentlichten Gedichtsammlung, in ein Grundschulheft. Dafür brauchte er fast zwei volle Tage. Es echt aussehen zu lassen, wurde zu fast so etwas wie einer fixen Idee für uns. Mandelstam erinnerte sich an frühere Versionen einiger Gedichte, erfand auch etliches und füllte die Seiten mit durchgestrichenen Worten und Zeilen. Als er fertig war, blätterten wir abwechselnd so lange durch das Heft, bis die Seiten verknickt und abgegriffen waren. Anschließend buken wir es auf kleiner Flamme im Herd eines Nachbarn, um das Papier brüchig und gelb werden zu lassen. Ganz auf das Gelingen unseres Projekts bedacht, kopierte Mandelstam sogar ein paar kryptische Notizen und ein polnisches Rezept für Borschtsch auf die verbliebenen leeren Seiten des Heftes (ein nicht unbedingt subtiler Hinweis darauf, dass er in Warschau geboren war). Das fertige »Manuskript« wickelten wir schließlich sorgfältig in die Seite einer Zeitung von 1913, die ich aus der Universitätsbibliothek hatte mitgehen lassen, und Mandelstam selbst brachte es zur Sekretärin von Ugor-Schitkin, die einwilligte, es ihrem Chef gleich bei seiner Rückkehr nach Moskau vorzulegen.

»Kommt und trinkt auf das neue Jahr mit uns«, rief Ugor-Schitkin und wies auf die freien Stühle am Ende der zwei Tische. Er war eindeutig darauf bedacht, nicht auf Mandelstams Originalmanuskript seiner ersten Gedichtsammlung kommen zu müssen. »Die Mädchen und ich …«, die Frauen am Tisch, die als seine Schützlinge galten, zählten darauf, dass Ugor-Schitkin seinen beachtlichen Einfluss geltend machte, damit ihre Geschichten, Gedichte oder Stücke gedruckt wurden (was sie ihm für seine Dienste zukommen ließen, bot in mehr als nur einem Moskauer Haus Stoff für abendliche Tischgespräche), »die Mädchen und ich feiern nicht nur das julianische Neujahr. Hören Sie, Ossip Emiljewitsch, heute ist ein großer Tag der sowjetischen Geschichte. Wir haben gerade unseren ersten Tonfilm gesehen. Bestimmt haben Sie die fabelhafte Besprechung in der *Prawda* gelesen, wobei es Leute gibt, die überzeugt sind, Stalin selbst habe sie geschrieben, weiß man doch, wie sehr er den Film bewundert. Ich rede von *Tschapajew* von den Gebrüdern Wassiljew. Der Film basiert auf dem Roman von Furmanow über den Bürgerkriegshelden Wassili Tschapajew.«

Mandelstams Gesichtsausdruck verdunkelte sich. Nein, er nahm kein Blatt mehr vor den Mund, und ich wusste, was jetzt kommen würde. Eilig versuchte ich, seinen Blick zu erhaschen, um ihn vom Thema abzulenken. Ohne Erfolg. »Das Problem mit sowjetischen Filmen, ob es Stumm- oder Tonfilme sind«, sagte er und nahm einen übertrieben breiten georgischen Tonfall an, der die Leute an Stalin erinnern sollte, »besteht darin, dass sie bei allem Reichtum im Detail ohne inhaltliche Tiefe auskommen. Aber Propaganda braucht nun mal keine inhaltliche Tiefe.«

Mandelstam hätte genauso gut Eiswasser aus der Moskwa über Ugor-Schitkin und seine Entourage gießen können.

»Was sagte er da?«, keuchte eine der Frauen.

»Er will wohl sagen, dass die sowjetischen Filmemacher Propagandisten sind«, meinte eine andere.

»Für mich klingt das sehr nach einer antisowjetischen Erklärung«, sagte eine dritte pikiert.

Mandelstam durchwühlte seine Taschen und zog die Quittung von Ugor-Schitkins Sekretärin für »ein Originalmanuskript von *Der Stein,* 1913« hervor, ließ die Straßenbahnfahrer und Schaffner hinter sich, die sich mit abgestandenem Bier für die Nachtschicht rüsteten, trat zu Ugor-Schitkin und legte das Stück Papier vor ihm auf den Tisch.

»Ich hatte mich deswegen längst schon bei Ihnen melden wollen«, sagte Ugor-Schitkin.

»Haben Sie sich das Manuskript angesehen?«

»Der Wert eines jeden Manuskripts hängt vom Gewicht des Schriftstellers ab, und offen gesagt gelten Sie allgemein als ein nicht sehr bedeutender Dichter. Ich fürchte, das Manuskript ist nicht mehr als zweihundert Rubel wert.«

»Zweihundert Rubel!« Mit vor Wut zitternden Händen ließ Mandelstam seinen Stock auf den Tisch krachen. Die Teegläser klirrten. Zwei der Frauen sprangen erschreckt von ihren Stühlen auf. Ugor-Schitkin wurde blass. »*Der*

Stein«, fuhr Mandelstam fort und pochte mit der Metallspitze seines Stocks auf die Tischplatte, »ist ein Klassiker der russischen Lyrik des zwanzigsten Jahrhunderts. So sahen es die Rezensenten nach der Veröffentlichung. Fünfmal mehr als das, was Sie mir jetzt anbieten, haben Sie für ein Stück Dreck gezahlt, ein Stück Dreck von …!« Mandelstam nannte den Namen eines Autors, dessen Drama in drei Akten gerade in Moskau für volle Häuser sorgte und Stalins Rolle im Bürgerkrieg verherrlichte.

Meine wunderbare Freundin, die Dichterin Anna Achmatowa, sagt, dass es Momente im Leben gibt, die so bedeutend sind, dass es den Anschein hat, die Erde hielte einen Herzschlag lang auf ihrer Bahn inne. Das jetzt war solch ein Moment im Leben Ossip Mandelstams.

»Wer sind Sie?«, wollte eine der Frauen wissen. »Wer ist der Kerl?«

Ich schnappte nach Luft. Mandelstam reckte das Kinn. »Ich bin der Dichter Mandelstam.«

»Es gibt keinen Dichter mit diesem Namen mehr«, erklärte eine andere der Frauen. »Es ist lange her, dass es den gab …«

»Ich dachte, Mandelstam wäre tot«, sagte die erste Frau.

Die Erde nahm ihre Bahn wieder auf, aber nichts war mehr wie früher.

»Die zweihundert Rubel«, erklärte Ugor-Schitkin, entschlossen, sich vor seinen Schützlingen nicht schurigeln zu lassen, »sind nicht verhandelbar. Sie können Sie annehmen oder auch nicht.«

Mein Mann wandte sich zur Tür, drehte sich dann aber noch einmal zu Ugor-Schitkin um. »Sie sind der lebende Beweis dafür, dass sich der Charakter eines Menschen von seinem Gesicht ablesen lässt«, sagte er mit so freundlicher Stimme, dass Ugor-Schitkin das Beleidigende an der Bemerkung nicht auffiel. »Haben Sie zufällig ein paar Zigaretten für mich?«

Ugor-Schitkin griff nach zwei halb vollen Päckchen, die auf dem Tisch lagen, und gab sie Mandelstam. »Trotzdem ein glückliches neunzehnhundertvierunddreißig«, sagte er.

Ich sah, wie mein Mann nickte, als bestätigte er etwas, das er nicht an sich mochte. »Ich nehme die zweihundert Rubel an«, verkündete er.

»Kommen Sie morgen früh«, sagte Ugor-Schitkin und vermochte sein Lächeln nicht zu verbergen. »Meine Sekretärin hält einen Umschlag für Sie bereit.«

Mit einem Tritt in eine Schneewehe draußen vor der Kantine rang sich Mandelstam ein missmutiges Lachen ab. »Mandelstam tot!«, rief er und machte sich nicht die Mühe, die Wut in seiner Stimme zu verbergen. Die Worte, die er darauf folgen ließ, schienen auf Schwaden gefrierenden Atems zu segeln. »Tot, aber noch nicht begraben.«

Ich kann Ihnen sagen, dass ich erschauderte, nicht wegen der alles durchdringenden Kälte, sondern wegen der schrecklichen Vorahnung, die in diesem Moment Gestalt in mir annahm. Was um alles in der Welt meinte Mandelstam mit diesem *Tot, aber noch nicht begraben?*

Zinaida fragte, wie spät es sei. Mandelstam trug niemals eine Uhr bei sich, wusste aber immer, wie spät es war. Er verschätzte sich kaum je mehr als um ein, zwei Minuten. »Zwanzig nach elf, zu spät, um noch zu Ihnen nach Hause zurückzukehren. Sie kommen mit und übernachten bei uns.«

Ich nahm Zinaidas Ellbogen. »Ein Nein werden wir als Antwort nicht akzeptieren, mein liebes Mädchen.«

»Das schulden Sie mir als Dichter«, sagte Mandelstam

ein wenig hektisch. »Nichts hängt derartig von der Erotik ab wie die Dichtung.«

»Wenn es so ist«, sagte Zinaida und machte einen Schmollmund, »werde ich …«

Ich konnte sehen, wie mein Mann ihr an den Lippen hing. Die Aussicht auf ein erotisches Stelldichein mit dieser prachtvollen Frau tilgte alles, was an diesem Abend geschehen war, aus seinen Gedanken.

»… werde ich Ja sagen müssen.«

Auf dem Weg zu unserer Wohnung im Herzen-Haus verfielen wir in Gleichschritt. »Den habe ich ausgetrickst, diesen dämlichen Ugor-Schitkin, was?«, sagte Mandelstam in bester Laune. »Zweihundert Rubel für ein gefälschtes Manuskript! Kommen Sie, Aida. Komm, Nadeschda. Wenn ich schon keine Gedichte mehr veröffentlichen darf, kann ich immer noch Manuskripte fälschen – bis es keine Tinte mehr gibt in Russland.«

Die Naschtschokin-Straße war mit Eis überzogen. Uns gegenseitig bei den Armen haltend, schlitterten wir die letzten dreißig Meter zum Haus des Dichters. Der Korridor in unserem Flügel stank nach ranzigem Wanzenvernichtungsmittel. Wir wussten uns vor Lachen kaum zu halten, als wir die Tür zur Wohnung öffneten, die Mäntel auf den Boden warfen und uns außer Atem auf das schmutzige Sofa im Wohnzimmer fallen ließen. Wir konnten die Schweizer Uhr mit dem schweren Gewicht in der Küche ticken hören. Der Heizkörper unter dem Fenster, den ich rosenrot angemalt hatte, zischte und rülpste, als wäre er ein lebendiges Wesen. Irgendwo über uns ging eine Toilettenspülung, und das Wasser rauschte durch die Rohre in den Wänden, aber nichts konnte uns die Laune verderben. Das Telefon am Ende des Korridors draußen fing an zu klingeln, bis einer der Hausbewohner den Hörer abnahm und dann rief: »Lifschitz, Pjotr Semjonowitsch, Ihre Frau möchte gerne kurz mit Ihrer Geliebten reden«, was uns wie Schulkinder kichern ließ.

Als ich wieder zu Atem kam, machte ich eine Bemerkung darüber, dass sexuelle Verhältnisse in unserem sozialistischen Paradies niemals unkompliziert seien.

Mandelstam stellte drei klobige Wassergläser auf unseren provisorischen Kaffeetisch (der tatsächlich ein Koffer war, mit Aufklebern von Heidelberg, wo er 1910 ein Semester verbracht hatte), füllte sie mit dem Rest einer Flasche georgischen Kwanschkaras und hob das seine. »Ich schlage vor, wir trinken auf das Wohl derer, denen wir dieses glückliche Leben verdanken.«

»Nein, nein, trinken wir auf uns drei«, erwiderte ich.

»Auf uns drei«, rief Zinaida.

»Also dann, auf uns drei«, stimmte mein Mann freudig zu, und wir stießen an und tranken unsere Gläser aus.

»Drei ist eine Glückszahl«, sagte Mandelstam, löste die Krawatte vom Hals und leckte sich den letzten Rotwein von den Lippen. Dann begann er einen wohlformulierten Monolog darüber, dass die bolschewistische Revolution neben den sozialen und politischen auch sexuelle Auswirkungen nach sich gezogen habe. »In den Zwanzigern«, erklärte er unserem Gast, »wurde die Ménage-à-trois zu einer weitverbreiteten Lebensform in intellektuellen Kreisen. Das Verhältnis zwischen Ossip und Lili Brik und Majakowski ist allgemein bekannt. Schostakowitsch und Nina Warsar führten eine offene Ehe, und Anna Achmatowa lebte eine Zeit lang mit der sehr schönen Olga Sudeikina und dem Komponisten Artur Lurye zusammen.«

Ich fügte die saftigen Einzelheiten hinzu. »Sie meinte

immer, dass sie nicht entscheiden könne, wen von beiden sie gerade liebe, und so liebte sie beide, und die taten es ihr nach.«

Mandelstam sagte: »Ich spreche für meine Frau – habe ich recht, Nadenka? –, wenn ich sage, dass wir eine Dreier-Ehe als Festung betrachten, die kein Außenstehender einzunehmen vermag.«

»Sehen Sie das tatsächlich so?«, wollte Zinaida von mir wissen.

»Ja«, sagte ich. »In diesem toten Land, in dem nichts wiedergeboren wird, scheint mir die Ménage-à-trois die ideale Zitadelle.«

»Haben Sie nie eine seiner Eroberungen als Bedrohung empfunden?«, setzte Zinaida noch einmal nach.

Ich wechselte Blicke mit meinem Mann. »Als sich unsere Wege zum ersten Mal kreuzten, in einer Künstlerkneipe in Kiew, glichen wir durch die Nacht treibenden Schiffen, bis ich ihn, wie er es später nannte, aus dem Wasser blies. Aber bald schon nach unserem Kennenlernen wurden Mandelstam und ich durch den Bürgerkrieg voneinander getrennt. Ich war damals in Ihrem Alter und vermisste ihn schrecklich. Er landete in Petersburg, wo er drei Monate lang eine Affäre mit Olga Arbenina hatte. Über die Arbenina ärgerte ich mich gar nicht so sehr – ich kann jede Frau verstehen, die sich von Mandelstam angezogen fühlt. Nein, wirklich geärgert habe ich mich nur über Mandelstam. Als er sich mit der Frau einließ, hatten er und ich bereits ein intimes Verhältnis. Er nannte mich Schwester, und wir duzten uns. Und dann, in seinem ersten Brief, nachdem er die Arbenina kennengelernt hatte, waren wir plötzlich wieder per Sie, und ich begriff, dass wir noch einmal bei null anfangen mussten.«

»Und?«, fragte Zinaida und sah neugierig von einem zum anderen. »Was war dann?«

»Die Antwort ist so offensichtlich wie der Schönheitsfleck auf Ihrem Kinn«, sagte Mandelstam. »Wir haben, wie meine Frau sagt, tatsächlich wieder ganz von vorne angefangen.« Und mehr an mich gerichtet als an Zinaida, fügte er noch hinzu: »Einen Dritten zu lieben ist nicht ohne Risiko.«

Zinaida wollte wissen, ob wir je schon einmal daran gedacht hätten, uns zu trennen.

»Da gab es mal einen bärtigen Schriftsteller Mitte zwanzig«, sagte ich.

»Oh, sagen Sie mir, wer es war«, wollte sie wissen.

Die Erinnerung ließ mich lächeln. »Sein Zuname begann mit einem T. Mehr verrate ich nicht. Damals begehrte ich gegen Mandelstams Verständnis von Zweisamkeit auf. Er erwartete von mir, dass ich mein Leben für ihn aufgab, mein eigenes Selbst verleugnete und ein Teil von ihm wurde. Dagegen wehrte ich mich, was sich darin äußerte, dass ich mich Hals über Kopf in T. verliebte. Doch zum Glück kam ich wieder zu Sinnen.«

Zinaida wandte sich an Mandelstam. »Erwarten Sie immer noch von Nadeschda, dass sie ihr Leben aufgibt und ein Teil von Ihnen wird?«

»Wir haben uns in der Mitte getroffen«, antwortete er.

»Erzählen Sie mir von Ihrer ersten Erfahrung mit einer Ménage-à-trois. Alle beide. Waren Sie nervös? Waren Sie … gehemmt?«

»Ich hatte meine Feuertaufe«, sagte Mandelstam, »mit zwei Schwestern, zwei Filmschauspielerinnen …«

Langsam wurde es mir zu viel, obwohl wir beide voll auf Verführungskurs waren. »Er lügt das Blaue vom Himmel herunter«, platzte es aus mir heraus. »Bevor wir uns kennenlernten, hatte er von solchen Dingen keine Ahnung. Da zog er sich noch im Dunkeln aus, Gott noch mal. Ich war es, die ihn in die Mysterien einführte.«

»Das beantwortet meine Frage nicht, Nadeschda Jakowlewna. Waren Sie das erste Mal gehemmt?«

»Beim ersten Mal ziert man sich immer, meine Liebste. Sie haben Glück, dass wir Ihnen den Weg weisen.«

Zinaida griff nach einer Falte meines langen Rocks und zog mich näher an sich heran. »Ich gestehe, dass ich verlegen bin«, sagte sie leise. Ihre Wangen glühten, und ihre Augen leuchteten.

»Das lässt sich ändern«, sagte Mandelstam ungeduldig (das Vorgeplänkel dauerte länger, als er erwartet hatte). »Ziehen Sie sich aus, und wir drei gehen ins Schlafzimmer und unterhalten uns auf eine Weise, die keinerlei Wissen über den dialektischen Materialismus erfordert.«

Ich öffnete ihr die oberen Knöpfe der Bluse, legte die Finger um die Rundung ihrer Brüste und küsste sie sanft auf die Lippen. Mandelstam zog sein Jackett aus, legte den Kragen ab und bot ihr eine Hand an, um sie in unser kleines Schlafzimmer zu führen. »Es gab englische Dichter«, erzählte er ihr, »die glaubten, mit jedem Samenerguss verliere der Mann einen Tag seines Lebens.«

»Heißt das, die Frau gewinnt einen Tag?«, fragte Zinaida mit gespielter Unschuld.

»Nur wenn sie ihn schluckt«, sagte Mandelstam spitzbübisch.

Zinaidas zarte Schultern zuckten belustigt. »Es würde mir nicht gefallen, mein Leben auf Ihre Kosten zu verlängern.«

»Darüber zerbrechen Sie sich bitte nicht den hübschen

Kopf«, bemerkte ich und folgte den beiden über die Schwelle. Ungesagt ließ ich dabei, dass es tatsächlich Mandelstams freimütige Gedichte und nicht die Orgasmen mit seiner zauberhaften Nymphe waren, die sein Leben zu verkürzen drohten. Von meinem gar nicht zu reden. Als wir in die Wohnung gekommen waren, hatte ich bemerkt, was meinem Mann vor lauter Entzücken über Zinaidas Rosenparfüm entgangen war: den schalen Geruch starken Tabaks, wie ihn nur Männer rauchten. Und ich sah, was ich zweifellos sehen sollte: dass der Glasaschenbecher auf der Fensterbank voller Zigarettenstummel lag. Ich hatte nicht das Herz, Mandelstam sein lukullisches Mahl zu verderben, indem ich ihn darauf aufmerksam machte, dass wir Besucher gehabt hatten. Wenigstens für ein paar Stunden sollte er den Schmerz darüber hinter sich lassen, nicht länger veröffentlicht zu werden, die Schmach, vor elf Menschen lesen zu müssen, die Demütigung des *Es ist lange her, dass es den gab …*

Lieber Gott im Himmel, mach, dass die Sonne morgen früh einfach nicht aufgeht, solange er noch eine Muse und eine Erektion hat. Amen.

Zwei

Nikolai Wlasik
Montag, 19. Februar 1934

Wie der weißrussische Türsteher eines Cabarets an der Place Pigalle stolzierte der große Maxim Gorki im beigefarbenen Wintermantel mit Gürtel und Astrachankragen vor dem Portikus auf und ab, als ich mit dem Packard der Fahrbereitschaft vorfuhr. »Sie müssen Wlasik sein«, rief er mit schriller Stimme und war an der Beifahrerseite, um mir den Schlag zu öffnen, bevor mein Chauffeur um den Wagen herumlaufen konnte.

»Ganz zu Ihrer Verfügung«, antwortete ich und ließ ein knappes Lächeln erkennen, das exakt das Gegenteil ausdrücken sollte. Nikolai Sidorowitsch Wlasik stand nur einem Mann in diesem Universum zur Verfügung, dem Kaid des Kreml, den wir den *Chosjain* nannten. Das ist ein georgischer Ausdruck, der das Oberhaupt eines Haushalts bezeichnet, wenn sich der Haushalt auch von der Ostsee bis zum Schwarzen Meer und von der arktischen Eiskappe bis zum Pazifischen Ozean erstreckte. Gorki hatte sich das Haar mit Pomade zurückgekämmt, und von seiner Oberlippe hing ein dünner Streichholzbart. Er ging voran in die protzige Eingangshalle seiner Art-nouveau-Villa. Das riesige Gemälde einer ausgezehrten Nackten, die mit zwei voll angezogenen Herren an einem Flussufer picknickte, füllte eine der Wände ganz aus. Im metallgerahmten Spiegel der gegenüberliegenden Wand war es in verkleinerter Version zu sehen.

»Den Genossen Stalin zu bewirten ist eine neue Erfahrung für mich«, erklärte Gorki und warf einem Bediensteten seinen Wintermantel in die ausgestreckten Arme. »Womit fangen wir an?«

Ich kann nicht sagen, dass ich von der Villa, der Nackten oder Gorki selbst viel gehalten hätte. Bisher hatte ich ihn nur aus der Ferne erlebt, auf Kultur-Empfängen im Kreml, wenn »Russlands größter Schriftsteller« (wie ihn die *Prawda* anlässlich eines Treffens zwischen ihm und einem jungen amerikanischen Autor namens B. Schulberg genannt hatte) den geladenen Gästen vorgeführt wurde. Ich hatte nie etwas von Gorki gelesen, nicht einmal sein Buch *Der Kanal, der nach Stalin benannt wurde,* und hatte es auch nicht vor. (Wobei ich grundsätzlich kaum Zeit für Bücher hatte. Meine offiziellen Pflichten als persönlicher Leibwächter des Chosjain, als Faktotum und gelegentlich auch als Fotograf der Familie ließen mir kaum einen freien Abend für meine Konkubinen.) Gemäß der Akte vom zweiten stellvertretenden Vorsitzenden der Tscheka, Genrich Jagoda, war Gorki alias Alexei Maximowitsch Peschkow einer jener »Vegetarier« (der köstlich abfällige Ausdruck meines Chefs, mit dem er die eher hasenherzigen Revolutionäre von den wahren »Fleischfressern« unterschied), die Lenin in den frühen Zwanzigern alleingelassen hatten, als die Dinge brenzlig wurden. Eine Zeit lang hatte er mit Moura Budberg im Ausland gelebt, einer berühmten Schönheit, die zur Zeit der Revolution die Geliebte des britischen Generalkonsuls in Moskau gewesen war. Jagoda erklärte mir, er verdächtige die Budberg der Spionage, wenn er auch nicht dahinterkomme, für wen. Aus Gründen, die mein Verständnis übersteigen, hatte der Chosjain Gorki in den späten Zwanzigern aus dessen üppigem italienischen Exil zurück in die Heimat gelockt, indem er ihm diese Villa in den Lenin-Bergen, die einmal dem Millionär Ryabuschinski gehört hatte, und dazu noch zwei Datschas anbot, die, wie es hieß, prächtig genug waren, allen Besuchern vor Neid den Sabber aus dem Mund tropfen zu lassen. Eine stand nicht weit von Stalins Datscha ein Stück außerhalb der Stadt, die andere auf der Krim. Und für den Fall, dass das noch nicht Anreiz genug gewesen wäre, hatte mein Chef gleich auch noch die Geburtsstadt des Dichters an der Wolga, Nischni Nowgorod, mit einem Federstrich in Gorki umbenannt. (Dem Gerücht nach war Jagoda, der ebenfalls aus Nischni Nowgorod stammte, voller Wut, dass die Stadt nicht nach ihm benannt worden war.) Kein Wunder, dass Gorki zurück nach Russland gekommen war! Der Herr sei mein Zeuge: Wenn der Chosjain in Washington, der Erzkapitalist F. Roosevelt, Chicago in Wlasikgrad umbenennen würde, zöge ich ernsthaft in Erwägung, nach Amerika zu gehen.

Jusis, der Litauer, der schon so lange für den Chosjain arbeitete wie ich, länger sogar, tauchte mit meinem Chauffeur hinter mir auf, einem ossetischen Stammesangehörigen aus den Bergen Georgiens. Wo wir schon von »Fleischfressern« reden: Der Ossete war in seiner Jugend, zu Zarenzeiten, Gefängniswärter gewesen. Ich bedeutete den beiden, das Haus zu durchsuchen. Mit einem Griff in ihre Lederjacken vergewisserten sie sich kurz, dass sie ihre kleinen deutschen Pistolen bei sich trugen, und verschwanden in unterschiedlichen Richtungen, um vom Keller bis zum Dach alles im Haus in Augenschein zu nehmen. »Wir sehen uns zuerst die Gästeliste an«, erklärte ich Gorki, während wir die wenigen Stufen in den langen, verspiegelten, von chinesischen Vasen gesäumten Eingangsbereich hinuntergingen, in dem mein Chef die Schriftsteller und Dichter empfangen sollte. Von den gefliesten Wänden hallten unsere Schritte wider.

Gorki drückte aufgeregt die falschen Zähne im Mund fest. »Aber die Liste ist bereits vom Sekretariat des Genossen Stalin überprüft worden.«

»Ich bin für die Sicherheit des Chosjain verantwortlich«, informierte ich den Schönwetterfreund Lenins, der, kaum dass etwas Blut vergossen worden war, das Schiff verlassen hatte. »Ich stehe dafür ein. Geben Sie mir also bitte die Liste. Ob Sie mögen oder nicht.«

Ich bin ein massiger Kerl, der sich jeden Morgen mit Liegestützen in Form hält und so beweglich ist wie einer, der nur halb so viel wiegt. Jemand hat mal gesagt, dass ich einen Raum durchqueren kann, ohne dass die Dielen unter meinen Schritten knarzen. Vegetarier wie Gorki verspeise ich zum Frühstück.

Gorki zog ein maschinenbeschriebenes Stück Papier aus der Brusttasche seiner europäisch geschnittenen Anzugjacke mit lächerlich breitem Aufschlag. Ich setzte mich auf einen der mit Zelluloid bespannten stählernen Stühle und ging die achtunddreißig von Gorki ausgewählten und in zwei ordentlichen Kolumnen getippten Namen auf dem Blatt durch, schraubte die Kappe von meinem Füllfederhalter und strich drei Drehbuchschreiber, drei Romanautoren und zwei Redakteure durch, die ich von Jagodas Negativliste kannte. Als ich Gorki die Liste zurückgab, sah er mich verstört an. »Aber diese Leute sind eingeladen und stehen in einer Dreiviertelstunde vor meiner Tür.«

»Sie sind nicht nur der Gastgeber, sondern auch der Leiter des Schriftstellerverbandes. Sie werden sich an den Eingang stellen, Genosse Gorki. Haken Sie die ankommenden Gäste von der Liste ab. Die, deren Namen ich durchgestrichen habe, schicken Sie weg.«

»Wie zum Teufel sollen ich ihnen das erklären?«

»*Sie* sind der Geschichtenerfinder. Erzählen Sie ihnen, was immer Ihnen einfällt. Aber sorgen Sie dafür, dass sie nicht hereinkommen. Und jetzt zeigen Sie mir die Sitzordnung.«

Ich studierte den Plan, den er mir gab. Darauf war der Tisch zu sehen, der die ganze Länge des Empfangssaals einnahm. Wäre es nach Gorki gegangen, hätte der Chosjain am Kopf der Tafel gesessen. »Genosse Stalin führt bei Empfängen niemals den Vorsitz«, informierte ich den Schriftsteller. »Sie werden selbst am Kopf des Tisches sitzen. Er sitzt gleich rechts neben Ihnen, mit dem Rücken zur Wand. Instruieren Sie im Übrigen Ihre Dienerschaft, dass sein Essen und sein Wein von mir gebracht werden. Wenn er einen Tee möchte, schütte ich ihn aus einer Thermosflasche ein.« Ich strich einige Namen durch, ersetzte sie und sorgte so dafür, dass mein Chef nur von Schriftstellern und Redakteuren umgeben war, die meines Wissens in der Partei waren. Anschließend gab ich Gorki den Plan zurück, dazu eine Karteikarte der Tscheka mit drei Namen seiner Bediensteten. »Schicken Sie die für den Nachmittag weg«, instruierte ich den großen Schriftsteller. »Wir wollen nicht, dass einer von ihnen auch nur in die Nähe des Chosjain kommt.«

Gorki blickte ungläubig auf die Namen, und einen Moment lang dachte ich, er hätte womöglich doch mehr Rückgrat, als seine Gegner ihm zugestehen wollten. »Diese Leute«, kam es aus ihm heraus, »sind seit meiner Rückkehr nach Russland bei mir …«

Ich sah ungeduldig auf die Uhr. »Sie haben israelitische Namen, Genosse Gorki«, sagte ich und nahm an, das sei Erklärung genug.

»Israelitische Namen! Einige der Stalin am nächsten stehenden Genossen sind jüdischer Abstammung: Sinowiew, Kamenew, Kaganowitsch, selbst ihr Tschekist Genrich Jagoda. Selbst von Lenin heißt es, er habe jüdisches Blut in seinen Adern gehabt …«

Ich schnitt ihm das Wort ab. »Der Erzverräter Bronstein-Trotzki ist Israelit. Wir sind in Sorge, dass er ein Attentat auf den Chosjain plant, mithilfe der internationalen zionistischen Verschwörung.«

Gorki verdrehte bestürzt die Augen. »Den Chosjain einzuladen, damit er sich unter meinem Dach mit Schriftstellern trifft, so wie er es gerne wollte, ist weit komplizierter, als ich es mir vorgestellt hätte.«

Die ersten Schriftsteller und Redakteure kamen, als das Glockenspiel im Turm des Kreml auf der anderen Seite des Flusses zwölf Uhr schlug. Sie kamen in Privatwagen, Taxis und zu Fuß. Ich konnte Jusis' gebeugte Gestalt direkt hinter der Eingangstür zum Foyer sehen, wie er die Gäste mit unbewegten Augen musterte, während sie ihre Wintermäntel auszogen und auf den Tischen ablegten, die dafür bereitgestellt worden waren. Gorki stritt mit zwei Männern an der Tür, warf die Arme hilflos in die Luft und wies sie ab. Mein ossetischer Chauffeur hatte sich nahe der Schwingtür zwischen Empfangssaal und Küche postiert. Ich behielt die Szene eine Weile im Auge und ging dann zum Dienstboteneingang, der vom Wäschezimmer hinter der Küche hinaus auf den ungepflasterten Weg hinter der Villa führte. Um halb eins bog ein 1911er-Rolls-Royce mit geschwungenen Schutzblechen ein und hielt hinter der Villa. An beiden Enden des Weges konnte ich Soldaten erkennen, die den Zugang versperrten. Sie trugen Gewehre mit aufgepflanzten Bajonetten. Zwei von Jagodas Leuten sprangen aus dem Wagen. Sie waren in Zivil. Einer von ihnen kam zu mir und salutierte, während der andere die hintere Tür des Rolls-Royce öffnete. Der Chosjain stieg aus und hatte es ganz eindeutig nicht eilig, zu dem Empfang zu kommen. Er hasste derartige Veranstaltungen und hielt nicht viel von Schriftstellern, mit Ausnahme vielleicht von Michail Scholochow, Pasternak und einem anderen Dichter mit einem klar israelitischen Namen, der mir gerade nicht einfallen will. Die meisten von ihnen waren für ihn Karrieristen, die vor allem an sich selbst dachten und erst lange danach an die Revolution. Mein Chef trug eine Arbeitskappe und hatte sich einen einfachen Armeemantel um die Schultern gehängt. Als er mich an der Tür stehen sah, hob er kurz die Hand. Eine Zigarette klebte an seiner Unterlippe. Er zog noch ein letztes Mal daran und warf die Kippe dann in einen offenen Mülleimer. (Genosse Stalin achtete auf das Bild, das er der Welt bot, und sorgte dafür, dass er nie rauchend in der Öffentlichkeit gesehen oder gar fotografiert wurde.) Mit seinem charakteristischen Gang mit den nach innen gerichteten Fußspitzen, den etliche Schauspieler auf der Bühne so kunstvoll imitierten, trat er über die Schwelle.

»Alles in Ordnung, Wlasik?«, murmelte er.

Ich nickte einmal. Seit dem Bürgerkrieg war ich der persönliche Leibwächter des Chosjain. Er kannte mich gut genug, um zu wissen, dass ich ihn keinen Fuß in ein Haus setzen lassen würde, in dem nicht alles in Ordnung war.

»In was für einer Stimmung ist der große Gorki heute?«

»Meinem Eindruck nach denkt er, dass er Ihnen einen Gefallen tut.«

Ein kehliges Lachen drang tief aus dem Rachen des Chosjain. »Arschloch.« Er schüttelte sich den dicken Mantel von den Schultern. Einer von Jagodas Leuten fing ihn auf, bevor er auf den Boden fiel, und legte ihn über die Lehne einer Bank. Unter dem Mantel trug Stalin eine der groben Bauernjacken, in denen er sich bei seinen Auftritten in der Öffentlichkeit am liebsten zeigte, dazu eine weite Wollhose, die im Muschik-Stil in den weichen Lederstiefeln mit den schweren Absätzen steckte. Die Absätze dienten dazu, ihn größer zu machen. (Wenn er oben von Lenins Grab Paraden abnahm, stellte er sich auf eine hölzerne Milchkiste, damit sein Kopf so hoch oder höher hinaufreichte als die der Generäle und Politbüromitglieder um ihn herum. Das weiß ich, da ich die Milchkiste selbst besorgt habe.) Ich folgte meinem Chef durch Wäschezimmer und Küche und hielt ihm die Schwingtür zum Empfangssaal auf. Die Nachricht von seiner Ankunft verbreitete sich in Windeseile. Die Gespräche erstarben. Die Schriftsteller und Redakteure, die sich bereits gesetzt hatten, sprangen auf. Die anderen, die mit kleinen Gläsern Persowka, mit scharfem Pfeffer gewürztem Wodka, im Raum umhergelaufen waren, nahmen Haltung an und wirkten wie Schüler, die sich ihrem Rektor gegenübersahen. Mein Chef schickte mit seiner guten Hand einen vage an alle gerichteten Gruß in die Runde. Sogleich löste sich ein katzbuckelnder Gorki aus der Menge und begrüßte den Chosjain mit viel Gewese in der Villa, die er doch von ihm bekommen hatte. Genosse Stalin zog seine Dunhill-Pfeife aus der Jackentasche und stopfte sie sorgfältig (aus einem Tabaksäckchen, das ich mit dem Tabak aus seinen Lieblingszigaretten gefüllt hatte, Kasbek-Papirossi). Gorki holte ein silbernes Taschenfeuerzeug hervor, hielt die Flamme über den Pfeifenkopf, und Stalin setzte die Pfeife saugend in Gang. Einen Moment lang wurden die beiden von einer Rauchwolke eingehüllt. Ich schob mich zwischen verschiedenen Gästegruppen hindurch, um dem Chosjain näher zu sein. In diesem Augenblick fiel ihm ein Sonnenstrahl durch eines der Oberlichter direkt ins Gesicht, und es traf mich aufs Neue, wie abgearbeitet mein Chef wirkte. Er war Mitte fünfzig und sah auch so aus, bewegte sich jedoch wie ein weit älterer Mann. Sein Schnauzbart, den seine elfjährige Tochter Swetlana für zu kratzig hielt, hing ihm wie eine spillerige Pflanze herunter, die unbedingt gegossen werden musste. Er hatte das, was wir scherzend die »Kreml-Gesichtsfarbe« nannten. Die bekam man, wenn man täglich fünfzehn Stunden arbeitete. Zudem sah seine mit Pockennarben aus der Kinderzeit überzogene Haut ungesund teigig aus, und die fauligen Zähne, mit denen er auf seiner Pfeife herumbiss, schienen den allgemeinen Verfall seines Körpers widerzuspiegeln.

Für alle, die den Genossen Stalin besser kannten, war es kein Geheimnis, dass er mit aller Macht gegen eine tief greifende Niedergeschlagenheit ankämpfte. Oh, in der Öffentlichkeit wusste er die richtige Miene aufzusetzen, aber morgens, nach einer weiteren schlaflosen Nacht, war er finsterster Laune und schimpfte über seine chronische Mandelentzündung, das rheumatische Pochen in seinem verkrüppelten Arm oder den Schmerz in einem Zahn, den der Dentist Schapiro (noch ein Israelit, um den ich mich zu kümmern hatte!) am Nachmittag zuvor in der Kremlklinik nicht hatte lindern können. Die Frauen in seiner Umgebung – Molotows Angetraute, die Jüdin Polina, und

Bucharins neue Braut, die schöne zwanzigjährige Anna Larina – nahmen an, dass er den plötzlichen Tod seiner jungen Frau Nadeschda vor anderthalb Jahren nicht verwunden hatte. Natürlich kam niemand in seiner Anwesenheit je darauf zu sprechen. Sein berüchtigter georgisch-ossetischer Jähzorn konnte wie eine Sommerböe hereinbrechen und jedes Gespräch beenden, und niemand wollte seinen Zugang zum Hof gefährdet sehen. (Alle waren sich einig, dass das Fehlen einer Partnerin sehr zur Niedergeschlagenheit des Chosjain beitrug. Ich selbst hatte ihm schon beiläufig angeboten, ihm eine oder mehrere meiner Konkubinen zu überlassen, aber das hatte er so brüsk abgelehnt, dass ich nicht den Mut hatte, das Thema ein zweites Mal aufzubringen.) Die Männer um den Genossen Stalin, sein langjähriger Sekretär, sein Stabschef, ausgesuchte Mitglieder des Politbüros und selbst Jagoda, sahen die Situation etwas anders. Für sie wurde der Chef von der Besessenheit verfolgt, die Landbevölkerung in Kollektive zu zwingen. Geschichten von verlassenen ukrainischen Dörfern, Viehwaggons voller hungernder Bauern und vom randalierenden Pöbel, der das Saatgut verbrannte und das Vieh tötete, kursierten im Kreml. Das verbotene Wort *Hunger* war in aller Munde. Verlor Genosse Stalin die Nerven, dieser Mann aus Stahl, der beim *Rollen der Würfel,* wie wir die Revolution nannten, und im nachfolgenden Bürgerkrieg nicht gewankt hatte? Hatte er Angst, das von ihm entfesselte Chaos könne außer Kontrolle geraten? Dass die Union der Sozialistischen Sowjetrepubliken für immer ihre Kornkammer, die Ukraine, verlor? Dass seine Genossen im Politbüro angesichts des Zusammenbruchs der bolschewistischen Macht hinter seinem Rücken daran arbeiteten, ihm die Führungsrolle zu nehmen – oder gar sein Leben?

Der Zigarettentabak in seiner Pfeife schien die Nerven des Chefs zu beruhigen. Er ließ sich auf seinen Platz neben Gorki sinken und vermochte sogar steif mit den Schriftstellern und Redakteuren um sich herum zu plaudern. »Das ist eine gute Frage. Unsere Geschichtsbücher übergehen diese Phase in Stalins Leben, weil es für einen Bolschewiken ungehörig wäre, die Aufmerksamkeit darauf zu lenken«, erklärte er einem Schriftsteller in seinem breiten georgischen Akzent, in der dritten Person von sich redend, wie er es bei Gelegenheiten wie dieser gerne tat. »Seine Mutter Ekaterina, der es Gott sei Dank noch sehr gut geht, ist so etwas wie eine beglaubigte Heilige. In jenen Tagen wohnte die Familie in einer baufälligen Hütte hinter einer Kirche in Gori, einer trostlos hingebreiteten Ansiedlung im bergigen Hinterland Georgiens beim Fluss Kura, der so verschlammt war, dass die Fische darin ertranken. Sie brachte die Familie damit durch, dass sie dem örtlichen Priester den Haushalt führte und den Bürgerfrauen am anderen Ufer des Flusses die Wäsche machte. Da gab es gepflasterte Straßen und eine Müllabfuhr. Das letzte Mal, als Stalin seine Mutter besuchte, Sie werden es nicht glauben, da fragte sie ihn, wovon er denn lebe. Stalin erklärte ihr, er arbeite im Kreml und helfe, das Land zu regieren. Darauf schüttelte sie voller Abscheu den Kopf und sagte, er hätte besser daran getan, das Seminar zu beenden und Priester zu werden. Können Sie sich das vorstellen? Stalin, der überzeugte Atheist, ein Priester?«

Der Chosjain ließ die Spitzen und Hacken seiner Stiefel über den Boden tanzen, was ein Zeichen dafür war, dass ihm die Unterhaltung Spaß zu machen begann. Mein Chef genoss es, von sich selbst zu erzählen. Es war schwer, ihn zum Reden zu bringen, aber wenn er erst einmal so weit war, war es noch schwerer, ihn wieder zu stoppen. »Was

Stalins verstorbenen, sehr betrauerten Vater angeht, Wissarion«, fuhr er fort, »der war Schuhmacher von Beruf, ein hart arbeitender Ernährer und vorbildlicher Proletarier, wenn es auch wenig wahrscheinlich ist, dass er das Wort kannte. Völlig selbstlos arbeitete er sich ab, um seiner Frau und seinen Kindern ein besseres Leben zu bieten. Zu Stalins nicht enden wollendem Bedauern starb Wissarion jedoch, bevor er ihn wirklich kennenlernen konnte, dennoch ist ihm sein Vater ein leuchtendes Beispiel dafür, wie ein Mann sein sollte. Sie fragten nach Stalins Namen – als Kind nannte seine Mutter ihn Sosso, was eine georgische Kurzform von Josef ist. Später, als Stalin in den Untergrund ging und seine revolutionären Aktivitäten aufnahm, nannte er sich selbst Koba, nach einem fiktiven kaukasischen Gesetzlosen.«

»Und woher kommt der Name Stalin?«, fragte ein fetter Redakteur.

Um uns herum servierten die Kellner den Gästen gekühlten georgischen Weißwein. Jusis kam mit einer Flasche, die er aus einer zufällig ausgesuchten Kiste in der Küche hatte, entkorkte sie vor den Augen des Chefs und füllte ihm das Glas bis zur Hälfte. Der Chosjain benetzte sich die Lippen. »Koba benutzte den Untergrundnamen Stalin ab 1913, denke ich. Ja, ja, es war 1913. Der Name geht zurück auf eine wohlausgestattete, apfelbäckige Bolschewikin, deren Bett er zu der Zeit teilte. Sie hieß Ludmilla Stal, und aus *Stal* machte er *Stalin*.«

»Stalin, der Mann aus Stahl«, sagte Gorki zustimmend.

»Was für eine wunderbare Geschichte«, sagte ein Redakteur, der schräg gegenüber vom Genossen Stalin saß. »Darf ich sie in meiner Zeitung abdrucken?«

Mein Chef brauste auf. »Das kommt nicht infrage«, sagte er. »Wir Bolschewiki sind stolz darauf, Bescheidenheit zu üben und jeder Verehrung entgegenzuwirken, mit der unsere Person bedacht zu werden droht.«

Während die Kellner Silbertabletts verteilten, auf denen sich Lachskanapees stapelten, schickte ich Jusis zum Kofferraum meines Packards, um den Weidenkorb mit dem Essen zu holen. Es war von der Tscheka zubereitet und mit dem Siegel *Garantiert ohne giftige Inhaltsstoffe* versehen worden. Der Chosjain war so etwas wie ein Fachmann für Gifte. Blausäure rieche nach verbrannten Mandeln, hatte er mir einmal erklärt, Schierling wie ein Rattennest, Oleander wie Schokolade und Arsen wie verrottendes Essen. Bei öffentlichen Empfängen zu essen, lehnte er kategorisch ab, es sei denn, er selbst brach das Siegel eines mitgebrachten Essenskorbs. An ihm vorbeireichend, stellte ich den Korb auf den Tisch. Genosse Stalin schlitzte das Siegel mit dem Nagel eines seiner nikotingelben Finger auf und roch an den kalten, mit Schweinehack gefüllten Piroggen, bevor er eine davon in den Mund steckte.

Am Kopf der Tafel stand Gorki auf und klopfte mit dem Messer gegen seine Wasserkaraffe. »Alle reden von Lenin und dem Leninismus, aber Lenin ist lange tot. Ich sage, lang lebe Stalin und der Stalinismus!«, rief er und hob sein Weinglas hoch bis über den Kopf. »Ein langes Leben, Kraft, Weisheit und Durchhaltevermögen, um über die zahlreichen Feinde des ersten sozialistischen Staates auf dem Planeten Erde zu triumphieren.«

Sofort waren alle Gäste auf den Beinen. »Auf den Genossen Stalin!«, riefen sie im Chor und tranken ihren Wein aus.

Stalin drohte Gorki mit dem kleinen Finger. »Wie können Sie das sagen? Lenin war die Faust, Stalin ist nur dieser kleine Finger.« Die Gäste an Stalins Ende des Tisches, die seinen Kommentar gehört hatten, applaudierten.

Ich machte einen Kontrollgang in die Küche, um mich zu versichern, dass die Bediensteten mit israelitischen Namen nach Hause geschickt worden waren. Als ich zurück an meinen Platz beim Chosjain kam, erzählte er gerade einen Witz. Der Chef konnte eine Schlange aus ihrer Haut schmeicheln, wenn ihm danach war. »Wenn Sie ihn schon kennen, unterbrechen Sie mich«, sagte er den Gästen in Hörweite um sich herum. »Also: Ein Türke fragt einen Serben, warum sie immer Krieg führen. ›Um Beute zu machen‹, sagt der Serbe. ›Wir sind ein armes Volk und hoffen auf etwas Gewinn. Und was ist mit euch?‹ ›Wir kämpfen für Ruhm und Ehre‹, antwortet der Türke, worauf der Serbe sagt …« Der Chosjain musste bereits lachen. »Er sagt: ›Alle kämpfen für das, was sie nicht haben.‹«

»Alle kämpfen für das, was sie nicht haben«, wiederholte Gorki und fing schallend und mädchenhaft zu lachen an. Die Gäste um Stalin herum schlugen anerkennend auf den Tisch. Einen Augenblick später fragte jemand, ob der Chosjain glaube, der Sowjetkommunismus werde sich über die industrialisierten Länder ausbreiten.

Genosse Stalin war jetzt in seinem Element. »Als wir Bolschewiki die Macht übernahmen«, sagte er, »glaubten einige der naiveren Genossen, unser Aufstand würde der Zündfunke für Revolutionen im ganzen kapitalistischen Europa sein. Jemand schlug sogar halb im Scherz vor, an der Grenze einen hohen Turm zu errichten, mit einem Ausguck zu besetzen und nach der Weltrevolution Ausschau zu halten. Stalin, der an die Errichtung des sozialistischen Systems in einem Land nach dem anderen glaubte, zuerst in Russland, erklärte ihnen, so ein Turm hätte zumindest den Vorteil, einen beständigen Arbeitsplatz zu schaffen. Sie verstehen, was ich meine. Welche Länder sind reif für die Revolution? Ganz sicher nicht Amerika, wo alle viel zu sehr damit beschäftigt sind, Vermögen anzusammeln oder an dem festzuhalten, was sie bereits angesammelt haben, als dass sie auf die Straße gehen würden. Die Franzosen haben zu viel mit Essen, Trinken und Fortpflanzung zu tun, um an eine Revolution zu denken. Und was das Vereinigte Königreich angeht, so muss leider gesagt werden, dass die Engländer unfähig sind, gegen ihren König zu rebellieren, würde die Revolution doch auch bedeuten, Schilder zu ignorieren, die verbieten, den Rasen zu betreten.«

»Bleiben die Deutschen«, sagte Gorki.

»Jedes Kind weiß, dass die Deutschen es nicht schaffen würden, auch nur einen Bahnhof zu stürmen, ohne vorher eine Bahnsteigkarte zu kaufen«, sagte der Chef mit einem Grinsen.

Die Leute um den Genossen Stalin herum begannen, sich angesichts der Geselligkeit des Chosjain zu entspannen. Michail Scholochow, der Gorki zur Linken meinem Chef gegenübersaß, wollte wissen, ob an dem Gerücht etwas dran sei, dass das Zentralkomitee daran denke, Moskau in Stalinodar umzubenennen.

»Ich kann Ihnen verraten, wobei das Gesagte diesen Raum nicht verlassen darf, dass dieses Thema tatsächlich aufgebracht, von Stalin aber rundweg abgelehnt wurde.«

Scholochow, ein Liebling des Genossen Stalin, fragte den Chef, was dessen Meinung nach die höchste Kunst sei, Prosa, Dramatik oder Dichtung. Stalin dachte einen Moment lang nach. »Die Dichtung steht eindeutig weit über den anderen Künsten. Gerade erst hat Stalin genau diese Frage mit dem amerikanischen Schriftsteller Dos Passos besprochen, der uns im Zusammenhang mit dem Schriftstellerkongress besucht. Dos Passos stimmte meiner Formulierung zu und zitierte den britischen Romanschreiber Maugham, der sich dahin gehend ausdrückt, der Dichter lasse noch die besten Prosaschriftsteller wie ein Stück Käse aussehen. Das ist auch Stalins Meinung.«

Gorki sagte eine Tonlage höher als gewöhnlich: »Ich kann nicht sagen, dass ich dem zustimme …«

Der Chef zog geräuschvoll an der verloschenen Pfeife. »Niemand verlangt von Ihnen, dass Sie das tun«, sagte er in einem so seidig netten Ton, dass Gorki nicht umhinkam zu erkennen, wie sehr er sich gerade ins Abseits manövrierte. Der Chosjain schätzte es nicht, wenn man ihm in der Öffentlichkeit widersprach. Bei einer Gelegenheit hatte er mir erklärt, dass das fast schon einem kriminellen Akt gleichkomme.

Als die Kellner Schüsseln mit Früchten und Keksen brachten, klopfte der Chosjain mit seiner Dunhill auf den Tisch. »Genossen«, rief er, und sofort verstummten alle Gespräche im Raum. »Sie fragen sich bestimmt, warum Sie alle eingeladen wurden, Gorkis Gastfreundschaft gerade an diesem Februarnachmittag zu genießen. Wir dachten, es könnte sinnvoll sein, Ihnen, den hervorragendsten sowjetischen Schriftstellern, Redakteuren und Lektoren, einen Ausblick auf die neue Kulturpolitik zu geben, die das Politbüro anlässlich des ersten unionsweiten sowjetischen Schriftstellerkongresses verkünden wird. Wir sind dabei, die Parteilinie neu auszurichten, und zwar vom Modernismus zu dem, was wir den sozialistischen Realismus nennen. Was ist der sozialistische Realismus? Von Stund an ist er die verbindliche Ästhetik für die bildende Kunst, für Theater und Film sowie für sämtliche Formen schöpferischen Schreibens. Der sozialistische Realismus erkennt an, dass es keine abstrakte Form von Kunst oder Kultur gibt.

Alle Kunst, alle Kultur dient entweder der Revolution und der Partei, oder sie tut es nicht. Der sozialistische Realismus bestimmt, dass jedwede Kunst von der Form her realistisch und vom Inhalt her sozialistisch zu sein hat. Er sieht den Schriftsteller als Ingenieur der menschlichen Seele, der die moralische Verpflichtung hat, das sowjetische Proletariat zu inspirieren, sozialistische Träume zu träumen.«

Ganz am Ende des langen Tisches hob ein junger Geschichtenschreiber die Hand.

»Sie brauchen nicht um Erlaubnis fragen, wenn Sie etwas sagen wollen«, instruierte ihn der Genosse Stalin. »Wir sind alle gleich.«

Der junge Mann rieb sich nervös den Stoppelbart auf dem breiten Bauerngesicht. »Ich möchte den Genossen Stalin gerne fragen, wie ein Schriftsteller, der verbindlichen Ästhetik des sozialistischen Realismus folgend, mit der Frage der Kollektivierung umgehen soll. Wenn wir der Form nach realistisch sein sollen, müssen wir das Chaos und die Verzweiflung porträtieren ...«

Durch die Fenster der Villa war das Hupen einiger Automobile an einer Baustelle am Fuß des Hügels zu hören. Der Chosjain beugte sich vor, um den Sprecher besser in den Blick zu bekommen. »Wie ist Ihr Name, Genosse?«

»Saakadze, Sergo.«

»Saakadze, Sergo«, wiederholte der Chef freundlich. »Stalin dankt Ihnen für den Beitrag. Also, um die Kollektivierung der Bauernschaft zu einem durchschlagenden Erfolg zu machen, war ein gewisses Maß an Chaos und Verzweiflung unvermeidlich. Wenn das sozialistische Heimatland in großem Maßstab Verschwendung und Armut eliminiert, geraten die Dinge in Bewegung. Sie, die kulturellen Arbeiter, tragen die Verantwortung, die Kollektivierung den Massen gegenüber zu rechtfertigen. Sie müssen Chaos und Verzweiflung mit dem Erreichten abwägen und so ihr *realistisches* Porträt der fraglichen Ereignisse zeichnen. Durch die Kollektivierung wird die Industrialisierung erst möglich. Die Kollektivierung zu verlangsamen, schädigt die Industrialisierung. Das wiederum würde bedeuten, dass unsere sozialistischen Republiken hinter den Westen zurückfielen, und wer zurückfällt, landet am Ende auf dem Müllhaufen der Geschichte. Wir müssen nur an das alte Russland denken, das aufgrund seines militärischen, kulturellen, politischen, industriellen und landwirtschaftlichen Rückstands wieder und wieder geschlagen wurde: von den mongolischen Khans, dem polnisch-litauischen Adel und den anglofranzösischen Kapitalisten. Genossen, sehen wir der Realität ins Auge. Wir liegen ein halbes Jahrhundert hinter den führenden Industrieländern zurück. Diesen Rückstand müssen wir in zehn Jahren aufholen, oder wir gehen unter. Adolf Hitler hat einen Mordshunger. Denken Sie an meine Worte: Wenn Hitler sich erst einmal am Westen gütlich getan hat, wird er sich nach Osten wenden. Wir müssen bereit sein, ihn mit kaltem Stahl willkommen zu heißen. Stalin und sein Politbüro glauben, dass wir fähig sind aufzuholen, bevor der unvermeidliche Krieg mit Nazideutschland ausbricht. Sie dürfen niemals die Tatsache aus den Augen verlieren, dass wir mit dem unwiderlegbaren wissenschaftlichen Marxismus bewaffnet sind, der es uns erlaubt, die Zukunft vorauszusehen und den Gang der Geschichte zu ändern. Die Kapitalisten leben von Religionen, die einen Himmel *nach* der Erde versprechen, wir dagegen haben die Aussicht auf den Himmel *auf* Erden. Unsere Fabrik- und Landarbeiter werden noch in dieser Welt für ihre Mühen belohnt werden und nicht erst in irgendeinem Jenseits.« Mein Chef reckte den Finger in Saakadzes Richtung. »Sie fragen, wie Sie mit der Kollektivierung umgehen sollen. Lassen Sie sich von Michail Alexandrowitsch hier anleiten.« Mit einiger Mühe hob der Genosse Stalin seinen verkrüppelten Arm und deutete auf Scholochow auf der anderen Seite des Tisches. »Lassen Sie sich von seinem meisterlichen Roman über die Kollektivierung, *Neuland unterm Pflug,* leiten. Stalin hat ihn zweimal gelesen. Dem Genossen Scholochow gelingt es darin, den Marx'schen Lehrsatz über die absolute Idiotie des Landlebens unter den Zaren zu dramatisieren.«

Gorki nickte in heftiger Zustimmung. »Wenn der Feind nicht aufgibt«, sagte er und sah sich unter den Schriftstellern und Redakteuren um, »muss er vernichtet werden.«

Der Genosse Stalin sagte daraufhin tadelnd: »Genosse Gorki, niemand außer Ihnen hat bisher das Thema Vernichtung angesprochen.«

Gorki wurde blass. »Ich lasse mich von der Gerechtigkeit unserer Sache mitreißen«, murmelte er.

Sergo Saakadze wollte die Hand schon wieder heben, zog sie aber schnell zurück, wie ein Kind, das beim Verletzen einer Regel erwischt wurde. »Genosse Stalin, jeder, der die Geschehnisse verfolgt, weiß, dass immer mehr Menschen in der Ukraine Hunger leiden, und doch exportiert die Sowjetunion laut *Prawda* immer noch Korn. Warum schicken wir die Nahrungsmittel nicht in die am schwersten betroffenen Gebiete, statt sie in den Westen zu exportieren?«

Der Chosjain musterte die Gesichter am Tisch. »Unser Genosse ist ein guter Geschichtenerzähler«, verkündete er. »Er erfindet den Hunger, um uns Angst zu machen.« Mit schweren Lidern richtete er den Blick auf Saakadze. »Was schreiben Sie? Fabeln für Schwachköpfe? Woher haben Sie Ihre Informationen?«

»Ich bekomme meine Informationen von meiner Mutter und meinem Vater, die in …«, er nannte den Namen einer Oblast in der Ukraine und eines Dorfes dort. »Ich bin selbst in diesem Dorf geboren und aufgewachsen. Dank der bolschewistischen Politik der Gleichheit konnte ich eine höhere Schule besuchen und wurde zur Universität von Kiew zugelassen, wo ich heute lehre. Seit Lenins Zeiten bin ich Parteimitglied. Gemäß dem Gesetz der Kollektivierung sind Bauern, deren Kinder in staatlichen Bildungsanstalten unterrichten, von den Zwangskollektivierungen ausgenommen. Dennoch waren meine Eltern schlimmster Unterdrückung durch die Tschekisten ausgesetzt. Deshalb frage ich Sie, Genosse Stalin, warum meine Eltern, denen ein kleines Stück Land gehört und die damit für die Parteipropagandisten offenbar Kulaken sind, nicht von den Enteignungen und Zwangskollektivierungen ausgenommen wurden, wie es das Gesetz besagt.«

Ich sah an der Haltung des Chefs, wie verärgert er war. Seine Schultern neigten sich nach rechts, die Füße standen flach auf dem Boden, und er kaute an seiner Pfeife, als könnte er es nicht abwarten, eine Zigarette zu rauchen. »Tatsache ist, dass es mit der Kollektivierung besser und schneller vorangeht, als wir angenommen hatten«, sagte er endlich. »Worauf unsere Leute vor Ort, berauscht von ihrem Erfolg, hier und da über das Ziel hinausschossen und eine kleine Zahl mittlerer Bauern fälschlicherweise als Kulaken identifizierten. Sie schüchterten sie ein, um sie in Kolchosen zu zwingen, konfiszierten ihr Saatgut und ihr Vieh. Dennoch kann Stalin Ihnen sagen, dass die Politik der Kollektivierung im Ganzen gesehen die richtige Politik zur richtigen Zeit ist. Schreiben Sie Ihren Namen, den Ihrer Mutter und Ihres Vaters auf und dazu auch den Ihres Dorfes. Stalin wird seine Leute anhalten, sich um die Sache zu kümmern. Sollte entschieden werden, dass Ihren Eltern Unrecht geschah, werden wir es wiedergutmachen.«

Minuten später begleitete ich den Chosjain durch die Küche und das Wäschezimmer hinaus zu seinem wartenden Wagen. Einer von Jagodas Tschekisten hielt ihm die hintere Tür auf. Der Genosse Stalin gab mir einen Zettel mit Saakadzes Namen. »Zum Teufel mit seiner Mutter«, sagte er gedämpft. An seiner Unterlippe klebte eine feuchte Kasbek-Papirossi. »Wer hat den Scheißkerl eingeladen?«

»Gorki.«

Der Chosjain war tief verärgert. »Es ist moralisch verwerflich, öffentlich die Kollektivierung infrage zu stellen oder das Gespenst des Hungers heraufzubeschwören. Sorgen Sie dafür, dass die Organe ihn durchleuchten.«

Drei

Fikret Schotman
Dienstag, 3. April 1934

Was Frauen angeht, war Agrippina so gut wie die meisten und besser als viele, aber wenn sie sich erst mal was in den Kopf gesetzt hatte, wettete man besser nicht drauf, dass sich die Sache bald schon klären würde.

»Ich lese dich wie ein offenes Buch, Fikret. Wenn du so aus dem Fenster starrst und dein Spiegelbild darin zunebelst, hörst du mir nicht richtig zu. Dann bist du ganz woanders, zurück in den Bergen von Aserbaidschan. Dann hievst du Felsblöcke aus dem Fluss hinter der Hütte deines Vaters auf einen Ochsenkarren, gräbst die Absätze in den Boden und zerrst den Ochsen samt Karren voran, um ihn die Böschung rauf aufs Flache zu kriegen.«

Damit lag sie nicht ganz falsch. Ich hatte großes Heimweh nach der süßen Luft von Aserbaidschan und dem Lied der Bergbäche, die um die Felsen spülten. Ich sehnte mich nach den einfacheren Zeiten, als ich von meiner Hände Arbeit hatte leben können, ohne mir Sorgen machen zu müssen, dass irgendwelche Stadtleute alles, was man tat und sagte, in ein schlechtes Licht stellten.

»Dir zu wünschen, wieder in Aserbaidschan zu sein,

bringt dich nicht dorthin zurück«, sagte Agrippina, und wenn sie auch nur etwas mehr als halb so groß war wie ich und nicht mal die Hälfte meines Gewichts hatte, packte sie mit ihren kleinen Händen doch eins meiner Handgelenke und zog mich rüber zur Bank am Fuße unseres Bettes, schubste mich drauf und kniete sich vor mich hin. »Hör zu, Fikret. Pass auf. Du bist kein großer Denker, deshalb musst du dich auf jedes Wort konzentrieren, das aus meinem Mund kommt. Jetzt noch mal von vorne. Bevor wir schlafen gehen, müssen wir uns überlegen, was du sagst, wenn sie kommen und uns mit ihren Fragen löchern.«

»Warum bist du so sicher, dass sie kommen?«

»Du bist beim Treffen der Zirkuskooperative denunziert worden, und zwar von keiner Geringeren als der bärtigen Frau, die mit dem Vertreter der Tscheka vorne im Büro schläft. Der schreibt sicher einen Bericht, davon leben die Tschekisten schließlich. Und die Leute, die seinen Bericht lesen, die kommen dann her und schnüffeln rum. So war's auch, als sie Dancho, den Zauberer, geholt haben, weil er Pfeile auf eine Zielscheibe geworfen hat. Woher sollte er wissen, dass sich hinten auf dem Zeitschriftenblatt, auf das sie gemalt war, ein Foto von Stalin befand? Also los, fangen wir an mit den europäischen Spielen in Wien.«

»Das habe ich dir doch schon erzählt. Ich habe fünfzig US-Dollar vom zweiten Trainer der amerikanischen Mannschaft genommen und dafür diesen Hoffman das Kreuzheben gewinnen lassen. Der einzige Grund, weswegen ich das Geld genommen habe, war, weil er doch schon den Weltrekord mit 295 Kilo hielt. Ich selbst hatte bisher nur 285 geschafft, also hätte er sowieso gewonnen. Wo liegt also der Schaden?«

»Mit den fünfzig Dollar hast du dann den Überseekoffer

von einem Dienstmann des Hotels gekauft, der ihn im Keller des Hotels gefunden hatte. Das Ding stammte von einem Handelsreisenden, der, ohne zu zahlen, aus dem Hotel verschwunden war.«

»Ich kapiere nicht, warum wir die fünfzig Dollar mit ins Spiel bringen müssen«, erklärte ich Agrippina. »Wir können doch sagen, der Koffer war ein zusätzlicher Preis, weil ich die Silbermedaille im Kreuzheben gewonnen habe.«

»Das erklärt nicht, wie der Eiffelturm-Aufkleber draufgekommen ist.«

»Ich könnte auch die Wahrheit sagen: dass ihn dein Halbbruder Archip letzten Sommer aus Paris mitgebracht hat, als das Orchester der Roten Armee, in dem er die zweite Trompete spielt, von seiner Europareise zurückkam.«

»Das solltest du als Letztes sagen! Denk nur, was aus Archip wird, wenn sie rauskriegen, dass er überall Eiffelturm-Aufkleber verteilt hat. Nein, nein, du sagst, der Eiffelturm war drauf, als du den Koffer in Wien gekriegt hast. Du sagst, er ist dir nie aufgefallen, bis sie gestern Abend bei der Zirkuskooperative drüber gesprochen haben.«

»Das sollte nach der Wahrheit klingen. Der Koffer war voll mit Aufklebern aus ganz Europa. Wobei, selbst wenn ich ihn gesehen hätte, woher hätte ich wissen sollen, dass es ausgerechnet der Eiffelturm aus Paris war?«

»Du bist so arglos, Fikret. Manchmal denke ich, du steckst noch in den Windeln. Jeder Dummkopf weiß, dass der Eiffelturm in Paris steht.«

»Ich wollte den Aufkleber ja abkratzen, als du ihn letzten Sommer auf dem Koffer entdeckt hast.«

»Das hätte es nur noch schlimmer gemacht. Dann hätte man den Umriss auf dem Koffer gesehen, und die Tscheka hätte gleich gemerkt, dass du was abgekratzt hättest. Darauf kannst du zählen, dass die alle Aufkleber der Welt in ihren Akten haben, und der dreieckige Eiffelturm-Aufkleber ist bestimmt einer der bekanntesten. Das wäre verdächtig gewesen. Warum, hätten sie sich gefragt, hat der den Eiffelturm von seinem Koffer gekratzt, wo es doch so ein unschuldiger Aufkleber sein soll?«

»Ich war nie in Paris oder Frankreich«, sagte ich. »Wien und Österreich, das ist das Weiteste, wo ich in meinem Leben war. Das kann ich beweisen: Jeder kann sehen, dass es keinen Paris-Stempel in meinem Reisepass gibt.«

»Fikret, Fikret, sieh es mal von ihrer Warte. Der Aufkleber ist ein Hinweis darauf, dass *du nach Paris willst,* weil du denkst, da gibt es Sachen, die du hier nicht findest. Wie kannst du nur so schwer von Begriff sein? Überall in Russland gibt es Türme. Vielleicht sind sie nicht so groß wie der in Paris, aber jede Frau weiß, dass es nicht auf die Größe ankommt. Lieber Gott im Himmel, wenn doch nur ein Aufkleber von einem sowjetischen Turm auf deinem Koffer klebte statt von diesem hässlichen französischen Ding.«

»Ich hätte nie gedacht, dass sich einer gerade den Eiffelturm von all den Aufklebern auf dem Koffer aussuchen könnte.«

»Oh, natürlich hast du gedacht, dass sie ihn sehen würden, Fikret. Da kenne ich dich besser. Du wolltest, dass die Zirkusleute ihn sehen, du wolltest, dass alle denken, die Partei traut dir so sehr, dass sie dir erlaubt hat, nach Paris zu fahren, nach Frankreich. Es ist deine Eitelkeit, die uns in diesen Schlamassel gebracht hat.«

»Du bauschst das Ganze viel zu sehr auf, Agrippina. Es ist doch nur ein Aufkleber. Und es ist ja auch nicht so, dass ich versucht hätte, ihn zu verstecken. Das könnte für mich sprechen, und dass ich Parteimitglied bin.«

»Sie haben Tausende von Parteimitgliedern eliminiert. Und was ist mit der Tätowierung?«

Die Tätowierung hatte ich ganz vergessen. Ich hatte sie mir machen lassen, als sie Zarizyn in Stalingrad unbenannt haben, im Gedenken an den großen Sieg des Genossen Stalin über die Weiße Garde während des Bürgerkriegs. »Das Gesicht von Josef Stalin auf meinem Bizeps zählt sicher mehr als ein Aufkleber auf einem Koffer. Ein Künstler in Alma-Ata hat ihn gemalt. Die Ähnlichkeit ist wirklich gut.«

Wie gewohnt war Agrippina schon wieder einen Schritt weiter. »Mach dir doch nichts vor, Fikret. Die Tätowierung verblasst, was als politische Aussage betrachtet werden könnte. Und die Verbrennung von dem Seil quer drüber, als ihr das große Zelt in Tiflis aufgebaut habt, die könnte als gewollte Entstellung gesehen werden, und das wäre gefährlich.«

Ich muss zugeben, sie schaffte es, dass ich mich unwohl fühlte. Ich fummelte etwas Machorka aus meinem Stoffbeutel und rollte ihn in einen jener wertlosen Staatsanleihecoupons aus der Zarenzeit, den ich anfeuchtete und verklebte. Agrippina holte ein Streichholz und entzündete es mit einem Schnipsen des Daumennagels. Ich ließ den Rauch aus meiner Nase strömen, damit die Zähne nicht noch gelber wurden. »Ein paar von deinen Tätowierungen verblassen auch« war alles, was mir einfallen wollte.

»Lenin schon, das stimmt, aber der ist unter meinem Büstenhalter versteckt, zwischen den Brüsten, und da werden sie nicht nachsehen. Trotzki ist Gott sei Dank so gut wie ganz weg. Wenn Leute mich fragen, wer das sein soll, sage ich immer Engels, und da sich keiner erinnert, wie der aussah, kann auch niemand was dagegen sagen. Der Stalin auf meinem Bauch ist dagegen frisch wie der junge

Morgen – und ich habe auch keinen Eiffelturm-Aufkleber auf meinem Koffer.«

Agrippina fing stumm zu schluchzen an, den Kopf auf meiner Hüfte. Ihre Tränen durchnässten meine Drillichhose. Um sie zu beruhigen, rieb ich ihr die Afrikakarte, die sich vom Nacken das Rückgrat hinunterzog, aber sie wimmerte immer weiter. »Was soll nur aus mir werden, wenn sie dich verhaften, Fikret?«

»Dann wirst du einen anderen Mann aus dem Zirkus finden, der das Bett mit dir teilt«, sagte ich. »In Aserbaidschan, wenn da ein Mann aus dem einen oder anderen Grund verschwindet, wartet seine Frau eine schickliche Zeit und sucht sich dann einen Ersatz. Das ist völlig normal. Es ist keine Schande, darüber zu sprechen oder es zu tun.«

Sie schüttelte heftig den Kopf. »Du bist der Erste, der meine Tätowierungen so liebt, und du wirst auch der Letzte sein.«

»Ich erinnere mich gut daran, wie du sie mir zum ersten Mal gezeigt hast, auch die, die sonst nie einer zu sehen bekommt.«

Das brachte ein verschämtes Lächeln auf Agrippinas Lippen. »Daran erinnere ich mich auch noch. Oh, was war ich aufgeregt! Auf dem Klo hab ich mich ausgezogen und bin in eins deiner Hemden geschlüpft, das mir bis über die Knie reichte. Barfuß bin ich dann in das Zimmer mit dem riesigen Bett, hab mich draufgestellt und auf deinen schönen Körper hinabgesehen. Und dann habe ich tief Luft geholt, das Hemd fallen lassen, die Arme ausgebreitet und laut *Tataa!* gerufen. Der Blick in deinen Augen sagte mir gleich, dass du mochtest, was du da sahst.«

»Oh, ja, das stimmt. Vor allem die Schlange, die sich den

Schenkel hochwand und den Kopf in deinen Haarbusch steckte. Und wie mich Lenin zwischen deinen kleinen Brüsten her anstarrte. Gott, und dein Afrika, von Tunesien oben im Nacken bis zum Kap der Guten Hoffnung direkt über der Arschspalte. Und dann Stalin auf deinem Bauch, die Mona Lisa auf der einen Hinterbacke und selbst noch Trotzki auf der anderen. Damals wusste schließlich noch keiner, dass er ein fauler Apfel war, der die Revolution verraten würde. Oh, und der sowjetische Werbespruch für elektrischen Strom, der deinen Arm herunterreichte, und die beiden Pfauen auf deinen Schultern, deren Federn die kleinen Brustwarzen kitzelten.«

»Fikret, mein Liebling, und ich liebte dich noch mehr, weil du das alles so liebtest.«

Plötzlich begriff ich, dass wir uns wegen des Aufklebers keine Sorgen machen mussten. Wie hatte ich nicht früher darauf kommen können? »Hör zu, Agrippina, wenn sie tatsächlich kommen, zeigen wir ihnen das Bild in der Zeitung, wie der Genosse Stalin mir die Hand schüttelt, nachdem ich in Wien, in Österreich, die Silbermedaille gewonnen habe. Wie viele Leute schütteln dem Genossen Stalin schon persönlich die Hand? Auch im Kreml nicht. Er sagte was dazu, wie ich der Welt zeigen würde, dass sozialistische Gewichtheber so gut oder noch besser sind als kapitalistische Gewichtheber, wobei die es für Geld und wir es für die sozialistische Heimat tun. Er sagte, mein zweiter Platz in Wien war der Beweis für die Überlegenheit des wissenschaftlichen Marxismus, wenn dafür denn noch ein Beweis nötig wäre.« Ich ließ mich von meinen eigenen Worten mitreißen und fing schon an zu hoffen, dass die Tschekisten tatsächlich kämen und ihre dummen Fragen stellten, damit ich meine Zeitungsartikel und die Fotos hervorholen konnte. »Ich werde ihnen den Artikel zeigen, in dem steht, wie sich der Genosse Stalin persönlich dafür eingesetzt hat, dass ich in der Kremlklinik operiert wurde, nachdem mir beim Reißen in Wilnjus bei 212 Kilo der Knorpel im linken Knie kaputtgegangen war, und wie dieser fette Ukrainer, dieses große Tier bei der Moskauer Metro, wie heißt er doch gleich noch?«

»Nikita oder so«, sagte Agrippina.

»Nikita Chruschtschow«, sagte ich aufgeregt. »Genau. Der lag mit bei mir im Zimmer, wegen seiner Gallenblase oder Nierensteinen, ich weiß es nicht mehr. Stell dir vor, ein wichtiger Kommunist wie er neben einem Gewichtheber. Als er wieder auf den Füßen war, kam er immer noch jeden Nachmittag, um zu sehen, wie es mir ging. Einmal hat er mich sogar zum Armdrücken rausgefordert. Natürlich hätte ich ihn schlagen können, aber ich ließ ihn gewinnen. Die Pfleger hatten gut was zu lachen, als sie uns zusahen.«

»Die Operation haben sie verpfuscht«, erinnerte mich Agrippina unangenehmerweise.

»Genosse Stalin kann nichts dafür, dass sich die Kremlärzte nicht mit Knieknorpeln auskannten. Und Nikita Chruschtschow, der hatte die Idee, dass ich als Kraftmensch im Zirkus arbeiten konnte, als die Ärzte damit herauskamen, dass es mit dem Gewichtheben aus und vorbei war. Verstehst du nicht, Agrippina, die Tschekisten werden sich winden, wenn sie kapieren, dass sie es mit einem zu tun haben, der dem Genossen Stalin die Hand geschüttelt und sich mit Nikita Chruschtschow im Armdrücken gemessen hat. Sie werden Entschuldigungen murmeln, um Nachsicht bitten und sich so leise wieder verdrücken, dass du nicht mal die Tür zugehen hörst.«

Was ich sagte, musste sie beruhigt haben, denn sie fiel

in tiefen Schlaf. Ihr Kopf lag auf meinem Schenkel, und da sie die Nacht vorher vor Sorge kaum geschlafen hatte, brachte ich es nicht über mich, sie zu wecken, auch nicht, als mein steifes Knie anfing zu pochen. Ich weiß nicht, wie lange ich gegen den Schmerz ankämpfte. Es muss nach Mitternacht gewesen sein, als ich ein Automobil unten vorm Haus vorfahren hörte. Wir sind weit genug von der großen Umgehungsstraße entfernt, um das Geräusch eines Autos mitten in der Nacht zu etwas Besonderem zu machen. Erst dachte ich, mir genau das einzubilden, wovor ich Angst hatte. Dann hörte ich, wie sich Männer auf der Straße unterhielten, wie der Hausmeister die Tür aufschloss und wie sich schließlich der Aufzug in Gang setzte. In meinem Kopf konnte ich mir die Bewohner fast jedes Stockwerks vorstellen, die fast alle wie wir im Zirkus arbeiteten. Ich sah, wie sie in die Dunkelheit starrten und lauschten, um festzustellen, wo er anhalten würde. Fast war ihr Aufatmen zu hören, wenn er ihr Stockwerk hinter sich ließ. Agrippina und ich wohnten im zweitobersten Stock, und ich hoffte und betete, dass er, bitte, lieber Gott, anhielt, bevor er bis zu uns kam. Aber er tat es nicht, und so fing ich an zu hoffen und zu beten, dass er noch eins weiter fuhr, bis nach ganz oben. Aber das tat er auch nicht. Ich hörte die schwere Aufzugstür aufschwingen und die Schritte der Männer, die den Korridor herunterkamen, und ich hoffte und betete, dass sie, lieber, lieber Gott, an eine andere Tür klopften. Aber die Schritte kamen näher, bis die Männer vor unserer Tür standen. Und dann drückte einer von ihnen auf den Klingelknopf.

Die Klingel hing hoch an der Wand und rasselte. Agrippina wurde wach, ohne zu wissen, was sie geweckt hatte. Sie fuhr auf und rieb sich mit ihren kleinen Fäusten den Schlaf aus den Augen. »Fikret, ich habe über die zaristischen Anleihecoupons nachgedacht«, sagte sie. »Ich glaube, wir sollten sie loswerden, bevor die Tschekisten sie finden.«

Die Klingel rasselte ein zweites Mal und hörte nicht wieder auf. Agrippinas Augen weiteten sich voller Panik. Ich beugte mich zu ihr hin und flüsterte ihr ins Ohr: »Ich liebe deinen tätowierten Körper, genau wie du gesagt hast. Das Leben mit dir war wie ein Leben in Kunst, Geschichte, Natur und Geografie auf einmal.«

Vier

Anna Andrejewna
Donnerstag, 12. April 1934

Ich habe Nadeschda versprochen, dass ich es versuchen will, und das werde ich auch. Sie ist der Meinung, dass es sinnvoll ist, alles zu Papier zu bringen. Also werde ich um Nadeschdas willen, und auch um unserer Nachkommen willen, die sich eines Tages womöglich näher mit dieser albtraumhaften Phase der russischen Geschichte befassen wollen, sehen, an wie viel ich mich erinnern kann.

Am fraglichen Tag war Ossip, der Inbegriff des Kavaliers, noch vor dem Morgengrauen aufgestanden und wartete bereits auf dem Bahnsteig auf mich, als der Nachtzug aus Petersburg einlief. (Ich will verdammt sein, wenn ich für das, was Dostojewski die *erfundene Stadt* nennt, das bolschewistische Pseudonym Leningrad benutze.) Er trug einen kleinen Strauß Ackerwinde in der Hand und hielt ihn mir unter die Nase, damit ich den Duft riechen konnte. Wir waren wie gewohnt voller Freude, einander zu sehen, hielten unsere Gefühle aber im gegenseitigen Einverständnis zurück, damit sie nicht mit uns durchgingen. Ossip hatte mir einmal allen Ernstes erklärt, dass die meisten Männer und einige Frauen deshalb nie weinten, weil sie Angst hätten, nicht wieder aufhören zu können. Ich dachte, Ossip sehe angesichts der Umstände einigermaßen gut aus, und sagte es ihm auch, aber er tat mein Kompliment, wenn es das denn war, mit einer schnellen Handbewegung ab und meinte, die Zustände von Kurzatmigkeit und Schwindel häuften sich in letzter Zeit. Ich fragte, ob er einen Arzt konsultiert habe, und er beantwortete meine Frage mit einem verlegenen, schmallippigen Lächeln. (Wegen seiner schlechten Zähne hatte er sich angewöhnt, mit geschlossenem Mund zu lächeln.) Ich spürte, dass er unter großem Druck stand. Nadeschda hatte mir von den Zigarettenstummeln erzählt, die sie regelmäßig bei der Rückkehr in die Wohnung in ihrem Aschenbecher fand. Sie hatte die ungebetenen Gäste Ossip gegenüber nicht erwähnt und hoffte, die Hinweise auf ihre Anwesenheit wären ihm entgangen. Bei einem Telefongespräch kurz vor meinem Besuch hatte er deprimierter als gewöhnlich geklungen. Als ich fragte, was denn sei, gab er zu, die Zigarettenstummel von Fremden in ihrem Aschenbecher gefunden zu haben. Da Nadeschda sie ihm gegenüber nicht erwähnt hatte, nahm er an, sie denke, es wären seine. So ist das Leben in unserem Sowjetsumpf dieser Tage. Kein Wunder, dass Ossips Augen vor Schlafmangel tief in ihren Höhlen lagen, seine Stirn von Sorgenfalten durchzogen war und er sich weit mehr, als ich es in Erinnerung hatte, innen auf der Backe kaute. Ich beschloss, kein Wort über die Sache mit den Zigarettenstummeln zu verlieren, es sei denn, er selbst sprach sie an. Wenn ihm danach war, würde er über das, was ihm Angst machte, schon reden. Wenn nicht, dann nicht.

Wir fuhren mit der Straßenbahn nach Moskau hinein und achteten darauf, nicht zu viel zu sagen, waren wir doch von Leuten umgeben, die wir nicht kannten. Borisik, wie ich Pasternak nannte, wartete auf dem kleinen Platz vorm Herzen-Haus auf uns. Er kam von seiner zukünftigen Exfrau Jewgenia, die mit ihrem Sohn im nobleren Flügel des Schriftstellerhauses wohnte. Es war um die Einzelheiten ihrer Scheidung gegangen. Wir fanden ihn auf einer Bank sitzend, Jacke und Weste aufgeknöpft, die Krawatte gelockert, das hagere Gesicht der Sonne zugewandt und die Lider so fest geschlossen, dass er sich Tränen unter den Wimpern her auf die Wangen gedrückt hatte. Ich betrachtete dieses gequälte und ausgemergelte Gesicht, das immer wieder von einem Lächeln überzogen wurde, wenn man es am wenigsten erwartete. Ich trat zwischen ihn und die Sonne, und er spürte gleich meinen Schatten. Erschrocken riss er die Augen auf. Als er mich erkannte, sprang er in die Höhe und umarmte mich ungestüm.

Pasternak und Mandelstam waren zwei meiner engsten Freunde auf dieser Welt. Die Zeit miteinander schenkte uns Luft zum Atmen in diesem schalen, erstickenden Land, wobei unsere Treffen von einer Intensität waren, die aus der realistischen Möglichkeit erwuchs, dass einer oder alle von uns nicht lange genug leben würden, um so zu dritt ein weiteres Mal zusammenkommen zu können. Dass die beiden so wundervolle Dichter waren, verstärkte das Band zwischen uns umso mehr, gab es dadurch doch eine gemeinsame Sprache und die Möglichkeit, Dinge auszudrücken, die sonst zwischen und hinter den Worten verborgen blieben. Ich bewunderte die beiden ungeheuer, die trotz aller Meisterschaft unsicher genug waren, um nicht langweilig zu sein. (Ist es nicht diese Unsicherheit, die Frauen anzieht?) Sie hielten ihre Dichtergabe nicht für selbstverständlich, sondern wussten, dass selbst noch so viele gelungene Gedichte keine Gewährleistung dafür boten, auch in Zukunft gute Gedichte zu schreiben. Was sonst einte uns noch? Wir drei spürten die unverbrüchliche Verantwortung, in dieser Lügen-Einöde die Wahrheit zu benennen.

Unser Zusammensein brachte das Beste in ihnen und mir zum Vorschein, was angesichts der Zeiten, in denen wir lebten, nicht wenig war. Wenn wir drei die Möglichkeit fanden, uns zu treffen, flüchteten wir uns in einen Raum aus Nähe und Einverständnis, was, wie ich als Erste zugeben möchte, nicht ohne sinnliche Untertöne war. (Vor Jahren hatte ich mit einem von ihnen geschlafen und hätte es auch mit dem anderen getan, hätte er mich je gefragt. Ich werde nicht auflösen, wer welcher war. Lassen Sie das mein kleines Geheimnis sein.)

Wir spazierten dahin, ich ging zwischen den beiden und sah glücklich von einem zum anderen. Keiner von uns dachte ans Ankommen, wir waren völlig zufrieden mit dem Dahinschreiten. In der Ferne konnten wir riesige Kräne erkennen, die Abrissbirnen gegen die von den Bolschewiken verdammte Christ-Erlöser-Kathedrale krachen ließen. Ossip, der Metaphern an den unwahrscheinlichsten Orten entdeckte, hielt es für ein Zeichen der Zeit, dass die mächtigen Abrissbirnen die Form von Tränen hatten. Mit jedem wütenden Schlag dieser Tränen schossen Kalk- und Zementgeysire zum Himmel. Ich glaube, ich trug einen Gummiregenmantel mit Kapuze, da ich gefürchtet hatte, es könne Regen geben, dazu schwarz glänzende, knöchelhohe Stiefel. Ja, ja, es muss so gewesen sein, denn ich erinnere mich noch, wie Ossip mich damit aufzog, mich wie ein Tiefseetaucher zu kleiden. (Es ist verrückt, wie viele Einzelheiten einem einfallen, wenn man sich erst mal ans Erinnern macht.) Borisik war noch ganz von der neuen Oper Schostakowitschs gefangen, *Lady Macbeth von Mzensk*, die er am Abend zuvor im Nemirowitsch-Stanislawski gesehen hatte. Es bereitete ihm tiefes Vergnügen, laut aus der dümmlichen Besprechung in der *Prawda* vorzulesen. Ich kann noch seine melodiöse Stimme hören: »*Eine hässliche Flut verwirrender Töne, ein wildes Durcheinander von Knarzen, Kreischen und Klirren.* Ah, und das«, sagte er und schlug mit dem Handrücken auf den Zeitungsausriss, den er extra mitgebracht hatte. »*Unsowjetisch.* Was zum Teufel soll das bedeuten? Ich ahne ja, worauf sie mit ihrem Geschwafel vom sozialistischen Realismus hinauswollen, aber wie kann Musik um Himmels willen in der Form realistisch und vom Inhalt her sozialistisch sein?« Er schüttelte empört den Kopf und fügte gleich noch hinzu: »Wir leben in einer Diktatur des Mittelmaßes und nicht des Proletariats.«

Ossip erzählte, dass ihn Ehrenburg besucht habe, der russische Romanschriftsteller, der seit den frühen Zwanzigern im Westen lebte. »In einem Ton, der wenig Raum für Debatten ließ, hat mir Ilja Grigorewitsch klargemacht, wie sehr er die fortschrittliche Politik der Sowjetunion bewundere. Es versteht sich von selbst, dass ich das nicht ohne Kommentar hinnehmen konnte.«

»Versteht sich«, stimmte Borisik ihm zu und ließ sein köstliches Lächeln sehen.

»Ich habe ihm den Kopf dafür gewaschen, dass er von Paris aus beschönigt, was die Schriftsteller, Künstler und Dichter hier an eigenem Leib erfahren müssen. Ich habe ihm erklärt, wie schwer es ist, in dieser Atmosphäre ehrliche Verse zu schreiben, und wie ich vergeblich Redaktionen und Verlage abklappere, um jemanden zu finden, der Mumm genug hat, ein Mandelstam-Gedicht zu veröffentlichen.«

»Und die Probleme derer, die in der Stadt leben, verblassen noch gegen das, was auf dem Land geschieht«, warf Borisik ein.

»Genau«, stimmte Ossip ihm zu und ließ seinen Stock am Zaun eines örtlichen Parteigebäudes entlangklappern. Der Lärm behagte Borisik und mir nicht. Wir waren nicht darauf aus, Aufmerksamkeit zu erregen. »Ich habe ihm von unserer, Nadenkas und meiner, Zugfahrt zurück von der Krim berichtet«, fuhr Ossip fort, »von den ausgemergelten, wie Feuerholz aufgeschichteten Leichen auf den offenen Wagen, die in Schlangen vor provisorischen Friedhöfen warteten, und von den völlig abgemagerten Gäulen auf den Feldern, die kaum noch ihre Pflüge zu ziehen vermochten. Ich zitierte eine Zeile aus einem Gedicht, das ich vor Jahren geschrieben habe. Sie fasst meine Haltung gegenüber der Sowjetmacht ziemlich gut zusammen: *Mein Wolfshund-Jahrhundert, mich packts, mich befällts* ... Ich konnte sehen, wie Ehrenburgs Augen fieberhaft nach einem Weg suchten, möglichst schnell aus unserer Wohnung zu kommen«, sagte Ossip düster. »Er hat mir nicht ein Wort geglaubt.«

Wir entdeckten eine leere Bank bei einer Straßenbahnhaltestelle und setzten uns. Eine Frau mit einem Kinderwagen stand nicht weit entfernt in der Sonne und wartete auf die nächste Bahn. Da sie uns den Rücken zugekehrt hielt, achteten wir nicht weiter auf sie.

»Ich habe das Gefühl, die Welt bricht über mir zusammen«, sagte Ossip und legte die Stirn in Falten. »Wobei ich mich nicht beklagen sollte. Ich habe das Glück, in einem Land zu leben, in dem die Dichtung einen hohen Stellenwert hat. Menschen werden umgebracht, weil sie Gedichte lesen oder schreiben.«

Ossip öffnete mit seinen Worten ungewollt alte Wunden, war doch mein erster Mann, der Dichter Nikolai Gumiljow, an einem fürchterlichen Tag im Jahr 1921 von den Bolschewiken als Konterrevolutionär erschossen worden. Ich will auch den brillanten Jessenin nicht vergessen, der es wie kein anderer seiner Generation verstand, das bäuerliche Leben heraufzubeschwören, und sich selbst in Alkohol ertränkte, bevor er 1925 Selbstmord beging. Und dann war da noch der unerträglich schlaue Majakowski, der sich 1930 umbrachte, aus Enttäuschung über die Revolution, die er so leidenschaftlich vertreten hatte. Ossip muss gesehen haben, wie ich die Augen schloss. »Entschuldigen Sie, Anna«, sagte er und fasste meinen Ellbogen. »Ich wollte Sie nicht …«

»Verschüttete Milch«, sagte ich, »bringt mich immer zum Heulen. Aber ich werde aufhören, damit ich nicht feststellen muss, dass ich mit einem Mal nicht mehr aufhören kann.«

Er schenkte mir eines seiner schmallippigen Lächeln. Offenbar freute es ihn, dass ich mich an seine Beobachtung über das Weinen erinnerte.

»Und was machen Sie dieser Tage so, Borisik?«, fragte ich und hoffte, das Gespräch damit in trockenere Gefilde zu bewegen.

»Mein Leben ist zu einer Theatervorstellung geworden«, stöhnte Pasternak. »Langsam verstehe ich, warum sich Alkoholiker betrinken und hoffen, nie wieder nüchtern zu werden. Ich bin völlig ausgepumpt, was nicht einfach nur an den Schwierigkeiten der derzeitigen Lebensverhältnisse liegt, nein, es geht um meine ganze Existenz. Die Unveränderbarkeit der Dinge laugt mich aus. Ich lebe in Glaube und Trauer, Glaube und Angst, Glaube und Arbeit.«

»Was für Arbeit?«, wollte Ossip wissen.

»Bitte, erzählen Sie uns von Ihrer Arbeit«, sagte ich.

»Ich habe wieder in Shakespeares *Hamlet* gelesen. Ich träume davon, ihn eines Tages zu übersetzen.«

»Sie sollten Ihre eigenen Verse schreiben, Boris«, sagte Ossip, »und nicht die anderer übersetzen. Die Wirkung eines Pasternak-Gedichtes auf einen anderen Dichter hat etwas Befreiendes. Es befreit die Stimme, den Geist und die Vorstellungskraft. Im Übrigen geht die Dichtung in der Übersetzung verloren.«

»Eines der vielen Dinge, die ich an Ihnen mag, Ossip – eines der vielen Dinge, die ich an Ihnen liebe –, ist, dass es Ihnen gleich ist, von wem ein Gedicht stammt, von Ihnen oder einem anderen. Wenn es wahre Dichtung ist, sind Sie stolz darauf. Im Gegensatz zu mir sind Sie ohne Neid.«

Ossip schüttelte den Kopf. »Ich beneide Sie, weil Sie veröffentlicht werden. Ich beneide Sie um Ihre Besprechungen.«

»Meine Besprechungen! Sie reiben Salz in meine Wunden. Erst letzte Woche hat mir eine literarische Zeitschrift vorgeworfen, auf der falschen Seite der Barrikade des Klassenkampfes zu stehen und auf Kosten der Gegenwart die Vergangenheit zu verherrlichen.«

Zu Ossips Freude rief ich sofort ein fiktives Gericht zusammen. »Boris Leonidowitsch Pasternak, worauf plädieren Sie?«

Boris verkündete: »Ich plädiere auf Wahnsinn, Wut und Wahnsinn.«

»Welchen Unterschied macht es, worauf er plädiert? Er ist eindeutig schuldig im Sinne der Anklage. Es bleibt nichts zu tun, als ein angemessen unangemessenes Urteil zu fällen.«

»Da wir in keiner Weise verpflichtet sind, eine dem Vergehen entsprechende Bestrafung zu finden«, sagte ich und genoss das Spiel, »schlage ich das einzig vernünftige Urteil vor.« Und zu Ossips großem Vergnügen zitierte ich eine Zeile aus einem wahren Kleinod von Gedicht, das er mir einst gewidmet hatte: »*Werd sie finden, die Axt dort im Wald – für den letzten, den köpfenden Hieb.*«

»Ein Henkersbeil!«, rief Ossip. »Das ist der bolschewistische Geist der Dinge.«

»*And where th'offense is, let the great axe fall*«, verkündete Boris auf Englisch und zitierte damit, wie er uns erklärte, eine Zeile aus Shakespeares *Hamlet*.

Wir brachen in Lachen aus – mein Herz schmerzt mir, jetzt, da ich mich an die Szene erinnere, denn es sollte das letzte Mal sein, dass wir drei zusammen lachten. Man könnte sagen, dass das Lachen an jenem sonnendurchtränkten Donnerstag im April Anno Domini 1934 aus unserem Leben verschwand.

Eine Straßenbahn kam die Straße heraufgepoltert, Funken spritzten vom Kabel darüber, und mit einem metallenen Kreischen blieb die Bahn vor uns stehen. Ich winkte dem Wagenführer zu und bedeutete ihm, dass wir nicht einsteigen wollten. Offenbar wollte auch die Frau mit dem Kind im Kinderwagen nicht mitfahren. Der Wagenführer rief aus der offenen Tür: »Wer auf keine Bahn wartet, Genossinnen und Genossen, sollte nicht an der Haltestelle sitzen.« Damit zog er die Tür zu und fuhr weiter die Straße hinauf.

Borisik stöhnte. »Was ist es nur mit uns und der neuen Ordnung, dass wir nicht mal die Straßenbahn-Etikette richtig hinbekommen?«

»Das ist mein Los«, sagte ich. »Glauben Sie wirklich, es gibt eine Verordnung, nach der diese Bänke Straßenbahnpassagieren vorbehalten sind?«

»Warum nicht?«, sagte Ossip verärgert. »Schließlich gibt es auch Verordnungen für alles andere, das Schreiben von Gedichten eingeschlossen.«

»In dem Artikel in der *Prawda* steht«, sagte Borisik, »dass Stalin selbst die neuen Vorschriften verkündet hat, und zwar bei einem Schriftstellertreffen in Gorkis Villa.«

»Sozialistischer Realismus«, sagte ich, »da könnte ich kotzen.«

»Es wird Ihnen nicht entgangen sein, dass keiner von uns zu diesem Treffen zwischen Stalin und den sogenannten Ingenieuren der menschlichen Seele eingeladen war«, sagte Borisik. »Was heißt das für Sie?«

Und jetzt äußerte Ossip etwas, das uns erstaunte: »Stalin hat uns ein großes Kompliment gemacht. Mit seinem Bauerninstinkt dafür, was echt und was bloßer Ersatz ist, steckt er uns nicht in einen Topf mit den Schriftsteller-Ingenieuren.«

Ich war mir nicht sicher, ob Ossip das ironisch meinte. »Glauben Sie wirklich, dass er zwischen echter und unechter Kunst unterscheiden kann?«

»Der Gebirgler im Kreml, wie ich ihn fortan nennen will, versteht sicher den Unterschied zwischen dem Dichter, Dramatiker oder Komponisten, der die obligatorische Monodie auf den ewig währenden Ruhm Stalins liefern will, und denen, die es nicht wollen, weil sie moralische und ästhetische Skrupel haben. Wenn ich eine Vermutung anstellen sollte, würde ich darauf wetten, dass Jossif Wissarionowitsch Dschugaschwili, um seinen georgischen Namen zu benutzen, genug gesunden Bauernverstand besitzt, um zu begreifen, dass auf Befehl produzierte Monodien ohne künstlerischen Wert sind, und er so nicht den Gesang bekommt, den er braucht, damit sein Name seinen Körper überlebt.«

Wir gingen wieder, und ich sah, dass die Frau mit dem Kinderwagen ein paar Schritte hinter uns war. »Wir haben Begleitung«, sagte ich leise.

Borisik sah sich um und grinste die Frau an. Sie lächelte zurück. »Sie leiden bereits unter Verfolgungswahn«, erklärte er mir. »Die Gute genießt nur die Sonne, so wie wir.«

»Kehren wir zu *Hamlet* zurück«, schlug ich vor. »Borisik, erklären Sie uns, warum Sie Jahr für Jahr drauf zurückkommen?«

Ossip verstand Borisiks Faszination auch nicht ganz. »Tolstoi hat den Nagel auf den Kopf getroffen«, sagte er ungeduldig. »*Hamlet* ist kaum mehr als die geschmacklose Geschichte heidnischer Rache. Das Stück ist ziemlich einfach konstruiert: Ein dänischer Prinz sucht immer mehr Beweise dafür, dass sein Onkel seinen Vater ermordet hat, weil er sich nicht überwinden kann zu handeln, sich nicht dazu bringen kann, Rache zu üben, obwohl er doch bereits Gewissheit hat. Es ist die Geschichte von jemandem, der unfähig ist, mit seiner Feigheit umzugehen, und deshalb in den Wahnsinn flieht.«

»Nein, nein, so lese ich das absolut nicht«, rief Borisik. »Hamlet ist nicht wahnsinnig. Er täuscht den Wahnsinn nur vor, um sein Versagen zu rechtfertigen, gegen seine innerste Natur zu handeln.«

Und dann geschah etwas, das sich angesichts dessen, wie sich die Dinge hinterher darstellten, am besten dadurch beschreiben lässt, dass ich sage, ich dachte, die Erde hielte einen Herzschlag lang auf ihrer Bahn inne.

Ich brauche einen Moment, um meine Gedanken zu sammeln.

An den Kern des Geschehens erinnere ich mich bereits. Als die Erde auf ihrer Bahn innehielt, blieb auch die Zeit stehen. Die Dinge entwickelten sich nicht schneller, als ein Berg erodiert, sodass ich mir den Moment mit absoluter Genauigkeit vor Augen rufen kann. Ossip blieb so abrupt stehen, dass die Frau mit dem Kinderwagen einen plötzlichen Schlenker machen musste, um nicht in ihn hineinzufahren. Borisik und ich sahen ihn fragend an, dann einander, dann wieder Ossip. Es hatte den Anschein, als schüttele er sich eine große Last von den Schultern. Sein Atem wurde so ruhig wie die Luft, die man im Auge eines Orkans erwarten würde. »So ist es also«, sagte er mehr zu sich als zu uns und lächelte breit, ohne an seine schlechten Zähne zu denken.

Borisik und ich waren perplex. »Was?«, fragte ich.

»Damit fügt sich alles zusammen!«, erklärte Ossip. »Hamlet täuscht *Wahnsinn* vor, um seine Unfähigkeit zu handeln zu rechtfertigen. Ich täusche *Vernunft* vor – weil von keinem vernünftigen Menschen erwartet werden kann zu tun, was ich tun muss.«

Ossip konnte die Verwirrung in meinen Augen nicht übersehen. »Was müssen Sie tun?«, fragte ich ihn.

Borisik, der einen sechsten Sinn für geistige Dinge hatte, sagte sehr leise: »Bisher hat er es hinausgeschoben, seinem Gebirgler entgegenzutreten. Was er seinem Gefühl nach tun muss, geht gegen seine innere Natur, soweit sich Dichter ihre Hände nicht mit Politik beschmutzen.«

Und dann, als sei plötzlich ein Damm gebrochen, ergossen sich die Worte wie ein Sturzbach von Ossips Lippen. »Am Anfang, Gott vergebe uns, teilten viele von uns Majakowskis optimistische Sicht der Revolution. Die Bolschewiken schienen eine moralische Dimension zu haben, einen Hunger, die Massen zu verbessern. Aber wir rechneten nicht damit, dass der Gebirgler über die Leichen seiner Kollegen gehen und vor ihnen die Spitze der Pyramide erreichen würde. Verglichen mit Stalin waren Caligula, Cesare Borgia und Iwan der Schreckliche wahre Menschenfreunde.«

Ich sah, wie Borisik nervös den Kopf schüttelte. »Es gibt keinen Beweis, dass Stalin weiß, was vorgeht«, sagte er. »Es kann sein, dass Jagoda für die Zwangskollektivierungen, den Hunger und die Massenverhaftungen verantwortlich ist. Die Tscheka hat schon immer wie ein Staat im Staate gehandelt.«

»Es ist nicht das erste Mal, dass wir darüber streiten«, sagte Ossip, eindeutig verzweifelt. »Was braucht es, um Sie zu überzeugen, dass ich recht habe, Boris? Ein Foto von Stalin vorne auf der *Prawda* mit einer rauchenden Pistole in der Hand? Etwas ist faul in unseren sozialistischen Sowjetrepubliken, und er weiß es, Himmel noch mal! Er steht hinter jeder Verhaftung, jeder Hinrichtung und jeder Deportation. Nichts geschieht ohne seine Zustimmung in diesem *wüsten Garten* – so sagen Sie es, Boris, und lesen es Hamlet von den Lippen, der seinen Wahnsinn nur vortäuscht. Absolut nichts!«

Wenn ich meine Augen schließe und den Atem anhalte, kann ich Boris noch hören, wie er die Zeilen auf Englisch zitiert: *»'tis an unweeded garden that grows to seed; things rank and gross in nature possess it merely.«*

In seinem Bestreben, sich zu erklären, stolperte Ossip jetzt fast über seine Worte. »Der rote Terror hat nicht gestern erst angefangen. Es begann, als dieses arme Geschöpf Fanny Kaplan 1923 versuchte, Lenin umzubringen. An dem Abend wurde der von Stalin unterzeichnete Befehl ausgegeben, Tausende Weißer Gefangener zu töten. Seitdem lässt er nicht locker, erstickt alle Hoffnung und treibt uns tiefer und tiefer in die neue Eiszeit. Er muss gestoppt werden, bevor er völlig außer Kontrolle gerät und hundertfünfzig Millionen Menschen in Tränen ertränkt.« Vor Aufregung zuckend, zitierte Ossip ein paar Zeilen, die ich sogleich wiedererkannte, sie waren aus einem seiner älteren Gedichte: »*Doch du, Zeit, die meine ist, deine Wirbel liegen da, zerschellt* … Liebe Anna, lieber Boris, ich vertraue mich Ihnen an, weil gerade Sie mich verstehen werden. *Ich weiß, wie ich ihn zerstören kann!* Es ist nur ein Funke nötig. Wir haben Physiker darüber spekulieren hören, welche Explosionskraft in einem Atom steckt. Ich bin tief davon überzeugt, dass auch der Kern eines Gedichtes Explosionskraft enthält, und ich bin fähig, diese Kraft zu entfesseln. Ich kann die Explosion auslösen, wenn ich meine Vernunft ausschalte und meiner Wut erlaube, den Schrei der Empörung, der tief in meiner Kehle steckt, auszustoßen.« Ossip sah mich eindringlich an. »Schreien hat sehr viel mit Weinen gemein, Anna. Wenn man erst einmal angefangen hat, besteht die Gefahr, nicht mehr aufhören zu können.«

Ich mochte nicht glauben, was ich da hörte. »Sie schlagen vor, Stalin mit einem Gedicht zu zerstören!«, sagte ich kopfschüttelnd.

»Mit einem Gedicht, das so vor Wahrheit strotzt, dass es das ganze Land in Schwingung bringt, wie ein Stein, der in stilles Wasser geworfen wird. Etwas so Direktes wie *Des Kaisers neue Kleider*. Die Bauern werden seinen Fall mit Gebeten und Danksagungen begrüßen. Die Partei wird einen Nationalfeiertag ausrufen. Der Komsomol wird singend ausschwärmen, um seine Quoten zu erfüllen. Bei den Versammlungen im Bolschoi werden die Arbeiter es von jedem Balkon, aus jeder Loge rufen. Junge, vor Angst gealterte Menschen werden auf den Straßen Freudentänze aufführen. Es wird das Ende Stalins sein.«

»Er wird Sie töten«, sagte Borisik tonlos.

»Hinrichtungen erfüllen mich mit Angst«, gab Ossip zu, »besonders meine eigene.«

Borisik zitierte einen weiteren Satz aus *Hamlet,* der besagte, dass Angst Sicherheit bedeute. Ossip schüttelte verärgert den Kopf. »In einem wüsten Garten gibt es keine Sicherheit«, sagte er. »Aber egal, es geht darum, Russland zu retten, nicht mich.«

Langsam fühlte ich mich beunruhigt. Ich drehte mich zu Borisik hin und packte ihn am Kragen seiner Jacke. »Stehen Sie nicht da wie ein Idiot, Himmel noch mal. Bringen Sie ihn zur Vernunft.«

In mein Gedächtnis eingraviert ist das Bild dieser beiden lieben Menschen, wie sie sich eine Ewigkeit anstarren, wenn es sicher auch nur ein flüchtiger Moment war. Dann tat Borisik, dieser vollendete Kavalier, der seinen männlichen Freunden gegenüber eher Abstand hielt, was ich ihn noch nie hatte tun sehen: Mit ausgesuchter Unbeholfenheit schlang er die langen, schlaksigen Arme um Ossip und zog ihn in eine Umarmung, die ich nur die eines Liebenden nennen kann.

»Glauben Sie mir, ich würde es Ihnen ausreden, wenn ich könnte«, sagte er in einem Ton, wie er gewöhnlich Grabreden vorbehalten war.

Ossip schien sich in einem Zustand des Hochgefühls zu befinden. Sein Gesicht war gerötet, seine Hände zitterten. »Sie beide, zusammen mit Nadenka, werden meine ersten Leser sein«, versprach er.

Borisik hakte sich bei mir und Ossip unter, und zu dritt gingen wir weiter. Ich spürte Leichtigkeit in Ossips Schritt, fast so, als sei aus dem Gehen ein Ankommen geworden. Eine Weile sagte keiner von uns etwas. Ich erinnere mich, wie Borisik schließlich das Schweigen brach. »Wenn es möglich wäre, würde ich die Zeit zurückdrehen.«

»Bis wohin?«, fragte ich ihn.

»Bis in die Zeit, da Ossip Vernunft vortäuschte, um sein Versagen zu rechtfertigen.«

»Ich würde sie noch viel weiter zurückdrehen«, erklärte Ossip leidenschaftlich. »Zurück zur russischen Literatur, bevor ihr die Bolschewiken den Arm umdrehten und abrissen.«

Mich beschlich das bange Gefühl, er würde noch mehr Milch verschütten. Ich bettelte ihn an – lieber Gott, wenn ich heute daran denke, gefriert mir das Blut in den Adern –, ich bettelte ihn an, die Folgen seines Handelns abzuwägen.

»Das Letzte, was Russland braucht«, sagte ich ihm, »ist ein weiterer toter Dichter.«

Fünf

Fikret Schotman
Dienstag, 1. Mai 1934

Durch die Bretter, die über das schmale Fenster hoch oben in der Wand meiner Zelle genagelt waren, konnte ich Hörner, Pfeifen, Kesselpauken und Posaunen in den Straßen um die Lubjanka hören. Ich konnte mir die Arbeitermassen vorstellen. Einige schwenkten Fahnen ihrer Fabrik oder ihres Kollektivs, andere trugen kleine Kinder auf den Schultern, und alle zusammen strömten sie auf den Roten Platz zu, um an Lenins Grab vorbeizumarschieren, zur Feier des siebzehnten Maitages, seit die glorreiche bolschewistische Revolution Russland auf den Weg zum Kommunismus gebracht hatte. Beobachter entlang des Weges hielten Ausschau nach Leuten, die zu viel Wodka getrunken hatten und kaum mehr laufen konnten. Die wurden zum Ausnüchtern in offene, mit Stroh gefüllte Wagen gebracht, die in den Seitenstraßen parkten. Die Arbeiter von meinem Zirkuskollektiv mussten mit da draußen sein, genau wie Agrippina, falls sie nicht wie ich im Gefängnis gelandet war. Die Teilnahme am Aufmarsch war Pflicht. Eine der Seiltänzerinnen würde die Flagge mit Hammer und Sichel als Balancestab benutzen und über das Seil laufen, das von den Zeltbauern straff über die Köpfe gehalten wurde. Oh, wie ich mir wünschte, an der Parade teilnehmen zu können! Dann würde ich wie wild dem Genossen Stalin oben auf Lenins Grab zuwinken und darauf hoffen, dass er mich wiedererkannte, seine Genossen aus dem Politbüro auf mich aufmerksam machte, die Hände bestätigend zusammenlegte und sie für alle Welt sichtbar erhob, um zu zeigen, dass er den Gewichtheber nicht vergessen hatte, der von den europäischen Spielen 1932 in Wien, in Österreich, eine Silbermedaille mit nach Moskau gebracht hatte.

»Stell das leiser«, stieß mein Zellengenosse zwischen blutverkrusteten Lippen hervor, als käme der Lärm nicht von der Straße, sondern aus einem Lautsprecher. Als ich vor vier Wochen gekommen war, hatte er zusammengekrümmt wie ein wildes Tier in der Ecke gelegen, Hemd und Hose hoffnungslos zerrissen und die bloßen Füße (an denen ein paar Nägel fehlten) in einer Pfütze des eigenen Urins. Nach jeder neuen Befragung wurde er zusammengeschlagen und in noch schlechterem Zustand als zuvor zurück in die Zelle geworfen. Eine Schulter war ausgekugelt. Bis auf einen waren ihm alle Schneidezähne ausgeschlagen worden, die linke Hand hing schlaff am Gelenk, und den Grimassen nach zu urteilen, die er beim Husten zog, hatte er mehrere gebrochene Rippen. Wo einmal seine Nase gesessen hatte, war nur noch ein Klumpen blutiges, eiterndes Gewebe. Ich zweifelte keinen Moment daran, dass dieser Gefangene ein gefährlicher Krimineller war, der eine schwere Bestrafung verdiente. Es gefiel mir nicht, eine Zelle mit einem solchen Schurken teilen zu müssen, und so protestierte ich dagegen, als ich zum ersten Mal befragt wurde. Der Vernehmungsbeamte schob mir ein Blatt Papier über den Tisch und sagte, dass ich meine Beschwerde aufschreiben sollte. Da ich nicht zugeben wollte, weder lesen noch schreiben zu können, schob ich das Blatt zurück und murmelte, dass ich seine Zeit nicht mit so etwas Unwichtigem verschwenden wolle.

Wie fühlte es sich an, verhaftet worden zu sein? Ich hatte keine Angst, wenn Sie darauf hinauswollen. Warum hätte ich Angst haben sollen? Ich hatte keine Gesetze gebrochen, war kein Saboteur, Attentäter oder gar ein Spion für den britischen Geheimdienst. Ich war ein angesehenes Parteimitglied. Anfang des Jahres war ich mit den Abgaben für zwei Monate in Rückstand geraten (der Zirkus war zu der Zeit in Zentralasien unterwegs), hatte meine Schulden aber gleich nach unserer Rückkehr nach Moskau beglichen, einschließlich der zehn Prozent für zu spätes Zahlen. Das müssen Sie mir nicht einfach so glauben, ich habe eine Quittung, um es zu beweisen. Ich gebe zu, dass es demütigend war, so vor allen Nachbarn verhaftet zu werden (die hinter ihren Türen standen, horchten und aus den Fenstern lugten). Alle im Zirkus würden erfahren, dass der Kraftmensch von der Miliz abgeholt worden war, und da die Leute allgemein glauben, dass es ohne Feuer keinen Rauch gibt, würden sie sich einig sein, dass ich sicher wegen irgendwas schuldig war. Ich konnte mir die Verlegenheit auf ihren Gesichtern vorstellen, wenn ich zurück in den Zirkus kam und einen maschinengeschriebenen Brief, abgestempelt und unterschrieben, dabeihatte, der aller Welt bestätigte, dass die Verhaftung von Schotman, Fikret, ein bedauernswerter bürokratischer Fehler gewesen war. Voller Scham würden sie beim Händeschütteln meinem Blick ausweichen. Einige Tschekisten würden wegen dieser Sache zweifellos gemaßregelt werden. Und vielleicht schickte der Genosse Stalin sogar persönlich ein Telegramm, um sich für die Unannehmlichkeiten zu entschuldigen, die ich und die Meinen durch die Organe erlitten hatten.

Ich versuchte, nicht an die Verhaftung selbst zu denken, schließlich hatte Agrippina am meisten darunter gelitten. Sie hatte so heftig geschluchzt, dass sie Schluckauf kriegte. Zwischendurch, zwischen Schluchzen und Schluckauf, hatte sie die sechs Männer der Miliz (mir wurde gesagt, dass die Tscheka normalerweise vier schickt, aber ich bin ja auch Meister im Gewichtheben) auf dem Weg zum Aufzug immer wieder überzeugen wollen, dass sie einen schrecklichen Fehler machten. »Wir werden ihm nur ein paar Fragen stellen, Frau«, knurrte ihr der mit dem nervösen Zucken im Gesicht erbittert zu. »Er ist zurück im Bett bei dir und deinen Tätowierungen, bevor die Matratze kalt wird.«

Da der Mensch nun mal gerne glaubt, dass das, was er hofft, auch wahr wird, nahm ich seine Worte für bare Münze. »Halte das Essen für mich warm«, rief ich Agrippina munter zu, als sich die Aufzugstür schloss. Sie war schwer und knallte wie eine Gefängnistür. Was immer noch an froher Zuversicht in mir gewesen war, verschwand wie einer der weißen Hasen aus Herrn Danchos Zylinder. Ich konnte hören, wie Agrippina meinen Namen schrie, während sich der Aufzug langsam in das hinabsenkte, was zu einem Albtraum wurde. Vor dem Gebäude wurde ich in einen Bäckerwagen verfrachtet, der ganz und gar nicht nach Brot, sondern nach nichts anderem als menschlichem Schweiß stank.

In einem kleinen Zimmer, das vom Hof am Hintereingang der Lubjanka abging, nahmen sie mir den breiten Gürtel, den ich aus Sofia mitgebracht hatte, und meine Schuhriemen ab, dazu alles aus meinen Taschen und die tschechische Uhr, die das Datum anzeigen sollte, es aber nie richtig tat. Ich bekam eine genaue Liste meiner Sachen, die ich unterschreiben musste, und machte sorgfältig mein Zeichen auf der Linie, die sie mir zeigten. Die ersten acht oder neun Tage konnte ich dem Vergehen der Zeit folgen. Dazu kratzte ich mit einer Kopeke, die sie beim Leeren meiner Taschen in der Nacht meiner Ankunft übersehen hatten, für jeden Tag ein Zeichen in die dicken Steine der Wand. Aber dann brachten sie mich eines Morgens nach einer die ganze Nacht dauernden Befragung zurück, und jemand hatte zu meinen Zeichen noch weitere dazugekratzt, und ich kam durcheinander. Dass es Morgen war, merkte man daran, dass die Schließer Zwieback und eine feine Porzellantasse mit lauwarmem, nach Jod schmeckendem Tee durch die Klappe in der Tür schoben.

Ich brauchte eine Weile, bis ich ein Wort an meinen Zellengenossen richtete. Ich war noch nie zuvor mit einem Volksfeind zusammen gewesen und wollte mich nicht vergiften, indem ich mit ihm sprach. Wenn er nicht vernommen wurde, verbrachte er seine wachen Stunden damit, sich die Wunden zu lecken. Ich meine das wörtlich, so wie sich eine Katze die Pfote leckt und dann damit über Teile ihres Körpers reibt. Das sagte mir, dass er vom Land kam, ist doch auch in Aserbaidschan allgemein bekannt, dass Spucke eine gute Heilwirkung hat, bei Schnitten, Abschürfungen, Warzen und so weiter. Nach ich weiß nicht wie vielen Tagen in der Zelle tat er mir leid, weil sie ihn nicht einfach holten und erschossen, um ihn von seinen Leiden zu befreien. Und so brachte ich endlich genug Mut auf, um ihn anzusprechen.

»Sagen Sie schon, was haben Sie verbrochen, Genosse?«, fragte ich.

Sein nicht zugeschwollenes Auge starrte mich durch die

feuchte Luft der Zelle an, die von einer hoch an der Decke hängenden Birne erhellt wurde. »Warum glauben Sie, dass ich etwas verbrochen habe?«

»Sonst wären Sie nicht hier. Sie wären nicht in so 'nem Zustand, wenn Sie unschuldig wären.«

Er wollte lachen, konnte aber nur sabbern. »Ich habe den Fehler gemacht, Stalin öffentlich auf die Kollektivierungen anzusprechen.«

»Sie haben den Genossen Stalin persönlich getroffen!« Und ohne auf eine Antwort zu warten, erzählte ich ihm, wie mir Stalin nach meinem Gewinn der Silbermedaille vor zwei Jahren in Wien, in Österreich, persönlich die Hand geschüttelt hatte.

»Sie sind der aserbaidschanische Gewichtheber, der zum Zirkus gegangen ist«, sagte er. »Ich erinnere mich, dass ich in der *Prawda* von Ihnen gelesen habe. Ich bin Sergo ...« Er mag mir auch noch seinen Vatersnamen oder Zunamen gegeben haben, aber in dem üblen Zustand, in dem sich sein Mund befand, war es schwierig, ihn zu verstehen. Ich habe ihn einfach nicht richtig mitbekommen. »Und was ist mit Ihnen? Was haben Sie angestellt?«

»Ich bin absolut und völlig unschuldig, was sich schon herausstellen wird, wenn die Räder der sozialistischen Gerechtigkeit erst die Chance bekommen, sich zu drehen.«

»Aber wenn Sie unschuldig sind, was machen Sie dann hier?«

»Ich wurde denunziert, weil ich einen Aufkleber des Eiffelturms auf meinem Überseekoffer hatte. Falls Sie den Turm nicht kennen, der steht in Paris, in Frankreich.«

»Ich wette eine Brotkruste, dass der berühmte Christophorowitsch Ihr Vernehmungsbeamter ist.«

»Woher wissen Sie das?«

»Weil er auch meiner ist. Ich schreibe Erzählungen, und Christophorowitsch ist der Spezialist für Kulturelles. Als Zirkusartist fallen Sie mit in seinen Bereich.«

»Er scheint mir ein ehrlicher Bolschewik. Schon bei den ersten Worten aus seinem Mund ging es darum, ob ich gut behandelt werde.«

»Ehrlich, so ein Quatsch«, höhnte Sergo. »Bevor der mit Ihnen fertig ist, hat er Sie überzeugt, dass Sie was verbrochen haben.«

Gemäß den Zeichen, die ich in die Wand gekratzt hatte, war ich seit sechs Tagen im Gefängnis, als drei Schließer kamen (Sergo wurde immer nur von einem geholt, aber ich bin schließlich auch, vergessen wir das nicht, ein Gewichthebemeister). Das war spät am Abend, nachdem ich Sergo seine Suppe eingetrichtert hatte, einen dünnen Brei aus Kartoffelschalen und Kohl in einer Porzellanschüssel, und auf meiner zusammengefalteten Decke lag, um zu schlafen. »Schotman, Fikret«, rief einer der Schließer, als könnte er nicht zwischen dem Zerstörer Sergo und einem ehrenhaften Sowjetbürger unterscheiden. Ich hielt die Hose fest, damit sie mir nicht auf die Füße rutschte, und ging hinter den Schließern den Gang hinunter, vorbei an Reihen mit Zellentüren, auf die Zahlen gemalt waren. Mit einem innen ausgepolsterten Lastenaufzug ging es, wenn ich richtig mitzählte, drei Etagen nach oben. Dort kamen wir auf einen Korridor, der eher an ein feines Bürogebäude erinnerte als an ein Gefängnis. Alles war hell erleuchtet, ganz mit einem abgetretenen Teppich ausgelegt, und an den schönen Holztüren hingen Messingnummern. Die Schließer hatten Schuhe mit Kreppsohlen und klingelten mit ihren Schlüsseln, während wir den Korridor hinuntergingen. Als sie hörten, dass uns ein anderer Schließer mit klingelnden

Schlüsseln entgegenkam, rissen sie mir das Hemd über den Kopf und drückten mich mit dem Gesicht gegen die Wand. Sobald der andere Schließer mit seinem Gefangenen vorbei war, gingen wir weiter. Als wir den Raum dreiundzwanzig erreichten, klopften meine Bewacher zweimal, öffneten die Tür und schoben mich hinein.

Ich fand mich in einem riesigen Eckzimmer wieder, mit Fenstern an zwei Wänden und dicken, gewellten Vorhängen, die zugezogen waren, damit man nicht auf Moskau hinaussehen konnte. Helle Strahler, wie man sie auch im Zirkus benutzte, hingen an Stangen unter der Decke und zielten auf mein Gesicht, was meine Augen zum Tränen brachte. Auf einem Drehstuhl hinter einem langen, schmalen Tisch saß ein weder schwerer noch großer Mann, der eine lederne Metzgerschürze voller dunkler Flecken über einer Art Uniform trug. Das Haar war zementfarben und militärisch kurz geschnitten. Um seine Augen vor den hellen Strahlern zu schützen, trug der Mann eine dunkle Brille, so wie unser Zahlmeister im Zirkus, wenn er die Abendeinnahmen zählte. Als ich die Augen leicht zusammenkniff, konnte ich an der Wand hinter ihm ein riesiges Foto vom Genossen Stalin sehen. Er stand auf Lenins Grab auf dem Roten Platz und überragte die Genossen links und rechts von ihm. Die rechte Hand hielt er erhoben und grüßte die Person, die das Foto betrachtete, also mich.

Ich musste eine gute Viertelstunde gewartet haben, bevor der Mann mit der Metzgerschürze aufsah. »Ich heiße Christophorowitsch«, sagte er so leise, dass ich mich anstrengen musste, ihn zu verstehen. »Irgendwelche Beschwerden darüber, wie du behandelt wirst?«

»Ich werde gut behandelt, Euer Ehren, nur dass der Tee nach Jod schmeckt.«

»Unsere Mediziner haben beschlossen, dass ein paar Tropfen Jodtinktur Durchfall, Verdauungsproblemen und sogar Schuppen vorbeugen können. Ich habe gehört, dass auch der Genosse Stalin täglich eine Dosis Jodtinktur zu sich nimmt. Wenn du keine anderen Beschwerden hast …«

»Ich bin nicht froh darüber, dass ich die Zelle mit einem Zerstörer teilen muss.« Das war der Augenblick, als er mir Papier und einen Stift über den Tisch schob, damit ich meine Beschwerde aufschreiben konnte, was ich aber nicht tat, wie ich schon erklärt habe.

Christophorowitsch machte eine Geste mit dem Finger, und die drei Wärter führten mich auf die Seite des Raums, wo Ketten an der Wand festgemacht waren, die sie mir um Hände und Füße schlossen. Ich konnte eingetrocknetes Blut und sogar ein Stück Grind auf einer der Handfesseln erkennen und nahm an, dass Sergo oder ein anderer Krimineller wie er vorher hier angekettet gewesen waren. Es machte mir nichts, so an die Wand gekettet zu werden, schließlich war ich ein starker Kerl, und Christophorowitsch war noch nicht von meiner Unschuld überzeugt. Wie hätte er das auch sein können, wo er mich doch gerade zum ersten Mal sah? Er setzte sich eine von den runden Metallbrillen auf, wie sie von bedeutenden Leuten bevorzugt werden, und machte sich daran, einen Stapel Unterlagen auf seinem Schreibtisch durchzusehen. Es müssen Stunden gewesen sein, ohne dass er aufsah oder ein Wort an mich richtete. Ich vertrieb mir die Zeit damit, ihn aus dem Augenwinkel zu beobachten. Er sah aus wie Menschen, die unter Schlaflosigkeit leiden, hielt die Lider halb geschlossen, und oben auf der Stirn verliefen Falten, die Agrippina Migränefalten genannt hätte. Dazu kaute er auf der Unterlippe. Alles zusammengenommen erinnerte er mich an unsere

Trapezartisten, die mit nervösen Augen hinter dem Zelt auf und ab liefen, bis sie die Plane zur Seite stießen, in die Arena rannten und sich verbeugten. Hinter ihrem nervösen Lächeln versteckten sie die Angst davor, keine gute Leistung zu zeigen. Ich fragte mich, ob sich jemand wie Christophorowitsch Sorgen darum machen musste, ob er eine gute Leistung brachte oder nicht, und was seine Vorgesetzten wohl von ihm erwarteten. Ich fragte mich, ob er Familie hatte, eine Frau, Kinder, Brüder, Schwestern, Onkel, Tanten. Wussten sie, womit er sein Geld verdiente? Konnten Vernehmungsbeamte ihre Arbeit vergessen, wenn sie nach Hause gingen, und mit Freunden und Nachbarn sprechen, so wie ich mit Freunden und Nachbarn sprach, oder mussten sie immer auf der Hut sein, jedes Wort und jede Geste abwägen und nach Beweisen für Zerstörung Ausschau halten? Vielleicht war es das, was ihn nachts wach hielt. Machte er Urlaub in den Hotels am Schwarzen Meer, die den Organen vorbehalten waren? Sonnte er sich auf den Kieselstränden am Fuß der Felsen, schwamm in der Brandung und aß in der Kantine, wo die Kellner versuchten, trotz fehlender Uniformen die Bedeutung ihrer Gäste zu ergründen, damit sie wussten, wem sie das beste Stück Fleisch servieren sollten?

Die Finger vom Genossen Vernehmungsbeamten trommelten auf die Schreibunterlage seines Tisches. Von Zeit zu Zeit schraubte er die Kappe von seinem Füller und schrieb eine Notiz auf eine der Unterlagen. Ich konnte hören, wie die Feder über das Papier kratzte. Das Kratzen beruhigte mich. Einer, der lesen und schreiben konnte wie Christophorowitsch, musste fähig sein, sorgfältig alle Beweise abzuwägen und zu dem Schluss zu kommen, dass Schotman, Fikret, nicht in ein Gefängnis gehörte. Irgendwann in den frühen Morgenstunden kam eine stämmige Frau mit einem weißen Kittel wie ein Koch und einem weißen Kopftuch herein. Sie schob einen kleinen Wagen vor sich her und stellte zwei mit Essen gefüllte Teller auf den Tisch, dazu Stoffservietten, Gabeln, Messer, Gläser und einen Krug Bier. Ich grübelte darüber nach, für wen der zweite Teller sein mochte. Christophorowitsch steckte sich das Ende einer Serviette hinter den Kragen und machte sich ans Essen wie einer, der einen gehörigen Hunger aufgestaut hatte.

Der Geruch des Essens, es roch nach gebratenem Rindfleisch und Zwiebeln, machte mich schwindelig.

Als er fertig gegessen hatte, rülpste Christophorowitsch auf seinen Handrücken, woraus ich schloss, dass er aus der Intelligenzija stammte und nicht aus der Arbeiterklasse. Er zog eine Mappe aus der Schublade und trank noch mehr Bier, während er sie studierte. Endlich sah er zu mir herüber und sagte: »Schotman, Fikret Trofimowitsch?«

»Genau der, Euer Ehren.«

»Hier steht, dass du seit 1928 Parteimitglied bist.«

»Eigentlich habe ich den Schwur im Dezember siebenundzwanzig geleistet, Euer Ehren, aber da war die Liste für das Jahr schon geschlossen, und ich musste auf eine Lücke warten, die im Februar achtundzwanzig kam.«

»Hältst du dich für einen guten Kommunisten?«

Ich nickte energisch.

»Was ist der Kommunismus deiner Meinung nach?«

Seine Frage brachte mich aus der Bahn. Ich weiß nicht so viel über Marx, Lenin und die Diktatur des Proletariats, ganz zu schweigen von diesem elektrischen Materialismus, und so fiel mir nur ein zu sagen: »Ich bin nicht völlig sicher, was der Kommunismus ist, Genosse Vernehmungsbeamter, aber ich bin überzeugt, ich erkenne ihn, wenn ich ihn sehe.«

»Schließ die Augen. Los, mach schon. Gut so. Und jetzt beschreib mir bitte, was du siehst, wenn du den Kommunismus siehst.«

»Ich sehe ein Land, in dem alle sicher sind, dass es morgen besser ist als heute. Verstehen Sie mich nicht falsch. Ich sage nicht, dass es heute schlecht ist, nur dass es, so toll es heute auch schon ist, morgen noch toller sein wird. Ich sehe ein Land, wo jeder – alle Fabrikarbeiter und alle Bauern in den Kolchosen – ein so gutes Leben haben wird wie wir in unserem Zirkus. Wir werden nach der Anzahl der Aufführungen bezahlt, selbst noch im heftigsten Schneesturm, wenn keiner kommt, um eine Karte zu kaufen. Wenn Sie drei Jahre im Zirkus arbeiten und haben eine Frau, so wie ich, haben Sie ein Anrecht auf vierundzwanzig Quadratmeter in einem der Häuser, die sie außerhalb des Rings bauen. Der Zirkus hat seine eigene Schuhmacherei, eine Wäscherei und einen Schlosser, der fast alle Ersatzteile macht, die wir für unsere Wagen brauchen. Wir haben eine ausgebildete Krankenschwester, die sagt, sie kann auch Babys zur Welt bringen, allerdings ist sie noch nicht auf die Probe gestellt worden. Wir bekommen drei ordentliche Mahlzeiten am Tag, zu Hause und unterwegs, am Wochenende gibt es Bier und an unseren Namenstagen Wodka.« Ich hatte eine plötzliche Inspiration. »Kommunismus ist, wenn alles so gut geht, dass wir nicht einmal mehr die Tscheka brauchen, um dafür zu sorgen, dass alles gut geht. Kommunismus ist, wenn Sie, Genosse Vernehmungsbeamter, keine Arbeit mehr haben.«

Eine Sekunde lang hatte ich Angst, zu weit gegangen zu sein, aber Christophorowitsch nickte, als hieße er meine Antwort gut. »Ich habe noch eine Frage an dich, Schotman. Würdest du sagen, dass du die Befehle der Partei befolgst?«

»Bis auf den letzten Buchstaben, Euer Ehren. Sie können den örtlichen Parteivertreter fragen. Fragen Sie den Vertreter der Tscheka im Zirkus. Wenn die Partei sagt, spring, dann springe ich.«

»Wenn das so ist, befiehlt dir die Partei, mir zu sagen, wessen du schuldig bist. Dadurch spare ich eine Menge Zeit, und du ersparst dir eine Menge Schmerzen. Im Westen sagen sie, dass Zeit Geld ist, was mir eine komische Art zu sein scheint, die Sache zu betrachten. Für mich ist Zeit etwas, das man einer Aufgabe zuweist, soundso viel für jeden Gefangenen, damit man sein Soll erfüllt. Du siehst überrascht aus. Ja, auch ich habe ein Soll zu erfüllen, wie ein Arbeiter in einer Fabrik. Von mir wird verlangt, jeden Monat eine bestimmte Anzahl Geständnisse zu liefern. Dein freiwilliges Geständnis wird mir mehr Zeit geben, um die Zerstörer zu Geständnissen zu bringen, die den Kommunismus sabotieren und es ohne ein bisschen Druck von meiner Seite nicht zugeben wollen.« Christophorowitsch deutete auf den zweiten Teller mit Essen. »Sobald du dein Geständnis unterschrieben hast, ist das Fleisch da deins, und du kannst es essen. Fleisch und Bier, und dazu eine Nacht ungestörten Schlafs, das ist deine Belohnung, wenn du kooperierst.«

Ich bin der Erste, der zugibt, nicht der schnellste Denker zu sein. Trotzdem, denken kann ich. Und das dachte ich jetzt: Wenn die Partei, die doch wusste, dass ich unschuldig war, es für sinnvoll hielt, dass ich mich für schuldig erklärte, würde ich's natürlich in null Komma nichts tun. Wenn die Partei mich aber für schuldig hielt und wollte, dass ich ihr das bestätigte, indem ich mich für schuldig erklärte, wusste ich nicht, wie ich das tun konnte. Das würde die Partei, die ich verehrte, zum Komplizen der Unwahrheit machen. Ich war allerdings nicht sicher, wie ich das Christophorowitsch auf befriedigende Weise erklären konnte, und so sagte ich: »Ich würde Ihnen ja gerne sagen, wessen ich mich schuldig gemacht habe, wenn ich nur wüsste, was es sein könnte.«

»Lass mich dir helfen, Schotman.« Und jetzt fragte mich Christophorowitsch genau das, was mich Sergo schon in der Zelle gefragt hatte. »Wenn du unschuldig bist, dann erkläre mir doch bitte, was du hier machst.«

»Ich bin wegen eines Fehlers hier.«

»Lass uns offen reden. Du, ein Parteimitglied seit 1928, hältst die Partei für fähig, Fehler zu machen?«

»Die Partei besteht aus Menschen, Genosse Vernehmungsbeamter. Wenn sie Volksfeinde verhaftet, zu Tausenden, ja, zu Zehntausenden, kann es doch vorkommen, dass die Organe hin und wieder einen Fehler machen.«

Mit nur einer Hand putzte sich Christophorowitsch die Nase in seiner Leinenserviette, was mich denken ließ, dass er wohl doch nicht aus der Intelligenzija stammte. Er inspizierte das Ergebnis, offenbar mit dem befriedigenden Ergebnis, keinen Hinweis auf eine Erkrankung zu finden, und wandte seine Aufmerksamkeit erneut mir zu. »Jeder Gefangene beginnt seine Vernehmung genau damit, dass er behauptet, die Organe hätten einen schrecklichen Fehler begangen«, erklärte er geduldig. »Ich hatte heute Nachmittag jemanden zum Tee hier, einen Setzer von einer Provinzzeitung, die den Bericht über Stalins triumphalen Empfang von Flugzeugführern mit *Tod den trotzkistischen Verrätern* und einen Artikel über den Prozess gegen zerstörerische Kulaken mit *Heil den Helden der Lüfte* überschrieben hat. Er verneinte die Anklage wegen Sabotage und schrieb die Verwechslung der Schlagzeilen einem Fehler zu. Das Schnellgericht interpretierte seine sture Weigerung, seine

Schuld einzugestehen, als Beweis ebendieser Schuld, und ich war nicht in der Lage, ihn vor der Höchststrafe zu bewahren. Sie werden ihn …«, der Genosse Vernehmungsbeamte griff nach einem großen Wecker auf dem Tisch und zog ihn auf, »… längst erschossen haben. Normalerweise übernehme ich die Schmutzarbeit selbst. Ich bin stolz darauf zu beenden, was ich angefangen habe: Wenn ein Gefangener, der mir zur Vernehmung zugeteilt wurde, zum Tode verurteilt wird, lasse ich es keinen Fremden tun. Ich begleite ihn hinunter ins Kellergewölbe und erschieße ihn selbst. Das könnte man Arbeitsethik nennen. Da ich heute aber bereits zwei Leute exekutiert habe, unter anderem einen Zauberer aus deinem Zirkus, der ein Foto Stalins als Zielscheibe benutzt hat, hat mein Assistent angeboten, mich zu vertreten. Denkst du also immer noch, du bist wegen eines Fehlers hier?«

Jahrelang hatte Agrippina meinem dicken Schädel eingebläut, am besten nichts zu sagen, wenn mir nichts halbwegs Intelligentes einfiel. So wie jetzt.

Christophorowitsch zuckte mit den Schultern und schüttelte den Kopf, als täte ihm etwas leid. Er hob den Hörer von der Gabel und sagte sehr leise: »Bringt ihn herein.«

Einer der Wärter, die mich aus meiner Zelle hergebracht hatten, schob einen Rollwagen in den Raum, auf dem mein Überseekoffer stand. Der Wärter kippte den Wagen etwas und ließ den Koffer zwischen mir, der ich immer noch an die Wand gekettet dastand, und Christophorowitsch hinter seinem Tisch auf den Boden gleiten. Ich konnte den Eiffelturm sehen, um den sie mit roter Farbe einen Kreis gemalt hatten.

Der Genosse Vernehmungsbeamte winkte den Wärter aus dem Raum, kam um den Tisch herum und setzte sich darauf. Dabei musste er die kurzen Beine strecken, um mit den Zehen den Boden zu erreichen. »Unterhalten wir uns über diesen Eiffelturm-Aufkleber«, schlug er freundlich vor.

»Ich habe nichts zu verbergen«, sagte ich. »Das Erste, was Sie wissen sollten, ist, dass ich den Aufkleber nicht auf den Koffer geklebt habe. Er klebte bereits darauf, als ich den Koffer bekam. Ich habe ihn nicht mal bemerkt, bis die bärtige Frau beim Treffen der Zirkuskooperative die Aufmerksamkeit darauf gelenkt hat. Das Zweite ist …« – ich zerbrach mir den Kopf, um mich zu erinnern, was Agrippina überlegt hatte, was ich sagen sollte – »… dass ich persönlich denke, sowjetische Türme sind hundert Mal besser als dieser dumme Turm in Paris, in Frankreich, der aussieht wie ein übergroßes mit einem Konstruktionsbaukasten errichtetes Kinderspielzeug. Ich meine, ein Blick genügt doch, um zu sehen, wie hässlich dieser Eiffelturm ist.«

»Warst du in Paris?«

»Nie. Sie können meinen Reisepass kontrollieren. Da drin gibt es keine Stempel von Paris und Frankreich.«

»Spione haben Möglichkeiten, Grenzen zu überqueren, ohne Stempel in ihre Pässe zu bekommen.«

»Was sollte ich in Paris, also in Frankreich, wollen? Da gibt es nichts als Arbeitslose, Gefängnisse, Warteschlangen vor den Brotläden und kapitalistische Polizei, die das arme obdachlose Proletariat verjagt, damit es die stinkreichen Kapitalisten nicht stört, von denen es ausgenutzt wird.«

»Ich war zwar noch nie in Paris, aber man hat mir erzählt, dass es da breite Prachtstraßen und große Museen voller Kunstschätze gibt.«

»In Paris finden Sie nichts, was es nicht auch in sowjetischen Städten und Museen gibt, Genosse Vernehmungsbeamter. Nehmen Sie nur die Mona Lisa …«

»Wo hast du die Mona Lisa gesehen?«

»In irgendeinem Buch.«

Christophorowitsch lächelte ein komisches Lächeln. »Das Gemälde der Mona Lisa hängt zufällig in Paris.«

Ich schluckte schwer. »Vielleicht verwechsele ich es mit einem anderen Gemälde hier in Russland«, sagte ich matt.

»Zurück zum Thema. Als die Bärtige deine Aufmerksamkeit auf den Eiffelturm-Aufkleber lenkte, warum hast du ihn da nicht abgemacht?«

Zum ersten Mal in der Vernehmung hatte ich das Gefühl, festen Boden unter die Füße zu bekommen. »Dass ich ihn nicht abgemacht habe, lässt sich nur zu meinen Gunsten auslegen, Genosse Vernehmungsbeamter. Es zeigt, dass ich nichts zu verbergen habe.«

Christophorowitsch biss sich auf die Lippe, bis ein Blutstropfen hervortrat, den er sich mit der Zunge wegleckte. »Da braucht es keine große Erfahrung, um zu erkennen, dass das Gegenteil richtig ist, Schotman. Wenn es wirklich ein bedeutungsloser Aufkleber wäre, der ohne deine Schuld auf dem Koffer gelandet ist, hättest du ihn sofort abgekratzt. Die Tatsache, dass du es nicht getan hast, ist belastend. Es kann nur bedeuten, dass dieser Eiffelturm-Aufkleber das geheime Zeichen einer trotzkistischen Verschwörung gegen die bolschewistische Herrschaft und die sozialistische Ordnung ist. Ich muss die Organe dahin gehend instruieren. Wir müssen nach verräterischen Eiffelturm-Aufklebern auf Koffern und Kisten derer suchen, die des Verrats verdächtigt werden.«

Wenn ich zurückdenke, ist es fast unmöglich zu sagen, womit diese erste Vernehmung endete und die zweite, dritte und vierte begann. Selbst, wie viele Vernehmungen es gab. In meinem Denken verschmelzen sie alle zu einem einzigen langen, bösen Traum, gesprenkelt mit Fahrten im Aufzug, hinauf und hinunter, mit nach Jod schmeckendem Tee, Sergos gequälten Schreien, wenn sie ihn zurück in die Zelle warfen, wo er in der eigenen Pisse und Kotze zusammenbrach. Ich kann mich erinnern, wie ich verschiedentlich mit eigener Kraft die Korridore hinunterging, dann wieder musste ich in das Eckzimmer mit den gewellten Vorhängen hinein- und herausgeschleppt werden. Ich glaube, kann es aber nicht mit Bestimmtheit sagen, dass sie bei der dritten oder vierten Vernehmung damit anfingen, das Geständnis aus mir herauszuprügeln. Es fing folgendermaßen an: Ich erinnere mich, wie der Genosse Vernehmungsbeamte das oberste Fach meines Überseekoffers aufzog und eine Handvoll wertloser zaristischer Anleihecoupons daraus hervorholte. Ich erinnere mich, wie er mich ansah und mir spielerisch mit den Coupons links und rechts ins Gesicht schlug. Ich erinnere mich, wie er sagte: »Raus damit, Schotman, erwartest du, dass die Kapitalisten bald wieder die Macht in Sowjetrussland übernehmen?«

»Ich würde persönlich mit auf die Barrikaden gehen, wenn sie es versuchten.«

»Wenn das so ist, wie erklärst du dann diese zaristischen Anleihecoupons in deinem Koffer?«

»Ich bitte Sie, mir zu glauben, Genosse Vernehmungsbeamter, wenn ich Ihnen sage, die Anleihecoupons gehörten dem Stiefbruder meiner Mutter, der zur Zeit der Revolution eine kleine Fabrik in Baku hatte, in der er zehn oder zwölf Israeliten beschäftigte, die Schweißbänder in Hüte nähten. Der Stiefbruder meiner Mutter kaufte die Coupons aus Spaß, als sie nach dem Sturz des Zaren für einen Bruchteil ihres ursprünglichen Wertes zu haben waren. Er wollte das Klo hinter seiner Villa damit tapezieren, aber dann wurde er als kapitalistischer Ausbeuter angeklagt und landete vor einem Erschießungskommando der Roten Garde, bevor er es in die Tat umsetzen konnte. Meine Mutter fand die Coupons in einer Schuhschachtel, als sie den Schrank ihres Stiefbruders ausräumte. Als sie herausfand, dass sie nichts mehr wert waren, fing sie an, damit das Kochfeuer anzuzünden. Ich wünschte bei Gott, dass ich sie ihr gelassen hätte, aber ich nahm sie, um mir Zigaretten damit zu drehen.«

»Für wie hirnlos hältst du mich eigentlich, Schotman? Erwartest du ernsthaft, dass ich dir glaube, du hast diese Coupons behalten, um dir Zigaretten damit zu drehen?«

»Aber es ist bei Gott die Wahrheit, Euer Ehren. Sie haben die richtige Form und die richtige Größe, und sie brennen langsam. Wenn ich etwas von meinem Machorka hier hätte, würde ich es Ihnen zeigen.«

Christophorowitsch ging zurück zu seinem Tisch und nahm ein Blatt Papier aus dem, was ich für meine Akte hielt. »In deinem Antrag auf Aufnahme in die Partei erwähnst du keinen Onkel, der von den Roten Garden hingerichtet wurde. Das heißt, wir müssen der Liste deiner Vergehen die Fälschung offizieller Unterlagen hinzufügen.«

»Er war nicht mein richtiger Onkel, Genosse Vernehmungsbeamter. Er war mein Stiefonkel. Das Antragsformular fragte nach Blutsverwandten. Im Übrigen lebte er in Baku und wir in den Bergen. Ich habe ihn kaum zu Gesicht bekommen. Wenn er mir heute auf der Straße entgegenkäme, würde ich ihn nicht erkennen.«

»Wie könnte er dir auf der Straße entgegenkommen, wo er doch tot ist?«

»Ich meinte nur … Ich schlafe nicht viel, Genosse Vernehmungsbeamter, deshalb bringe ich manchmal einiges durcheinander.«

»Du verwechselst Unschuld mit Schuld«, sagte er mit so großer Überzeugung, dass ich mich fragte, ob er etwas wusste, das ich nicht wusste.

Es war ungefähr da, dass der größte der Wärter, ein Usbeke mit gebrochener, schlecht gerichteter Nase und den langen Koteletten eines Volksfestringers, im Eckbüro des Genossen Vernehmungsbeamten auftauchte. Wir taxierten uns ein paar Sekunden lang. Ich hatte keinen Zweifel, dass ich ihm trotz meines schlechten Knies gewachsen war, wenn es zu einem Kräftemessen kommen sollte. Der Usbeke wusste, was er tat. Er versicherte sich, dass meine Hände und Füße fest in ihren Eisen saßen. Christophorowitsch kam mit einer Männersocke, und der Usbeke füllte sie mit dem Sand aus einer roten Feuerlöschkiste, mit einem Suppenlöffel tat er das. Als die Socke halb voll war, band er den gefüllten Teil mit einer Schnur ab und schlug sich damit in die Handfläche. Befriedigt sah er zum Genossen Vernehmungsbeamten hinüber, der am Tisch saß, die Serviette unter das Kinn geschoben, und sein Abendessen einnahm. Ein zweiter Teller mit Würsten und Kohl wartete auf mich, falls ich mein Geständnis unterzeichnete. Christophorowitsch pulte sich mit dem Fingernagel ein Stück Knorpel zwischen den Zähnen heraus und nickte. Der Ringer, falls er einer gewesen war, bevor er für die Organe zu arbeiten begann, trat zu mir und drückte mir sanft den Kopf und die rechte Wange gegen die Wand. Es gibt zwischen wirklich starken Männern wie dem Usbeken und mir die ungeschriebene Regel, dass man seine Kraft nicht dazu nutzen sollte, jemandem wehzutun, wenn es sich vermeiden lässt. Und wenn es sich nicht vermeiden lässt, sollte man sie respektvoll einsetzen. Weshalb der Usbeke seinen Namen nannte.

»Islam Issa.«

Ich sagte meinen: »Fikret Schotman.«

Sein Griff um mein Kinn wurde fester. »Sag, wenn du bereit bist.«

»Tu, was du tun musst, um dein Brot zu verdienen«, antwortete ich.

Mit einer seiner großen Pranken drückte er mir den Kopf jetzt fest gegen die Wand und fing an, mit der mit Sand gefüllten Socke auf mein linkes Ohr zu schlagen.

Ich bin nicht so dumm, wie viele, die hier namenlos bleiben sollen, meinen. Ich nahm es als gutes, ja, als ein positives Zeichen, dass sie eine mit Sand gefüllte Socke und keinen Ziegel benutzten und sich auf mein Ohr konzentrierten. Das zeigte eindeutig, dass sie keine Spuren auf meinem Körper hinterlassen wollten. Und das bedeutete, sie waren nicht sicher, ob sie mir ein Vergehen nachweisen konnten, wenn ich nicht gestand. Was hieß, dass sie mich zurück nach Hause zu Agrippina schicken mussten. Bei Sergo waren sie nicht so zimperlich, verstehen Sie, was ich meine? Was nur bedeuten konnte, dass sie sicher waren, er war so schuldig wie die Sünde, bei mir aber nicht ausschließen konnten, dass ich unschuldig war wie der kleine Jesus, wobei, laut würde ich das nicht sagen, denn schließlich haben sie uns bei den Parteiversammlungen immer wieder eingehämmert, die russisch-orthodoxe Kirche und der Glaube sind das Opium des Volkes, oder so ähnlich.

Das Schlagen hielt über die nächsten Vernehmungen an, und ich konnte mit dem linken Ohr bald nichts mehr hören. Es fing an mit einem schrecklichen Klingeln. Ich versuchte, mich von den Schmerzen abzulenken, indem ich mir – eine nach der anderen – sämtliche Tätowierungen Agrippinas vor Augen rief. Die Schlange, die sich ihren Schenkel hochwand, die Afrikakarte, die Gesichter von Lenin, Stalin und das, wie sie sagte, von Engels, obwohl ich das Geheimnis kannte und wusste, es war der Verräter Trotzki. Die Mona Lisa, auch wenn sie in Paris hing, in Frankreich und nicht in Russland, und die beiden Pfauen, die auf ihren schmalen Schultern hockten. Das Schmerzmittel funktionierte eine Weile, aber dann ließ das Pochen die Tätowierungen verschwimmen, bis sie nicht mehr zu erkennen waren. Je mehr sie mich schlugen, desto weiter entfernte sich das Klingeln, bis es aus einem anderen Raum und schließlich aus einem anderen Stockwerk des Gefängnisses zu kommen schien. Danach war nur noch Schmerz und Wundsein in meinem Ohr, Schmerz und Stille. Und durch den Nebel des höllischen Schmerzes begriff ich, dass sie mich nicht auch auf das andere Ohr schlagen konnten, wenn sie wollten, dass ich ihre Fragen verstand. Ich erkannte, dass ein taubes Ohr bestimmte Vorteile mit sich brachte, an die der Genosse Vernehmungsbeamte wahrscheinlich noch nie gedacht hatte. So konnte ich mich zum Beispiel auf den Zellenboden legen, das gute Ohr auf die Decke drücken und schlafen, ohne Sergo den ganzen Tag stöhnen zu hören.

Zwischendurch ging der Usbeke immer wieder zu den dicht geschlossenen, gewellten Vorhängen hinüber und rauchte eine Zigarette, während der Genosse Vernehmungsbeamte mit seinen Fragen kam. Er wollte wissen, was für eine politische Aussage dahintersteckte, dass der auf meinen Bizeps tätowierte Genosse Stalin eine Narbe quer übers Gesicht trug. Als ich ihm von der Verbrennung mit dem Seil beim Zeltaufbau in Tiflis erzählte, brach er in Lachen aus.

»Du hast eine Erklärung für alles, was meiner Erfahrung nach ein klares Zeichen von Schuld ist.«

»Ich sage Ihnen doch nur, wie es passiert ist.«

»Was ist mit den fünfzig US-Dollar, die du angenommen hast, um den amerikanischen Gewichtheber Hoffman bei den europäischen Spielen 1932 die Goldmedaille gewinnen zu lassen? Das hättest du nicht gedacht, dass wir das wissen, was? Kapier's endlich, Schotman, wir wissen alles, was es über dich zu wissen gibt.« Christophorowitsch gab mir nicht mal die Möglichkeit, den Vorwurf abzustreiten. »Die Tschekisten, die in Wien ein Auge auf dich hatten, haben einen Bericht darüber geschrieben. Aber du hattest Glück, das Bild, wie Stalin dir beim Empfang im Kreml die Hand schüttelt, erschien in den Zeitungen, bevor wir dich verhaften konnten. Trotzdem ist es aktenkundig, dass du schon 1932 auf der Lohnliste der Amerikaner standest. Wann haben sie dich zum ersten Mal kontaktiert? Was für einen geheimen Code haben sie verwandt, um mit dir zu kommunizieren, als du wieder in Moskau warst?« Er zog mit großem Gewese eine weitere Schublade aus meinem Überseekoffer und holte die Ausgabe der amerikanischen Zeitschrift *Strenght and Health* heraus, die Bob Hoffman mir in Wien geschenkt hatte. Seine Stimme triefte vor Verachtung, als Christophorowitsch mir in einer Sprache, die wie Amerikanisch klang, die Widmung von Hoffman darin vorlas. Er musste die Worte nicht übersetzen, ich kannte sie auswendig: *To Fikret Shotman, who took silver when he came in ten kilos behind me in the dead lift, Vienna, December 27, 1932.* Unterschrieben hatte er mit: *From your friend Bob Hoffman, who took gold.* »Jeder Trottel kann sehen, dass hier irgendwo eine geheime Botschaft versteckt ist. Erspar dir das Leid und sag uns, wie sie lautet, Schotman. Unsere Dechiffrierungsexperten werden sowieso dahinterkommen.«

Der Usbeke drückte die Zigarette in der Kiste Sand aus

und kam zurück zu mir herüber, wobei er sich unablässig die mit Sand gefüllte Socke in die Hand schlug. Der Genosse Vernehmungsbeamte drehte meinen Kopf, damit er in mein gutes Ohr sprechen konnte. »Ich brauche dich nicht daran zu erinnern, dass Trotzki 1917 beim Sturz des Zaren in New York war. Er stand ohne Zweifel auf der Lohnliste der Amerikaner, als er nach Russland zurückkam, um sich den Bolschewiki anzuschließen, und später, nach Lenins Tod, versuchte, die Partei zu übernehmen. Du bist eindeutig ein Komplize Trotzkis und wirst wie er von den Amerikanern bezahlt. Wenn du auf Nachsicht hoffst, gestehe, was wir längst wissen, Schotman. Du bist eine Schlüsselperson des in Paris ansässigen trotzkistischen antibolschewistischen Zentrums.« Und schließlich fügte er noch so triumphierend hinzu, dass ich fast das *Tataa!* in seiner Stimme hören konnte: »Das ist es, was der Eiffelturm auf deinem Koffer bedeutet!«

Das könnte etwa der Zeitpunkt gewesen sein, an dem ich über die Möglichkeit nachzudenken begann, ob nicht vielleicht doch ein Körnchen Wahrheit in der Sicht des Genossen Vernehmungsbeamten lag. Ich konnte den Finger noch nicht darauf legen, aber ich wusste, es war möglich, dass ich mir etwas hatte zuschulden kommen lassen. Ich meine, jeder Dorftrottel weiß doch, dass es ohne Feuer keinen Rauch gibt.

Sechs

Nadeschda Jakowlewna
Montag, 7. Mai 1934

Auf unserer Matratze ausgebreitet daliegend, lauschte Mandelstam dem Sirenengesang der Meeresnymphe und ließ sich zu meiner großen Erleichterung nicht auf die Felsen um unsere Zitadelle hinauslocken.

Seit jener Lesung Mandelstams im Januar hatte sich Zinaida zwar mehr oder weniger von ihrem Agronomen getrennt, war aber nicht mit Sack und Pack bei uns eingezogen, sondern achtete darauf, dass es so aussah, als lebte sie noch mit ihrem Mann zusammen, um ihr Recht auf die Wohnung und damit am Ende auch ihr Bleiberecht in Moskau nicht zu gefährden. Sie hatte sich allerdings angewöhnt, zwei, manchmal auch drei Nächte pro Woche bei uns im Herzen-Haus zu verbringen, meist in unserem Bett und sonst, wenn mein Mann zu erschöpft oder zu sehr mit seiner, wie ich es vorsichtig nannte, *Gebirgler-Mission* beschäftigt war, auf einer dünnen Matratze in der winzigen Küche.

Die scheue Meisterin der schuldbewussten Blicke, mit ihren glühenden Wangen und wild auflodernden Orgasmen (halb erstickt mit Rücksicht darauf, wie dünn unsere

Schlafzimmerwände waren), beherrschte das Leben in einer Ménage-à-trois mittlerweile bestens und widmete mir ebenso viel Aufmerksamkeit wie meinem Mann, zum Teil als Ausgleich dafür, dass er ihr mehr Aufmerksamkeit schenkte als mir, zum Teil aber auch (schmeichle ich mir), weil sie mich, so wie ich sie, körperlich anziehend und sexuell stimulierend fand. Mandelstam hatte einmal gesagt, dass die Liebe zu einer dritten Person nicht ohne Risiko ist, doch in diesem besonderen Fall bestand das Risiko nicht darin, dass er sich unsterblich in Zinaida verliebte, nicht einmal sterblich. Ich kann sagen, dass sie die Art sexuelles Wesen war, dessen Anziehung mit der Zeit eher abnimmt. Ihre ständig zur Schau gestellte Intelligenz, ihre Verwöhntheit und überschwängliche Bewunderung für den Dichter nutzten sich bereits ab. Was blieb, war ihr Körper. Aber *was* für ein Körper! Und sie war eine jener Frauen, die nichts dagegen hatten, dass sie wegen ihres Körpers, und nur ihres Körpers wegen, begehrt wurden. Selbst ich musste ihre Gewandtheit in bestimmten sexuellen Techniken anerkennen, die landläufig mit Dirnen in Verbindung gebracht wurden. Was heißen soll, dass keine größere Körperöffnung unerkundet blieb. Keine. Mandelstam, begeistert von der Neuheit und Frische dieses so köstlichen Leibes, der ihm da zur Verfügung stand, und irgendwie auch voller Ehrfurcht vor dem exotischen »Sammelsurium«, wie ich es nennen könnte, neigte dazu zu vergessen, dass ich als Teilnehmerin mit dabei war und nicht allein als Zuschauerin. Ich nehme an, das Phänomen der männlichen Konzentration auf die dritte Person Singular, bis hin zum Ausschluss des »Du« aus seinem Leben, ist der versteckte Fallstrick aller Liebesdreiecke. Ich darf nicht vergessen, mich darüber bald schon mit Anna Achmatowa auszutauschen.

Wo war ich? Am Morgen des Tages, den ich hier nacherzählen möchte, regte sich Zinaida in meinen Armen, spielte verschlafen mit meiner Brust und suchte mit der anderen Hand nach Mandelstam. Als sie seine Seite des Betts leer vorfand, setzte sie sich abrupt auf.

»Hast du etwas schlafen können?«, fragte ich sie.

»Hinterher ja. Nach unserer schönen weißen Nacht. Mein Gott, dein Mann ist unersättlich.« Sie sah sich in unserem kleinen Schlafzimmer um. »Wo ist er hin?«

»Er ist schon seit Stunden auf«, sagte ich. »Hörst du, wie er nebenan auf und ab läuft?«

»Arbeitet er an einem Gedicht?«

»Es hat ganz den Anschein.«

»Für mich?«

Ich musste ein Lächeln unterdrücken. »Nicht für dich, mein Liebes. Obwohl er es dich vielleicht ins Leben interpretieren lassen wird, wie er es nennt, wenn er damit fertig ist.«

Wo wir schon von unersättlich reden: Sie schmolz zurück in meine Arme und begann, meine Haut mit den Fingerspitzen zu liebkosen. »Du hast recht, wenn du sagst, dass Frauenkörper weit anziehender sind als Männerkörper«, sagte sie. Ihre Hand wanderte tiefer und strich mir über das Becken. »Es ist kein Zufall, dass alle großen Bildhauer und Maler den weiblichen Akt dem männlichen vorziehen. Unsere Haut ist seidiger, unsere Rundungen sind weicher und unsere sinnlichen Penetrabilien schwieriger zu entdecken. Wenn sie aber erst einmal entdeckt sind, lassen sie sich mühelos stimulieren. Habe ich recht, Nadeschda?«

Ich kann nicht verhehlen, dass ich unfähig war, ihr darauf zu antworten.

»Unsere Brüste liebe ich besonders«, fuhr sie fort. »Manchmal streichle ich meine, um mich daran zu erinnern, wie schön Frauen sind.«

»Hast du deinen Agronomen so geliebt, wie du uns liebst?«

»Du machst dich lustig über mich, Nadeschda, oder? Ich habe den ersten Mann geheiratet, mit dem ich geschlafen habe, und mit dem ersten Mann geschlafen, der, wie ich wusste, eine Aufenthaltsgenehmigung für Moskau hatte. Er war meine Fahrkarte aus dem Ural hinein in die Zivilisation. Kannst du dir vorstellen, dass ich meine besten Jahre in einem Repertoiretheater in Perm verbringen würde?«

»Dein Agronom hat doch sicher auch gute Seiten?«

»Oh, die hat er, eindeutig. Zum Beispiel unsere zweiundzwanzig Quadratmeter in der Komunalka am Arbat. Dazu kommt ein regelmäßiges Einkommen und ein Zimmer in einer Gemeinschaftsdatscha am Ufer der Wolga, für die Ferien, ganz gleich, wie viele Quälgeister mit tropfenden Nasen da heuschreckengleich einfallen. Aber das Beste bleibt, dass er oft für Wochen unterwegs ist, um herauszufinden, welches Saatgut für welches Klima am besten ist. Da ist er Fachmann.«

»Wenn die Katze aus dem Haus ist, tanzen die Mäuse auf dem Tisch«, stichelte ich.

Sie bestätigte meinen Satz mit einem ihrer schuldbewussten Blicke. »Wann immer er nach Hause kommt – es ist zu früh. Die Ehe mit meinem Agronomen, der hundert Jahre älter ist als ich …«

»Zwölf«, verbesserte ich sie.

»Zwölf Sonnenjahre, aber hundert Seelenjahre«, sagte sie. »Die Ehe mit ihm macht aus unserer Moskauer Wohnung einen Käfig, mit fixen Stunden für Essen und Darmentleerung sowie monatlich fixen Tagen für die Kopulation. Wie oft habe ich schon überlegt, dass es mir allein besser gehen würde, aber ich wollte die Wohnung nicht verlassen und damit meine wertvolle Moskauer Aufenthaltsbewilligung verlieren. Das wäre der Preis, den ich für eine Scheidung zu bezahlen hätte. Wenn es dazu käme, glaube ich, dass ich für eine neue Aufenthaltsbewilligung töten könnte. Aber sag mir ehrlich, hältst du mich für einen schlechten Menschen?«

»Wir alle müssen Kompromisse machen, um in diesem Arbeitersumpf die Köpfe oben zu behalten. Ich habe deinen Agronomen übrigens gesehen, als mein Mann und ich nach deinem Auftritt als eine der Schwestern in den *Drei Schwestern* hinter die Bühne kamen. Als Mann sieht er gar nicht so übel aus.«

»Kannst du mir erklären, liebste Nadeschda, warum Frauen wie wir überhaupt von Männern angezogen werden? Wir haben so gut wie keine Ahnung, was in ihren dummen Köpfen vorgeht, und es kommt vor, dass ich ihre Körper betrachte und würgen möchte. Objektiv betrachtet ist der Penis, so wie er meist leblos zwischen ihren haarigen Beinen baumelt, der hässlichste Teil eines Mannes. Und doch … wenn ich die Ausbuchtung in der Hose eines Mannes sehe, beschleunigt sich mein Puls. Ich will ihn berühren, küssen, meine Lippen mit Kamillentee wärmen und ihn, oh, Nadeschda, ihn in meinem Mund willkommen heißen.« Sie erschauderte in meinen Armen. »Schon allein bei dem Gedanken könnte es mir kommen.«

»Gut für dich, dass es die Männer und nicht die Frauen sind, die mit jedem Orgasmus einen Tag ihres Lebens verlieren«, sagte ich spaßend.

»Richtig«, stimmte sie mir voller Ernst zu. »Alles in allem haben wir es so viel besser als die männlichen Vertreter unserer Art, meinst du nicht, schöne Fee?«

»Apropos Tee, ich könnte eine Tasse vertragen«, erklärte ich ihr.

»Was für eine prächtige Idee«, sagte sie.

Ich warf Mandelstams alten Bademantel über die Schultern und lief barfuß in die Küche, um Wasser auf unserem kleinen Paraffinherd aufzusetzen. Mandelstam trug den seidenen Morgenmantel aus zweiter Hand, den ich ihm vom Geld für eine Übersetzung gekauft hatte. Er war so tief ins Komponieren versunken, dass er mich, wie ich denke, nicht vorbeigehen sah. Als ich mit einem Tablett, Tassen und einer Kanne Tee zurück ins Wohnzimmer kam, fand ich Zinaida auf dem Sofa zusammengerollt, in eine Decke aus dem Schlafzimmer gewickelt, aus der ein hübscher nackter Fußknöchel hervorsah. Sie sah sprachlos zu, wie Mandelstam im Zimmer auf und ab lief, vier große Schritte in die eine Richtung, dann vier zurück in die andere, und dabei wie wild an seiner Zigarette zog. Ich ließ mich neben ihr nieder und füllte zwei angestoßene Tassen mit Tee. Wir wärmten uns die Hände an ihnen und warteten darauf, dass der Tee abkühlte. Hin und wieder flog eine Motte an Mandelstams Kopf vorbei. Die Wände des Herzen-Hauses waren mit Filz isoliert, der eine ideale Eiablage für Insekten bot. Mandelstams Konzentration war so absolut, dass er die Motten mit der Hand vertreiben konnte, ohne sich ihrer bewusst zu werden. Mir kam der Gedanke, dass er auch die neuen Luftalarmsirenen nicht hören würde, die rund um Moskau installiert worden waren, jetzt, wo Hitler in Deutschland die Macht übernommen hatte. Seine Lippen bewegten sich, Worte und Verse formten sich. Ich konnte fast hören, wie das Gedicht einer Faust gleich, wie Mandelstam es ausdrückte, ans Fenster klopfte.

Und dann blieb er völlig unvermittelt stehen und sah zu uns herüber, als hätte er gerade erst entdeckt, dass wir im Zimmer waren. Er sah auch die Motte vor seiner Nase und verfolgte sie, aus seiner Trance erwachend, schien sie ihm doch der Missetäter, der für das Loch verantwortlich war, das er kürzlich erst in seinem Strickpullover entdeckt hatte. Der große Mottenjäger turnte wild um sich schlagend über die Möbel im Zimmer, bis er siegreich die linke Hand hob und uns den Blutfleck zeigte.

»Ich glaube, ich hab's«, rief er.

»Was? Die Motte?«, sagte Zinaida.

»Das Gedicht«, sagte Mandelstam. »Das Epigramm auf Stalin.«

Zinaida dachte, Mandelstam hätte endlich den vielen Freunden nachgegeben, die ihn beschworen, eine Ode zu Ehren Stalins zu schreiben. Sie schien erleichtert. »Ich weiß, dass es schwer gewesen sein muss«, sagte sie, »aber ich denke, dass du sehr weise warst, es zu tun.«

Ich schob einen Arm unter ihrem Ellbogen durch. »Du verstehst nicht, mein Liebes. Ossja hat bestimmt ein sehr offenes Gedicht geschaffen, eines, das nicht um den heißen Brei herumredet. Du und ich, wir werden seine ersten Leser sein.«

Zinaida sah mich verwirrt an. »Aber es gibt nur eine Art Gedicht, die man schreiben kann, wenn es um Stalin geht.«

Mandelstams Blick kam auf dem gläsernen Aschenbecher auf der Fensterbank zur Ruhe, der von Zigarettenstummeln überquoll, von denen die meisten, wenn auch nicht alle, von ihm stammten. (Ich fragte mich, ob er die Stummel jener starken Zigarettenmarke, die er selbst niemals rauchte, bemerkt hatte, als wir nachmittags zuvor zurück in die Wohnung gekommen waren.) Er schloss die Augen, ließ uns seine blasse Kehle sehen, hob die Hand mit dem Blutfleck über den Kopf und begann zu rezitieren.

»Wir Lebenden spüren den Boden nicht mehr,
Wir reden, dass uns auf zehn Schritt keiner hört,

Nur der Gebirgler im Kreml ist noch zu vernehmen.
Der Mörder und Bauernschlächter.

Seine Finger sind dick und, wie Würmer, so fett,
Und Zentnergewichte wiegts Wort, das er fällt,

Sein Schnauzbart lacht Fühler von Schaben,
Der Stiefelschaft glänzt so erhaben.

Schmalnackige Führerbrut geht bei ihm um,
Mit dienstbaren Halbmenschen spielt er herum,

Die pfeifen, miauen oder jammern.
Er allein schlägt den Takt mit dem Hammer.

Befehle zertrampeln mit Hufeisenschlag:
In den Leib, in die Stirn, in die Augen, – ins Grab.

Wie Himbeeren schmeckt ihm das Töten –
Und breit schwillt die Brust des Osseten.«

Mandelstam sah mich so verklärt wie eindringlich an, die Augen unübersehbar von einem Triumphglühen erfüllt, und endlich schwante mir, was er mit seinem *Tot, aber noch nicht begraben* gemeint hatte. Wenn ich an diesen entscheidenden Moment unseres Lebens zurückdenke, frage ich mich, was ich da wirklich gefühlt habe. Ich nehme an, dass ich begeistert und stolz und gleichzeitig am Boden zerstört war: begeistert von seiner Kühnheit, stolz, seine Komplizin bei diesem Akt reinen Trotzes zu sein, und am Boden zerstört, weil sein Überlebensinstinkt, genau wie meiner, praktisch erloschen war. Was Zinaida anging, so zog sie ihren Fuß zurück unter die Decke und sackte gegen meinen Arm. *»Der Mörder und Bauernschlächter!«*, stöhnte sie. »Das kannst du mir nicht antun, Ossip. Was wird geschehen, wenn sie herausbekommen, dass ich dabei war, als du das rezitiert hast? Oh, mein Gott! Hier könnte es ein Mikrofon in der Wand geben. Sie könnten jedes einzelne Wort aufzeichnen, das wir hier reden! Nadeschda, wenn er nicht Vernunft annehmen will, musst du es für euch beide tun und ihm diesen Wahnsinn ausreden.«

Aber je mehr sie protestierte, desto mehr unterstützte ich ihn. Ich war schließlich seine Frau und sie nur seine gelegentliche Geliebte. »Fasse dich, Zinaida. Ossja macht dir das größtmögliche Kompliment, indem er dich zu einem seiner ersten Leser werden lässt. Nur ein paar Auserwählte werden von diesem Epigramm erfahren, und was immer geschieht, kannst du sicher sein, weder er noch ich werden je verraten, dass du es gehört hast.«

Mandelstam sank vor uns beiden auf die Knie. »Zinaida, du darfst niemandem auch nur den Hauch eines Wortes davon hören lassen. Wenn sie von dem Epigramm erfahren, kann mich das mein Leben kosten.«

Sie nickte jämmerlich.

»Nadenka wird das Epigramm auswendig lernen, wie alle meine Gedichte. Aber ich habe beschlossen, dass auch du es lernen sollst. Wenn uns etwas zustößt, muss das Gedicht unbedingt überleben.«

Zinaida zog die Decke enger um ihren nackten Körper, als könnte sie das vor einer unangenehmen Bitte schützen.

»Wiederholt die Zeilen, so wie ich sie euch vorsage, alle beide«, sagte Mandelstam mit fester Stimme. *»Wir Lebenden spüren den Boden nicht mehr, Wir reden, dass uns auf zehn Schritt keiner hört …«*

»Wir Lebenden spüren den Boden nicht mehr, Wir reden, dass uns auf zehn Schritt keiner hört …«

»Nur der Gebirgler im Kreml ist noch zu vernehmen. Der Mörder und Bauernschlächter …«

»Nur der Gebirgler im Kreml ist noch zu vernehmen. Der Mörder und Bauernschlächter …«

Nachdem ich Mandelstams Verse seit Jahren auswendig lernte, hatte ich ein Gespür für Reim, Rhythmus, die verschiedenen im Text verborgenen Bedeutungsebenen und die Stellen zum Atemholen entwickelt. Ich brauchte nicht lange, um die sechzehn Zeilen in mein Gedächtnis aufzunehmen. Zinaida tat sich schwerer. Es wurde schnell klar, dass sie kein Ohr für die innere Musik eines Mandelstam-Gedichtes hatte. Vier Zeilen schien sie hinzubekommen, hatte dann aber beim erneuten Wiederholen Schwierigkeiten mit der Interpunktion und brachte sogar die Wortfolge durcheinander. Tränen der Enttäuschung füllten ihre Augen. »Ich hasse es, so in Verlegenheit gebracht zu werden. Ich kann das nicht so auswendig lernen wie du. Ich muss die Worte geschrieben vor mir sehen, damit ich sie mir vorstellen kann. So lerne ich auch meine Texte fürs Theater. Schon als Kind musste ich alles aufschreiben, was ich auswendig lernen wollte.«

Mein Mann und ich wechselten Blicke. »Was denkst du?«, sagte er.

Ich zuckte mit den Schultern. »Solange wir sicher sein können, dass sie es vernichtet, wenn sie den Text gelernt hat …«

Zinaida schien erleichtert. »Ich schwöre, ich verbrenne es«, sagte sie. »Wenn ich das nächste Mal komme, rezitiere ich das Gedicht ohne Fehler.«

Mandelstam holte Stift und Papier. Vor dem Koffer hockend, den er als Tisch benutzte, schrieb er das Epigramm auf. Zinaida ging ins Schlafzimmer zu ihren Kleidern und kam Minuten später angezogen wieder hervor. Mandelstam las noch einmal, was er geschrieben hatte, um sich zu versichern, dass es genau das war, was er wollte, und gab das Blatt dann Zinaida. Sie faltete es zweimal und schob es sich in den Büstenhalter.

»Ich bin dir dankbar, dass du das tun willst«, sagte Mandelstam.

»Und ich bin dankbar dafür, Teil deiner Zitadelle sein zu dürfen«, antwortete Zinaida nervös. »Ich freue mich sehr, dass du mir so vertraust.«

»Vielleicht solltest du gehen, bevor das Gespräch zu gefühlsduselig wird«, schlug ich vor, und ich erinnere mich, dass ich noch hinzufügte: »Vergiss nicht, das Gedicht zu verbrennen.«

Ich höre noch Zinaidas zuversichtliches *Ihr könnt auf mich zählen.*

Nachdem sie gegangen war, zog ich mich an und räumte das Schlafzimmer auf. Durch die offene Tür konnte ich Mandelstam auf dem Sofa sitzen und an die Decke starren sehen. Hin und wieder schlug er mit den Händen nach einer Motte, die ihm tödlich nahe gekommen war.

»Denkst du, ich habe es richtig gemacht?«, rief er zu mir herüber.

»Redest du vom Epigramm oder von Zinaida?«

»Von beidem.«

Ich ging zu ihm ins Wohnzimmer und ließ mich auf die Sofalehne sinken. Er legte eine Hand auf meinen Fuß, und wir lächelten beide über die gleiche Erinnerung: Als wir das erste Mal miteinander intim geworden waren, an jenem Abend, nachdem wir uns im *Ramschladen* in Kiew kennengelernt hatten, da hatte er seine bedächtige Erkundung meines Körpers mit meinem Fußknöchel begonnen. Seitdem pflegten wir den Witz, dass Mandelstam Russlands erster und führender Fußknöchelfetischist war. »Was das Epigramm angeht«, sagte ich, »seit Monaten machst du dich deswegen verrückt. Du musstest es endlich aus dir herausbekommen. Sei nur vorsichtig, wen du in dein Geheimnis einweihst. Und was Zinaida angeht: Sie ist eine harmlose Kreatur, die sich mit dem Altern ihres Körpers zum Schlechten entwickeln wird. Im Moment ist sie noch begeistert, die Mätresse des Dichters Mandelstam zu sein …«

Mandelstams Gesicht hellte sich auf. »Es gibt also noch einen Dichter mit dem Namen.«

Sein Griff um meinen Fuß wurde fester, und er sah mich an, auf Bestätigung hoffend. »Den gibt es«, stimmte ich ihm ohne große Überzeugung zu. »Er ist noch nicht tot.«

Es war fast Mittag, als ich endlich dazu kam, den Glasaschenbecher mit den Zigarettenstummeln in den Mülleimer direkt am Hintereingang des Herzen-Hauses zu leeren, wo ich ausgerechnet Pasternak traf, der Küchenabfall wegwarf, nachdem er den Morgen bei seiner zukünftigen Exfrau und ihrem Sohn im anderen Flügel des Hauses verbracht hatte. Ich sagte ihm, Mandelstam müsse etwas aufgeheitert werden, und zog ihn praktisch mit zurück in unsere Wohnung. Mein Mann steckte sich gerade das Hemd in die Hose, als er Pasternak hinter mir in der Tür entdeckte. Er ließ einen Freudenschrei hören. »Sie bleiben zum Mittagessen«, befahl ich. »Wir haben Brot, ein bisschen Butter und zwei Eier, und irgendwo im Haus treibe ich auch noch ein drittes auf.«

Ich bekam mein Ei an der zweiten Tür, an die ich klopfte. Als ich zurück in die Wohnung kam, sah ich Mandelstam mitten im Wohnzimmer stehen und für Pasternak die letzten Zeilen seines Stalin-Epigramms zitieren. Pasternak saß an die Wand gelehnt auf dem Boden, das Gesicht in den riesigen Händen vergraben. Als Mandelstam fertig war, blieb Boris völlig reglos.

»Nun?«, sagte Mandelstam ungeduldig.

»Nun?«, wiederholte ich von der Tür aus.

Boris sah auf, erst zu mir, dann zu meinem Mann. »Wer weiß davon?«, wollte er wissen.

»Wir drei«, sagte Mandelstam, »und eine Freundin.«

»Können Sie Ihrer Freundin trauen?«

Ich antwortete von der Tür. »Ja.«

Boris stand auf, ging ans Fenster und schloss den inneren Fensterladen. Dann drehte er sich zu uns um. »Das ist Selbstmord«, sagte er, und seine Augen lagen so tief in ihren Höhlen, dass man die Pupillen kaum noch sehen konnte. »Als Sie sagten, Sie wollten den Schrei ausstoßen, der in Ihrer Kehle steckt, hätte ich auch nicht im Traum daran gedacht, Sie würden etwas so Wahnsinniges tun.«

»Was Russland braucht, ist mehr Wahnsinn und weniger Vernunft.«

Boris kämpfte so sehr mit sich, dass ich nicht glaube,

dass er ihn gehört hatte. »Wie konnten Sie so ein Gedicht schreiben, Sie, ein Jude?«, brach es aus ihm heraus.

»Sie vergessen, dass ich zum Christentum übergetreten bin, um in die Universität zu kommen«, antwortete Mandelstam wütend.

»Stalin und die Leute um ihn herum haben eine Menge mit der spanischen Inquisition gemein«, sagte Pasternak. »Für die Richter der Inquisition blieb auch ein Jude, der konvertiert war, ein Jude, in seinem Herzen, seiner Seele.«

Es war nicht einfach, zu Wort zu kommen, aber es gelang mir. »Ich rezitiere Ihnen das Gedicht ein weiteres Mal, Boris, und Sie sagen mir genau, was ein Jude nicht sagen sollte.«

»Nein, nein, ich muss es nicht noch einmal hören, um sagen zu können, dass Ossip das nicht durchdacht hat. Er ist entweder dumm oder naiv. Ich will nichts davon hören.«

Mandelstam sank auf die Lehne des Sofas. »Dichtung nährt sich aus Unschuld, nicht aus Dummheit«, sagte er, völlig erschlagen von Pasternaks Reaktion. »Sie selbst haben den Standpunkt vertreten, dass Kunst Risiken eingehen muss.«

»Ich habe das gesagt? Wann?«

Mandelstam rang sich ein bitteres Lächeln ab, als er Pasternak seine Worte zurück ins Gesicht warf. *»Man kann nicht über Kunst sprechen, als wäre sie ein Abflussrohr oder ein Bauauftrag, und die Frage so auf die reine Technik reduzieren. Über die Technik des Gedichteschreibens zu reden heißt, darüber zu reden, wie einem Katastrophen gelingen. Es gilt, daran zu denken, dass man Risiken eingehen muss, nichts auf der Welt existiert ohne Risiko.«*

Boris murmelte, dass er das in einem anderen Zusammenhang gesagt habe. Wütend wandte er sich an mich: »Wie können Sie ihm erlauben, das zu tun?«

Bevor ich darauf antworten konnte, sagte Mandelstam sehr ruhig: »Wir haben uns nie gegenseitig um Erlaubnis fragen müssen, weder ich sie noch sie mich.«

Boris brachte mich langsam zur Verzweiflung. »Sie sind doch nur wütend«, platzte es aus mir heraus, »weil Sie nicht den Mut haben zu tun, was Ossip tut. Sie sind kein Dichter wie er.«

Mandelstam versuchte, mir das Wort abzuschneiden. »Nadenka, jetzt gehst du zu weit ...«

Ich erinnere mich, dass ich darauf sagte: »Ich gehe nicht zu weit. Er soll verstehen, dass Mandelstam Mandelstam treu bleiben muss, nicht Pasternak.«

Boris wirkte fassungslos. »Mein lieber Ossip, ich erkenne Sie nicht mehr. Sie sind ein anderer geworden.«

»Wenn er ein anderer wird«, informierte ich Boris, dessen Fassungslosigkeit mir, wie ich gestehen will, eine gewisse Befriedigung verschaffte, »werde ich auch eine andere.«

Boris hob eine Hand und rieb sich die Stirn, hinter der sich offenbar eine Migräne zusammenzog. »Wenn es Ihnen ernst damit ist, Stalin stürzen zu wollen«, erklärte er Ossip, »dann beteiligen Sie sich am langfristigen politischen Kampf.«

»Ich tauge nicht für den politischen Kampf«, antwortete mein Mann. »Ich bin zu ungeduldig für Strategien. Mein Temperament erlaubt mir allenfalls eine kurzfristige Taktik. Ich neige zur Geste. Im Übrigen glaube ich, dass die Dichtung die Kraft hat, Berge zu versetzen – und den Gebirgler im Kreml.«

»Dann überarbeiten Sie Ihr Gedicht wenigstens«, sagte

Boris aufgewühlt, »schreiben Sie verschleiert, doppeldeutig, sagen wir über eine historische Figur.«

»Ich habe es satt, die Dinge nicht beim Namen zu nennen, Boris. Wir brauchen ein Gedicht, in dem das Übel Stalin so klar benannt wird, dass es auch noch der letzte Idiot kapiert.« Da er dachte, es würde den Streit beenden, ließ er eines seiner liebsten Mantras folgen: »Wann, wenn nicht jetzt? Wer, wenn nicht ich?«

Den Kopf verzweifelt schüttelnd, wandte sich Boris zum Gehen. An der Tür hielt er zögernd inne. »Das Wenigste, was Sie tun sollten, wenn nicht um Ihrer selbst willen, dann für Ihre Freunde, die das Epigramm hören werden, ist, das zweite Verspaar neu zu fassen. *Der Mörder und Bauernschlächter,* das ist lebensgefährlich direkt. Ich bitte Sie, Ossip, ändern Sie das.«

Mein Mann sah mich an, weil er wohl dachte, ich würde Pasternak widersprechen. Ich holte tief Luft und blieb stumm. Ob der Wahrheitsager immer noch die Wahrheit sagte, wenn er sie ausweidete, konnte nur Ossja entscheiden.

Ich sah, wie Mandelstam innen auf seiner Backe kaute, während er darüber nachdachte. Den Kopf unwillig hin- und herwerfend, sagte er: »In der ersten Version standen zwei andere Zeilen, die ich verworfen habe, weil sie nicht direkt genug waren. Wenn Sie sich dann besser fühlen, streiche ich den Mörder und Bauernschlächter und stelle die Anfangsversion wieder her.« Und er schloss die Augen und rezitierte die Zeilen, die er neu einsetzen würde:

»Doch wo wir noch Sprechen vernehmen, –
Betrifft's den Gebirgler im Kreml.«

Boris sagte: »Wenn Sie wirklich wollen, dass ich mich besser fühle, werfen Sie das ganze Epigramm weg.«

Allein der Gedanke daran, wie mein geliebter Mann auf Pasternaks Satz reagierte, lässt mein Herz schneller schlagen. Er zitterte, reckte das Kinn, und wiederholte die Worte, die er Ugor-Schitkin und seinen Freundinnen in der Kantine der Straßenbahnarbeiter entgegengeworfen hatte: »Ich bin der Dichter Mandelstam.«

Ich fürchte, ich konnte der Versuchung nicht widerstehen, den Splitter noch tiefer ins Fleisch zu treiben. »Und was mich betrifft, so bin ich die Frau des Dichters Mandelstam, und ich bin stolz darauf.«

Boris zuckte wütend mit den Schultern und wandte sich zur Tür.

»Was ist mit den Eiern?«, sagte ich.

»Wie können Sie in einem Moment wie diesem ans Essen denken«, knurrte er. »Ob mit oder ohne Bauernschlächter, diese Sache wird böse enden. Die haben Sie in den letzten Jahren übel behandelt, Ossip, und wenn Sie auf diesem Epigramm bestehen, werden Sie erfahren, warum man Sie so übel behandelt. Ich schätze Sie als Dichter, und ich liebe Sie wie einen Bruder. Ich wünsche Ihnen ein langes Leben, Ossip Emiljewitsch.«

Ich erinnere mich, wie betroffen es mich machte, Mandelstam so verzweifelt zu sehen. Er hatte auf Pasternaks uneingeschränkte Unterstützung gezählt. Ich kann noch seine Stimme hören, wie er dem Dichter hinterherrief: »Auch Ihnen ein langes Leben, Boris Leonidowitsch.«

Sieben

Zinaida Zaitsewa-Antonowa
Montag, 7. Mai 1934

Wie kann dieser Hurensohn mir das antun! So wie ich es sehe, ist es eine Sache, sich umbringen zu wollen, wenn man vom Leben genug hat. Quassel nicht lange herum, sondern tu's einfach, sage ich, aber du hast kein Recht, andere mit dir mitzunehmen. Dieses Stalin-Gedicht von Mandelstam ist der reine, ungetrübte Wahnsinn. Er hat den Verstand verloren, ist durchgedreht, eindeutig verrückt. Aber es ist *sein* Wahnsinn, nicht meiner. Ich bin nicht mal sicher, ob es ein gutes Gedicht ist, Himmel noch mal. Nur wird ihn das nicht davon abhalten, es all jenen Möchtegernschriftstellern vorzutragen, die im Herzen-Haus herumhängen. Mein Gott, was denkt er sich nur dabei, unschuldigen Menschen solch ein Gedicht vorzulesen? Er hat nicht das moralische Recht, andere zu Komplizen *seines* Verbrechens zu machen, denn das ist es. Wir leben in einer Zeit, in der einer, der von Verrat weiß und den Zerstörer nicht denunziert, selbst zum Zerstörer wird und die gleiche Strafe erfährt wie der eigentlich Schuldige. Man muss nicht besonders viel Grips haben, um vorauszusehen, was passieren wird: Von den fünf, zehn oder zwanzig Leuten, die das Gedicht zu hören bekommen, wird einer oder gleich mehrere denken wie ich – vielleicht auch alle bis auf die arme Nadeschda, die blind vor Liebe ist. Es ist verdammt noch mal unmöglich von Mandelstam, uns in so eine Lage zu bringen, die uns zu Verrätern macht, bloß weil wir seinem beschissenen kleinen Gedicht *zugehört* haben. Was heißt, dass einer, ein paar oder auch alle von denen, die es zu hören bekommen, sich auf die einzig mögliche Weise schützen werden: indem sie zur nächsten Miliz rennen und den Autor des Gedichtes denunzieren, bevor es ein anderer tut und die Tscheka bei dir rumschnüffeln kommt und du erklären musst, warum du, bitte schön, dieses verräterische Gedicht gehört hast, ohne den Volksfeind, der es geschrieben hat, gleich zu denunzieren. Was mache ich dann? Mit den Wimpern klimpern und fragen: Von was für einem Gedicht reden Sie da, Genosse Milizionär? Aber die kennen den Inhalt des Gedichtes längst bis zum letzten Komma, genau wie die Namen, Adressen und Reisepassnummern all derer, die es gehört haben. Und wer nicht gleich zu den Organen gerannt ist, steckt bis zum Hals in der Scheiße, wie man so schön sagt. Der wird nach Sibirien geschickt, oder – Gott steh mir bei – es trifft ihn noch schlimmer. Und wofür? Ich meine, dieses kleine Gedicht von Mandelstam wird nichts, aber auch gar nichts ändern.

Nur für die, die das Pech hatten, es zu hören.

Der liebe Ossip hat mir kaum eine andere Wahl gelassen, und deshalb habe ich auch nicht das Gefühl, ihn verraten oder hintergangen zu haben. Wobei doch der letzte Idiot begreift, dass der arme Kerl den Tod herbeisehnt. Indem ich die Organe alarmiert habe, habe ich nur das getan, was er tief in sich drin von mir wollte.

Ist es mir unangenehm, mein Leben auf Kosten von Mandelstam zu verlängern?

Swolotsch – Dreckskerl! Sie haben mit Nadeschda gesprochen! Wenn irgendwem vorgeworfen werden kann, Mandelstams Leben verkürzt zu haben, dann seiner Schlampe. Die beiden sind eine Folie à deux. Die stacheln sich gegenseitig an. Um Himmels willen, was hat sie Ihnen sonst noch für Lügen über mich erzählt?

Acht

Anna Andrejewna
Sonntag, 13. Mai 1934

In dem Moment, als ich den Hörer ans Ohr hob, wusste ich, dass etwas Fürchterliches vorging. Borisiks Stimme kam nur verschliffen bei mir an, weil die Leitung, die Petersburg mit dem Rest von Russland verband, durch einen Magnetsturm gestört wurde. »Sie müssen unbedingt alles stehen und liegen lassen«, verkündete er, »und sofort nach Moskau kommen.« Er sagte es auf eine Weise, die mir kaum eine andere Wahl ließ. Irgendwie gelang es meinem lieben Freund Pasternak, gleichzeitig alarmiert und tödlich ruhig zu klingen, und es war diese tödliche Ruhe, die mir einen Schauder über den Rücken jagte. Ich versuchte, ihm zu erklären, dass es gerade sehr ungünstig für mich wäre, Petersburg zu verlassen. Mein zweiundzwanzigjähriger Sohn Lew, mit dem ich ein schwieriges Verhältnis hatte, war in der Stadt, und endlich redeten wir über das, was zwischen uns schiefgegangen war, statt darüber zu streiten, wie ich mein Muttersein als *grelle Qual* hatte beschreiben können. Zudem hatte mein dritter Mann, der Historiker Nikolai Punin, einen Coupon für einen zweiwöchigen Urlaub in einem der Wohnheime seiner Universität am Ladogasee bekommen und sehnte sich danach, der Stadt den Rücken zu kehren. Und ein mir bekannter Redakteur hatte sich bereit erklärt, meinen kritischen Aufsatz über Puschkin zu veröffentlichen, unter der Bedingung, dass ich ihn um die Hälfte kürzte, was keine einfache Aufgabe war, hatte ich die ursprüngliche Version doch bereits auf die Hälfte eingedampft. Aber Borisik wischte meine Einwände fort, und ich wollte schon unmutig reagieren, als ich ihn sagen hörte: »Sie verstehen nicht, Anna. Unser gemeinsamer Freund, der hier namenlos bleiben soll, für den Fall, dass die Organe unser Gespräch abhören, hat beschlossen, sich umzubringen.«

»Sich umzubringen?«, hörte ich mich selbst dumpf wiederholen.

»Sie erinnern sich doch an das Gespräch, das wir hatten, wir drei, als wir zusahen, wie die Träne gegen die Christ-Erlöser-Kathedrale schlug? Nun, er hat seinen Plan weitergeführt. Ich habe ihn zu überzeugen versucht, dass das Wahnsinn ist, aber darauf sagte er nur, Russland brauche eben mehr Wahnsinn als Vernunft. Unterstützt wird er von seiner Frau, die ebenfalls störrisch wie ein Maultier ist. Meiner Ansicht nach sind Sie die Einzige, die in dieser Sache noch einen Einfluss auf ihn haben könnte. Sie müssen sofort nach Moskau kommen und ihn aufhalten, bevor …« Der Lärm in der Leitung blendete Borisik einen Moment lang aus. Dann hörte ich die Worte: »… Milch verschüttet.«

Was dazu führte, dass ich Sohn, Ehemann und Redakteur enttäuschte. Mein Mann versuchte, mich zu überreden, die Mandelstams anzurufen, damit Ossip mich vom Bahnhof abholte, aber ich fürchtete, er würde mir nur mein Kommen ausreden, und entschied mich dagegen. Da es zu spät war für den Nachtzug und lange noch nicht Zeit für den Frühzug, wälzte ich mich stundenlang schlaflos im Bett herum (nach einem fürchterlichen Streit mit Nikolai, der argumentierte, dass ich die moralische Verpflichtung hätte, Ossips Entscheidung zu respektieren, falls er wirklich dazu entschlossen sei, Selbstmord zu begehen).

Selbst unter den besten Umständen bin ich nervös, wenn es ans Reisen geht. Im Unterschied zu Borisik, der es liebt, gerade noch in den letzten Wagen zu springen, wenn der Zug den Bahnsteig verlässt, komme ich am liebsten zu früh zum Bahnhof. Da mein Mann das wusste, überredete er einen Nachbarn, der einen städtischen Wagen zur Verfügung hatte, uns noch vor Sonnenaufgang zum Moskowski-Bahnhof zu bringen. Im Warteraum, in dem überall Reisende zusammengerollt auf den Bänken lagen, entdeckte Nikolai ein Telefon und schlug erneut vor, die Mandelstams anzurufen. War es, weil ich erschöpft war und nicht klar denken konnte, dass ich nicht widersprach? Ich rief das Fernamt an und gab der Frau die Nummer des Gemeinschaftstelefons im Flur des ersten Stocks vom Herzen-Haus durch. Nach langem Warten konnte ich es am anderen Ende klingeln hören. Als nicht gleich jemand antwortete, wollte die Frau den Anruf schon wieder abbrechen, aber ich erklärte ihr, dass es sich um ein Gemeinschaftstelefon handle und sie es bitte noch etwas klingeln lassen solle. Endlich nahm jemand ab, und ich fragte nach Mandelstam. »Haben Sie eine Ahnung, wie spät es ist?«, sagte der Mann am anderen Ende gereizt, und bevor ich noch ein Wort antworten konnte, erklärte er mir, im Herzen-Haus wohne kein Mandelstam. Ich gab nicht nach und sagte, er mache einen fürchterlichen Fehler, natürlich wohne ein Mandelstam im Herzen-Haus, aber dann brach die Verbindung ab. »Wie hat er das gemeint, im Herzen-Haus wohnt kein Mandelstam?«, fragte ich meinen Mann und spürte, wie mir die Angst die Kehle hochkroch.

»Es ist falsch, wenn du da zwischen den Zeilen zu lesen versuchst«, sagte Nikolai, aber ich sah an seinen Augen, dass auch er die Worte umdrehte wie Steine, um zu sehen, was für Unheilsboten wohl darunter verborgen lagen.

Ich hatte den Puschkin-Aufsatz mit in den Zug genommen, um mich mit seiner Überarbeitung etwas zu zerstreuen, schlief am Ende aber auf meinem Zweite-Klasse-Sitz ein, den Schal zu einem provisorischen Kissen zusammengerollt, um mein Ohr vor der ruckelnden Scheibe des Abteils zu schützen. Und ich sank in so schreckliche Träume, dass ich mich mit aller Macht wach rütteln musste, um den Qualen zu entgehen, die sie meiner Seele bereiteten.

Im Herzen-Haus wohnte kein Mandelstam! Waren die Leute, die ihre Zigarettenstummel in Nadeschdas Aschenbecher zurückgelassen hatten, am Telefon gewesen und hatten auf Art der Tschekisten den Tod des Dichters Mandelstam verkündet?

Die Sonne sank hinter die Dächer hölzerner Izbas, während der Zug durch die Moskauer Vorstädte kroch, vorbei an den ersten Fabriken und Kooperativen mit Hammer-und-Sichel-Emblemen über den runden Eingangstoren, durch Viertel mit ungepflasterten Straßen und neu errichteten Unterkünften, die mit einem schlimmen Geburtsfehler auf die Welt gekommen waren: Hässlichkeit. Es war dunkel, als wir in den großen Leningradskija-Bahnhof am Komsomolskaja Ploschad einliefen. Ich öffnete das Fenster und lehnte mich hinaus, um nach einem bekannten Gesicht Ausschau zu halten. Borisik würde Ossip gesagt haben, mit welchem Zug ich kommen musste, sagte ich mir. Hoffte ich. Aber der Bahnsteig war viel zu voll und nur schwach beleuchtet. Ich drückte meine Reisetasche an mich und schob mich zum Kopf des Bahnsteigs durch. Ich bin eigentlich groß genug, um über die Köpfe der Leute hinwegzusehen, stieg der besseren Übersicht halber aber dennoch auf einen Betonblock. Ich befahl meinem Herzen, nicht zu enttäuscht zu sein, sollte Ossip nicht kommen. Vielleicht hatte er eine Verabredung mit einem Redakteur, der gewillt war, eines seiner Gedichte zu veröffentlichen, die noch diplomatisch um den heißen Brei herumredeten. Vielleicht streifte er auch durch die Kneipen seines Viertels und suchte nach billigen Zigaretten.

Als ich ihn nirgends entdecken konnte, sank mein ungehorsames Herz trotz allem. Vielleicht hatte Borisik ihn aus dem gleichen Grund nicht erreichen können wie ich – *weil kein Mandelstam im Herzen-Haus wohnte!*

Wie es mir gelang, die richtige Straßenbahn zu finden, werde ich nie sagen können. Das Herz voller böser Vorahnungen und den Blick getrübt von unvergossenen Tränen, muss mich mein Instinkt in die richtige Richtung geführt und mir dabei geholfen haben, eine Fahrkarte von der Schaffnerin zu kaufen, die mir erklärte, wo ich aussteigen und welchen Weg ich dann nehmen müsse. Etwa vierzig Minuten später stand ich mit klopfendem Herzen vor der Tür der Mandelstam'schen Wohnung. Ich weiß noch, wie ich die Hand hob, um zu klopfen, dann aber außer Atem zurückwich, voller Angst, dass niemand aufmachen würde.

Was, wenn kein Mandelstam im Herzen-Haus wohnte?

Endlich hielt ich entschlossen den Atem an, klopfte und lauschte angestrengt, ob ich hinter der Tür Schritte ausmachen konnte. Ich glaubte, eine Frauenstimme zu hören, die »Komme!« rief. Eine Sekunde später stand Nadeschda hinter der ungeöffneten Tür und fragte: »Wer da?«

Irgendwie gelang es mir, meine Stimmbänder in Schwingung zu versetzen. »Ich bin's«, krächzte ich. »Anna.«

Die Tür wurde aufgerissen und ein sprachloses Lächeln breitete sich auf Nadeschdas Engelsgesicht aus. Als mir dämmerte, dass sie sicher nicht lächeln würde, wenn kein Mandelstam im Herzen-Haus lebte, fiel ich ihr in die Arme.

»Ossip, sieh nur, wer da vor unserer Tür steht«, rief Nadeschda, während sie mich in ihre kleine Küche führte. Und da saß mein lieber, lieber Ossip am Tisch, in Hemd und Hosenträgern, und nippte an einer Tasse Tee.

Sein Anblick ließ mich auf einen Stuhl sinken. Tränen der Erleichterung rannen mir übers Gesicht.

Als ich mich so weit wieder beruhigt hatte, dass ich zu einer Unterhaltung fähig war, erklärte ich, Borisik habe mich nach Moskau gerufen. Ossip schalt mich, dass ich nicht angerufen hätte, damit er mich vom Zug abholte, worauf ich die Stimme an ihrem Gemeinschaftstelefon beschrieb, die behauptet hatte, im Herzen-Haus wohne kein Mandelstam. Ossip und Nadeschda tauschten einen Blick. Ossip lächelte düster. Nadeschda hakte sich bei ihm unter und küsste ihn auf die Schulter. »Ich nehme an, ich hätte es dir sagen sollen«, begann sie. »Seit ein paar Monaten schon kommen Fremde in unsere Wohnung, wenn wir unterwegs sind. Manchmal lassen sie ihre Zigarettenstummel im Aschenbecher zurück.«

Ich weiß noch, wie ich ausrief: »Aber das weiß er doch, Nadeschda. Er hat es für sich behalten, um *Sie* nicht zu beunruhigen.«

Er konnte es nicht glauben. »Sag mir nicht, du wusstest auch von ihnen!«

Die beiden wirkten wie zwei spitzbübische Kinder, die gerade entdeckt hatten, dass sie ein Geheimnis teilten. Sie sahen sich an und brachen in Lachen aus, so sehr, dass ihnen die Tränen kamen.

»Das ist nicht zum Lachen«, sagte ich.

Die beiden wurden still. »Natürlich, Sie haben ja recht, Anna«, sagte Nadeschda. »Wir lachen nur aus Nervosität.«

»Nervöses Lachen«, witzelte Ossip, »ist bekanntermaßen gut für die Verdauung.«

»Reden wir über das Gedicht«, schlug ich vor.

»Wollen Sie es hören?«, fragte Ossip.

Nadeschda fasste mich beim Arm. »Hören Sie es sich an«, sagte sie. »Es ist prächtig.«

Ich nickte. Ossip stellte sich gerade, steckte sich das Hemd in die Hose und knöpfte den obersten Knopf seines kragenlosen Hemdes zu. Er holte tief Luft, warf den Kopf zurück und begann zu rezitieren.

»Wir Lebenden spüren den Boden nicht mehr,
Wir reden, dass uns auf zehn Schritt keiner hört,

Doch wo wir noch Sprechen vernehmen, –
Betrifft's den Gebirgler im Kreml …«

Ich kann nicht behaupten, dass ich das Epigramm aufnahm wie andere Mandelstam-Gedichte, also als ein Ganzes, das einen beim ersten Hören mit seiner Stimmung und seiner Musik in seinen Bann schlug. Nein, es waren lauter Wortsplitter und Fragmente, die ohne Verbindung zueinander blieben. Ich gestand es ihm, als Ossip unbedingt eine Reaktion wollte. »Der englische Dichter Eliot behauptet in *Das wüste Land,* Fragmente aufgeschichtet zu haben gegen sein Scheitern«, sagte ich. »Bei Ihnen sind es diese Fragmente, die Ihr Scheitern bedeuten werden.«

»Wie können Sie mein Epigramm auf Fragmente reduzieren?«, gab Ossip zurück, dem meine Reaktion deutlich missfiel.

Wie immer kam Nadeschda ihm zu Hilfe. »Was für Fragmente meinen Sie genau?«

Es brach mir ehrlich gesagt das Herz, nicht positiver reagieren zu können, aber Ossip und ich kannten uns schon so lange. Zusammen mit meinem verstorbenen Mann Gumiljow hatten wir unseren eigenen kleinen Dichterkreis gebildet, Jahre bevor Nadeschda in sein Leben trat. Und das Markenzeichen unseres Kreises war die absolute, ja, auch grausame Ehrlichkeit. Und so sagte ich ihm, welche Fragmente vor allem bei mir haften geblieben waren: »*Gebirgler im Kreml … Finger dick und fett … Fühler von Schaben … dienstbare Halbmenschen* … ah, und das Ende mit dem *Wie Himbeeren schmeckt ihm das Töten* und der *Brust des Osseten*. Großer Gott, Ossip, die Leute verschwinden im Gefängnis, weil sie andeuten, Stalin könnte einen Tropfen ossetisches Banditenblut in den Adern haben und kein reiner Georgier sein.«

Ossip knöpfte sich den obersten Knopf seines Hemds wieder auf und setzte sich mir gegenüber. »Sie halten es für kein gutes Gedicht«, sagte er rundheraus.

Ich griff nach seiner Hand. »Seine Kühnheit einmal außer Acht gelassen, halte ich es nicht für ein gutes Gedicht, nein. Wenn ich es höre, kommt es mir nicht mal wie ein Gedicht vor. Sie haben beim Schreiben nicht auf die Musik der Worte geachtet. Sie hatten anderes im Kopf. Es ist eine Polemik, die als politische Aussage verstanden werden soll. Das ist nichts, das Sie in Ihre gesammelten Werke aufnehmen werden, sollten sie einmal veröffentlicht werden.«

Ossip schüttelte den Kopf. »Die aufständischen Dekabristen hatten Puschkins politische Gedichte in ihren Taschen, als sie sich gegen den Zaren in Petersburg erhoben.«

Ich erinnere, wie es jetzt aus Nadeschda herausplatzte: »Ob es ein gutes oder schlechtes Gedicht ist, trifft nicht den Kern der Sache.«

Ossip sagte: »Es ist ein Gedicht, das die Wahrheit benennt, offen und direkt. Es ist ein reinigendes Gedicht, damit Russland neu anzufangen vermag.«

Ich fühlte mich gedrängt, das Offensichtliche auszusprechen: »Wenn es bekannt wird, wird es Sie töten.«

»Das hat Boris auch gesagt«, bemerkte Nadeschda.

»Borisik liebt Sie, Ossip, genau wie ich. Es ist eine Sache, Ihr Leben für ein wirkliches Gedicht zu riskieren, aber eine ziemlich andere, es zusammen mit all Ihren zukünftigen Gedichten für eine Polemik in Gefahr zu bringen.«

Nadeschda sagte: »Wir sehen die Dinge nicht so.«

Ich lächelte über das Wir. Nadeschda war immer etwas neidisch auf mein Verhältnis zu Ossip gewesen. Wenn ich an dieses Gespräch zurückdenke, glaube ich, sie wollte mit ihrer Bemerkung klarstellen, dass sie seine Frau war und ich nicht mehr als eine langjährige Freundin. Der Abend schritt fort, und wir saßen an ihrem kleinen Tisch und drehten uns im Kreis. Nichts von dem, was mir einfallen wollte, machte den kleinsten Eindruck auf die beiden. Borisik würde tief beunruhigt sein, wenn er erfuhr, dass ich damit gescheitert war, Ossip zurück ins Reich der Vernunft zu holen.

Es muss fast Mitternacht gewesen sein, als wir jemanden an der Tür der Wohnung kratzen hörten. »Das wird Sergei Petrowitsch sein«, sagte Nadeschda und sprang dankbar für die Entschuldigung auf, die Diskussion beenden zu können. »Er kommt um diese Zeit, um unsere Toilette zu benutzen und sich was auszuborgen.«

»Was auszuborgen?«

»Er nimmt, was immer wir zu essen übrig haben«, sagte Nadeschda. »Er gibt sein ganzes Geld für Alkohol aus, hat aber Hunger, bevor er ins Bett geht. Er ist nicht wählerisch, er ist mit allem zufrieden, einem Ei, einer Tasse Kascha, einer Scheibe Brot mit oder ohne Marmelade. Selbst mit einer Gurke.«

Ossip wiederholte mit einem bitteren Lachen: »Selbst mit einer Gurke.«

Während Nadeschda ihn hereinließ, erzählte mir Ossip von ihrem Freund und Nachbarn Sergei Petrowitsch, der im zweiten Stock in der toilettenlosen Hälfte der Wohnung seiner ehemaligen Frau wohnte. Da die beiden nicht mehr miteinander redeten, musste er den Tag über an verschiedene Türen klopfen, um zur Toilette zu können. »Er ist ein ganz annehmbarer Lyriker, mütterlicherseits ein halber Georgier. Vor einer Weile hat er seine Stelle als literarischer Redakteur einer Regionalzeitung verloren, wegen Veröffentlichung eines Mandelstam-Gedichtes. Deshalb fühle ich mich ihm verpflichtet. Seit sie ihn hinausgeworfen haben, hat er keine neue Arbeit finden können. Irgendwie schlägt er sich durch, indem er ein unendlich langes georgisches Poem übersetzt. Da er Georgier ist, nehmen alle an, das Projekt liegt Stalin am Herzen, und so bekommt Sergei eine monatliche Unterstützung, egal wie viele oder wenige Seiten er abliefert.«

Nadeschda kam zurück in die Küche, der Lyriker, Alkohol ausdünstend, folgte ihr auf wackligen Beinen. Er nahm meine Hand vom Tisch und küsste sie auf französische Art, ohne sie mit seinen rauen Lippen wirklich zu berühren. »*Otschin rad*«, sagte er. »Die gefeierte Achmatowa persönlich zu sehen ist eine Art Vollendung, befriedigender als die

Penetration des Weiblichen, die ich seit Jahren entbehre.« Er zog eine hölzerne Apfelkiste heran, stellte sie aufrecht und setzte sich darauf. Sergei Petrowitsch war etwa so groß wie ich, aber dünn wie ein Brett, was ihn größer erscheinen ließ. Sein ungepflegter langer, weißer Bart war voller Essensreste. Über seinem schmutzigen weißen Hemd trug er eine Weste, seine Hose war ohne jede Form, und aus den Filzpantoffeln waren die Hacken herausgeschnitten, da sie zu klein für seine großen Füße waren. Die bügellose Brille hatte er sich mit Schuhriemen festgebunden. Nadeschda schob eine Zeitungsseite, die sie zu einer Tüte gefaltet und mit Kascha gefüllt hatte, über den Tisch zu ihm hinüber. »Ich danke Ihnen, meine Lieben«, sagte er, »aber wonach mich heute Abend wirklich hungert, ist Geistesnahrung.« Er beugte sich vor und schielte Ossip merkwürdig an. »Alle im Herzen-Haus reden davon, wissen Sie.«

Mir schwante Fürchterliches. »Reden wovon?«, fragte ich.

Auf seiner provisorischen Sitzgelegenheit hin- und herschwankend, sah Sergei Petrowitsch erst mich, dann wieder Ossip an. »Das Gedicht auf Stalin natürlich.«

»Wer ist alle?«, wollte ich wissen. Verzweifelt wandte ich mich Ossip zu. »Haben Sie das Epigramm etwa schriftlich verteilt?«

Nadeschda antwortete für ihn. »Niemand hat es aufgeschrieben. Wir sind keine Narren.«

»Wie vielen haben Sie das Gedicht vorgetragen, Ossip?«, fragte ich.

Nadeschda sagte: »Im Herzen-Haus zweien oder dreien, mich nicht mitgezählt.«

Ossip schob trotzig eine Schulter vor. »Meine liebe Anna, man muss Wellen erzeugen.«

»Wie vielen?«, fragte ich noch einmal.

»Bisher sind es fünf oder sechs. Sicher nicht mehr als sechs.«

»Sieben«, sagte Sergei Petrowitsch. »Sieben. Und wenn der Dichter mir die Ehre erweist, bin ich Nummer acht.«

Und so erhob sich mein armer, unschuldiger, naiver Ossip und rezitierte sein Epigramm für den versoffenen Nachbarn. Alles. Jedes einzelne Wort. Er ließ nichts aus, auch nicht den *Gebirgler im Kreml,* die *dicken, fetten Finger,* die *Schabenfühler,* die *dienstbaren Halbmenschen* und das *himbeersüße Töten,* das dem *Osseten* so gefiel. Mein Gott, im Lichte dessen, was danach geschah, dreht mir die Erinnerung erneut den Magen um.

Sergei Petrowitsch blieb stumm, als Ossip fertig war. Dann atmete er geräuschvoll und mit bebenden Nasenflügeln tief ein und verkündete ex cathedra: »Das ist ein wahrhaft großes Gedicht, meine Lieben. Daran besteht kein Zweifel. Es erfüllt mich mit Stolz, einer der Ersten zu sein, die es hören dürfen, Ossip Emiljewitsch. Auf meinem Totenbett noch werde ich damit angeben.«

Nadeschda warf mir einen triumphierenden Blick zu. Ossip war so bewegt, dass er keine Worte fand. Er klopfte dem Besucher auf die Schulter und nickte voller Dank.

Sergei Petrowitsch wollte wissen, wann das Gedicht entstanden sei, ob er es überarbeitet habe, wer außer den acht im Herzen-Haus es gehört und wie die Leute reagiert hätten. Ossip muss zugutegehalten werden, dass er nur ausweichend antwortete. Schließlich geriet er mit seinem Besucher in eine Diskussion über die Dichter, die den Zaren noch vor der bolschewistischen Revolution getrotzt hatten. Er griff nach der Teekanne, in der Nadeschda die von ihr aufgeschriebenen Gedichte versteckte, blätterte durch die

Zettel und fand schließlich den mit den Zeilen des Dichters Blok, die hinten auf die frühe Version eines seiner eigenen Gedichte geschrieben waren. Er las sie vor: *»Nichts wird sich ändern. Es gibt keinen Ausweg.«* Von Sergei Petrowitschs Komplimenten beflügelt, ging Ossip am Ende so weit, sich mit Lermontow zu vergleichen, der den Zaren öffentlich der Mitschuld an Puschkins Tod angeklagt hatte und gegen die Höflinge wetterte: *»Ihr, die ihr am Thron steht als gierige Schar, Henker von Freiheit, Genie und Ruhm!«*

Sergei Petrowitschs Kopf wackelte in unterwürfiger Zustimmung. »Lermontows *Henker von Freiheit, Genie und Ruhm* sind die geistigen Väter Ihrer *schmalnackigen Führerbrut* und *dienstbaren Halbmenschen,* Ossip Emiljewitsch.«

»So habe ich es noch gar nicht betrachtet«, sagte Ossip, »ich muss allerdings zugeben, dass mir da was dran zu sein scheint.«

Als ich endlich auch einmal zu Wort kam, fragte ich Ossip, ob er sich zufällig an Puschkins letzte Worte erinnere.

Er war gereizter Stimmung. »Ich bin sicher, Sie werden mich an sie erinnern.«

Ich tat es. »Als er dalag und an der Schussverletzung starb, die ihm der heimtückische Franzose d'Anthès im Duell zugefügt hatte, riet er ihm, aufs Land zu gehen, um in Vergessenheit zu geraten. Genau das sollten auch Sie tun, Sie und Nadeschda, statt mit politischen Gedichten die Aufmerksamkeit auf sich zu lenken.«

Ich fragte mich mittlerweile, wie lange sich die Unterhaltung wohl noch hinziehen würde. Da ich in der Nacht zuvor kaum geschlafen hatte, war ich todmüde und sehnte mich danach, mich auf dem Sofa nebenan ausstrecken zu können. Sosehr Nadeschda den Besuch Sergei Petrowitschs genoss, konnte ich doch sehen, dass auch sie gegen ein Gähnen ankämpfte. Die Schweizer Uhr mit dem schweren Gewicht an der Kette über unseren Köpfen tickte so langsam und so laut wie immer dahin. Ich schlug vor, ins Wohnzimmer zu gehen, und dachte, der Besucher würde den Hinweis verstehen und sich verabschieden. Sergei Petrowitsch holte eine große Uhr aus der Tasche seiner Weste, während er mir in den Flur und ins Wohnzimmer folgte. »Es ist wirklich spät«, sagte er, als Nadeschda und ich uns aufs Sofa fallen ließen und die beiden Männer sich Stühle heranzogen. Er machte aber keine Anstalten zu gehen.

Ossip zog ein verkrumpeltes Päckchen billiger bulgarischer Zigaretten hervor. Als er sah, dass nur noch zwei darin waren, sprang er gehetzt auf. »Ich hasse es, einen so netten Abend abzubrechen«, sagte er, »aber ich muss unbedingt Zigaretten besorgen.«

Wie mit einem Taschenspielertrick zauberte Sergei Petrowitsch ein ungeöffnetes Päckchen hervor, Herzegowina Flor, und warf es Ossip zu. »Sie gehören Ihnen«, sagte er mit so großer Geste, dass man hätte denken können, er verschenke Kaviar und Wodka.

»Ich wusste gar nicht, dass Sie rauchen«, sagte Ossip und besah das Päckchen, während er sich zurück auf seinen Stuhl sinken ließ.

»Ich rauche auch nicht«, sagte Petrowitsch. »Jemand hat sie mir gegeben, weil ich ihm einen Brief übersetzt habe, und ich gebe sie Ihnen, weil Sie mich Ihre Toilette benutzen lassen.«

»Es wird spät«, sagte Nadeschda. »Vielleicht sollten wir daran denken, den Abend zu beenden.«

»Halte ich Sie vom Zubettgehen ab?«, fragte der Besucher. Es war nicht meine Sache, ihm zu sagen, dass es so war, aber ich erinnere mich, dass mich seine Taktlosigkeit dazu brachte, laut zu schnauben. Nervös sah Sergei Petrowitsch ein weiteres Mal auf seine Uhr. »Ich gehe, sobald ich in Erfahrung gebracht habe, wie sich Ossip Mandelstam und Anna Achmatowa kennengelernt haben«, verkündete er. »Ich möchte einmal sagen können, dass ich die Geschichte aus erster Hand habe.«

Das war mehr, als ich ertragen konnte. Ich war am Ende meiner Geduld mit diesem betrunkenen Lyriker, der so gar keinen Takt bewies. »Wir haben uns nach Ihrer Geburt kennengelernt, aber noch bevor Sie angefangen haben zu saufen«, bemerkte ich.

Sergei Petrowitsch zuckte unter dem Schlag zusammen. »Ich fühle mich nicht beleidigt«, erklärte er Ossip, der niemals einen Gast hinauswerfen würde und gerade anfangen wollte, von unserem ersten Treffen 1911 zu erzählen. Nadeschda hatte die Geschichte bereits hundertmal gehört. Sie ging hinüber ins Schlafzimmer und holte die Decke, die ich benutzte, wenn ich im Herzen-Haus übernachtete. Immer noch machte Sergei Petrowitsch keine Anstalten zu gehen.

Und dann begriffen wir, warum.

Egal, wie sehr es jetzt schmerzt, ich muss es richtig erzählen. Wobei der Schmerz im Detail liegt. Jemand klopfte leise an die Tür der Wohnung. Nadeschda warf einen erschreckten Blick auf die winzige Uhr an ihrem Arm. »Wer will denn um diese Zeit noch zu uns?«, fragte sie mit hohler Stimme.

Ossip knöpfte sich erneut den obersten Hemdknopf zu, fast so, als dächte er, es könnte gegen ihn verwandt werden, wenn er nicht präsentabel war. »O Gott«, murmelte er und zitierte aus einem seiner Gedichte, die ich zum ersten Mal in den frühen Dreißigern gehört hatte: »*Hilf mir, Herr, nur durch diese Nacht…*«

Wer immer da draußen vor der Tür stand, klopfte jetzt lauter. Ossip wandte sich sehr ruhig an Nadeschda. »Willst du aufmachen, oder soll ich?«

Sie stand auf. Das Blut war ihr aus den Lippen gewichen. Sie wandte sich mir zu, um zu sehen, ob ich eine Antwort auf die Frage zu formulieren wusste, die sie nicht zu stellen wagte. Ich hatte zu große Angst, um es zu versuchen. Sergei Petrowitsch zog ein mit einer klaren Flüssigkeit gefülltes Medizinfläschchen hervor und nahm einen schnellen Schluck. Er wischte sich die Lippen, die Stunden zuvor über dem Rücken meiner Hand geschwebt hatten, am Ärmel seines Hemdes ab. Nach Alkohol stinkend, aber plötzlich stocknüchtern sagte er: »Ich schwöre auf den Kopf meiner Exfrau, ich wusste nicht, dass sie heute Abend kommen würden.«

»Dass *wer* kommen würde?«, fragte ich so leise, dass mich niemand hörte.

Nadeschda sah ihren Gast an und zischte: »Ein Wort über das Epigramm, Sergei, und ich beschneide Sie höchstpersönlich mit dem Küchenmesser.« Mit zitternden Händen strich sie sich die Falten aus dem Rock und ging die Tür öffnen.

Sie kam mit sechs Männern zurück, die hinter ihr ins Zimmer drängten. Fünf von ihnen trugen Regenmäntel mit Gürtel, wie sie mit der Geheimpolizei in Verbindung gebracht wurden, der sechste war ohne Mantel gekommen, nur in einem schwarzen Zweireiher. Sein Gesicht hatte die Züge eines Raben. Ich wusste, dass sich das kehlige Krächzen eines Raben wie eine menschliche Stimme anhören konnte, hatte es bis dahin aber nie gehört. (Ich begreife nicht, wie ich mich an solche Nebensächlichkeiten erinnern kann. Wahrscheinlich liegt es daran, dass sich die Szene tief in mein Gedächtnis eingebrannt hat.) Der Mann im dunklen Anzug war offensichtlich der leitende Beamte der Unternehmung. Er ging auf Sergei Petrowitsch zu, sah auf ihn hinab und sagte: »Ich habe einen Haftbefehl für Sie.«

Angesichts der Tatsache, dass Mandelstams Verhaftung bis ins kleinste Detail vorausgeplant gewesen sein musste, konnte ich nicht anders, als über diese Verwechslung betreten zu lächeln. Man konnte mit dem betrunkenen Kollaborateur fast Mitleid haben, der dafür hatte sorgen sollen, dass der von der Tscheka gesuchte Mann auch da war, wenn sie in den frühen Morgenstunden kam, um ihn abzuholen. Während der Verhaftung dann sollte er den zivilen Zeugen spielen, der nach sowjetischem Recht gebraucht wurde. Das erklärte Sergeis endlose Fragen, und natürlich auch das volle Päckchen Herzegowina Flor in seiner Tasche.

Ossip stand auf und sprach den Offizier an, der mir wie ein Rabe vorkam. »Sie machen einen Fehler, Genosse Gesetzeshüter. Er ist der Zeuge. Ich bin der Dichter.«

»Ossip Mandelstam?«

»Ich bin der Dichter Ossip Mandelstam, ja.«

»Ich bin Oberst Abakumow. Ich habe einen Haftbefehl für Sie. Sie werden des Verstoßes gegen Paragraf 58 beschuldigt, antisowjetische Propaganda und konterrevolutionäre Aktivitäten.«

»Ich bezweifle keine Sekunde, dass Sie einen Haftbefehl haben, aber darf ich ihn trotzdem sehen?«

Der Rabe holte ein Stück Papier aus der Brusttasche seiner Jacke. Ossip überflog das Dokument. »Genrich Jagoda hat ihn persönlich unterschrieben«, informierte er uns. »Ich nehme an, ich sollte es als Zeichen der Anerkennung verstehen, mit einem Haftbefehl abgeholt zu werden, den der Chef der Tscheka selbst unterschrieben hat.« Er sah Sergei Petrowitsch an, der mit auf die Brust gesunkenem Kinn dasaß, die Augen fest geschlossen. »Sagen Sie mir Ihre Meinung, Sergei. Wäre es zu weit hergeholt, diese Unterschrift als Beweis dafür zu sehen, dass ich am Ende doch kein unbedeutender Dichter bin?«

Der Gast antwortete nicht. »Sind Sie bewaffnet?«, fragte der Rabe Ossip.

Zu meinem Erstaunen nickte Ossip. »Um die Wahrheit zu sagen, ja.«

Der Rabe schien verblüfft. »Wie sind Sie bewaffnet? Und wo ist die Waffe?«

»Ich bin mit der Explosivkraft bewaffnet, die dem Kern von Gedichten innewohnt, und ebendiese Gedichte verberge ich in meinem Kopf.«

Der Rabe hielt das nicht für komisch. »Sie nehmen diese Sache leichter, als Sie sollten. Einer meiner Männer wird Sie in Ihr Schlafzimmer begleiten. Ihnen ist erlaubt, sich anzuziehen. Ebenso dürfen Sie einige persönliche Dinge mitnehmen, einschließlich frischer Wäsche.«

Ossip folgte dem Beamten ins Schlafzimmer. Nadeschda sagte: »Ich möchte den Haftbefehl sehen.«

»Das ist nicht möglich. Der Haftbefehl ist ein abgestempeltes Staatsgeheimnis. Die Vorschrift ist, ihn der zu verhaftenden Person zu zeigen und nicht jedem, der bei der Verhaftung zufällig anwesend ist.«

»Warum nehmen Sie ihn mir?«, wollte Nadeschda wissen.

»Auch das ist ein Staatsgeheimnis.«

»Wer wird ihn vernehmen? Wie wird er vernommen werden?«

»Die Vernehmungsmethoden sind ein streng gehütetes Staatsgeheimnis. Sie zu kennen würde unseren Feinden helfen.«

»Es gibt bestimmt Regeln, die bei einer Vernehmung befolgt werden müssen.«

»Die gibt es tatsächlich«, nickte der Rabe, »aber auch die sind ein Staatsgeheimnis.«

»Mandelstam ist ein Dichter, ein Intellektueller«, brach es aus Nadeschda heraus. »Er hat das Gesetz nicht gebrochen.«

»In dem Fall hat er nichts zu befürchten und wird bald schon zurück nach Hause geschickt.«

Die Beamten in Regenmänteln verteilten sich in der Wohnung und begannen, Schränke und Schubladen zu durchsuchen. Alles, was sie fanden, flog in eine Ecke des Zimmers.

»Warum interessiert sich Jagoda für einen Dichter, der noch nicht einmal gedruckt wird?«, fragte ich.

Der Rabe zuckte mit den Schultern. »Die Einzelheiten, die zu Mandelstams Verhaftung geführt haben, sind ebenfalls ein Staatsgeheimnis.«

Ohne mir Mühe zu geben, die Ironie aus meiner Stimme zu halten, fragte ich: »Gibt es auch etwas, das kein Staatsgeheimnis ist?«

Der Rabe bedachte mich mit einem dünnen Lächeln. »Die Antwort darauf lautet offensichtlich Ja. Aber was kein Staatsgeheimnis ist, ist ein Staatsgeheimnis.«

Ossip kam aus dem Schlafzimmer. Er hatte seinen einzigen Anzug angezogen und sich einen abnehmbaren Kragen umgeknöpft. In dem kleinen Beutel in seiner Hand befanden sich, wie ich annahm, Toilettenartikel und frische Unterwäsche. Er blieb kurz vor dem Bücherregal stehen und griff nach einem schmalen Band mit Puschkins gesammelten Werken, herausgegeben von Tomaschewski. Der Beamte riss ihm das Buch aus der Hand und schüttelte es aus. Er schien sichergehen zu wollen, dass nichts darin versteckt war. Dann gab er es ihm zurück. Ossip steckte es in die Tasche seiner Anzugjacke.

Nadeschda versuchte, ihren Mann zu umarmen, aber einer der Beamten trat dazwischen. Mit bebenden Lippen zitierte Ossip eine Zeile aus seinem Tristia-Zyklus: *»Ich lernte Abschied – eine Wissenschaft …«*

Nadeschda antwortete totenbleich mit der letzten Zeile der Strophe: *»… und Weiberweinen war im Musensang.«*

Gott allein weiß, wie ich mich an ein weiteres Zeilenpaar aus demselben Gedicht erinnerte: *»Ach, nur Gewesenes kommt, zum andern Male: Der Nu, da du's erkennst – dein Glück.«*

Halb blind vor Tränen, sah ich Ossip nicht einmal gehen. Als sich die Wohnungstür hinter ihm schloss, fielen Nadeschda und ich uns in die Arme.

Der Kollaborateur war immer noch da. Einer der Beamten tippte ihm auf die Schulter. »Ich nehme Ihre Aussage in der Küche auf«, sagte er und bedeutete Sergei Petrowitsch, ihm aus dem Wohnzimmer zu folgen.

Der Oberst und die beiden anderen Beamten, die noch dageblieben waren, durchsuchten weiter die Wohnung. Der Rabe sah das Bücherregal Buch für Buch durch und war ziemlich verblüfft, keine marxistischen Klassiker zu finden. »Aber wo haben Sie Marx, Lenin und Stalin?«, fragte er.

»Es ist sicher das erste Mal, dass Sie jemanden verhaften, der kein Exemplar von Stalins *Marxismus und nationale Frage* besitzt«, sagte ich.

»Kein Exemplar von *Marxismus und nationale Frage* zu

besitzen kann bei einer Vernehmung gegen einen verwandt werden«, sagte der Rabe. Ich vermochte nicht zu sagen, ob er das als Scherz meinte oder nicht. Wahrscheinlich nicht.

Die Suche ging bis zum Morgengrauen weiter. Die ganze Zeit über saßen Nadeschda und ich auf dem Sofa und sahen ihnen wie betäubt zu. Was sie suchten, waren handgeschriebene Dokumente, Briefe, Gedichte und selbst (wie sich herausstellte) Einkaufslisten. Dazu wurde jedes einzelne Buch der Bibliothek sorgsam ausgeschüttelt. Irgendwann hörten wir den Kollaborateur Sergei Petrowitsch die Wohnung verlassen. Nadeschda rief ihm noch hinterher: »Vergessen Sie den Kascha nicht!«, aber falls er sie hörte, gab er keine Antwort. Kurz darauf kam der Beamte aus der Küche und hielt Nadeschdas zweite Teekanne in der Hand. Triumphierend lächelnd nahm er den Deckel herunter, drehte sie um, und die von Nadeschda darin versteckten Gedichte, alle auf dünnem Papier, flatterten zu Boden. Jeder einzelne Zettel, auf dem etwas stand, wurde eingesammelt und in einer Mappe mit der Aufschrift »Staatseigentum« gesammelt.

Irgendwann während der Durchsuchung trat der jüngste der Beamten, ein rotbäckiger Junge mit blonden Haaren, zu uns und bot uns aus einer kleinen Dose, die er in der Hosentasche mit sich trug, Kandiszucker an. Wir lehnten ab. »Der ist nicht vergiftet«, sagte er mit einem Achselzucken. Als wir draußen auf dem Korridor die ersten Bewohner des Herzen-Hauses zu ihren morgendlichen Straßenbahnen eilen hörten, um zur Arbeit zu fahren, döste Nadeschda unruhig an meiner Schulter, geschüttelt von unterdrückten Schluchzern. Gegen Ende der Durchsuchung kam einer der Beamten aus dem Schlafzimmer und trug Frauenschuhe auf dem Arm, die mit Papier ausgestopft waren, damit sie die Form behielten. Nadeschda wachte auf und griff nach meinem Ellbogen. Ich wusste, dass sie viele von Mandelstams unveröffentlichten Gedichten auf die Ränder von *Prawda*-Artikeln geschrieben, das Papier zerknüllt und in ihre Schuhe geschoben hatte. Der Mann warf die Schuhe auf den Haufen Kleider beim Fenster. Nadeschda und ich trauten uns nicht, einander anzusehen, aus Angst, unsere Gesichter könnten uns verraten.

Als die Tschekisten gehen wollten, nahm der Rabe die Mappe und etwa ein Dutzend französischer und italienischer Gedichtbände, die er ebenfalls beschlossen hatte zu konfiszieren. »Wenn Sie Mandelstam helfen wollen, erwähnen Sie die Verhaftung niemandem gegenüber«, riet er uns.

»Ist seine Verhaftung ein Staatsgeheimnis?«, fragte ich.

Der Rabe sah mich eindringlich an. »Seien Sie vorsichtig, Achmatowa. Sie könnten als Komplizin mit in die Sache hineingezogen werden.«

Und damit verschwanden sie.

Ich ging in die Küche, um Tee zu kochen. Nadeschda saß reglos auf dem Sofa und atmete kaum, als ich mit zwei Tassen zurückkam und eine davon in ihre eisigen Hände drückte. »Der Mistkerl hat den Kascha mitgenommen«, sagte ich, aber ich glaube nicht, dass sie mich hörte.

»Wenn sie nicht sagen, wohin sie Ossip bringen«, fragte Nadeschda, »wie um alles in der Welt soll ich ihn dann finden?«

Ich setzte mich neben sie. »Es gibt da einen alten Trick«, erklärte ich ihr. »Wir packen ein kleines Päckchen mit Seife, Socken und so weiter und adressieren es an Mandelstam, Ossip. Ich werde Sie begleiten. Gemeinsam gehen wir von Gefängnis zu Gefängnis und stellen uns an dem Fenster an, wo sie Päckchen für die Gefangenen annehmen. Da gehen sie die Liste der Gefängnisinsassen durch und schicken uns weg, wenn er nicht da ist. Er ist in dem Gefängnis, das unser Päckchen annimmt.«

»Woher wissen Sie solche Dinge, Anna?«

Im Nachhinein sehe ich, dass ich meine Wut über Ossips Verhaftung an ihr ausließ. Sie quälte sich wegen der bevorstehenden Hinrichtung eines Ehemannes, was in unserem Arbeiterparadies eine misslich banale Situation war. Ich dagegen würde einen unersetzlichen Dichterbruder verlieren. »Schreiben Sie es dem Umstand zu, dass ich ein weniger behütetes Leben geführt habe als Sie«, sagte ich in einem weit beißenderen Ton, als ich es unter den Umständen hätte tun sollen.

»Aber mein Leben war alles andere als behütet!«

»Ihr Leben mag sexuell eigenwillig gewesen sein, aber doch fern der politischen Realität. Sie verstehen nicht – die verhaften die Menschen heute wegen nichts! Sie spielen mit uns wie mit einem Stapel Karten. Nur jemand, der die politische Wirklichkeit nicht sieht, konnte Ossip in seinem Wahnsinn bestärken.«

»Das ist nicht wahr. Wir haben das Gefängnis als Risiko gesehen und akzeptiert.«

Ich konnte kaum glauben, was ich da hörte. »Sie haben es als Risiko *akzeptiert!*«

Nadeschda fing an zu hyperventilieren, und ich musste ihr den Solarplexus massieren, damit sie wieder normal atmen konnte. »Was soll ich tun, wenn wir herausgefunden haben, wo er ist?«, sagte sie kleinlaut.

»Wir müssen verschiedene Leute dazu bringen, für ihn zu intervenieren«, sagte ich. »Ich werde Borisik alarmieren. Er wird sicher mit Nikolai Bucharin sprechen. Sie müssen ebenfalls um ein Gespräch mit Bucharin bitten und ihm erklären, was geschehen ist. Er hat Ihnen und Ossip früher schon geholfen. Er wird es wieder tun, wenn er kann. Aber was immer Sie ihm auch sagen, kein Wort über das Stalin-Epigramm. Alles, was Sie wissen, ist, dass sie Ossip verhaftet haben.«

»Bucharin ist doch schon Ende der Zwanziger in Ungnade gefallen …«

»Er sitzt nicht mehr im Politbüro, aber Stalin hat ihm einen Knochen hingeworfen und ihn zum Chefredakteur der *Iswestija* gemacht. Wie es heißt, schätzt er Bucharins Urteil.«

Ich weiß nicht mehr, wie lange wir in betäubtem Schweigen dasaßen und an unserem irgendwann kalten Tee nippten, verloren in Gedanken und völliger Leere. Der Moskauer Morgen durchflutete das Zimmer mit einem tödlich schiefergrauen Licht. Ich erinnere mich, dass ich an die Dichterin Zwetajewa denken musste. Ich hatte die schöne Marina gekannt, als sie und Ossip eine kurze Affäre hatten, noch bevor die Bolschewiken auf der Szene erschienen. Zur Zeit von Mandelstams Verhaftung lebte sie im Exil in Paris, ihre Dichtung zirkulierte in ihrer Heimat nur in Manuskriptform. Eines ihrer Gedichte, das mich früher im Jahr erreicht hatte, sprach von der bolschewistischen Revolution und den *tödlichen Oktobertagen*. Dort, in diesem leeren Zimmer, das einmal von Leben und Liebe, Lachen und Dichtung erfüllt gewesen war, hörte ich plötzlich Zwetajewas ahnungsvolle Zeilen in meinem Kopf klingen.

»Wo sind die Schwäne?
Sie sind fort, die Schwäne.
Die Raben auch?
Sie blieben hier, die Raben.«

Neun

Ossip Emiljewitsch
Donnerstag, 17. Mai 1934

Nun weiß ich, dass es eine wunderbar befreiende Erfahrung ist, verhaftet zu werden. Es befreit einen von der panischen Angst, verhaftet zu werden. Allerdings hat die Befreiung von dieser Angst auch ihre Schattenseite – sie zwingt einen, sich auf kleinere Ängste zu konzentrieren: Wo Ihr nächstes Essen und Ihre nächste Zigarette herkommen werden und was passiert, wenn Ihre Muse oder Ihre Erektion Sie verlassen. Wie Ihre Liebsten überleben sollen, wenn der Staat in seiner unendlichen Weisheit entscheidet, dass er ihnen ihren nächsten Verwandten nehmen will. Und was geschieht mit dem literarischen Ruf des Dichters, wenn bekannt wird, wie viel Angst er vor der Angst hat? Ich konzentrierte mich auf diese kleineren Ängste, als der Beamte meinen schwitzenden Körper in den Kerker der Lubjanka brachte und jemanden eine Quittung für mich ausstellen ließ. Ich habe diese Quittung nie gesehen, nahm aber an, dass es etwas war wie (à la Lewis Carroll): »*Erhalten: einen verrückten Hutmacher, wild zuckend wegen einer Quecksilbervergiftung und aus Angst, in ein unentdecktes Land geschickt zu werden, aus dessen Innerem kein Reisender zurückkehrt.*«

Lassen Sie mich fürs Protokoll sagen, dass ich schon einmal eingesperrt gewesen war, kurz, während des Bürgerkrieges auf der Krim, von Wrangels Weißen Garden, die Bürger ohne Reisepapiere oder genug Bargeld, um sich freizukaufen, festnahmen. Befreit wurde ich, als die Roten die Stadt stürmten und *ihre* Gefangenen an den Bäumen auf dem Berg über der Stadt aufhängten. Seltsamerweise war ich auch schon einmal in der Lubjanka gewesen, deren Mandelfarbe mich an tödliches Gift denken ließ. 1922 war mein Bruder Jewgeni in die Lubjanka gesperrt worden. Im verzweifelten Versuch, ihn freizubekommen, arrangierte ich über einen gemeinsamen Freund ein Treffen mit Nikolai Iwanowitsch Bucharin, einem aufgehenden Stern am bolschewistischen Firmament, den Lenin zum Parteiliebling gesalbt hatte. Ungeachtet seiner bolschewistischen Referenzen, war Bucharin ein kultivierter Mann, der Künstlern zur Seite stand, wenn er konnte. Ich traf Bucharin im ehemaligen Metropol-Hotel, legte dar, dass mein Bruder völlig unschuldig war, und bat ihn zu helfen. Bucharin stellte den Besen zur Seite, mit dem er riesige Wasserwanzen gejagt hatte, rief gleich den berüchtigten Chef der Tscheka an, den Polen Felix Dserschinski, und vereinbarte ein Treffen zwischen ihm und mir. Ich habe den »eisernen Kommissar«, wie er genannt wurde (hinter seinem Rücken, versteht sich), noch lebhaft in Erinnerung. Dserschinskis Gesicht wirkte, als wäre er damit in einen Schraubstock geraten, dazu trug er einen modischen Spitzbart, den er sich ständig rieb, als er mich in seinem höhlenartigen Büro in einem der oberen Stockwerke der Lubjanka empfing. (Als ich Bucharin später von unserer Unterredung berichtete, brachte ich ihn mit meiner Vermutung zum Lachen, dass Dserschinskis Bart von Läusen befallen sei.) Da er darauf aus war, Bucharin einen Gefallen zu tun, bot Dserschinski an, meinen Bruder freizulassen, wenn ich für ihn bürgte. *Wenn ich für ihn bürgte!* Großer Gott, jemand, der gerade vom Mars bei uns gelandet wäre, hätte Russland für ein zivilisiertes Land halten können. Innerhalb von Stunden wurde Jewgeni aus seiner Zelle geholt und freigelassen, und ich sah mich an den Bücherständen auf der Kusnetzki-Brücke um, nicht weit von der Lubjanka, blickte hinüber auf das große Granitgebäude, das einmal das Büro einer Versicherungsgesellschaft gewesen war, und versuchte, mir vorzustellen, was alles hinter den Falten der schweren Vorhänge geschah, die den Blick in die Fenster des Gefängnisses verhinderten.

Der Gedanke, dass ich das jetzt herausfinden würde, war wenig tröstlich.

Augenblicke nachdem ich in die Lubjanka gebracht worden war, fand ich mich in einem leichenhallenartigen Raum mit weißen Kacheln auf dem Boden und an den Wänden wieder. »Name, Vorname, Name des Vaters?«, schrie mich der Wärter an, ein knochiger Mann mit kahl rasiertem Kopf und üblem Mundgeruch.

»Mandelstam, Ossip Emiljewitsch«, schrie ich zurück, als stünde ich auf dem Exerzierplatz.

»Warum schreien Sie so?«

»Ich schreie, weil Sie schreien.«

»Ich schreie nicht«, schrie der Feldwebel. »Das ist meine normale Stimme.«

Er verglich meinen Namen mit dem auf dem Haftbefehl, feuchtete die Feder seines Federhalters mit der scharfen Zunge an und schrieb ihn sorgfältig in etwas, das wie ein Kontenbuch aussah.

»Ist Mandelstam Ihr richtiger Name?«

Ich nickte. Ohne aufzusehen, schrie er mich an: »Ich

habe die Antwort nicht gehört. Ist Mandelstam Ihr richtiger Name oder ein Pseudonym?«

»Mein richtiger Name.«

»Antworten Sie in ganzen Sätzen, nicht in Fragmenten.«

»Fragmente sind das, womit ich meinen Verfall ...«

»Noch einmal.«

»Mandelstam ist mein richtiger Name.«

»Beruf.«

»Ich bin Dichter.«

»Dichter ist kein proletarischer Beruf, der von den Sowjetstatuten anerkannt wird.«

Ich hatte eine Eingebung. »Ich bin ein Ingenieur der menschlichen Seele.«

Er erkannte den Ausdruck nicht, den die Zeitungen Stalin zugeschrieben hatten. »Welche Dienste erweisen Sie dem Staat?«, schrie der Feldwebel. »Wer bezahlt Sie für diese Dienste?«

»Ich schreibe Gedichte, aber es ist Jahre her, dass ich dafür entlohnt worden bin.«

»Entlohnt?«

»Kompensiert. Bezahlt.«

Er kratzte die Worte »Intellektueller« und »Parasit« in das Buch.

»Geburtsdatum?«

»Bin geboren zur Nachtzeit vom zweiten zum dritten Januar einundneunzig, im glücklosen Jahr – und wie Feuer umzingeln mich: Zeiten«, antwortete ich mit einem Zitat aus einem Gedicht, das ich schreiben wollte, wenn ich das hier überlebte.

Der Wärter hob den Blick und schlug mir beiläufig ins Gesicht. »Sie nehmen Ihre Verhaftung nicht ernst«, warnte er mich.

»Doch, doch«, versicherte ich ihm durch meine Tränen. »Ich erwarte nicht, dass Sie das verstehen, aber ich bin tatsächlich erleichtert, verhaftet worden zu sein. Damit habe ich eine Sorge weniger.«

»Geburtsdatum?«, schrie der Wärter in immer noch genauso teilnahmslosem Ton.

»Der 3. Januar 1891«, flüsterte ich.

»Lauter«, schrie er.

»Der 3. Januar 1891.«

»Wohnhaft?«

»Im Herzen-Haus in der Naschtschokin-Straße.«

Der Wärter hob den Blick. »Nummer?«

»Ich erinnere mich nicht an die Nummer.« In Erwartung eines weiteren schmerzenden Schlages zuckte ich zurück.

»Name und Beziehung zum nächsten Verwandten, der im voraussichtlichen Todesfall zu benachrichtigen ist.«

»Nadeschda Jakowlewna Mandelstam, Ehefrau.«

»Nehmen Sie die Hosenträger ab und die Schnürbänder aus den Schuhen. Leeren Sie die Taschen aus.« Er nahm meinen Puschkin, schüttelte ihn aus und ließ ihn zurück auf den Tisch fallen. »Nackt ausziehen.«

Als ich nackt vor ihm stand, fügte er den Einträgen in seinem Register das Wort *Israelit* hinzu und läutete eine kleine Glocke. Eine mittelalte Frau mit dicker Brille und weißem Medizinerkittel kam herein, Auftritt von links. Während der Wärter jede einzelne Naht meiner Kleider inspizierte und fraglos nach den Dingen suchte, die auf der Liste innen an der Tür standen, also nach Rasierklingen, Nagelscheren, Stiften, Briefen oder anderem geschriebenen Material, nach Fotos und Medikamenten, zog sich die Ärztin vom Dienst, so sie das war, Gummihandschuhe über und durchsuchte methodisch das Haar auf meinem Kopf.

Dann schob sie mein Organ zu Seite, fuhr mir mit den Fingern durchs Schamhaar und inspizierte schließlich mit ihrem Zungenspatel ziemlich rüde die Hauptöffnungen meines Körpers, in der falschen Reihenfolge.

Wenn sie mir die Wahl gegeben hätten, hätte ich die Erniedrigung eines *Es ist lange her, dass es so einen Dichter gab* vorgezogen.

»Warum zittern Sie?«, schrie der Wärter.

»Mir ist elend kalt«, schrie ich zurück.

»Als Sie kamen, haben Sie geschwitzt.«

»Ich habe ein eingebautes Thermostat, das den Grad meiner Angst mit einberechnet. Manchmal schwitze ich, manchmal zittere ich.«

Mit einem Schnipsen der Finger bedeutete mir der Wärter, mich wieder anzuziehen. Die Dinge aus meinen Taschen wurden in einen Pappkarton gelegt, und ich musste die Seite im Buch des Wärters unterschreiben, auf der aufgelistet stand, was alles konfisziert worden war. Ein Ausweis auf den Namen Mandelstam, Ossip Emiljewitsch. Eine Moskauer Aufenthaltserlaubnis für dieselbe Person. Ein Baumwolltaschentuch, an den Ecken ausgefranst. Eine Schachtel Komsomolskaja-Sicherheitsstreichhölzer. Ein halbes Päckchen Herzegowina Flor. Eine Dose Odessa-Zahnseide. Ein Hausschlüssel (für die Eingangstür zum Herzen-Haus), ein Wohnungsschlüssel (für die Wohnung im Parterre). Ein Fläschchen Schwefelpillen gegen Herzklopfen, ein weiteres mit Baldriantropfen zur Beruhigung der Nerven und zum Einschlafen. Vierzig Rubel in Banknoten und zwanzig Kopeken in Münzen. Ich bekam eine Armeedecke, ein kleines Handtuch und ein Stück Wäscheseife, dazu eine Suppenschüssel aus Porzellan, die so fehl am Platz wirkte, dass sie nur Teil eines eleganten Tafelservice sein konnte, das von der Versicherungsgesellschaft um die Jahrhundertwende für festliche Bankette benutzt worden war. Mit einer Hand meine Hose und meinen Puschkin-Band haltend, schlurfte ich in meinen Schuhen ohne Schnürriemen dem Wärter hinterher, durch labyrinthische Korridore zum Zellenblock im Inneren der Lubjanka. Etwa alle zwanzig Meter öffneten sich Stahltüren, und ihr metallener Lärm ließ alle im näheren Umkreis wissen, dass eine weitere Seele ihren Weg ins sowjetische Purgatorium fand.

Orientierungslos nach all den Abzweigungen und Biegungen, betrat ich das Herzflattern verursachende Terrain von Dante Alighieri und rechnete hinter jeder Ecke damit, auf Vergil zu treffen, der die Höllenflecken von meinem geliebten Dante wusch, und sein herrlich kleinkindhaftes Babbeln zu hören.

»E, consolando, usava l'idioma
Che prima i padri e le madri trastulla;
... Favoleggiava con la sua famiglia
d'i Troiani, di Fiesole e di Roma.«

Endlich wurde ich in eine Zelle geschoben, die von einer grellhellen Deckenbirne erleuchtet wurde. Hoch oben in der Wand gab es ein Fenster, aber das war mit Brettern vernagelt. Ich beschattete meine Augen mit meiner Puschkin-Ausgabe und konnte zwei Gefangene in der Zelle erkennen. Einer hockte in der Ecke in einer Pfütze aus, dem Gestank nach zu urteilen, Urin und Kot und wiegte sich auf seinen nackten Füßen stöhnend vor und zurück. Der andere Gefangene, ein wahrer Riese, saß auf einer Decke, den Rücken gegen die Wand gelehnt. »Ich glaube, er stirbt«, sagte der Riese und deutete mit dem Kinn auf die stöhnende

Gestalt. Er drehte den Kopf so, dass mir sein rechtes Ohr zugewandt war, und fragte: »Was haben Sie angestellt, Genosse?«

Ich legte meine Besitztümer auf den Steinboden, setzte mich ihm gegenüber auf meine zusammengefaltete Decke und bedeckte mit dem Unterarm Mund und Nase. »Ich bin Dichter«, sagte ich, »ein Dichter, der die Dinge beim Namen genannt hat.«

»Dichten scheint mir keine ehrliche Arbeit«, sagte der Riese, »in dem Sinne, dass Sie nichts herstellen, was die Leute essen oder tragen können. Ich … ich bin Schotman, Fikret Trofimowitsch. Er ist Sergo. Seinen Familiennamen und den seines Vaters kennt allein Gott, ich nicht.«

»Mandelstam, Ossip Emiljewitsch«, sagte ich.

»Freut mich. Da habe ich wieder einen zum Reden. Sergo kann sich nicht mehr unterhalten. Ich arbeite als Kraftmensch im Zirkus.«

»Dann stellen Sie auch nichts her, was die Leute essen oder tragen können.«

»Ich unterhalte die Arbeiterklasse. Sie unterhalten die Intelligenzija. Das können Sie nicht vergleichen. Ich habe eine Lebensgefährtin. Sie arbeitet als Tätowierte, im selben Zirkus wie ich. Ihre Tätowierungen sind Kunst, Geschichte, Natur und Geografie, alles in einem. Als ich sie das erste Mal sah, habe ich mich gleich in sie verliebt. Was ist mit Ihnen? Sind Sie verheiratet?« Ich sagte Ja, und er wollte gleich wissen, ob meine Frau auch Tätowierungen hätte. Als ich verneinte, schüttelte er den Kopf. »Macht nichts, sie mag andere Qualitäten haben. Wie haben Sie sich kennengelernt?«

Ihm davon zu erzählen, lenkte mich von meiner Notlage ab. »Ich habe Nadeschda, so heißt sie, in einer Künstlerkneipe in Kiew kennengelernt, die *Ramschladen* heißt. Ich hatte sie wohl schon eine Stunde beobachtet. Sie spaßte mit Bekannten herum, lachte über ihre Witze, hörte aufmerksam ihren Geschichten zu und strahlte eine ungeheure Sinnlichkeit aus. Das Verlangen, mich an ihrer Flamme zu wärmen, war geradezu überwältigend, aber alles, was mir einfiel, war, sie um eine Zigarette zu bitten. Sie sah mich an, lächelte und gab mir eine. Seitdem sind wir zusammen. Sagen Sie mir, Schotman, wie lange sind Sie schon in der Lubjanka?«

»Kann ich nicht mehr sagen.«

»Schalten die hier jemals das Licht aus?«

»Nie.«

»Wie können Sie schlafen, wenn es die ganze Zeit scheint?«

»Kann ich nicht«, sagte er. »Deshalb lassen sie es ja an. Sollten Sie trotzdem einnicken, hämmert der Genosse Wärter, der uns durch das Guckloch beobachtet, an die Tür, bis Sie wieder aufwachen. Mein Vernehmungsbeamter, ein erfahrener Tschekist, dem seine Gefangenen sehr am Herzen liegen, sagt, erschöpft zu sein, hilft dabei, sich vom bürgerlichen Irrglauben der Unschuld zu befreien. Wenn Sie hier sind, dann weil Sie sich irgendwie schuldig gemacht haben, und je eher Sie Ihre Schuld identifizieren, desto schneller wird Ihr Fall abgeschlossen.«

Ich sah wieder zu der Gestalt in der Ecke hinüber. »Wenn er wirklich stirbt, warum rufen Sie dann keinen Arzt?«

Der Riese hielt meine Frage für einen guten Witz. »Einen Arzt! Der ist gut! Die wollen doch, dass er stirbt.«

»Warum wollen sie das?«

»Weil er seine Schuld nicht zugeben will.«

»Und was hat er verbrochen?«

»Paragraf 58, antisowjetische Propaganda und konterrevolutionäre Aktivitäten. Er ist ein Zerstörer, hat er mir selbst gesagt, als er noch reden konnte. Hat Stalin bei einer öffentlichen Versammlung auf das Thema Kollektivierung angesprochen.« Fikret musste aufgefallen sein, dass ich zitterte. »Kein Grund, sich krank machen zu lassen, Ossip Emiljewitsch. Sie werden Sie nicht schlagen, wenn Sie von Anfang an die Wahrheit sagen.«

»Wenn er sein Zerstörertum zugibt, hören sie dann auf, ihn zu schlagen?«

Fikret reagierte unwillig. »Wir leben in der Sowjetunion, wo die sozialistische Gerechtigkeit und das Gesetz am Ende immer triumphieren. Sobald Sergo seine Schuld eingesteht, werden sie das Prügeln aufhören und ihn erschießen.«

»Ohne Prozess?«

»Vielleicht gibt es eine Geheimverhandlung, aber das Gesetz verlangt nicht, dass er dabei anwesend ist oder die Beweise zu sehen bekommt, wie es mir der Genosse Vernehmungsbeamte erklärt hat. Wie Sie selbst sehen, ist Sergo nicht in der Verfassung für einen öffentlichen Prozess.«

»Haben Sie Ihre Schuld zugegeben?«

»Erst nicht. Nicht, weil ich ihnen vormachen wollte, dass ich unschuldig bin, nein, nein. Ich habe sie nicht zugegeben, weil ich nicht wusste, was ich getan hatte.«

»Haben die Sie geschlagen?«

»Das haben sie. Die Prügel und der Schlafentzug, beides hat mir zur Erkenntnis verholfen. Ich habe gestanden, Mitglied einer in Paris ansässigen trotzkistischen antibolschewistischen Verschwörung zu sein. Wenn der Tag kommt, an dem die Bolschewiki von der Macht vertrieben werden, erkennen sich die Mitglieder der Verschwörung, weil wir alle besondere Eiffelturm-Aufkleber auf unseren Koffern haben. Der Eiffelturm, falls Sie das nicht wissen, steht in Paris, in Frankreich. Meine persönliche Lage wird dadurch noch schlimmer, dass ich zaristische Anleihecoupons für die Zeit aufbewahrt habe, wenn dank Trotzki der Kapitalismus wiederhergestellt wird und ich sie einlösen kann.«

»Wenn Sie Ihre Schuld eingestanden haben, wie kommt es dann, dass Sie noch im Gefängnis sitzen?«

»Weil ich das Glück habe, für einen öffentlichen Prozess ausgesucht worden zu sein. Sie haben versprochen, dass meine Lebensgefährtin da sein wird, um mich zu sehen. Ihr Anzug sagt mir, dass Sie zur Intelligenzija gehören. Ein Dichter ist doch so was wie ein Intellektueller, oder? Deshalb erkennen Sie mich wahrscheinlich nicht. Entschuldigen Sie, wenn ich es von mir aus sage, aber ich bin in Russland berühmt, weil ich die Silbermedaille bei den europäischen Spielen in Wien gewonnen habe, in Österreich, 1932. Vorne auf der Titelseite der *Prawda* haben sie ein Foto von mir gedruckt, wie mir der Genosse Stalin im Kreml die Hand schüttelt. Der Genosse Vernehmungsbeamte hat mir versprochen, dass mein Bild wieder vorne auf die *Prawda* kommen wird, wenn ich bei meinem Prozess über die Einzelheiten der trotzkistischen Verschwörung berichte. Im Moment lerne ich sie auswendig.«

Der arme Sergo. Wenn er wirklich starb, dann nur sehr, sehr langsam. Sein Stöhnen ließ nie nach. Ich kann jetzt noch sein Wimmern hören, und die Erinnerung an den Gestank, der von seinem gequälten Körper aufstieg, schnürt mir die Kehle zu. Was Fikret anging, war klar, dass er ein gutherziger Kerl war, aber nachdem er von seiner Kindheit in Aserbaidschan, von seiner Wiener Heldentat, seiner verpfuschten Knieoperation und seinem Leben im Zirkus erzählt hatte, blieb uns kein Stoff mehr für eine Unterhaltung. Wenn er nicht gerade vernommen wurde, saß er endlose Stunden an die Wand gelehnt da, den schweren Kopf in den großen Pranken verborgen, und wiederholte ein ums andere Mal das Geständnis, das er bei seinem Prozess machen würde. Ich schnappte Fetzen (die sein Ende bedeuten würden!) davon auf – wie er 1932 in Wien rekrutiert worden war und eine erste Anzahlung in US-Dollar bekommen hatte, wie er mit seinem Führer kommuniziert hatte, mittels eines Geheimcodes, der in der Widmung innen in einer amerikanischen Sportzeitschrift verborgen lag, und wie er schließlich, mitgerissen von seinem Hass auf die neue Ordnung, Stalins Gesicht entstellt hatte, das er sich auf den Oberarm hatte tätowieren lassen. Es gab noch viel, viel mehr, aber es ist längst aus meinem Gedächtnis verschwunden.

Ich bemühte mich, nicht das Zeitgefühl zu verlieren, doch das hätte, wie sich herausstellte, einen klaren Kopf verlangt, und den hatte ich nicht. Ein Tag ging nahtlos in den nächsten über. Ich glaube, wenn ich es auch nicht beschwören kann, dass ich nach etwa vier Tagen und vier Nächten in der Zelle zu meiner ersten Vernehmung gebracht wurde, nach vier Tagen und vier Nächten, in denen ich nie mehr als ein paar Minuten am Stück geschlafen hatte, bevor mich der Genosse Wärter, wie Fikret ihn nannte, aufweckte, zusammen mit allen anderen im Zellenblock, indem er mit einem Vorschlaghammer gegen die Eisentür schlug. Sicher bin ich, dass sie mich nach dem Abendessen holten, zu dem wir eine wässrige Suppe in unsere Porzellanschüssel geplatscht bekommen hatten. Ein bulliger Wärter erschien in der Tür und deutete mit etwas, das wie ein Viehtreiber aussah, auf mich. Fikret muss gespürt haben, wohin sie mich bringen wollten, denn er gab mir noch einen letzten schnellen Rat. »Ich habe gehört, dass Dichter irgendwie mit Kultur zu tun haben. Das heißt, dass Ihr Vernehmungsbeamter Genosse Christophorowitsch sein wird. Der ist auf Kulturkriminelle wie Sie spezialisiert. Finden Sie heraus, was Ihre Schuld ist, und gestehen Sie, Ossip Emiljewitsch. Dann wird es einfacher für Sie.«

Ich begreife jetzt, wie schwer es ist, die vierzehn Tage zu rekonstruieren, die ich in der Lubjanka verbracht habe, unablässig in einem Zustand größter Angst, selbst wenn es mir gelang, etwas einzudösen. Was bedeutete, dass mein Gehirn nur schleppend arbeitete. Es war, als hätte sich ein grundsätzlicher Zweifel in meinen Schädel geschlichen, mit dem Resultat, dass ich nicht mehr sicher war, in welcher Reihenfolge sich die Dinge ereigneten oder ob sie sich überhaupt ereigneten. Mein Geisteszustand lässt sich vielleicht noch am besten dadurch beschreiben, dass ich in den Monaten nach meiner Verhaftung einen Verlust der Tiefenwahrnehmung erlitt. Alles erschien in einem Licht diffuser Klarheit, trotzdem war ich nicht sicher, ob das, was ich da sah, direkt vor meiner Nase oder meterweit entfernt war. Am Ende war ich nicht einmal mehr sicher, ob es überhaupt da war oder ob das alles nur Fragmente meiner Einbildung waren.

Bis heute werde ich von geisterhaften Erinnerungen mit der Körnigkeit schlimmer Träume verfolgt: an einen offenen Lastenaufzug, der sich mit unerträglicher Lethargie in ein höheres Stockwerk bewegte, an hell erleuchtete Korridore mit erschöpften Laufburschen, die wie die Porzellanschüsseln aus einer Zeit zu stammen schienen, da das Gebäude noch die Zentrale einer Versicherung gewesen war, an einen riesengroßen Raum mit grellen Strahlern, die meine Augen schmerzen ließen, sobald ich die Schwelle überquerte, an das Klappern einer Schreibmaschine, das hinter einer leicht geöffneten Tür erklang, an das ferne Schlagen der Uhr im Spasskiturm des Kreml, an die verschwommene Gestalt eines Mannes in Uniform und lederner Metzgerschürze, der dem Wärter bedeutete hinauszugehen.

Ich hörte, wie sich der Mann vorstellte, der vor einem enorm großen Foto Stalins saß: »Christophorowitsch.«

Ich sehe mich selbst, wie ich die Hand über die Augen lege und sie schnell wieder zurückziehe, damit er es nicht für einen militärischen Gruß hält. »Mandelstam.«

»Setzen.«

Die Augen zusammenkneifend, um mich vor dem Licht zu schützen, ließ ich mich auf einen hölzernen Stuhl sinken, dessen Vorderbeine kürzer als die Hinterbeine waren, mit dem Ergebnis, dass ich mir große Mühe geben musste, nicht hinunterzurutschen.

Der Vernehmungsbeamte musterte mich über einen Berg von Akten hinweg. »Irgendwelche Klagen wegen Ihrer Behandlung?«

Als ich nicht antwortete, fragte er: »Wie fühlen Sie sich?«

»Erschöpft.« Ich wollte eigentlich nicht mehr sagen, verwechselte die Vernehmung aber mit einer Beichte und hörte mich sagen: »Erschöpft und verängstigt.«

Lassen Sie mich meine Erzählung kurz unterbrechen, um etwas auszuholen. In den Jahren, bevor ich zum Poeticus non grata wurde, bin ich mehrfach interviewt worden, und die Worte und Sätze, die mir später in den Artikeln zugeschrieben wurden, waren immer nur eine Annäherung an das von mir Gesagte. Ein Journalist hat die natürliche Neigung, das, was ihm gesagt wird, durch das Prisma seiner Syntax und seines Stils zu filtern, sodass man am Ende seine Stimme hört und nicht die eigene. Was mir bewusst macht, dass die Szenen, die ich für Sie aus dem Gedächtnis rekonstruiere, unter dem gleichen Effekt leiden müssen. Die Worte, die ich anderen zuschreibe, sind sicher immer nur eine Annäherung, mit Ausnahme dessen, was der Vernehmungsbeamte Christophorowitsch äußerte, als ich zugab, verängstigt zu sein. Wenn ich es mir jetzt wieder in Erinnerung rufe, kann ich immer noch seine Intonierung hören: leise und bedrohlich wie ferner Donner, der ein besonders brutales Gewitter ankündigt. Das hier ist Wort für Wort, was er zu mir sagte:

»Es ist nützlich für einen Dichter, Angst zu erfahren – es kann Verse inspirieren. Seien Sie sicher, dass Sie Angst in ihrem vollen Umfang erleben werden.«

Ich versuchte noch, seine Worte zu analysieren, auf Bedeutungen hoffend, die sich nicht in der einen, offensichtlichen erschöpften, als er mich sehr ruhig fragte: »Haben Sie herausgefunden, warum Sie hier sind?«

Durch den Schleier meiner Erschöpfung begriff ich, dass ich vorsichtig vorgehen musste. Mich an die Möglichkeit klammernd, dass er womöglich nicht von meinem Stalin-Epigramm wusste, bewegte ich mich in das vor mir liegende Minenfeld. »Ist es wegen etwas, das ich geschrieben habe?«

»Welch geniale Vermutung«, stimmte mir Christophorowitsch lachend zu.

»Dann kann es nur mein Prosastück *Gespräch über Dante* sein.«

Mein Gegenüber nahm seine grüne Brille ab und versuchte, eine widerspenstige Locke zu bändigen. »Was Sie über Dante geschrieben haben, ist nicht subversiv«, sagte er.

»Sie kennen meinen Aufsatz über Dante!«

»Ich kenne Ihre These – dass aus Sicht Dantes das Inferno ein Gefängnis ist.« Christophorowitsch feuchtete seinen Daumen an und blätterte durch ein dickes Dossier, fand die Seite, die er suchte, und las mir Zeilen vor, die ich geschrieben hatte: »*Alle Anstrengungen sind auf den Kampf mit der Undurchdringlichkeit und Finsternis des Ortes gerichtet. Lichtformen brechen hindurch, wie Zähne.* Wie Sie sehen werden, bin ich mit jedem Wort vertraut, das Sie je geschrieben haben. Nach Ihrer Frau und der Hure Achmatowa bin ich wahrscheinlich der führende Mandelstam-Experte der Sowjetunion.«

»Wenn es nicht mein Dante-Aufsatz ist, muss es eines meiner Gedichte sein, das mich in dieses Inferno gebracht hat.«

Er wartete. Ich begriff, dass Schweigen eines der Werkzeuge seines Gewerbes war.

Ich versuchte, ihn mit den Zeilen aus einem alten Gedicht abzulenken. »*Petersburg ist wieder unser Ort, So, als trügen wir die Sonne hier zu Grab* …«

Er zog eine andere Seite aus seinem Dossier. »Das stammt von 1920, wenn ich meinen Unterlagen glauben kann. Versuchen Sie es noch einmal.«

»*Wen bringst du um noch? … Und welche Lüge, sag, fällt dir noch bei?*«

Mein Vernehmer genoss es sichtlich, sich mit mir zu messen. »Das ist Ihr Gedicht mit dem Titel *Der erste Januar 1924*. Wir kennen es seit dem 2. Januar 1924.«

Mein Atem kam nur noch schwer. »*Mein Wolfshund-Jahrhundert, mich packts, mich befällts, Doch ich bin nicht wölfischen Bluts.*«

Im rohen Licht konnte ich sehen, wie Christophorowitsch traurig den Kopf schüttelte. »Sie nähern sich zeitlich. Das ist von 1931.«

»Wie gern möcht ich mich in ein Spiel vertiefen, Wie Kinder unbeschwert die Wahrheit reden.«

»Jetzt bleiben Sie 1931 hängen, wenn der Geist dieses Gedichtes auch schon dem näher ist, das Sie her zu uns gebracht hat.«

Das Herz pochte mir in der Brust, während ich mir das Hirn nach Versen zermarterte, die ich ihm entgegenwerfen konnte. *»Die Hunger-Bauern stehn mit Filzschuhn, dunkler Miene, Bewachen Ihre Tür, den Ring – berühren sie nicht.«*

»Langsam kommen Sie der Sache näher, Mandelstam. Der Mai 1933, wenn ich mich nicht irre. Sie nannten es *Alte Krim*, als Sie es Ihren ersten Lesern vortrugen.«

Und dann zog Christophorowitsch so langsam, als wollte er die Zeit anhalten, ein weiteres Blatt Papier aus dem Dossier, hielt es ins Licht und begann zu lesen:

> *»Wir Lebenden spüren den Boden nicht mehr,*
> *Wir reden, dass uns auf zehn Schritt keiner hört,*
>
> *Nur der Gebirgler im Kreml ist noch zu vernehmen.*
> *Der Mörder und Bauernschlächter.«*

Die schwache Hoffnung, dass ich da irgendwie lebend wieder herauskommen könnte, fiel wie ein tödlich getroffener Vogel zu Boden. Treibsand umspülte meine Füße. Ich sah, wie mich seine Augen über das Papier hinweg fixierten. »Kommen Ihnen diese Zeilen irgendwie bekannt vor, Mandelstam?«

Als ich nicht antworten konnte, schleuderte er mir die saftigsten Teile meines Epigramms entgegen: *»Seine Finger sind dick und, wie Würmer, so fett … Sein Schnauzbart lacht*

Fühler von Schaben … Schmalnackige Führerbrut geht bei ihm um.« Die letzten beiden Zeilen zitierte er aus dem Gedächtnis:

»Wie Himbeeren schmeckt ihm das Töten –
Und breit schwillt die Brust des Osseten.«

Christophorowitsch kam um seinen Tisch herum. »Es heißt, dass Sie ein guter Interpret von Gedichten sind. Wer ist Ihrer geschätzten Meinung nach dieser Gebirgler im Kreml? Wer der Ossete?«

Mit tauben Fingern hielt ich meine Hose, presste die riemenlosen Schuhe auf den Treibsand und tat alles, um nicht vom Stuhl ins sichere Ersticken zu rutschen. Christophorowitsch wuchs hoch über mir auf. Ich hatte Schwierigkeiten, ihn klar zu erkennen, und hörte ihn sagen: »Beruhigen Sie sich, Mandelstam. Sie müssen gewusst haben, was Sie sich mit diesem aufwieglerischen Gedicht einhandeln würden, als Sie es ihren ersten Lesern vortrugen.«

Ich denke, ich sagte darauf so etwas wie: »Ich habe alle Ruhe hinter mir gelassen, Genosse Vernehmungsbeamter, ein für alle Mal. Ich empfinde Angst, in ihrem vollen Umfang.«

»Ausgezeichnet. Das wird den Vorteil haben, den oft langwierigen Prozess der Befragung zu verkürzen. Der Trick besteht darin, zu erkennen, dass wir in einem Boot sitzen. Meine Arbeit ist sehr anstrengend. Wenn *Sie* die ganze Nacht befragt werden, dürfen Sie nicht vergessen, dass *ich* die Befragung durchführen muss. Die ganze Nacht, Nacht für Nacht, bis Sie kriechend Ihre Schuld bekennen und mir die Namen derer geben, denen Sie das Gedicht vorgelesen haben.«

»Wie kann ein Kulturkrimineller wie ich mit einem Kulturkommissar in einem Boot sitzen?«

»Indem wir uns in der Mitte treffen.«

»In einem wüsten Garten voll verworfnem Unkraut gibt es keine Mitte. Stalin selbst hat verfügt, dass nur zwei Möglichkeiten denkbar sind: Entweder gehört ihr zu uns oder ihr seid gegen uns.« Nadenka folgend fügte ich noch hinzu: »Ich bin ein großer Anhänger der Mitte. Wenn Stalin nur einen kleinen Streifen Mitte gelassen hätte, ergriffe ich freudig die Gelegenheit, die paar Jahre, die mir noch bleiben, darauf zu verbringen.«

»Was Stalin gesagt hat, war eine Redewendung, ein Wahlspruch, um die Truppen zum Klassenkampf zu rufen. Hier in der Zuflucht der Lubjanka gibt es die Mitte, in der Sie und ich uns treffen können, Mandelstam. Wir Bolschewiki sind nicht die Rohlinge, die ihren Kampf um des Vernichtens willen führen. Wir wollen etwas aufbauen. Wir versuchen, was niemand je zuvor versucht hat: den Sozialismus zu errichten, um darauf den Kommunismus gründen zu können. Krieg, Armut, Ungleichheit und Ausbeutung werden vom Antlitz der Erde verschwinden, wenigstens von dem Teil der Erde, den wir unter unserer Kontrolle haben. Kennen Sie die Arbeiten des Dramatikers Nikolai Pogodin? Zu Beginn der Dreißiger hat er ein brillantes Stück geschrieben, das genau auf den Punkt bringt, wer wir sind und was wir tun. Es heißt *Mein Freund*. Stalin selbst hat sich positiv dazu geäußert. Das Stück dramatisiert den Kampf um den Bau einer großen Fabrik auf abgelegenem Bauernland. Pogodins Figuren sind gewöhnliche Arbeiter, die auf heldenhafte Weise enorme Hindernisse überwinden, um den Sozialismus zu errichten. Wir sind alle zusammen, vom Genossen Stalin bis hinunter zum einfachen

Tschekisten, der hier in der Lubjanka Zerstörer verhört, einfache, heldenhafte Arbeiter, die einen Staat zu schaffen versuchen, der dem Wohle aller Bürger dient und nicht nur einer Handvoll reicher, kapitalistischer Ausbeuter, die im Besitz der Produktionsmittel sind. Angesichts eines solch geheiligten Projekts werden Sie sicher verstehen, dass es zu unseren ersten Aufgaben gehört, uns vor Zerstörern wie Ihnen zu schützen.«

Mit dem Handgelenk betätigte Christophorowitsch eine kleine Glocke. Der Wärter, der mich gebracht hatte, erschien in der Tür. »Denken Sie über das nach, was ich Ihnen gesagt habe, Mandelstam. Morgen Abend machen wir an dieser Stelle weiter. Hoffentlich finden wir den Streifen Mitte, auf dem wir zusammenkommen können.«

Hier folgt nun die zweite Vernehmung, oder wenigstens das, was ich in meinem unvollkommenen Gedächtnis als zweite Vernehmung gespeichert habe. Ich erinnere mich, dass ich ein weiteres Mal durch die langen Korridore zum Raum mit der Nummer dreiundzwanzig gebracht wurde. Aus irgendeinem Grund war Christophorowitsch noch nicht an seinem Platz hinter dem Tisch. Ich starrte auf das Stalin-Foto an der Wand, fast überzeugt, dass er mich diesmal selbst befragen wollte, und spürte, wie eine animalische Angst in mir wuchs, einem Tumor gleich: vor Vergiftung, Ersticken, Erwürgen, Enthauptung. Ich muss dennoch eingeschlafen sein, weil mir ein Wärter die Beine unter dem Leib wegtrat und mich der Länge nach auf den Parkettboden schickte. Mit Mühen kroch ich zurück auf den Stuhl. Als ich aufblickte, sah ich Christophorowitsch mich von seinem Platz hinter dem Schreibtisch aus mustern.

»Haben Sie nach der Mitte gesucht, in der sich der Kulturkommissar und der Kulturkriminelle treffen können?«, wollte er wissen.

Vor Angst wie im Delirium, klammerte ich mich an einen Strohhalm. »Was Sie haben, ist ein frühe Version des Stalin-Epigramms. Die zweite Strophe wurde ausgetauscht. In der endgültigen Fassung gibt es keinen Mörder und Bauernschlächter.«

Christophorowitsch schob ein leeres Blatt über den Tisch, zusammen mit einem Füllfederhalter. Er bedeutete mir, den Stuhl näher heranzurücken. »Schreiben Sie die endgültige Fassung von eigener Hand auf«, befahl er mir.

Mein Kopf schwirrte. Hatten die Leute, von denen die Zigarettenstummel in unserem Glasaschenbecher stammten, Wanzen in den Wänden unserer Wohnung versteckt? Hatten sie aufgenommen, wie ich Nadenka und Zinaida die erste Fassung vorgetragen hatte? Hatten sie gehört, dass ich angeboten hatte, das Epigramm für Zinaida aufzuschreiben, damit sie es auswendig lernen konnte? Hatten sie Zinaida verhaftet und die belastende Niederschrift sichergestellt, bevor das arme Mädchen sie vernichten konnte? Kauerten Nadenka und Zinaida in diesem Moment irgendwo in der Lubjanka in einer Zelle? Trotz des wilden Durcheinanders von Gedanken und Gefühlen schien mir eines kristallklar: Die Tatsache, dass Christophorowitsch die Originalversion des Epigramms besaß, hieß, dass ich mich selbst nicht mehr retten konnte – vielleicht aber Nadenka und Zinaida, zusammen mit den anderen, die das Epigramm gehört hatten. Über den Tisch gebeugt schrieb ich die Zeilen auf, einschließlich der revidierten zweiten Strophe.

»Doch wo wir noch Sprechen vernehmen, –
Betrifft's den Gebirgler im Kreml.«

Christophorowitsch schnappte mir die neue Fassung aus der Hand und las sie sorgfältig. Am Ende trug er ein selbstgefälliges Lächeln auf den Lippen. »Aber das ändert ja alles, Mandelstam. Ohne den Mörder und Bauernschlächter ist das Ganze weit lauer. Auch wenn wir es immer noch mit dem *Schaben-Schnauzbart* und *Wie Himbeeren schmeckt ihm das Töten* zu tun haben. Angesichts dieser Änderung könnte es einen Lichtstreif Hoffnung für Sie geben, wenn …«

Er war ein feinfühliger Vernehmer. Ich konnte nicht umhin, sein Können zu bewundern, als er das »wenn« in der Luft zwischen uns hängen ließ.

»Wenn?«, wiederholte ich.

Er zuckte mit den Schultern. »Sie müssen unbedingt Namen nennen. Falls es ein Trost für Sie ist, seien Sie versichert, dass wir sie auch so schon kennen. Wir wissen, wem Sie Ihr Gedicht vorgetragen haben, und wir kennen die Reaktionen. Dennoch, es wird Ihnen negativ angerechnet, wenn die Beweise dafür von uns kommen und nicht von Ihnen. Bekennen Sie. Wenn Sie Ihre Scharte auswetzen und Ihr kriminelles Verhalten durch Zusammenarbeit ausgleichen wollen, nennen Sie Namen.«

»Ein Mensch, der mit poetischem Talent gesegnet wurde, hat die heilige Pflicht, dieses Talent nicht zu verraten«, sagte ich.

Die Vernehmung dauerte die ganze Nacht. Christophorowitsch drängte und schmeichelte, schwatzte und drohte. Irgendwann eröffnete er mir, Nadenka und Zinaida seien als Mitverschwörer eines Komplotts gegen Stalin verhaftet worden und würden in einem anderen Teil der Lubjanka vernommen. Er warf mir vor, ihr Leben aus selbstsüchtigen Motiven in Gefahr zu bringen und darüber hinaus auch alle anderen zu belasten, denen ich das Epigramm vorgetragen hätte. Außer sich, weil ich mich weigerte, Namen zu nennen, rief er einen riesigen Usbeken mit einer deformierten Nase herein, der mich mit den Armen an in der Wand befestigte Ketten schloss. Ich verlor vor Angst das Bewusstsein. Als ich wieder zu mir kam, hörte eine Ärztin mit einem Stethoskop mein Herz ab und schüttelte den Kopf. »Wenn Sie nicht wollen, dass er Ihnen wegstirbt, schlage ich vor, Sie setzen Ihre Befragung aus und lassen ihn ein paar Stunden schlafen, Genosse.«

Ich sah knorplig rosiges Dämmerlicht durch einen Spalt zwischen den Vorhängen ins Zimmer sickern, als der Wärter kam, um mich zurück in meine Zelle zu bringen. Nachdem wir auch die letzte Stahltür zu meinem Zellenblock hinter uns gelassen hatten, bat der Wärter einen der Schließer um Feuer für seine Zigarette, und ich stand wartend mit dem Rücken zur Wand. So unwahrscheinlich es klingt, jemand hatte Zeitschriftenseiten mit Bildern der gegen Napoleon siegreichen Generäle im Gang aufgehängt, und dann glaubte ich, Frauenwimmern hören zu können. Das Geräusch drang unter einer Tür hervor, die nur zwei Zellen neben meiner lag. Oh, lieber Gott, ich hörte jetzt eindeutig Nadenkas Stimme. Sie schien eine andere Frau trösten zu wollen. Es war nur ein flüchtiger Eindruck, der mehr auf der Tonlage basierte als auf tatsächlichen Worten, aber Nadenkas Stimme hätte ich überall erkannt. Als ich zurück in der Zelle war, kniete ich mich zu Fikret und flüsterte ihm in sein gutes Ohr: »Haben Sie Frauen wimmern gehört?«

»Ja«, sagte er. »Wenn ich mein gutes Ohr an die Steine der Wand drücke, höre ich, wie sich meine Agrippina die Seele aus dem Leib heult. Ich höre, wie sie immer wieder sagt: *Fikret, Fikret, was hast du uns da nur eingebrockt?* Als

Sergo noch sprechen konnte, hat er mich gewarnt, dass sie Aufnahmen von Frauenstimmen abspielen, um unsere Widerstandskraft zu schwächen. Aber ich widerstehe nicht länger und höre sie immer noch wimmern. Das ist keine Aufnahme. Es gibt keinen Zweifel, sie sitzt genau wie ich hier in der Lubjanka.«

Ich kroch zurück auf meine Seite der Zelle, rollte mich zusammen und fiel in einen so leichten Schlaf, dass mich das *Ausbleiben* des Gegen-die-Tür-Hämmerns alle paar Minuten weckte. Ich träumte, dass ich durch Wände schlafwandelte, bekam aber solche Angst, in einer Wand stecken zu bleiben, dass ich mich zum Wachwerden zwang oder es wenigstens dachte. Ich war nicht sicher, ob ich schlief und nur träumte, wach zu sein, oder tatsächlich wach war. Ich stand auf, um in den Schmutztopf zu urinieren. Das Geräusch des in den Topf platschenden Urins und der Gestank aus Sergos Ecke wirkten zu real für einen Traum. Sergo und Fikret schliefen tief und fest. Ich vergewisserte mich, dass der Lederfetzen über dem Guckloch in der Tür hing, und ging zur Wand, um mein Ohr daran zu legen. Dabei stieß ich mit der Schulter durch die Wand und gelangte in die nächste Zelle. Die beiden Gefangenen spielten auf dem Zementboden Schach. Der eine von ihnen war alt und hatte feines, graues Haar, das ihm bis auf die Schultern fiel, der andere war jung, hatte eine Glatze und trug eine Decke um die Schultern. Die winzigen Spielfiguren hatten sie aus Seife geformt. »Schach«, sagte der Alte triumphierend und schob einen Turm mit dem Fingernagel vor. »Ah«, sagte sein Gegner, »damit habe ich nicht gerechnet.« Ich räusperte mich, um die beiden auf mich aufmerksam zu machen. Sie hoben den Blick. »Entschuldigen Sie, wenn ich Ihr Spiel unterbreche«, sagte ich. »Wenn Sie nach den Frauen suchen«, sagte der Jüngere, »die sind eine Zelle weiter«, und deutete mit einem nagellosen Daumen auf die gegenüberliegende Wand. Ich wollte ihm danken, aber er hatte sich schon wieder dem Spiel zugewandt und konzentrierte sich darauf, seinen König zu retten.

Ich sah den beiden noch einen Moment lang zu, unsicher, wie ich in diese Zelle geraten war, und ging dann durch die Wand, auf die er gezeigt hatte, worauf ich mich in einer kleineren Zelle wiederfand, die so schwach beleuchtet war, dass man den gelben Faden in der Glühbirne erkennen konnte. Nach und nach gewöhnten sich meine Augen an die Düsternis, und zwei vom Schimmer des Lichts markierte Gestalten stießen wie Zähne aus ihr heraus. Nadenka und Zinaida hielten sich schlummernd in den Armen. Nadenka trug das Kleid, das sie bei meiner Verhaftung angehabt hatte, Zinaida das gebrochen weiße Musselinkostüm, in dem wir sie in den *Drei Schwestern* gesehen hatten. Ich sank neben Nadenka auf die Knie. Sie spürte meine Gegenwart und bewegte sich. Ihre Augen öffneten sich, und sie starrte mich entsetzt an. Ich legte ihr einen Finger auf die Lippen, damit sie nicht laut aufschrie. »Wie um alles in der Welt bist du hier hereingekommen?«, wollte sie wissen. Ich hörte mich sagen: »Du würdest es mir nicht glauben, also sage ich es besser nicht, damit du mich nicht für einen verrückten Hutmacher hältst. Wann bist du verhaftet worden?« »Beim Durchsuchen der Wohnung haben sie die Gedichte in der Teekanne gefunden. Das Schwein Petrowitsch muss ihnen das Versteck verraten haben. Als sie merkten, dass es meine Handschrift war, haben sie mich gleich verhaftet.« »Und Anna Andrejewna?« »Anna war noch im Wohnzimmer, als sie mich wegbrachten. Ich weiß nicht, was aus ihr geworden ist.« »Wann ist Zinaida verhaftet worden?« »Als sie im Theater war, haben sie ihre Wohnung durchsucht und das Epigramm gefunden. Das arme Mädchen macht sich fürchterliche Vorwürfe, dass sie es nicht vernichtet hat. Zwischen zwei Akten haben sie die Ärmste verhaftet. Da keine zweite Besetzung für ihre Rolle da war, mussten sie die Aufführung abbrechen.« Nadenka nahm meine Hand und drückte sie sich gegen die Wange. Ich spürte Tränen aus ihren Augen rinnen. »Oh, Ossja, was sollen wir nur tun?« Durch das ganze Hin und Her regte sich jetzt auch Zinaida und wurde wach. Als sie mich sah, brach sie in Tränen aus. »Ich werde es mir nie, nie vergeben, dass ich das Epigramm nicht vernichtet habe«, brachte sie gerade noch zwischen den Schluchzern heraus, die ihren Körper schüttelten.

Nachdem Nadenka den ersten Ansturm der Gefühle überwunden hatte, fand sie zurück zu ihrem eigentlichen praktischen Selbst. »Bist du vernommen worden?«, fragte sie und fuhr gleich fort, ohne auf eine Antwort zu warten: »Es muss der gewesen sein, der als Christophorowitsch bekannt ist. Sie sagen, er ist der Kommissar für Kulturvergehen. Haben sie dich gefoltert? Bist du verletzt?«

Ich erzählte Nadenka, wie er mir die erste Fassung des Epigramms vorgelesen hatte, wie ich ihm die auf Pasternaks Bitte revidierte Fassung ohne die beleidigende zweite Strophe aufgeschrieben hatte und wie am Ende alles darauf hinausgelaufen war, dass ich die Leute identifizieren sollte, die das Epigramm gehört hatten, was ich bislang aber verweigert hätte.

»Aber die wissen doch sicher längst, wer das Epigramm gehört hat«, sagte Nadenka. »Die werden Mikrofone in euren Wänden versteckt haben«, flüsterte Zinaida. »Sie haben bestimmt alles aufgenommen, was wir gesagt haben.«

Da kam ihr plötzlich ein schrecklicher Gedanke. »Und sie haben auch alles aufgenommen, was wir *getan* haben.«

Nadenka sah sie an. »Wenn sie Mikrofone in den Wänden versteckt hätten, wären wir schon vor Monaten verhaftet worden. Noch an dem Morgen hätten sie sich aufs Herzen-Haus gestürzt und Mandelstam verhaftet, als er uns sein Epigramm vorgelesen hat, um alles, was damit zu tun hat, im Keim zu ersticken. Es gibt keine Mikrofone, und das heißt, dass wir nur eine Geschichte ausbrüten müssen, die sie schlucken.« Sie fasste meinen Kopf, zog ihn näher an ihren heran und sagte wild entschlossen: »Hör zu, Ossja. Du musst ihnen Namen nennen. Wir müssen als naive Intellektuelle erscheinen, die einen Fehler gemacht haben und bereit sind, ihre Scharte auszuwetzen. Das ist unsere einzige Chance.«

»Ich soll Anna da mit hineinziehen? Pasternak und all die anderen?«

»Du sagst, du hast ihnen das Epigramm vorgetragen, ohne sie zu warnen, worum es ging. Du sagst, allesamt hätten sie mit Entsetzen reagiert, genau wie Pasternak. Und schmückst das noch ein bisschen aus: dass wirklich alle, die das Epigramm gehört hätten, empört darüber gewesen seien, den großen Stalin schlechtzumachen. Jeder Einzelne von ihnen hätte versucht, dich dazu zu überreden, es zu vernichten. So in etwa.« Nadenka legte die Stirn gegen meine. »Das kannst du, Ossja. Du musst es für dich und für uns alle tun. Du musst ihnen geben, was immer sie wollen.«

»Nadeschda hat recht«, bat jetzt auch Zinaida. »Bitte, bitte, arbeite mit den Organen zusammen, damit wir wieder in unser Leben zurückkönnen.«

Und so nannte ich Namen. Ich war ein nervöses Wrack, schließlich läuft man nicht jeden Tag durch Wände. Ich sprach so schnell, dass Christophorowitsch Schwierigkeiten hatte, meinem Geständnis zu folgen. Er rief eine Stenografin und ließ mich noch einmal von vorne anfangen. Er wollte Namen, also gab ich ihm Namen. »Nadeschda Jakowlewna, meine beste Freundin, Waffengefährtin und Ehefrau, wie Majakowski eine glühende Anhängerin des Eieraufschlagens, um Omeletts zu machen, war die Erste von elfen. Wie sie reagierte? Sie war näher denn je daran, mich aus der Wohnung zu werfen. Reine Verleumdung, rief sie, eine Beleidigung der Intelligenz eines jeden, der das hört, kennt doch die ganze Welt Stalin als den Ersten unter Gleichen, als jemanden, der durch Kollegialität führt. Zinaida Zaitsewa-Antonowa, Theaterschauspielerin, Lyrikliebhaberin und Freundin, war die Zweite. Ihr wurde schlecht, als sie erkennen musste, dass ich so tief sinken konnte, einen so brillanten und gleichzeitig bescheidenen Menschen wie Stalin zu verleumden. Pasternak drohte mir, unsere lange, enge Freundschaft zu beenden, wenn ich dieses skandalöse Epigramm nicht vernichte. Was die Achmatowa betrifft, glaubte ich schon, sie müsse sich auf den Wohnzimmerboden übergeben, als sie das Epigramm hörte. Sie bestand darauf, dass es kein Gedicht sei, sondern eine Polemik, ein politischer Beitrag, der sein Ziel völlig verfehle, habe Stalin doch keinerlei Verbindung zu Ossetien und werde von allen, selbst von seinen politischen Gegnern, wegen seiner Ehrenhaftigkeit und seines Idealismus respektiert. Gleiches gilt für Sergei Petrowitsch, dessen Familiennamen ich nicht nennen kann, genau wie die sechs anderen, die das Unglück hatten, den von Nadeschda und mir bereiteten Mittelweg betreten zu wollen, nur um sich zur Zwangshörerschaft eines dementen Dichters gemacht zu sehen. Alle, angefangen mit Nadeschda, meinten, ich solle mein Talent, so ich denn eines habe, nicht damit verschwenden, das niederträchtige Geschäft von Zerstörern und Konterrevolutionären zu betreiben, sondern es dazu zu nutzen, eine Ode auf Stalin zu verfassen: auf seinen Mut während der Revolution und des Bürgerkriegs, auf seine Leistung als Errichter des Sozialismus in einem einigen Land und auf sein inspiriertes Führertum, das dem rückständigen Russland die Industrialisierung und Kollektivierung beschert. Jetzt erkenne ich, dass sie recht hatten und ich unrecht.«

Als ich keine Luft mehr hatte, bat Christophorowitsch die Stenografin, mein Geständnis noch einmal vorzulesen. Er schrieb Teile davon auf ein Blatt Papier und unterstrich dann einen Satz, bevor er ihn laut vorlas. »... *das niederträchtige Geschäft von Zerstörern und Konterrevolutionären zu betreiben,* das sind Ihre Worte.«

Ich war nicht sicher, worauf er hinauswollte, und nickte vorsichtig.

»Was uns zum Kern Ihres Verbrechens bringt, Mandelstam. Wer hat Sie dazu gebracht, das Epigramm zu schreiben? Wer hat Ihnen befohlen, es so vielen Leuten wie nur möglich vorzulesen, in der Hoffnung, damit sein Gift das ganze Land ...«, er zog ein anderes Blatt aus seinem Dossier und las vor, »... *das ganze Land in Schwingung bringt, wie ein Stein, der in stilles Wasser geworfen wird.*«

Mein Kinn muss herabgesunken sein. Christophorowitsch kicherte vor Freude über die gelungene Überraschung. »Ich nehme an, Sie erkennen Ihre Worte. Wie Sie mittlerweile erraten haben werden, war die junge Frau mit dem Kinderwagen an jenem Tag in Moskau mit einem Richtmikrofon ausgestattet und nahm alles auf, was Sie sagten.« Der Genosse Vernehmungsbeamte las die Überschrift oben auf der Seite: »*Niederschrift eines Gesprächs zwischen Mandelstam, Pasternak und Achmatowa, Donnerstag, 12. April 1934. Moskauer Straße.* Hier: *Die Partei wird einen Nationalfeiertag ausrufen. Der Komsomol wird singend …* das ehrenrührige Epigramm singend … *ausschwärmen, um seine Quoten zu erfüllen. Bei den Versammlungen im Bolschoi werden die Arbeiter es von jedem Balkon, aus jeder Loge rufen. Es wird das Ende Stalins sein.* Dahinter kann eindeutig nur jemand aus dem bolschewistischen Überbau stecken, der in der Position ist, Ihnen gegenüber anzudeuten, wie die Partei, wie der Komsomol und wie die Delegierten eines Kongresses im Bolschoi auf den Rücktritt Stalins reagieren würden. Waren es Kamenew oder Sinowiew, die beide 1927 als Trotzkisten aus der Partei entfernt wurden? Oder war es dieser Fiesling Rikow, der seit Lenins Tod Komplotte gegen Stalin schmiedet? Vielleicht war es auch der Liebling der Partei, der große Bucharin, der aus dem Politbüro geflogen ist, weil er sich auf die Seite von Stalins Feinden geschlagen hat, die sich gegen die revolutionäre statt die evolutionäre Kollektivierung wandten. Bucharin wirkt schließlich schon lange als Ihr Schutzengel, zunächst, indem er Ihren Bruder aus dem Gefängnis holte, dann, indem er Ihnen Wohnungen, Bezugsscheine und eine monatliche Pension für Dienste an der russischen Literatur verschaffte, ja, sogar Verträge für zukünftige Bücher aushandelte, die zwar bezahlt, aber nie veröffentlicht wurden. Die Liste der Gefälligkeiten Bucharins für Sie ist lang: Er war es, der Ihnen die Erlaubnis verschaffte, auf die Krim zu reisen, und seinen Einfluss nutzte, einige Ihrer Prosastücke veröffentlicht zu sehen. Mitte der Zwanziger bot er Ihnen und Ihrer Frau sogar Ausreisevisa aus Russland an, die Sie, das muss Ihnen zugutegehalten werden, allerdings ablehnten. Wie schade. Vielleicht säßen

Sie heute nicht hier, wenn Sie ins Exil gegangen wären. War es Bucharin, der Ihnen vorgeschlagen hat, dass Sie sich für seine Gefälligkeiten damit bedankten, ein Schmähgedicht auf Stalin in Umlauf zu bringen? Oder war es der Verräter Trotzki höchstpersönlich? Wenn ich es richtig bedenke, klingt das mit dem Stein, der in stilles Wasser geworfen wird, wie eine Formulierung, die dem verdrehten Denken Lew Trotzkis gefallen würde. Wir wissen sicher, dass er industrielle Zerstörer dazu gebracht hat, zerstoßenes Glas in Mehlsäcke zu füllen. Er hat Mechanikern befohlen, Wasser in Flugzeugtreibstoff zu gießen, Kulaken dazu aufgefordert, ihr Vieh zu schlachten, statt es den kollektivierten Höfen zu überlassen, und er schreckt auch vor psychologischer Zerstörung nicht zurück: einen leichtgläubigen Dichter dazu zu bringen, Gift zu spritzen gegen Stalin, dass es sich in Wellen über das Land ausbreitet.«

»Nein, mich hat niemand angestiftet«, sagte ich. »Die Idee, die Wahrheit auszusprechen, stammt von mir.«

»Sie erwarten doch sicher nicht, dass wir das glauben. Sie sind ein Intellektueller. Sie haben nicht das Profil eines Konterrevolutionärs.« Christophorowitsch studierte einen anderen Bericht aus seinem Dossier. »Erinnern Sie sich, was die Frau in der Kantine für Straßenbahnarbeiter im Januar sagte? *Es ist lange her, dass es diesen Dichter gab.* Vielleicht hat Ihnen nach dieser Beleidigung ja jemand ins Ohr geflüstert: *Als Dichter sind Sie hinterm literarischen Horizont verschwunden. Wenn Sie ein verleumderisches Gedicht über Stalin in Umlauf bringen, wird Ihr Stern wieder steigen – dann werden Sie als einer der großen russischen Dichter anerkannt werden.* Wer hat Ihnen das ins Ohr geflüstert? Wer hat die Verschwörung organisiert? Das Einzige, was Sie noch retten kann, ist ein Geständnis.«

»Ich habe das Gedicht nicht geschrieben, um Aufmerksamkeit zu erlangen. Ich gehöre keiner Verschwörung an. Ich bin Dichter, kein Verschwörer. Ich wüsste ja nicht mal, was ich bei einer Verschwörung zu tun hätte.«

»Sie sind manipuliert worden, Mandelstam, das müssen Sie doch langsam erkennen. Sie müssen die Person oder die Personen benennen, die diesen konterrevolutionären Plan entworfen haben. Ihr Geständnis, die Namen, die Sie genannt haben, sind das Papier nicht wert, auf dem sie stehen, solange Sie die Anstifter nicht benennen.« Christophorowitsch drehte Kreise hinter mir und begann, von hinten auf mich einzureden. »Denken Sie doch nur an den Ärger, den die ihnen bereitet haben. Ihnen, Ihrer Frau und Ihrer Geliebten. Pasternak, Achmatowa und all den anderen. Den Verrätern, die Sie angestiftet haben, ist Ihr Schicksal scheißegal. Warum schützen Sie diesen Abschaum? Sie schulden denen nichts. Retten Sie sich. Retten Sie Nadeschda und die anderen vor einem Schicksal, das schlimmer ist als der Tod: vorm langsamen Stranguliertwerden, vor dem vorgetäuschten Ertränken in Wäschereibecken, dem Ersticken in luftdichten Zellen, dem tagelangen nackt Dastehen bei Temperaturen unter null, dem Brechen von Knochen, einem pro Tag, wie es Ihr Zellengenosse Sergo erleiden muss. Sagen Sie mir den Namen des Rädelsführers.«

Den letzten Fetzen Entrüstung aufbringend, der noch in meinem zitternden Körper verfügbar war, sagte ich: »Sie behaupten, Baumeister zu sein, und sind am Ende doch nichts als ein Folterknecht.«

Der Genosse Vernehmungsbeamte reagierte beleidigt. »Mein armer Mandelstam, wir sind keine Folterknechte. Die tschekistische Tradition besagt, dass nur die Prozedur als Folter gilt, die das Gewissen erschüttert.«

Ich glaubte, einen Fehler in seiner Logik gefunden zu haben. »Wie kann eine Prozedur Ihr Gewissen erschüttern, wenn Sie gar keines haben?«

»Wieder einmal verkalkulieren Sie sich heftig, Mandelstam. Wir Bolschewiki leben nach unserem Gewissen. Wir haben uns dem Prinzip verschrieben, dass der Zweck die Mittel heiligt. Und da der Zweck die Errichtung des Kommunismus ist, sagt uns unser Gewissen, dass alle Mittel, das zu erreichen, welche auch immer, gerechtfertigt sind.«

Ich begriff, was Christophorowitsch im Sinn hatte. Er wollte, dass ich wie der unten in meiner Zelle sitzende Fikret zugab, Mitglied eines trotzkistischen antibolschewistischen Zentrums zu sein. Er wollte den Dichter Mandelstam bei einem öffentlichen Prozess auftreten lassen. Natürlich würde mein Geständnis größere Wirkung haben als das eines ungebildeten Gewichthebers, der bei den Spielen 1932 in Wien eine Silbermedaille gewonnen hatte. Aber es war eine Sache, die Namen derer zu nennen, die mein trauriges kleines Epigramm tatsächlich gehört hatten, und eine ganz andere, eine Verschwörung für die Schauprozesse zu erfinden, die dem Gerücht nach gerade vorbereitet wurden – gegen Sinowiew, Kamenew und gegen Bucharin, trotz der Achtung, die der Großteil der Bolschewiken ihm entgegenbrachte, und gegen Trotzki selbst, sollte es Stalin gelingen, ihn wie Gorki aus dem Exil zurückzulocken. Und so blieb ich bei meiner Geschichte, die schließlich die Wahrheit war, auch wenn das im Fegefeuer nicht viel zählen würde. Aber Christophorowitsch war unglaublich hartnäckig. Er ließ mich an die Zähigkeit eines Liebhabers denken, für den ein Nein als Antwort nicht zählt, den ein Ja aber ebenfalls enttäuscht, da es ihm das Vergnügen nimmt, dem Objekt seiner Begierde den Willen zu brechen. Er hatte die Durchhaltekraft eines Marathonläufers. Stunden um Stunden bearbeitete er mich, versprach mir, der Staat werde milde mit mir und den Meinen umgehen, wenn ich gegen die gewünschten Anstifter aussagte, und drohte mir mit Hinrichtung, sollte ich ihm verweigern, was er wollte – und was (wie ich hier annehme) seiner Karriere dienlich sein würde.

Mir ist bewusst, dass Nadenka der Ansicht ist, das Erzählen all dieser Dinge sei therapeutisch, in dem Sinne, dass es ein Licht auf alles wirft, was danach geschieht. Mich persönlich hat sie nicht davon überzeugt, dass es irgendwie nützlich wäre. Was ist damit gewonnen, eine Hinrichtung noch einmal nachzuerleben? Bis heute erstaunt es mich, dass sie mich nicht noch am Abend nach meiner Einlieferung in die Lubjanka erschossen haben. Jedes Mal, wenn sie mich aus meiner Zelle holten, rechnete ich damit, erschossen zu werden. Ich hatte Gerüchte gehört, dass Gefangene in den Kellergewölben exekutiert wurden, die der Versicherungsgesellschaft früher als Lagerräume gedient hatten, und konnte immer erst wieder richtig atmen, wenn der Lastenaufzug sich nach oben statt nach unten bewegte. Bis zu jener Nacht, jener albtraumhaften Nacht voller Seelenqual, als er tatsächlich nach unten fuhr.

Kommen wir zu meiner Hinrichtung.

Am nächsten Abend, zu der Stunde, da sie mich für gewöhnlich zur Vernehmung holten, tauchten drei Rohlinge, die ich nie zuvor gesehen hatte, an der Zellentür auf. Zwei von ihnen brachten einen gewöhnlichen Holzstuhl herein und banden Sergo mit Stoffgurten darauf fest. Der dritte zertrat mit dem Absatz seines Stiefels meine Porzellanschüssel. »Die brauchst du nicht mehr« waren die Worte, mit denen er seinen Tritt erklärte. Er griff nach meinem

Oberarm und zog mich rüde auf die Beine, drehte mir die Arme auf den Rücken und schnürte die Handgelenke fest zusammen. Fikret, Gott segne ihn, erhob sich vom Boden, als wollte er dazwischengehen. Der Wärter legte lässig die Hand auf den Knauf der Pistole in seinem Halfter und starrte den Riesen an, bis der langsam zur Wand zurückwich. Ich glaube, mir gelang es noch, »Danke, Fikret« zu sagen, obwohl es gut möglich ist, dass ich meine Lippen bewegte, ohne ein Wort über sie zu bringen. Mit der Spitze meines Schuhs stieß ich meinen Puschkin-Band zu meinem Zellengenossen hinüber. »Ich kann nicht lesen«, sagte Fikret. »Lernen Sie es«, sagte ich. »Fangen Sie mit Puschkin an. Wenn Sie eines Tages seine Worte verstehen, brauchen Sie Ihr Leben lang nichts anderes mehr zu lesen.« Die zwei Wärter mit dem Stuhl trugen den daraufgebundenen Sergo aus der Zelle. Der dritte Wärter schubste mich hinter ihnen her. In der Tür drehte ich mich noch einmal um und sah, wie der mächtige Gewichtheber sich zum Abschied aus der Hüfte heraus verbeugte und mit den Knöcheln über den Boden rieb, wie es die Bauern in den Bergen von Aserbaidschan taten.

Unsere kleine Gruppe ging den Korridor hinunter, durch mehrere Stahltüren und trat in den offenen Lastenaufzug. Als wir alle in ihm waren, zog einer der Wärter den Fahrhebel *zurück* … Nein, nein, nehmen Sie weiter auf, ich muss nur wieder zu Atem kommen. Er zog den Hebel zurück, und der Aufzug, mein Magen, mein Herz und mein Kopf begannen die Fahrt hinab in die Hölle.

Christophorowitsch erwartete uns unten im Gewölbe. Er trug die Lederschürze über der Uniform und hielt einen großkalibrigen Marinerevolver in der Hand. Die Wärter hoben Sergo an und stellten ihn mit seinem Stuhl auf ein

Stück mit Sägemehl bedeckter Erde. Ich musste mich neben ihn knien. Ich konnte sehen, wie der Genosse Vernehmungsbeamte auf der Unterlippe kaute, als er fünf enorm große Patronen aus dem Revolver holte, dann eine mit dem Daumen wieder hineinschob und die Trommel drehte, als wollte er russisches Roulette spielen. Die drei Wärter traten zurück. »Wer will zuerst?«, fragte Christophorowitsch. »Alter vor Schönheit? Talent vor Mittelmaß? Der städtische Intellektuelle vor dem Bauerntrampel? Wie sollen wir es machen?« Ich hörte Sergo einzelne Worte zwischen den eitergeschwollenen Lippen hervorspucken. »Zur Hölle … mit Stalin«, sagte er, glaube ich. Christophorowitsch rief hinüber zu seinen Wärtern: »Es hat ganz den Anschein, dass wir hier jemanden haben, der es nicht erwarten kann, vor seinen Schöpfer zu treten, Genossen. Es soll keiner behaupten, dass ich die letzten Wünsche der Verurteilten nicht achte.« Damit trat er hinter Sergo, stieß ihm den Lauf des Revolvers mit ausgestrecktem Arm in den Nacken und er … er drückte … er drückte den Abzug. Der Hammer traf auf eine leere Kammer. Sergo ließ ein gequältes Stöhnen hören, fast so, als bedauerte er es, noch am Leben zu sein. »Sie sind dran, Mandelstam«, verkündete Christophorowitsch. »Sie wurden schuldig gesprochen und zur Höchststrafe verurteilt.« »Aber es hat doch überhaupt kein Prozess stattgefunden!«, rief ich. »Der Prozess wurde ohne Sie abgehalten.« Er stieß den Revolver in meinen Nacken und drückte den Abzug – noch eine leere Kammer. Mein Körper gab nach, ich fiel mit dem Gesicht voran ins Sägemehl. Christophorowitsch packte mich beim Kragen und riss mich wieder hoch, wandte sich erneut Sergo zu, zielte auf seinen Nacken und drückte den Abzug. Ein ohrenbetäubendes Krachen schallte durch das Kellergewölbe, während der Stuhl mit dem darauf festgebundenen Körper zur Seite schlug. Das Krachen kam aus so vielen Richtungen zurück, dass ich dachte, da müssten in anderen Teilen des Kellers noch mehr Gefangene erschossen werden. Klumpen Blut und Gehirn spritzten auf mein Hemd. »Sind Sie gläubig, Mandelstam?«, fragte mein Vernehmungsbeamter, als er eine neue Patrone in den Revolver schob und die Trommel drehte. Ich muss Ja gesagt haben, denn er fragte: »Und woran glauben Sie?« »An die Dichtung.« »Die Dichtung wird Sie nicht retten«, sagte er und führte den Revolver ein zweites Mal in meinen Nacken. Ich fühlte warmen Urin durch meine Hose sickern, als er – oh, Jesus! – das Ding, den Abzug drückte. Was ich hörte, muss der trockene Schlag des Hammers auf den Schlagbolzen gewesen sein. Ich erbrach mich auf das trockene Sägemehl unter meinen Knien, und es dauerte eine Ewigkeit, bis ich begriff, dass ich, wenn ich mich erbrach, noch leben musste. Christophorowitsch und die Wärter fingen an zu lachen, erst leise und dann immer lauter. Schließlich brüllten sie so, dass es durch das Gewölbe hallte wie der Schuss, der Sergos Leiden ein Ende gesetzt hatte. »Sie haben mehr Glück als Sergo«, vermochte Christophorowitsch gerade noch zu sagen. »Bringt ihn zurück in seine Zelle. Wir versuchen es später noch einmal.«

Was mir im Augenblick der Exekution durch den Kopf ging? Das Klischee besagt, dass einem blitzschnell das ganze Leben vor den Augen vorbeizieht. Bei mir war es nicht so. Ich mühte mich, ein Bild meiner Frau heraufzubeschwören, vermochte mich aber nicht zu erinnern, wie sie aussah. Sosehr ich mich auch bemühte, mir wollte kein erotisches Bild gelingen. Ich versuchte, mich an einen Vers, irgendeinen Vers aus einem meiner Gedichte zu erinnern, und als auch das nicht ging, an Worte. Nichts kam mir in den Kopf. Ich kämpfte um eine einzelne Zeile aus der *Göttlichen Komödie,* aber nichts. Ich wusste nicht einmal mehr zu sagen, wer die Flecken der Hölle von Dante gewischt hatte. Mein Gehirn war leer, das Denken von Angst beiseitegedrückt, als wären die Zellen meiner Hirnlappen auseinandergestoben, um dem fremden Objekt zu entgehen, das gleich in ihren Stock einschlagen würde.

Ich bin unfähig, Ihnen zu erklären, was nach meiner Scheinhinrichtung geschah. (Erst jetzt erkenne ich, dass Christophorowitsch mich nicht umbringen, sondern nur brechen wollte.) Es gibt Lücken in der Geschichte, die ich nicht zu schließen vermag, egal wie sehr ich mich konzentriere. Es wird irgendwann nach meiner Rückkehr in die Zelle gewesen sein, dass ich versuchte, mir mit einer Scherbe meiner Porzellanschüssel die Pulsadern aufzuschneiden. Ob es eine Stunde oder ein Tag danach war, kann ich nicht sagen. Fikret hielt mich davon ab, als ich auf der Ader hin- und hersägte. Er riss mir einen Streifen Stoff hinten vom Hemd und verband die Wunde, die zwar nicht tief, aber sehr schmerzhaft war. Seltsamerweise wurde der Schmerz zu einer Quelle der Euphorie. Ich weiß noch, wie meine Mutter mir einst erklärt hat, dass einen nichts so lebendig fühlen lässt wie Schmerz. Da war ich in der Nähe von Warschau aus einem See gestiegen und in Brennnesseln geraten. In der Ecke einer Zelle der Lubjanka zu kauern, das Hemd mit Sergos Hirn bespritzt, war aber sicher nicht das, was meine Mutter im Sinn gehabt hatte, als sie mir von den Vorzügen des Schmerzes erzählte. Dennoch, die schreckliche Wahrheit war, dass mich mein Schmerz Hochstimmung darüber empfinden ließ, noch zu leben.

Dieser euphorische Zustand muss tagelang angehalten haben. Falls ich wieder zu einer Vernehmung oder einer weiteren Hinrichtung gebracht wurde, kann ich mich nicht daran erinnern. Es ist merkwürdig, was in einem Gehirn unter derart extremer Belastung an die Oberfläche dringt. Ich weiß noch, wie ich lange, lange auf meine Schuhe blickte und nicht zu ergründen vermochte, warum sie ohne Schnürriemen waren. Ich erinnere mich, dass ich die Scherben auf dem Zellenboden studierte und dahinterzukommen versuchte, was für ein Objekt sie einst gebildet hatten. Und als Fikret mir ein schmales Buch gab, wunderte ich mich, was ein ungebildeter Gewichtheber mit einer Puschkin-Ausgabe machte. Als ich endlich wieder zu Sinnen kam, oder zu dem, was noch davon übrig war, fand ich mich rittlings auf dem Hocker mit den abgesägten Beinen in Christophorowitschs Büro sitzen. Ich hatte keine Ahnung, wie viel Zeit seit meiner Hinrichtung vergangen war. Der Genosse Vernehmungsbeamte hatte mich verhört, dann aber über Magenkrämpfe geklagt und war Richtung Toilette verschwunden. So saß ich allein mit Stalin da, der auf der Fotografie an der Wand hinter dem Schreibtisch so ungeheuer lebensecht wirkte, dass ich fast damit rechnete, im nächsten Augenblick seine Stimme zu hören. Ich weiß nicht, wie lange ich da so saß, verloren in diesem riesengroßen Raum mit den schweren Vorhängen, dem Wecker und dem Essen auf dem Tisch, und Stalin anstarrte. Ich habe lange der Vorstellung angehangen, dass sich der Charakter eines Menschen, was auch immer geschieht, von seinem Gesicht ablesen lässt. Wie die meisten russischen Intellektuellen faszinierte mich Stalin, und ich fragte mich, was für ein Mensch sich hinter dieser Maske wohl verbarg. Ich stellte mir vor, mich mit ihm zu unterhalten und dass die persönlichen Informationen, die er im Laufe der Unterhaltung von sich gab, ein Licht darauf werfen würden, was ihn zu diesem praktizierenden Paranoiden gemacht hatte (meine Diagnose fußte nicht auf medizinischen Beweisen, sondern entsprang allein meinem Instinkt), der davon ausging, dass jeder sich irgendwie schuldig gemacht hatte. Pasternak und ich hatten endlose Diskussionen über dieses Thema geführt (ich war dafür bekannt, biografische Einzelheiten aus Sosso Dschugaschwilis Leben zu erfinden, über die Boris sich totlachen konnte). Was alles hatte seine Spuren bei Stalin hinterlassen? Die Gewalt des Vaters gegen seinen Sohn? Waren es Stalins Heldentaten als Bankräuber, um die Kasse der Bolschewiken aufzubessern? Seine mehrfachen Verbannungen in die Eiseskälte der Tundra nahe beim Polarkreis? Eine besonders brutale Erfahrung im Bürgerkrieg? Oder der Tod seiner jungen Frau vor zwei Jahren (von dem es gerüchteweise hieß, es sei Selbstmord gewesen)? Solange ich ihm auch ins Gesicht starrte, klare Antworten fand ich keine. Aus offiziellen Porträts oder Fotografien Stalins ließ sich nicht allzu viel herauslesen, waren sie doch immer retuschiert, um die Pockennarben verschwinden, die Backen frisch und den Schatten des Grinsens, das seine Lippen umspielte, warmherzig wirken zu lassen. Ich versicherte mich, dass niemand sonst im Raum war, und ging um den Tisch herum, um Stalins Gesicht näher in Augenschein nehmen zu können. Ich gestehe, ohne mich dessen zu schämen, dass eine hypnotische Anziehung von ihm ausging, wie ich sie bis dahin nur dem schwächeren Geschlecht gegenüber erlebt hatte. Seine tadelnden Augen nagten an mir. Und dann, so seltsam es für Sie klingen muss, fühlte ich mich in die Fotografie hineingesogen, ja, durch sie hindurchgesogen. In meinen Ohren klingelten ungeformte Worte. Verse eines Gedichtes, das ich noch nicht geschrieben hatte, begannen, wie eine Faust gegen ein Fenster zu schlagen.

»In den Kreml, und ohne Passierschein,
In sein Herz, in sein Mark, hin zu ihm –
Alle Leinwand-Distanzen zerknirschend
Mit schuldschwerem Kopf ging ich hin.«

Ich traute mich kaum, die Augen zu öffnen. Als ich es tat, fand ich mich durch eine Düsterkeit treibend, die alle Geräusche dämpfte und sich nur nach und nach auflöste, wie dichter Morgennebel, worauf ich erkannte, dass ich halb in einem schmalen Gang stand. Porträts der russischen, einst gegen Napoleon siegreichen Generäle hingen zu beiden Seiten, und ein jedes wurde von einer kleinen Lampe erleuchtet, die oben am Goldrahmen befestigt war. Ich berührte eine Wand mit den Fingerspitzen. Sie fühlte sich kalt und feucht an. Ich spürte den weichen Flor des dicken Teppichs unter meinen Füßen und begriff, dass es jetzt zwei Möglichkeiten gab: Entweder stellte ich mir das alles nicht nur vor, oder ich stellte mir vor, dass ich es mir nicht nur vorstellte. Am hinteren Ende des Ganges saßen zwei Männer in engen europäischen Anzügen zu beiden Seiten eines niedrigen Tisches und spielten Schach, mit winzigen Tonfiguren auf einem winzigen Brett. Der ältere der beiden, mit feinem, grauem Haar, das ihm bis auf die Schultern herabfiel, kam mir vage bekannt vor. »Mandelstam?«, rief er und winkte mich heran. Ich muss verwirrt gewirkt haben, denn der andere Mann, der jünger als der erste war und doch schon kahlköpfig, wiederholte die Frage: »Sind Sie Mandelstam?« Ich nickte. »Ich habe keinen Passierschein für den Kreml«, sagte ich und hoffte, Ärger vermeiden zu können, indem ich meinen Fehler gleich bekannte. »Warum denken Sie, dass Sie im Kreml sind?«, wollte der jüngere Mann wissen. »Die Porträts der Generäle hinter mir«, sagte ich,

»von denen weiß man, dass sie im Kreml hängen.« Belustigt darüber, dass ich mich als Amateurdetektiv betätigte, zog er einen Kalender aus einem Aktenschrank und fuhr mit dem Finger über eine Liste mit Namen, von denen er einen abhakte. »Sie brauchen keinen Passierschein«, sagte er. »Stalin erwartet Sie. Durch die Doppeltür dort. Machen Sie keinen Kratzfuß und verbeugen Sie sich auch nicht. Er hasst Formalitäten. Er ist schließlich nicht der Zar, sondern der Generalsekretär der Partei.«

Ein kräftiger Mann, den ich von Fotografien in der Zeitung als Stalins Leibwächter Wlasik erkannte, zog, ohne den Blick von mir zu nehmen, die Doppeltür auf und trat zur Seite. »Reden Sie mit ihm wie zu jedem anderen gewöhnlichen Menschen und nennen Sie Ihren Namen«, instruierte er mich. »Wenn er Ihnen die Hand hinhält, schütteln Sie sie.« Ich trat über die Schwelle und hörte, wie sich die Tür hinter mir schloss. Josef Stalin saß am gegenüberliegenden Ende eines langen, rechteckigen Raums hinter einem riesigen Schreibtisch voller hoher Bücherstapel. Vor einer der Wände stand eine lange Reihe kunstvoll verzierter russischer Öfen, einer neben dem anderen. Die schweren Vorhänge am Fenster hinter Stalin waren ein Stück weit geöffnet, und ich konnte die Zwiebeltürme der Basilius-Kathedrale erkennen, von Flakscheinwerfern angestrahlt, was bedeutete, dass ich tatsächlich im Kreml war. Das Licht im Zimmer kam von einer niedrigen Schreibtischlampe und einer gebogenen Leselampe neben einem Polstersessel. Der in Kremlkreisen als Chosjain bekannte Mann hatte die oberen Knöpfe seines Uniformrocks aufgeknöpft und rauchte. Als ich näher trat, stand er auf und kam um seinen Schreibtisch herum. »Stalin«, murmelte er. »Mandelstam«, antwortete ich. »Ich weiß, wer Sie sind«, sagte er, »Ihr Ruf eilt Ihnen voraus.« »Und Ihrer folgt Ihnen wie Kielwasser«, hörte ich mich sagen und bereute meine Unverfrorenheit sofort. (Sagte ich diese Worte tatsächlich, oder hätte ich es nur gerne getan?) Mein Kommentar, falls ich ihn tatsächlich gemacht hatte, verdross den Herrn des Hauses. »Darin liegt das Problem«, sagte er. »Kielwasser verläuft sich.«

Er warf einen Blick auf meine Schuhe. »Was ist mit Ihren Schnürriemen passiert?« »Das habe ich mich auch schon gefragt«, sagte ich. Er hob die Brauen, ganz offensichtlich verwirrt, und hielt mir nach kurzem Zögern etwas ungelenk die Hand hin. Ich ergriff sie ebenso ungelenk. Anschließend zog er ein Päckchen Kasbek-Papirossi aus der Tasche seiner Uniformjacke und bot mir eine der Zigaretten mit den langen Pappspitzen an. Ein Metallfeuerzeug erschien zwischen seinen gedrungenen Fingern. Ich griff nach seinem Arm und beugte mich vor, um meine Zigarette in die Flamme zu halten. Stalin konnte nicht entgehen, dass meine Hand zitterte, war aber diskret genug, kein Wort darüber zu verlieren. Der Zug an einer Zigarette, der ersten seit meiner Verhaftung, beruhigte meine beanspruchten Nerven beträchtlich. »Reden wir«, schlug er vor und machte eine Geste zu dem Polstersessel hin. Er selbst zog sich einen Korbstuhl mit hoher Lehne heran, sodass wir einander direkt gegenübersaßen und sich unsere Knie fast berührten. »Worüber sollen wir reden?«, fragte ich.

»Sie könnten mit der Erklärung beginnen, woran es liegt, dass jeder Komponist, jeder Maler, Schriftsteller und Dichter Russlands bereit ist, Stalin ein Werk zu widmen, nur Sie nicht.«

»Mit allem Respekt, wenn jeder Komponist, jeder Maler, Schriftsteller und Dichter Ihnen ein Werk widmet, verstehe ich nicht, warum Sie auch noch von mir eines brauchen.«

Stalin sah ganz und gar nicht aus wie auf seinen Fotografien. Er war ein ganzes Stück kleiner, fast schon zwergenhaft. Sein sichtlich verkümmerter linker Arm hing steif von der gebeugten Schulter. Der Chosjain zeigte Ansätze eines Speckbauchs. Das Gesicht voller Pockennarben und Flecken war durchaus rosig, bei genauerem Hinsehen jedoch gewann ich den Eindruck, dass er benutzte, was Frauen Rouge nennen. Seine Zähne waren in schlechterem Zustand als meine, die Augen gelb, und den Schnauzbart hatte er mit Schuhwachs gestärkt und abgedunkelt. Seine Kopfhaut war trocken und schälte sich an einigen Stellen ab. Schwarze Haare ragten aus den Nasenlöchern hervor.

Wie der Dichter Mandelstam in seiner letzten Inkarnation redete Stalin nicht lange um den heißen Brei herum. »Um es klar zu sagen, Mandelstam, vor dem Tod fürchte ich mich nicht. Als junger Revolutionär und als für die Verteidigung von Zarizyn im Bürgerkrieg verantwortlicher Kommissar habe ich ihm Dutzende Male ins Gesicht gesehen. Nein, was ich fürchte, der Gedanke, den ich *hasse,* ist, dass sich mein Kielwasser nach der Durchfahrt meines Schiffs verlaufen wird. Ich schicke Koffer voller Rubel an diesen ukrainischen Verjüngungsdoktor Bogomolets, um seine Experimente zu finanzieren, trotzdem gebe ich nicht zu viel auf die Zaubertränke des Professors. Wie es heißt, glaubt er, die Georgier werden so alt, weil sie Gletscherwasser trinken. Aber so oder so wird auch für mich eines Tages der letzte Vorhang fallen, und was dann? All die Dinge, die nach mir benannt werden, die Panzer, die Traktoren und Kriegsschiffe und auch die Fabriken, werden früher oder später wieder verschwinden und durch neue, nach dem neuen Generalsekretär benannte Panzer und Traktoren, Kriegsschiffe und Fabriken ersetzt werden. Das Auto, das ich fahre, ist ein ZIS, was, wie Sie zweifellos wissen, für Zawod imeni Stalina steht, die Nach-Stalin-benannte-Fabrik. Wenn der letzte ZIS dereinst in einem Museum für alte Automobile landet, wird niemand mehr wissen, was die Abkürzung bedeutet. Die nach Stalin benannten Straßen in den Städten werden, genau wie Stalingrad, am Ende wieder ihre ursprünglichen Namen tragen. Also wie, und diese Frage stelle ich dem Dichter Mandelstam, wie und wo kann ich damit rechnen, ein Fetzchen Leben nach dem Tode zu finden? Die Antwort ist: Wenn es so etwas wie Unsterblichkeit gibt, findet es sich in der Dichtung eines Genies.«

Stalin stieß mit einem nikotinfarbenen Finger gegen mein Knie. »Sie sind ein stures Arschloch, Mandelstam. Ihr Freund Pasternak hat ein Gedicht geschrieben, wenn auch ein ziemliches Allerweltsgedicht. *Geh weiter, ohne zurückzuzucken, solange du lebst …* Schostakowitsch hat eine ganze Symphonie komponiert, die er als schöpferische Antwort auf Stalins präzise Kritik versteht. Allerdings bereitet sie mir fürchterliche Kopfschmerzen, wenn ich sie von Anfang bis Ende anhören muss. Jetzt, wo ich darüber nachdenke, ist es vielleicht das, was das Arschloch wollte. Ich sollte Schostakowitsch verhaften lassen, weil er mir den Schlaf stiehlt! Tausende mittelmäßiger Dichter und Schriftsteller feiern Stalin in hundert verschiedenen Sprachen. Niemand in Russland veröffentlicht ein Buch, eine Flugschrift oder eine wissenschaftliche Arbeit über Philosophie, Philologie, Astronomie oder Linguistik, ohne Stalin seinen Dank auszusprechen. Kennen Sie Chatschaturians *Stalin-Lied?*« Mit der süßlichen Stimme des Chorknaben, der er einst gewesen war, begann er, die ersten Takte zu summen. »Nun, das gibt Ihnen einen Eindruck.« Der Chosjain zog eine weitere Zigarette aus seinem Päckchen, steckte sie sich am Stummel der gerade beendeten an und füllte die Lunge mit Rauch. »Machen Sie nicht den Fehler zu denken, dieses Gespräch fällt mir leicht, Mandelstam. Ich bin es nicht gewohnt, um etwas zu *bitten*. Gewöhnlich werden mir die sehr wenigen Dinge, die ich brauche, *angeboten*. Es hat fast den Anschein, als könnte Stalin alles in diesem Land haben, was sein Herz begehrt, nur kein Gedicht von Ihnen. Und so frage ich Sie von Mann zu Mann, von Angesicht zu Angesicht: Ist diese Situation noch normal?«

Ich war, das sehe ich heute, wenn ich an mein Treffen mit Stalin zurückdenke, so entgeistert über die Wendung, die das Gespräch genommen hatte, dass ich nicht wusste, was ich antworten sollte. Mein Schweigen als Sturheit deutend, wurde Stalin langsam ungehalten. »Es ist ungewöhnlich, auf jemanden zu treffen, der den Generalsekretär, Parteiführer und damit auch Lenker des Staates nicht fürchtet. Unter anderen Umständen würde ich solch einen Mann bewundern. Ihnen sollte klar sein, was hier auf dem Spiel steht, Mandelstam.« Er stand auf, schob seinen Stuhl zurück, trat hinter mich und redete von dort weiter auf mich ein. »Haben Sie eine Ahnung, wie viel der Staat wiegt?«

»Wie viel er wiegt?«

»Ja, mit all seinen Fabriken, Dämmen, Zügen, Flugzeugen, Lastwagen, Schiffen und Panzern.«

»Niemand kann das Gewicht eines Staates berechnen. Das liegt im Bereich astronomischer Größen.«

»Und glauben Sie, ein Mann kann dem Druck dieses astronomischen Gewichts standhalten? Ich werde ein Gedicht von Ihnen bekommen, Mandelstam. Sollte ich es, aus welchem Grund auch immer, nicht bekommen, werden Sie vom Gewicht des Staates zermalmt werden.« Seine Unverblümtheit nahm mir den Atem. »Ich bin keine Bedrohung der Sowjetmacht« war alles, was mir zu sagen einfiel.

Er kam um den Polstersessel herum, wuchs über mir auf, zog an seiner Zigarette und studierte mich mit wütenden gelben Augen. »Sie sind ganz sicher eine Bedrohung der Sowjetmacht. Einer, der sich Stalins Willen nicht beugt, könnte sich dem Willen seiner Feinde beugen. Es gibt keinen Mittelweg zwischen der Anbetung des Bodens, auf dem Stalin wandelt, und seiner Entweihung.«

Stalin zog den Korbstuhl hinter seinen Schreibtisch, ließ sich darauf niedersinken und verlor sich eine Weile lang in Gedanken. »Wie lautet Ihre Antwort, Mandelstam?«, sagte er. »Ich habe nicht die ganze Nacht Zeit. Werden Sie Ihren Teil zur Unsterblichkeit des Generalsekretärs beitragen?«

»Ich würde es, wenn ich könnte.«

Seine Augen verengten sich argwöhnisch. »Was soll das heißen?«

»Selbst wenn ich eine solche Ode schriebe, wäre sie nutzlos für Sie. Die Verse würden hohl und an der Oberfläche bleiben. Ich kenne Sie nicht gut genug, um etwas zu schaffen, das tief bis ins Innerste trifft, und genau das muss ein Gedicht tun, soll es den Tod des Dichters überleben. Für mich sind Sie eine überlebensgroße Ikone, eine Legende, ein Mythos – kein Mensch aus Fleisch und Blut. Das zu überspielen, ist unmöglich.«

»Stalin ist aus Fleisch und Blut wie Sie.« Er richtete sich von seinem Stuhl auf. »Wie alt sind Sie?«

»Dreiundvierzig.«

»Sie sehen älter aus. Ich bin fünfundfünfzig, aber den Altersunterschied einmal außer Acht gelassen, haben wir viel gemeinsam. Unsere Väter waren beide im Ledergeschäft – Ihrer in Warschau, wo er mit Leder handelte, meiner in Georgien, als Schuhmacher. Es ist nicht auszuschließen, dass mein Vater Schuhe aus Leder hergestellt hat, das von Ihrem Vater geliefert wurde. Da sind schon seltsamere Dinge geschehen. Zudem sind wir beide an Lyrik interessiert. Ich selbst habe ein paar romantische Verse verfasst. Einige meiner Gedichte wurden unter meinem Künstlernamen Sosselo in einer georgischen Zeitung veröffentlicht, bevor ich mich ganz der Revolution verschrieb. Aber das ist noch nicht alles. Es ist sicher kein Zufall, dass wir beide Frauen geheiratet haben, deren Name, Nadeschda, Hoffnung bedeutet. Vielleicht hoffen wir auf unterschiedliche Dinge, aber wir teilen die Neigung zur Hoffnung. Und kurioserweise haben wir auch den gleichen Vornamen. Als ich in Solwitschegodsk in der Oblast Archangelsk in der Verbannung war, nannten mich die Leute dort Ossip, was im Norden die gängige Form von Josef ist. Selbst meine Liebesbriefe da oben, an ein Schulmädchen namens Pelageja, unterschrieb ich mit Ossip. Als Revolutionär Banken auszurauben, um die geheiligte proletarische Sache zu finanzieren, war nicht ohne Vorteile. Da kam man jedem Mädchen unter den Rock.«

»Ein Dichter zu sein hatte auch seine Vorteile«, sagte ich, sah aber, dass er ganz in seiner eigenen Geschichte versunken war und mich nicht hörte.

»Bei Gott, das waren Zeiten. Erhebend. Gefährlich. Das reinste Vergnügen. In Gori, in Tiflis, da war ich ein Held. Die Menschen im Kaukasus respektierten mich als den, der ich war, und nicht …«, er machte eine Geste um sich herum, »weil ich an einem bestimmten Ort lebte.« Stalin erinnerte sich plötzlich wieder an mich. »Sagten Sie etwas?«

»Nein.«

Er nickte abwesend. »Himmel, seit Jahren habe ich nicht

mehr an Pelageja gedacht. Ich kenne sogar noch ihren Namen. Pelageja Onufriewa. Ich muss meine Leute herausfinden lassen, was aus ihr geworden ist.«

Ich dachte, meine Chancen, mich mit Stalin gut zu stellen, stünden wahrscheinlich besser, wenn ich ihn dazu brachte, weiter von sich zu erzählen. »Die Verbannung in Sibirien muss eine bittere Erfahrung gewesen sein«, sagte ich.

Stalin stieß zwischen den Zähnen hervor: »Bitter ist kein Ausdruck dafür, ganz und gar nicht. Sieben Mal wurde ich verbannt, und sieben Mal überlebte ich und kam zurück in den europäischen Teil Russlands. Ich will Ihnen sagen, was mich da oben am Leben erhalten hat: Neben dem Zusammenrücken mit weiblichen Gefangenen, um es nachts warm zu haben, waren es vor allem die Bücher. Das Lesen war es, das mich am Leben hielt. Jedes Mal, wenn ein Gefangener starb, kämpften wir darum, wer seine Bücher bekam. Gewöhnlich gewann ich. Meine siebte Verbannung endete damit, dass ich, nachdem der Zar gestürzt war, quer durchs Land nach Petrograd hastete, um die Bolschewiki anzuführen, bis Lenins Heimkehr durch Deutschland ausgehandelt war und er aus dem Ausland zurückkam. Der sibirische Winter lässt sich am besten als Frosthölle bezeichnen. Stellen Sie sich vor, dass Ihre Pisse gefriert, bevor sie auf den Boden trifft. Stellen Sie sich vor, gefrorenen Wodka zu lutschen, um betrunken zu werden. Und die Sommer, die nur einen Wimpernschlag lang dauerten, waren mit ihren Mückenschwärmen auch nicht viel besser. Ha! Sobald der Boden aufzutauen begann, kroch ich mit den anderen Gefangenen unter das Duschhaus der Frauen. Wenn wir Wasser zwischen den Bodendielen durchtropfen sahen, zwängten wir uns darunter, bis wir direkt unter ihnen waren, und versuchten, einen Blick auf die nackten Schönen zu erlangen. Wer die Augen lange genug aufhielt, konnte die Träne erkennen …«

»Die Träne?«

»Den Schlitz im Schritt. Die Spalte. Die Fotze, Sie Idiot. Damit sollten Sie sich doch auskennen, Mandelstam. Wie man mir berichtet, treiben Sie es ständig. Die Tscheka-Akte Ihrer Frau besagt, dass sie eine Gelegenheitslesbierin ist und Sie und Ihre Frau ein Verhältnis mit einer Theaterschauspielerin haben. Mal sehen Sie den beiden zu, mal sieht sie Ihnen beiden zu, und dann wieder machen Sie es à trois auf die französische Art. Ich selbst habe nie gleichzeitig mehr als eine Frau beglückt, wobei es an Versuchen nicht gemangelt hat. Mehrfach wollte ich Nadeschda überreden, sich in der freien Liebe nach bolschewistischer Art zu üben, aber sie war zu puritanisch eingestellt, um sich von der bürgerlichen Definition der Ehe befreien zu können. Wissen Sie eigentlich, dass sie vor der Revolution für Lenin Reden getippt hat? Heute treibe ich es mit meiner Wirtschafterin Waletschka. Das Einzige, was die kennt, ist die Missionarsstellung, was nicht einer gewissen Ironie entbehrt, predige ich doch das Evangelium nach Marx.«

Ich sah zu, wie Stalin aus einem Krug Wasser in ein Glas füllte und ein paar Tropfen aus einem kleinen Glasfläschchen hinzufügte. »Jodtinktur«, sagte er. »Ich traue den Ärzten nicht und behandele meine verschiedenen Gebrechen mit zweimal zehn Tropfen täglich. Die wirken Wunder.« Er verzog das Gesicht bereits in Erwartung des ekligen Geschmacks und trank das Glas aus. »Mit etwas Glück reißen diese Anekdoten die Mauer zwischen uns ein. Vielleicht fangen Sie langsam an, mich doch als Mensch aus Fleisch und Blut zu sehen, und lassen sich inspirieren, ein ernsthaftes Poem auf Stalin zu verfassen statt einer verräterischen kleinen Polemik.« Ich vermochte nur zustimmend zu nicken. Wer wollte die Möglichkeit ausschließen, dass ich mit diesen intimen Einzelheiten seines Lebens tatsächlich eine Ode auf Stalin fabrizieren und so vermeiden konnte, vom Staat zermalmt zu werden?

Er beugte sich vor, um die Schreibtischlampe so einzustellen, dass sie eine gerahmte Fotografie an der Wand zwischen uns erleuchtete. »Das bin ich bei Lenins Begräbniszug. Wie Sie sehen können, wie ganz Russland weiß, war ich einer der Männer, die seinen Sarg auf den Schultern zum Roten Platz trugen. Der Weg war vereist, und mir graute davor, ich könnte ausrutschen, der Sarg würde auf den Boden prallen, sich öffnen und Lenins Leiche auf die Straße rollen. Ich war Lenin ergeben, das muss ich nicht ausdrücklich sagen, auch wenn der alte Mann, wie sie ihn nannten, ein ziemlicher Arsch sein konnte. Es fing damit an, dass er feige war. Während der Rest von uns draußen auf den Straßen die Revolution durchkämpfte, versteckte er sich in unserem Hauptquartier, einer Mädchenschule. Als er dann endlich genug Mut fasste, Smolni zu verlassen, umwickelte er sein Gesicht mit so viel Verbandszeug, dass ihn niemand erkannte. Ich verrate Ihnen ein Staatsgeheimnis, Mandelstam. Offen gesagt war Lenin nicht sehr leninistisch. Oh, er konnte über die proletarische Revolution theoretisieren, bis der Hahn krähte, aber sobald es an die tagtägliche Umsetzung der Theorie ging, begann er zu zaudern. *Zwei Schritte vor, einer zurück,* das war seine Vorstellung von Fortschritt. Lenin hatte nicht den Mumm, das Bauernproblem frontal anzugehen. Dazu brauchte es einen Stalin. Die Geschichte wird mich rechtfertigen. Die Kollektivierung wird trotz gelegentlicher Unannehmlichkeiten für eine Handvoll Bauern die ruhmreiche Krönung meines Erbes sein.«

Stalin hatte sich gegen die Korblehne seines Stuhls sinken lassen, rauchte seine Zigarette mit kurzen, erregten Zügen und war tief in der Erzählung seiner Lebensgeschichte verfangen. »Ich war der Einzige in Lenins engerer Umgebung, der bäuerliche Wurzeln hatte, der Einzige, der als aktiver Revolutionär bolschewistische Kommandos in den Straßenkampf geführt hatte und kein beschissener Kaffeehausintellektueller war. Was mich zum Außenseiter machte, zum schwächsten Glied in der Kette. Wenn es um die Hackordnung ging, nahm mich niemand wirklich ernst. Nun, da haben sie mich unterschätzt, was? Das war das wahre Geheimnis meines Aufstiegs an die Spitze des Haufens. Sie haben sich von meinem georgischen Akzent einlullen lassen, haben hinter meinem Rücken über meine fehlerhafte russische Grammatik gelacht und mich für einen Hinterwäldler gehalten, der in der großen Stadt nicht überleben kann. Am Ende war es ein Kinderspiel, diese Juden zu verarschen: Trotzki, Kamenew und Sinowiew, selbst Karl Heinrich Marx, den Vandalen, der das Pech hatte, einer Familie mit lauter Rabbis zu entspringen. Wahrscheinlich dreht er sich in seinem Grab in London um, weil jetzt einer an der Spitze des weltweiten Kommunismus steht, der seinen ganzen Unsinn nicht wirklich kapiert. Selbst noch das Arschloch Bucharin habe ich überlistet, der den ganzen Marx-Unsinn begriff – oder wenigstens so tat. Wie ich das gemacht habe? Zunächst mal nahm ich die Stelle ein, die keiner von ihnen wollte: Generalsekretär der Partei. Ich übernahm, womit sich keiner von ihnen die Hände schmutzig machen wollte, die langweiligen tagtäglichen Aufgaben. Und so theoretisierten sie weiter und planten und brüsteten sich, während ich einen Apparat aufbaute, der mir treu war, und das Land führte. Und was war der Dank? Nach Lenins erstem Schlaganfall drängten sie sich wie die Geier um ihn und ließen nichts unversucht, ihn gegen mich aufzubringen. Ich will Ihnen noch ein Geheimnis verraten: Tage bevor der alte Mann das Zeitliche segnete, brachten sie ihn dazu, ein Testament zu machen, das Stalin dafür geißelte – stellen Sie sich das vor! –, sich der Krupskaja gegenüber, Lenins Schleimaal von einer Frau, ungehobelt verhalten zu haben. Die war wütend auf mich, weil ich in ihrer Anwesenheit vor den Frauen im Schreibraum von seinen Affären geredet hatte. Dass ich das sogenannte letzte Testament unterdrückt habe, versteht sich von selbst. Das Original, geschrieben von Lenins zittriger Hand, bewahre ich in meinem Schreibtisch auf. Sie glauben mir nicht? Hier …« Er zog ein Stück Papier aus einer Schublade, wedelte mit seiner guten Hand so durch die Luft wie ich, wenn ich meine Gedichte vortrage, und begann, laut vorzulesen: »*Stalin ist zu grob … Ich schlage den Genossen vor, dass sie sich überlegen, wie sie Stalin vom Posten des Generalsekretärs versetzen … und einen toleranteren, höflicheren, weniger launenhaften ernennen …*, und so weiter und so fort. Nun, Sie merken, worum es geht. Ich und launenhaft! Was für ein Witz. Nachdem Lenin abgedankt hatte, drohte mir die Krupskaja damit, ein Exemplar in Umlauf zu bringen, bis ich sie warnte, offen ins Gesicht habe ich's ihr gesagt, dass ich eine neue Witwe für Lenin ernennen würde, sollte sie mit dem Testament herauskommen. Dass das Biest daraufhin verstummt ist, darauf können Sie wetten.« Stalin ließ tief aus seinem Magen ein Lachen aufsteigen. »Dass sie in dieselbe Toilette geschissen hat wie Lenin, gibt ihr noch lange nicht das Recht, mich zu schikanieren.«

Eines von mehreren Telefonen auf seinem Schreibtisch fing an zu klingeln. Stalin nahm den Hörer von der Gabel und hielt ihn sich ans Ohr. »Einverstanden«, sagte er. »Natürlich haben sie geplant, Stalin zu töten. Das hätte ich an ihrer Stelle auch getan. Was den Prozess angeht, werden die Verhandlungen an Glaubwürdigkeit gewinnen, wenn ausländische Journalisten und Diplomaten zu den Geständnissen zugelassen werden. Und dann noch etwas zur Oper *Onegin,* die ich mir gestern Abend angesehen habe. Ich finde es unfassbar, dass Tatjana in einem so hauchdünnen Hemdchen auf der Bühne erscheint. Stalin gibt da keine Anweisungen, sondern drückt nur seine Meinung aus. Was ist aus dem bolschewistischen Anstand geworden? Schicken Sie ein Memorandum an den Direktor und schreiben Sie, jemand hätte gehört, wie Stalin bemerkte, Iwan der Schreckliche, der große, weise Zar, habe seine schwangere Schwiegertochter gezüchtigt, weil sie unstatthafte Kleider trug. Lassen Sie unsere Kulturarbeiter ihre Schlüsse daraus ziehen.« Stalin legte den Hörer zurück auf die Gabel und sah zu mir herüber. »Jetzt habe ich den Faden verloren.«

»Sie sprachen von den Leuten, die Lenin gegen Sie aufbringen wollten«, erinnerte ich ihn.

»Ja, ja, das ist der Preis des Erfolgs«, setzte Stalin gleich wieder ein und steckte sich die soundsovielte Zigarette am Stummel der letzten an, die ihm bis auf die Lippen heruntergebrannt war. »Sie versuchten, Lenin gegen mich aufzubringen, und fast hätten sie Erfolg damit gehabt. Dann, zehn Jahre später, fingen dieselben Arschlöcher erneut an, und diesmal versuchten sie es bei meiner eigenen Frau.« Ich konnte sehen, dass der bloße Gedanke an seine Frau heftige Gefühle in ihm auslöste. Schmerz überzog sein Gesicht, und seine Augen verengten sich gereizt. »Unsere Ehe war nie auf Rosen gebettet, wie man so sagt. Das fing damit an, dass ich zweiundzwanzig Jahre älter und für sie mehr eine Vaterfigur als ein Liebhaber war. Einmal hat sie mich sogar verlassen und ist mit den Kindern nach Petrograd verschwunden, aber ich bin ihr hinterher und habe sie mit viel süßen Worten dazu gebracht, zurück nach Hause zu kommen. Und dann Anfang der Dreißiger, im Zuge der Kollektivierung, als niemand recht wusste, wie das alles ausgehen würde, trichterte ihr Bucharin Lügengeschichten über hungernde Kinder mit geschwollenen Bäuchen ein, die auf Bahnhöfen um Brotkrusten bettelten, und dass die ganze Ukraine von Hunger geschüttelt würde. Von Massendeportationen und zahllosen Hinrichtungen fantasierte er. Im Nachhinein sehe ich, dass Bucharin unsere Ehe vergiftet hat. Nadeschda und ich haben bitterlich gestritten. Ich wehrte ihre Anschuldigungen ab und zitierte Lenins Satz – nicht, dass er danach gehandelt hätte –, dass den Bauern ein wenig Hunger nicht schade. Worauf es ankomme, sagte er, sei, nicht die Nerven zu verlieren. Die Bauern, die sich der Kollektivierung widersetzten und Vieh, Pferde und Ernten zerstörten, setzten darauf, dass wir genau das tun würden – dass wir die Nerven verlieren und sie füttern würden. Bei Sinowiew, Kamenew, Bucharin und Nadeschda hatten sie Erfolg, aber nicht bei mir. Ich war immer noch derselbe Stalin, der seine Haut riskiert und im Kaukasus Banken überfallen hatte, der die defätistischen bolschewistischen Kommandeure in Zarizyn auf einen Kahn zwang, die Verräter in der Wolga ersäufte und die Stadt so vor den Weißen rettete. Auf dem Bankett im Kreml zur Feier des fünfzehnten Jahrestages der Revolution spitzten sich die Dinge zwischen mir und Nadeschda schließlich zu.« Stalin schüttelte schnaubend den Kopf. »Das war vor achtzehn Monaten, aber ich sehe es noch so frisch vor mir, als wäre es gestern gewesen.«

»Was ist da passiert?«

»Ich wusste, Nadeschda war in einer ihrer düsteren Stimmungen, als ich eine Polka auf das amerikanische Grammofon legte. Anastas Mikojan, mein armenischer Freund aus dem Politbüro, glitt durch den Raum und hielt Nadeschda den Arm zum Tanz hin, aber sie kehrte ihm dummdreist den Rücken zu. Anastas, der sich mit seinem kleinen Hitlerbärtchen für Wunder was für einen Prachtkerl hält, nahm die Beleidigung gelassen und tanzte am Ende mit Woroschilows Frau Ekatarina. Nadeschda brüskierte auch noch meinen alten georgischen Freund Beria, den Tschekisten, der für die Säuberung Transkaukasiens verantwortlich ist und ein Gespräch mit ihr anfangen wollte. Mir gegenüber hatte sie schon mal behauptet, es sei bekannt, dass er eine Schwäche dafür habe, junge Athletinnen zu vergewaltigen, aber ich hatte keinen Grund zu glauben, dass das irgendwas anderes war als ein Produkt der leidigen Gerüchteküche des Kreml. Ich arbeitete mich durch den Raum und schwatzte ein bisschen mit Buchartschik, wie ich Bucharin nannte – ich gebe gerne allen in meiner näheren Umgebung einen Spitznamen. Ich zog ihn wegen des Altersunterschieds zwischen ihm und der heißen Anna Larina auf, der er öffentlich den Hof machte. Ich weiß noch, wie ich ihm sagte, damit stechen Sie mich diesmal aus, wobei ich darauf anspielte, dass er es mit einer trieb, die noch jünger war als Nadeschda, als ich mit ihr anfing. Aber so überwältigend Anna Larina auch war, meiner Frau konnte sie an diesem Abend nicht das Wasser reichen. Nadeschda sah auf dem Bankett besonders schön aus. Sie trug ein schwarzes, mit Rosenblättern besticktes Kleid, das ihr Pawel, ihr Bruder, aus Berlin mitgebracht hatte, und hatte sich ausnahmsweise die Haare hochgesteckt und mit einer Teerose geschmückt. Als wir erschöpft waren vom Tanzen und Singen georgischer Lieder, setzten wir uns an die lange Tafel voller Suppenterrinen und Platten mit gesalzenem Fisch und Lamm. Der Wodka war so kalt, dass die Flaschen mit Reif bedeckt waren. Ich saß an der Längsseite des Tisches, in der Mitte, neben der Filmschauspielerin Galina Jegorowa, der Frau eines Kommandeurs der Roten Armee, der günstigerweise nach Zentralasien geschickt worden war, um dort einen Militärdistrikt zu führen. Auf dem Bankett trug Galina eins dieser tief ausgeschnittenen Kleider, wie man sie in französischen Magazinen sieht. Haben Sie Galina je auf der Leinwand gesehen? Sie ist keine große Schauspielerin, aber im Bett, das kann ich Ihnen versichern, da ist sie verdammt gut. Nadeschda saß mir gegenüber und schenkte mir eifersüchtige Blicke, wenn ich Galina in den Ausschnitt starrte. Dann fingen Molotow und Jagoda aus irgendeinem unerfindlichen Grund an, mit dem Erfolg unseres Kollektivierungsprogramms herumzuprahlen. Lasar Kaganowitsch, mein Eisenbahn-Kommissar, war gerade aus dem Nordkaukasus zurückgekommen, wo er Viehwaggons organisiert hatte, um Bauern, die sich der Kollektivierung widersetzten, nach Sibirien zu schaffen. Koscherowitsch, wie ich Lasar nenne, damit niemand seine israelitischen Wurzeln vergisst, zog einen Zettel aus der Tasche und fing an Zahlen herunterzubeten: *Ukraine – 145 000, Nordkaukasus – 71 000, untere Wolga – 50 000, Weißrussland – 42 000, Westsibirien – 50 000, Ostsibirien – 30 000.* Ich versuchte ihn zu bremsen, aber er war zu betrunken, um die finsteren Blicke zu bemerken, die ich in seine Richtung schickte. Endlich rief Nadeschda quer über den Tisch: *Was sind das für Zahlen, Lasar?* Seine Augen waren ganz glasig, und er begriff nicht, was sich da anbahnte. *Warum? Die haben wir deportiert, was sonst?,* antwortete er. Ich versuchte, Nadeschda mit einem Trinkspruch abzulenken. *Auf die Vernichtung der Feinde des Sozialismus!,* rief ich, hob mein Glas, und alle am Tisch hoben ihre Gläser und wiederholten meine Worte. Alle bis auf meine Tatoschka. Sie saß da und starrte mich brütend an, und was da in ihren Augen glomm, kann nur als Hass beschrieben werden. Wenn Blicke töten könnten, wie die Bauern sagen, wäre ich auf der Stelle tot umgefallen. *Warum trinkst du nicht mit?,* fragte ich. *Bist du für oder gegen die Feinde des Sozialismus?* Als sie daraufhin, ohne mir zu antworten, den Blick abwandte, übermannte mich mein georgisches Temperament, und ich warf mit einer Handvoll Orangenschalen nach ihr. *He, du, trink schon!,* rief ich, worauf mich Nadeschda vor allen demütigte und zurückrief: *Rede nicht so mit mir!,* aus dem Bankettsaal stürmte und mich tief verletzt zurückließ. Was konnte ich tun? Ich versuchte, den Zwischenfall als kleinen häuslichen Streit abzutun. *Ich bin mit einer Närrin verheiratet,* sagte ich und warf mit Zigarettenstummeln nach dem leeren Stuhl mir gegenüber. *Alle Frauen sind zerrissen,* sagte ich und wies auf den Schoß der Schauspielerin neben mir, *und aus einem Grund, der selbst Marx verborgen blieb, sind wir Gefangene dieses Risses, lebenslänglich.* Jagoda hatte das Gespür, in Lachen auszubrechen, und die anderen folgten seinem Beispiel, bis sich kaum einer mehr zu halten wusste. Außer mir. Ich langweile Sie doch nicht, Mandelstam? Wollen Sie den Rest auch noch hören oder gehen Sie lieber in Ihre Zelle zurück?«

»Ich langweile mich ganz gewiss nicht.«

»Als das Fest vorüber war, warf ich mir meinen Armeemantel über und brachte Galina in einem der Packards in meine Datscha in Zubalowo, vor den Toren der Stadt. Dort verbrachten wir ein paar unangenehme Stunden. Sie machte sich Sorgen, dass Nadeschda sie in einem Eifersuchtsanfall verhaften lassen könnte, und ich musste ihr versichern, dass ich der Einzige war, der eine Verhaftung von jemandem im Überbau anordnen konnte. Trotzdem, der Schaden war angerichtet. Es ist schwer, eine Frau zu beglücken, die nicht feucht ist vor Verlangen, und so spielten wir am Ende Billard. In den frühen Morgenstunden fuhr mich Wlasik durch die verlassenen Straßen Moskaus nach Hause, während ich auf dem Rücksitz vor mich hin döste. Ich wachte auf, als wir durchs Trotzki-Tor aufs Gelände des Kreml kamen. Ich erinnere mich, dass es leicht schneite. Die Spuren der Gäste, die das Bankett vor Stunden verlassen hatten, waren längst nicht mehr zu sehen. Jemand hatte ein Licht für mich brennen lassen, im Übrigen rührte sich nichts in unserer Wohnung im Poteschni-Palais. Die Wut in mir war größer geworden, das stimmt. Das tägliche Trommelfeuer der schlechten Nachrichten aus der Ukraine machte alle nervös. Jagoda wusste zu berichten, dass Sinowiew, Kamenew und selbst Bucharin verbreiteten, Stalin hätte es versaut. Sie beschuldigten mich, die Kollektivierung in dem irrigen Glauben in Gang gesetzt zu haben, die Bauern würden das alles überschwänglich begrüßen, ohne einen Plan für den Fall, dass sie es nicht taten. Nadeschdas rüdes Benehmen auf dem Bankett war wohl der berühmte letzte Tropfen gewesen. Ich stürmte in ihr Schlafzimmer und fand sie, immer noch in ihrem schwarzen Kleid, schlafend auf dem schmalen Bett, in das sie sich zurückzog, wenn sie die Frauenprobleme hatte, die sie seit ihrer Abtreibung Mitte der Zwanziger plagten. Ich beugte mich über sie und schüttelte sie wach. *Kommst du dich dafür entschuldigen, mit dieser Schlampe gegangen zu sein?*, wollte sie wissen. *Du bist die, die sich entschuldigen sollte, weil du vom Tisch davongestürmt bist und mich vor aller Augen in höchste Verlegenheit gebracht hast,* fuhr ich sie an. *Wenn du das noch einmal machst, Ubju, bringe ich dich um.* Kaum, dass die Worte über meine Lippen waren, bedauerte ich sie auch schon. Nadeschda war zerbrechlich wie feines Porzellan und wurde leicht von Hysterien und Depressionsanfällen heimgesucht. Jetzt zog sie die kleine deutsche Mauser hervor, die ihr Pawel zusammen mit dem schwarzen Kleid geschenkt hatte. Sie war seltsam ruhig, als sie die Patronen aus der Trommel des Revolvers holte, alle bis auf eine, und die Trommel drehte, als wollte sie russisches Roulette spielen. *Übertreibe es nicht,* warnte ich sie, und sie machte den Fehler, mich zu verhöhnen: *Hast du ihn heute Nacht wenigstens bei Galina hochgekriegt? Und bei der Friseuse und der kleinen Tippse letzte Woche? Offenbar nicht, das sehe ich dir an. Natürlich werden sie es allen erzählen, und du wirst zum Gespött von ganz Moskau. Für jemanden, der sich etwas auf seine bolschewistische Härte einbildet, bleibst du ganz schön oft schlaff. Hier,* sagte sie und hielt mir den Revolver mit dem Knauf voran hin, *beweise der Welt, dass du so hart bist wie dein Alter Ego, Iwan der Schreckliche, der in einem Wutanfall den eigenen Sohn tötete.* Und ich bewies es ihr. In der Hitze des Augenblicks richtete ich die Pistole auf ihr Herz, Mandelstam. Ich zielte auf ihr Herz und drückte den Abzug.«

»Und?«, fragte ich, wobei ich mich kaum zu atmen traute. »War eine Kugel in der Kammer?«

»Es ist meine Sache, das zu wissen. Sie können es sich ausmalen«, sagte Stalin. »Die Dienerschaft entdeckte ihren

Körper am Morgen. Die Leichenstarre war bereits eingetreten. Sie hatte Flecken im Gesicht, obwohl ich mich nicht daran erinnere, sie geschlagen zu haben. Der Revolver und die vier Patronen, die sie aus der Trommel genommen hatte, lagen neben ihr auf dem Kissen. Wlasik holte einen Arzt, der bereit war, Peritonitis als Todesursache auf dem Totenschein einzutragen, was dann auch in der *Prawda* stand. Im Kreml waren jedoch alle überzeugt, dass sie Selbstmord begangen hatte.« Stalins Augen schillerten plötzlich. Er wirkte untröstlich. »Sie hat mein Leben zerstört«, sagte er so leise, dass ich mich anstrengen musste, seine Worte zu verstehen. Hatte ich ihn richtig verstanden? *Sie hat mein Leben zerstört!*

Es klopfte an der Tür. Der Leibwächter Wlasik steckte den Kopf ins Zimmer. »Ich bringe Jagodas Nachtliste«, sagte er. Stalin beorderte ihn mit einem Kopfrucken zu sich. Wlasik legte einige Blätter auf den Tisch. »Jagoda und Molotow haben sie beide bereits abgezeichnet«, sagte Wlasik, schraubte die Kappe von einem Füllfederhalter und hielt ihn dem Chosjain hin. »Stammt der aus Sowjetrussland?«, fragte Stalin. »Aus Deutschland«, sagte Wlasik beschämt. Stalins Augen verengten sich. Den Füller ignorierend, nahm er einen roten Bleistift aus einem Glas voller Stifte, ging mit dem Zeigefinger die Liste durch, strich gelegentlich einen Namen durch und murmelte so etwas wie: *Wenn Terror wirksam sein soll, muss er unberechenbar sein.* War er mit einem Blatt fertig, zeichnete er es oben rechts mit einem *Genehmigt* und seinen Initialen ab. »Wer ist Akaki Mgeladze?«, fragte er irgendwann. »Das ist der Aserbaidschaner, den Sie den *Wolf* genannt haben.« »Der Kommissar, den ich nach Georgien geschickt habe, um dort Ordnung zu schaffen?« »Genau der.« Stalin strich seinen

Namen durch und ging weiter die Liste durch. Er fragte noch nach zwei anderen Namen, die er nicht einordnen konnte. Als Wlasik ihn erinnerte, ließ er sie beide stehen. »Und wen haben wir denn hier?«, rief der Chosjain schließlich. »Mandelstam, Ossip Emiljewitsch.« Er sah mich an. »Es wird Sie interessieren, dass Jagoda Sie zur Hinrichtung freigegeben hat. Vielleicht hat er ja recht. Ich habe Ihr beschissenes kleines Epigramm gelesen. Im Grunde sollten Sie erschossen werden, weil es ein so lausig schlechtes Gedicht ist.« Mein Herz schlug mir bis zum Hals, während er so tat, als bespräche er das Problem mit seinem Leibwächter. »Was sollen wir mit diesem Mandelstam machen? Einerseits will ich nicht als der Mörder eines russischen Dichters in die Geschichte eingehen. Andererseits schafft es einen unguten Präzedenzfall, wenn man mich zögernd erlebt – die Leute werden mich mit Lenin verwechseln. Was also tun? Ihn *hinrichten* oder *isolieren und schonen?*« An seiner Zigarette ziehend, als wägte er die Alternativen ab, strich mich der Chosjain schließlich zu meiner großen Erleichterung von der Liste, zeichnete auch noch die letzte Seite ab und gab sie Wlasik. »Sagen Sie Jagoda, ich bin mir wegen Mandelstam noch nicht ganz sicher. Er soll seinen Namen morgen wieder auf die Liste setzen. Dann werde ich entscheiden.« »Ist das alles?«, fragte der Leibwächter. »Nur eines noch«, sagte Stalin. »Finden Sie heraus, was aus einem Mädchen geworden ist, das ich mal kannte. Sie hieß Pelageja Onufriewa.«

Zehn

Zinaida Zaitsewa-Antonowa
Montag, 21. Mai 1934

Das Letzte, was ich erwartete, war eine Belohnung, aber es ist bekannt, dass die Organe Kollaborateure großzügig behandeln, was als eines ihrer Mittel gilt, mehr zugetragen zu bekommen. Ich kann also nicht sagen, dass es wirklich eine Überraschung war, als der Tschekist abends nach der Probe in meine Garderobe kam und verkündete: *Wir würden Ihnen gerne unsere Dankbarkeit für Ihre Treue zu Stalin und der Revolution erweisen. Es kommt nicht jeden Tag vor, dass uns jemand einen vom Verräter selbst verfassten Beweis für seinen Verrat liefert.* Der Tschekist machte einige Vorschläge. Wie wäre es mit einem Reisepass und der Erlaubnis, nach Paris oder Rom zu fahren? Mit besseren Rollen auf größeren Bühnen? Einem einmonatigen Urlaub in einem jener vornehmen, von der Nomenklatura frequentierten Hotels am Schwarzen Meer? Die Kosten würden natürlich sämtlich übernommen … Ich gönnte meinem Besucher einen meiner von Mandelstam so genannten schuldbewussten Blicke. *Ich habe doch nur meine Pflicht als Sowjetbürgerin getan,* wandte ich schüchtern ein. *Ich bitte um nichts.* Der Tschekist, ein älterer Herr, der den Eindruck erweckte, seinen Text vom Blatt abzulesen, lächelte, als hätten wir ein gemeinsames Geheimnis. Mehrere feucht glänzende Goldzähne wurden sichtbar. *Es gibt doch sicher einen kleinen Dienst, den der Staat Ihnen erweisen kann, um Ihnen das Leben zu erleichtern,* sagte er. Seinem Ton gelang es, den Eindruck hervorzurufen, dass eine weitere Zurückhaltung meinerseits missdeutet werden könnte – bedeuten könnte, dass ich mir Vorwürfe machte, tatsächlich kollaboriert zu haben. Warum ich jetzt verschämt die Augen senkte und mit der heiseren Stimme, mit der Schauspieler auf der Bühne Widerstreben ausdrücken, zugab: *Vielleicht gibt es da tatsächlich eine kleine Sache.* Und ich kam auf die heikle Frage, ob ich meine zweiundzwanzig Quadratmeter in der Komunalka am Arbat und meine Moskauer Aufenthaltserlaubnis riskierte, wenn ich mich von meinem Mann scheiden ließe. Der Tschekist zog einen kleinen Block aus der Tasche und machte sich eine Notiz. *Reichen Sie die Scheidung ein,* instruierte er mich, *und überlassen Sie das Thema Wohnung und Aufenthaltserlaubnis ruhig uns.* Er stand auf, um zu gehen. Ich brachte ihn zur Tür und hielt ihm die Hand hin. *Wie kann ich Ihnen danken?,* fragte ich. Komischerweise ergriff er meine Hand nicht. *Es gibt keinen Grund, uns zu danken,* antwortete er. *Die Organe sind stolz darauf, sich um die Menschen zu kümmern, die für sie arbeiten.* Seine Worte überraschten mich, und ich antwortete, bevor ich richtig begriff, was ich da sagte: *Ich war mir gar nicht bewusst, dass ich für Sie arbeite.* Er lächelte nachsichtig, wie einem Kind gegenüber, dem etwas Vulgäres herausgerutscht war, und sagte: *Wir glauben nicht an einmalige Dienste.*

Elf

Nadeschda Jakowlewna
Dienstag, 22. Mai 1934

Meine liebe Freundin Anna Andrejewna behielt die Nerven, bis auch ich langsam wieder normal wurde. Als wir Jahre später von der Verhaftung meines Mannes sprachen, behauptete sie, dass ich geschluchzt hätte, bis keine Tränen mehr kamen. Anschließend sei ich in ein wildes Geschimpfe auf alles und jeden unter der Sonne ausgebrochen: auf Mandelstam, weil er in diesem Lügenpfuhl die Wahrheit sagen musste, auf den Gebirgler, weil er die Wutrede eines Dichters mit einem konterrevolutionären Akt gleichsetzte, auf die Motten, die ihre Eier in den Filz in unseren Wänden legten, auf unseren Nachbarn Sergei Petrowitsch, der das Versteck in der Teekanne an die Tscheka verraten hatte, und auf mich selbst, weil ich nicht den Mut aufgebracht hatte, meinen Mann zu einem Selbstmordpakt zu überreden, als ich begriff, dass er sein Epigramm tatsächlich verbreiten wollte. Ja, ja, ich sehe jetzt ein, dass wir uns in dem Moment hätten umbringen sollen, als wir es so spät in der Nacht noch an der Tür klopfen hörten.

Nachdem ich mich wieder gefasst hatte, fingen Anna und ich an zu überlegen, was nun zu tun sei. Einen Tag nach Mandelstams Verhaftung packten wir Socken und Unterwäsche, Seife, Zigaretten und zweihundert Gramm Räucherschinken in einen kleinen Karton und klapperten die Moskauer Gefängnisse ab, um zu sehen, wo sie das Paket für den Gefangenen Mandelstam annehmen würden. Auf Annas Vorschlag hin begannen wir mit dem Butyrka-Gefängnis, wo sie Schriftsteller und Künstler normalerweise verhörten. Vor uns in der Schlange standen zwei kleine Mädchen, vielleicht fünf und sieben Jahre alt, die gestärkte Kleidchen trugen und allen in Hörweite erzählten, ihre Mutter sei verhaftet worden. Schließlich kam ein Soldat aus einer Seitentür und führte die beiden weg. Hinter uns sagte eine Frau zu einer anderen: *Wir müssen unsere Kinder zu ihren Großeltern schicken, bevor es ihnen genauso geht.* Nach zweieinhalb Stunden Warten kamen Anna Achmatowa und ich schließlich ans Fenster und wurden von einem Wachmann mit einem Kindergesicht, der durch eine Liste ging und sagte, es gebe hier niemanden mit dem Namen Mandelstam, wieder weggeschickt. Als Nächstes gingen wir zur Lubjanka. Fast zwei Stunden warteten wir bei leichtem Regen und drängten uns unter einem löchrigen Schirm zusammen, bis wir ans Fenster kamen. Und siehe da, der diensthabende Wachmann suchte den Namen, der auf unserem nassen Päckchen stand, auf einer maschinengeschriebenen Liste und nahm es ohne ein Wort an.

»Wenigstens wissen wir jetzt, wo er ist«, sagte ich und genoss unseren kleinen Triumph.

»Und wir wissen auch, dass er lebt, oder wenigstens noch lebte, als sie die Liste zusammengestellt haben«, sagte Anna. »Ich wollte Ihnen keine Angst machen, als sie uns am Butyrka abgewiesen habe, aber es kann auch sein, dass sie ein Päckchen nicht annehmen, weil der Gefangene tot ist.«

Zurückblickend muss ich sagen, dass wir beide ziemlich überrascht waren, nicht als Mitverschwörer verhaftet worden zu sein, und wenn auch nur aus dem Grund, dass sie dadurch mehr Druck auf Mandelstam hätten ausüben können. Verzweifelt versuchte ich, Zinaida zu erreichen, um mich zu versichern, dass sie die einzige Niederschrift des Stalin-Epigramms in der Handschrift meines Mannes vernichtet hatte. Aber wer immer in ihrer Gemeinschaftswohnung auch ans Telefon ging, sagte, dass sie dieser Tage selten zu Hause anzutreffen sei. Ich weiß nicht mehr, nach wie vielen Anrufen ich schließlich ihren Mann, den Agronomen, ans Telefon bekam. Natürlich konnte ich ihn nicht einfach geradeheraus fragen, ob sie das Gedicht zerstört hatte, aber ich brachte in Erfahrung, dass sie im Moment ein neues Stück probe und ganz sicher nicht verhaftet worden sei. *Sie erreichen mich in einem ungünstigen Moment,* sagte er. *Wir lassen uns scheiden, und ich bin dabei auszuziehen. Was Zinaida angeht, so hat sie sich immer aus allem herausgehalten, was auch nur irgendwie nach Politik roch. Die Idee, dass sie von der Tscheka verhaftet worden sein könnte, ist völlig absurd. Im Gegenteil, sie scheinen ihr sogar ihre Aufenthaltserlaubnis für Moskau verlängern zu wollen. Ich an Ihrer Stelle würde mir keine Sorgen machen. Bringen Sie sich nicht selbst um den Schlaf.*

Ich gebe zu, ich war fürchterlich erleichtert, dass Zinaida nicht abgeholt worden war. Ich hätte mir selbst nicht mehr in die Augen sehen können, wäre sie durch unsere Freundschaft in Schwierigkeiten mit den Organen geraten.

Während ich versuchte (erfolglos, wie sich herausstellte), Zinaida zu finden, informierte Anna Boris Pasternak von der Verhaftung meines Mannes. Er war ungeheuer zerknirscht, dass er Mandelstam nicht dazu hatte überreden können, das beleidigende Epigramm zu vernichten. *Nie finde ich die richtigen Worte, wenn ich sie brauche,* schimpfte er. Er versprach, sofort Nikolai Bucharin zu kontaktieren, um zu sehen, ob der etwas tun konnte. Mich drängte er, es auch zu versuchen. *Je mehr von uns mit ihm reden, desto wahrscheinlicher ist es, dass er sich für Ossip starkmacht.*

»Ich muss unbedingt mit Nikolai Bucharin reden«, erklärte ich seiner Sekretärin, einer dünnen Frau namens Korotkowa, die mein Mann in seiner *Vierten Prosa* als *Eichhörnchen* beschrieben hatte, als *kleines Nagetierchen,* das mit *jedem Besucher ein Nüsschen knabbert.*

»Sie sind ja blass wie der Tod«, sagte sie. »Ist etwas passiert?«

Ich konnte nur nach Luft schnappen und nicken. »Sie haben Mandelstam in die Lubjanka gesperrt«, sagte ich.

Die Korotkowa hatte ein gutes Herz. Sie nahm meine Hand und drückte sie. »Nikolai Iwanowitsch hat heute Morgen einen vollen Terminkalender, aber ich schiebe Sie irgendwie dazwischen.«

Und das tat sie. Zwischen zwei Redakteure, die, sich Notizen machend, aus seinem Büro kamen, und eine Frau, die darauf wartete, einen kleinen Handwagen mit gerahmten Linotype-Druckformen der Titelseite der *Iswestija* zu ihm hineinzubringen. Als er mich sah, zog mich Nikolai Iwanowitsch hinüber zum Sofa. »Pasternak war schon hier«, sagte er mit gedämpfter Stimme. (Hatte er Angst vor Mikrofonen in *seinen* Wänden?) »Was hat Ihr Mann denn getan? Mandelstam hat doch nicht etwas Frevlerisches geschrieben?«

Bucharin war ein schmaler Mann mit rötlichem Kinnbart, der ihm in glücklicheren Zeiten einen flotten Anstrich gegeben hatte. Dieser Tage aber wirkte er zerstreut, abwesend, wie jemand mit einer tödlichen Krankheit. In den späten Zwanzigern war er aus dem Politbüro entfernt worden und gehörte damit dem inneren Kreis nicht mehr an, was sein Verhältnis zu Stalin aber offenbar nicht allzu sehr getrübt hatte. Der hatte ihn zum Chefredakteur der *Iswestija* gemacht und ließ ihn auch weiter in seiner Wohnung im Kreml wohnen, wenn es wohl auch immer wieder Probleme zwischen den beiden gab. In Moskau gingen seit einiger Zeit Gerüchte, Bucharins Tage seien gezählt. Sollte Sinowiew und Kamenew der Prozess gemacht werden, was viele eher für wahrscheinlich als nur für möglich hielten, würden sie, um ihre Haut zu retten, Nikolai Iwanowitsch mit in die Sache hineinziehen, und das wäre sein Ende. Ich fühlte mich schrecklich, jemandem mit meinen Problemen zu kommen, der selbst so viele hatte. Aber was sollte ich tun? Stalin hörte immer noch auf ihn. Wenn Bucharin nur ein gutes Wort bei ihm einlegen würde.

»Nichts Frevlerischeres als die Gedichte, die Sie kennen«, erklärte ich Bucharin und dehnte die Wahrheit dabei ein Stück, aus Angst, dass er es nicht wagen würde, auch nur einen Finger für Mandelstam krumm zu machen, wenn er wusste, was in dem Epigramm stand. »Ich komme zu Ihnen, Nikolai Iwanowitsch, weil Sie meine letzte und größte Hoffnung sind.« Und dann beschrieb ich ihm das Leben, das Mandelstam zuletzt geblieben war: dass er sich Geld leihen musste, um über die Runden zu kommen, für ein paar Zigaretten seine Gedichte vorgetragen hatte und immer wieder die Redaktionen abklapperte, wo sie, wenn er es denn an den Sekretärinnen vorbei schaffte, ständig neue Entschuldigungen fanden, warum sie seine Arbeiten nicht veröffentlichen konnten. Ich sprach von seinen Herzproblemen, die seine Gesundheit in Mitleidenschaft zogen, und beschrieb sogar, wie wir ein Exemplar von *Der Stein* fabriziert hatten, um es dem Mann zu verkaufen, der Originalmanuskripte für die neue Bibliothek des Literaturmuseums kaufte. »Anfang der Zwanziger haben Sie Ossjas Bruder geholfen«, bettelte ich. »Jetzt müssen Sie unbedingt Ossja helfen.«

Bucharin hörte mir so aufmerksam zu, dass die Zigarette in seinem Mund herunterbrannte und ihm die Lippe versengte. Er spuckte sie aus und zertrat sie mit dem Absatz. »Die Zeiten haben sich geändert«, sagte er. »Dieser Tage bin ich nicht mal mehr sicher, ob ich mir selbst helfen kann.«

Ich hatte mich innerlich darauf vorbereitet, womöglich nichts erreichen zu können, aber jetzt traten mir Tränen in die Augen. Er zog ein Taschentuch hervor und hielt es mir etwas unbeholfen hin. »Fassen Sie sich, ich bitte Sie, Nadeschda Jakowlewna«, sagte er, stand auf, lief in seinem enorm großen Büro auf und ab und bombardierte mich mit Fragen. »Haben Sie versucht, ihn zu besuchen?«, wollte er wissen.

Ich erzählte ihm, wie wir dank Anna Achmatowa herausbekommen hatten, dass Mandelstam in der Lubjanka saß und dass Besuche der Gefangenen dort völlig unmöglich seien. Schon seit Jahren sei kein Besucher mehr in die Lubjanka hineingekommen. Bucharin schien das nicht zu wissen.

»Nach welchem Paragrafen ist er festgenommen worden?«

»Nach dem üblichen für politische Gefangene, Paragraf 58«, sagte ich.

Bucharin wurde blass. »Antisowjetische Propaganda und konterrevolutionäre Aktivitäten, das ist nicht gut. Wenn die Anklage nur auf weniger lautete …« Er beendete den Gedanken nicht, sondern stellte mir eine weitere Frage. »Welchen Rang hatte der oberste Tschekist, der Mandelstam verhaftet hat?«

»Warum ist das wichtig?«

»Je höher der Rang des verhaftenden Offiziers, desto ernster ist der Fall und desto schlimmer das Schicksal des Verhafteten.«

»Er sagte, er sei Oberst.«

Bucharin schüttelte verzweifelt den Kopf. »Dass sie einen Oberst geschickt haben, ist kein gutes Zeichen. Die meisten wegen Paragraf 58 Angeklagten werden von Hauptmännern, höchstens Majoren verhaftet.«

Das Telefon auf seinem Schreibtisch klingelte. Bucharin ging hin und nahm ab. Mir seinen Rücken zukehrend, sprach er leise und eindringlich in den Hörer. Ich glaubte zu hören, dass er den Namen Mandelstam nannte. »Warte nicht mit dem Essen. Ich komme später«, sagte er schließlich und legte auf.

»Das war meine Frau«, erklärte er mir. »Anna Larina ist erschüttert, dass Mandelstam verhaftet wurde, aber sie hat mich angefleht, mich nicht einzumischen. Jemand, der so bekannt ist wie Ossip Emiljewitsch, sagt sie, kann nur mit Wissen Stalins verhaftet worden sein. Es ist gut möglich, dass er sogar den Befehl dazu gegeben hat, und zwischen uns gibt es schon genug Streit, ohne dass ich Mandelstam der Liste der Dinge hinzufüge, die Stalin mir vorhält, sagt meine Frau.«

Ich stand auf und gab ihm sein Taschentuch zurück. »Sie hat natürlich recht«, sagte ich. »Es war gedankenlos von mir, Sie in diese Situation zu bringen.«

Bucharin legte mir einen Arm um die Schultern und brachte mich zur Tür. »Wir leben in …« Offensichtlich suchte er nach dem passenden Wort. »Wir leben in düsteren Zeiten. Koba«, fuhr er fort und nannte Stalin bei seinem bolschewistischen Nom de Guerre, »ist nicht mehr der, der er war, als Lenin noch lebte. Er sieht sich von potenziellen Feinden umringt und leidet unter pathologischem Misstrauen. Er traut niemandem, versucht, den einen gegen den anderen auszuspielen, die Leute gegeneinander aufzubringen und notfalls zu liquidieren. Erst hat er sich mit Kamenew und Sinowiew gegen Trotzki verbündet, dann mit mir gegen Kamenew und Sinowiew. Als ich ihm nicht länger nützlich war, hat er auch mich kurzerhand aus dem Politbüro und dem Zentralkomitee geworfen. Ich sage Ihnen, es wäre ein Wunder, wenn auch nur einer von den alten Bolschewiki überlebte.«

»Danke, dass Sie Zeit für mich hatten, Nikolai Iwanowitsch.«

»Es war richtig, dass Sie gekommen sind«, sagte er schnell. »Man muss Öl aufs Wasser gießen. Ich werde Koba auf Mandelstams Verhaftung ansprechen.«

Es fiel mir schwer, nicht wieder in Tränen auszubrechen. »Mir fehlen die Worte«, murmelte ich.

Ihm gelang ein schmerzvolles Lächeln. »Hoffen wir beide, dass sie mir nicht fehlen werden.«

Zwölf

Nikolai Wlasik
Mittwoch, 23. Mai 1934

Wir hatten nichts füreinander übrig, Nikolai Bucharin, der sogenannte Liebling der Partei, und ich. Auf meiner Liste meistgehasster Leute stand er ganz oben neben dem Pigalle-Türsteher Maxim Gorki. Bucharins Empfindlichkeit, was die Nützlichkeit des Roten Terrors betraf, sein Zögern in Sachen Kollektivierung und seine herablassende Art dem Chosjain gegenüber, seine ganze intellektuelle Überheblichkeit, das alles ging mir gehörig gegen den Strich. Selbst Lenin hatte sich in seinem berühmten Testament genötigt gefühlt, einzugestehen, dass Bucharin kein guter Dialektiker war. Ich habe auch nicht die leiseste Ahnung, warum mein Chef sich mit diesem eingebildeten Dreckskerl abgab. Vielleicht war es ja tatsächlich der Umstand, dass sich Gegensätze anziehen, wie Jagoda mal gemeint hat. Stalin war alles das, was Bucharin nicht war. Er hatte den Mumm, seinen Instinkten zu folgen, ganz im Gegensatz zu dem rückgratlosen Kaffeehausmarxisten Bucharin, der sich beim Aufbau des Sozialismus nicht die manikürten Fingernägel ruinieren wollte. Am Ende war ihre merkwürdige Freundschaft, wenn man es denn so nennen konnte, aber wohl der unterschwelligen Bewunderung des Chosjain für Bücher und das, was daraus zu lernen war, zuzuschreiben. Die rührte noch aus seiner kurzen Zeit im Priesterseminar her, nehme ich an. Bis heute hat Josef Wissarionowitsch einen Stapel Bücher auf seinem Schreibtisch liegen, und gleich noch einen auf dem Nachttisch, und ich kann Ihnen sagen, die Dinger liegen da nicht nur zur Dekoration. Wie oft habe ich erlebt, dass mein Chef, wenn er wieder mal von Schlaflosigkeit geplagt wurde, in seinem Lesesessel saß und wie gebannt in ein Buch starrte, über die napoleonischen Kriege, das alte Griechenland oder die persischen Schahs. Es konnten aber auch Geschichten wie *Der letzte Mohikaner* sein. So hatte ich ihn auch an diesem Morgen vorgefunden, als ich mit den Zeitungen gekommen war. Ich erzähle das alles nur, um zu erklären, warum ich entschlossen war, es Bucharin nicht leicht zu machen, als er im Vorzimmer zum Privatbüro des Genossen Stalin auftauchte, natürlich ohne vorher anzurufen und um einen Termin zu bitten.

»Heben Sie die Arme«, befahl ich ihm.

»Ich soll meine Arme heben?«

»Welches der Wörter verstehen Sie nicht? Heben? Sie? Die? Arme?«

»Warum sollte ich meine Arme heben wollen?«

»Niemand geht zum Genossen Stalin hinein, ohne dass ich ihn vorher nach Waffen durchsucht habe.«

»Das können Sie nicht ernst meinen, Wlasik. Seit wann stehe ich unter Verdacht, Stalin ermorden zu wollen?«

»Ich wurde ernst geboren und werde mit zunehmendem Alter immer noch ernster. Entweder heben Sie die Arme, oder Sie verschwinden wieder.«

Gekränkt hob Bucharin langsam die Arme über den Kopf. Und genauso langsam filzte ich ihn, fing mit den

Achseln an und arbeitete mich an der Hose hinunter bis zu den Füßen, dann innen an den Beinen hoch bis zum Schritt. Ich ersparte ihm nichts. Als ich fertig war, platzte er durch die Tür ins Büro des Chosjain. Ich folgte ihm und nahm mit dem Rücken zur Tür meine Beobachtungsposition ein, die Arme vor der Brust verschränkt.

»Koba, ich muss aufs Heftigste gegen diese Erniedrigung protestieren«, brach es aus Bucharin hervor.

Der Genosse Stalin hinter seinem Tisch schob einen Stapel in Zeitung gewickelte Staatspapiere zur Seite. »Von was für einer Erniedrigung sprichst du?«

»Dein Leibwächter hat darauf bestanden, mich wie einen ganz gewöhnlichen Kriminellen zu durchsuchen, bevor er mich zu dir lassen wollte«, spuckte Bucharin.

Ich stand lange genug in Diensten des Chosjain, um zu sehen, dass er Mühe hatte, ein Lächeln zu unterdrücken. »Komm zu dir, Buchartschik«, sagte er. Die Spitzen seines Schnauzbarts tanzten auf und ab, und in seinen Augen glitzerte Heiterkeit. »Das hat nichts mit dir persönlich zu tun. Jagoda hat beschlossen, dass keiner zu mir vorgelassen werden darf, ohne vorher nach Waffen durchsucht zu werden. Ich war dagegen, aber Jagoda sieht es angesichts der gegenwärtigen Situation als notwendige Vorsichtsmaßnahme und besteht darauf.«

»Welcher Situation?«, wollte Bucharin wissen.

»Von mir nahestehenden Genossen ist bekannt, dass sie offen Trotzkis Kritik an der Kollektivierung wiederholen, was als Angriff auf Stalins Führungsrolle gesehen werden muss.«

»Seit wann ist es ein Verbrechen, die eine oder andere Politik zu kritisieren?« Bucharin ließ sich unaufgefordert in den Polstersessel mit der Leselampe sinken. Eine Fotografie des Genossen Stalin auf ebendiesem Sessel, mit einem offenen Buch auf dem Schoß und der Pfeife in einer seiner Fäuste, war Monate vorher in einer beliebten Wochenschrift veröffentlicht worden. Eine meine Konkubinen hatte die Fotografie ausgeschnitten und auf ihren Frisierspiegel geklebt. »Zu Zeiten der Revolution«, sagte Bucharin, »durfte jeder Lenin kritisieren. Was nicht ging, war allein, etwas öffentlich infrage zu stellen, nachdem die politische Entscheidung dazu gefällt worden war. Weil es bedeutet hätte, die kollektive Unfehlbarkeit der Partei anzuzweifeln.«

»Ich habe absolut nichts gegen persönlich geäußerte Kritik«, sagte der Genosse Stalin, »solange sie mir gegenüber offen ausgesprochen wird und nicht hinter meinem Rücken.« Er steckte sich eine frische Kasbek-Papirossi am Stummel der gerade fertig gerauchten an. »Warum geraten wir eigentlich jedes Mal in Streit, wenn ich dich sehe?«

»Das war mir nicht bewusst.«

Der Chosjain zuckte mit den Schultern. »Aber du bist doch sicher nicht gekommen, um Lenins Führungsstil mit meinem zu vergleichen. Was bringt dich an diesem verregneten Tag in meinen Flügel des Kreml, Buchartschik?«

Bucharin zog ein seidenes Taschentuch hervor und wischte sich damit über die Stirn. »Ich wollte mit dir über die Verhaftung des Dichters Mandelstam reden.«

»Mit der Verhaftung von Mandelstam hatte ich, wie du dir denken kannst, nichts zu tun. Jagoda hat den Haftbefehl ausgestellt und mich nachträglich informiert. Mandelstam werden offensichtlich antisowjetische Propaganda und konterrevoltionäre Aktivitäten vorgeworfen, nach Paragraf 58 des Strafgesetzbuchs.«

Bucharin lehnte sich auf seinem Sessel vor. »Mandelstam ist ein erstklassiger Dichter, Koba, ein Gewinn für die sowjetische Kultur, doch seit einiger Zeit läuft da einiges … aus dem Ruder.«

»Wenn ich es recht verstehe, hat er gestanden, was ihm vorgeworfen wird«, erklärte der Chosjain seinem unangemeldeten Gast.

»Pasternak hat mich auf Mandelstam angesprochen. Er ist völlig verzweifelt. Er und Mandelstam sind eng befreundet.«

Pasternaks Name traf Stalin unvorbereitet. Er rutschte ein Stück vom Schreibtisch ab, nahm die Zigarette aus dem Mund, hielt sie vor sich hin und studierte, wie ihre feine Rauchfahne Richtung Decke trieb. Mir war bewusst, dass mein Chef eine gewisse Achtung für Pasternak hegte. Das datierte aus der Zeit nach dem Selbstmord seiner Frau, als die Presse mit leeren Beileidsschreiben förmlich überschwemmt wurde. Ich hatte ihm auch an dem Morgen die Zeitungen gebracht, als Nadeschdas Tod bekannt gegeben worden war (wenn ich mich recht erinnere, wurde eine Bauchfellentzündung als Todesursache angegeben). Der Chosjain war schlechter Laune, das rheumatische Pochen in seinem verkrüppelten Arm hatte ihn fast die ganze Nacht wach gehalten. Er schlug die Zeitungen auf und las voller Verachtung die banalen Beileidsbekundungen vor. *Versichern wir Ihnen unser Mitgefühl wegen des Todes von N. S. Allilujewa … eine helle Kerze, die tragisch verlosch … eine Genossin, die wir bitter vermissen werden …* Diese Art Gesülze. Aber dann stolperte er über einen knappen Brief, unterzeichnet von Pasternak, der sich ganz offensichtlich geweigert hatte, seinen Namen unter den nichtssagenden Brief des Schriftstellerverbands zu setzen, und lieber selbst ein paar Worte geschrieben hatte. Der Chosjain schnitt Pasternaks Brief aus der Zeitung und bewahrte ihn monatelang auf seiner Schreibunterlage auf. Soweit ich weiß, ist er womöglich immer noch da. Ich kann bestätigen, dass Pasternaks Brief, der sich wie ein Telegramm las und geradezu nach Aufrichtigkeit stank, die einzige Beileidsbezeugung war, die dem geschlagenen Stalin etwas Trost brachte. Da er ihn mir wochenlang jeden Morgen laut vorlas, erinnere ich mich ziemlich gut an den Wortlaut: *Am Tag bevor ihr Tod bekannt gegeben wurde, dachte ich lange und intensiv über Stalin nach; als Dichter – zum ersten Mal. Am nächsten Morgen las ich die Nachricht. Ich war erschüttert, als wäre ich selbst da gewesen, an seiner Seite, und hätte es miterlebt. Boris Pasternak.*

Nervös paffend nahm der Chosjain das Rauchen wieder auf. »Was sagt Pasternak genau?«, fragte er Bucharin.

»Er war fassungslos, als er von Mandelstams Verhaftung erfuhr. Er bat mich, dir zu sagen, dass bei einem Streit zwischen Dichter und Politiker der Dichter am Ende immer der Sieger ist, ob er nun tot oder lebendig daraus hervorgeht. Nach Pasternak ist die Geschichte immer auf der Seite des Dichters.«

»Zum Teufel mit dem Wolkenbewohner«, sagte der Chosjain und benutzte den Spitznamen, den er Pasternak gegeben hatte. »Diese Reimschmiede halten zusammen, darauf kannst du zählen, ganz gleich, was passiert.« Was er auch sagen mochte, ich konnte spüren, dass die Sache den Chef ziemlich mitnahm.

Bucharin begriff, dass Pasternaks Eintreten Stalin beeindruckte. Deshalb setzte er noch einmal nach. »Er sagt, Mandelstam ist im Augenblick nicht recht bei Sinnen. Jahre der Erniedrigung, des Nicht-veröffentlicht-Werdens, des Bettelns und des Sich-Geld-leihen-Müssens haben ihn verrückt gemacht. Das hat mit Vernunft nichts mehr zu tun, er weiß nicht mehr, was er tut …«

Der Chosjain unterbrach Bucharin. »Würde es dich interessieren, das Gedicht zu lesen, von ihm selbst zu Papier gebracht, das ihm die Anklage wegen antisowjetischer Propaganda eingetragen hat?«

Bucharin konnte nur nicken. Der Genosse Stalin zog ein zusammengefaltetes Stück Papier aus der Innentasche seiner Uniformjacke und schob es ihm über den Tisch. Bucharin streckte den Arm aus, nahm und entfaltete es. Als er anfing zu lesen, stieß der Chosjain aus dem Gedächtnis einzelne Bruchstücke hervor: *»Gebirgler im Kreml … Mörder und Bauernschlächter … Seine Finger sind dick und, wie Würmer, so fett … Zentnergewichte wiegts Wort, das er fällt … Sein Schnauzbart lacht Fühler von Schaben …«*

Ich wusste von Jagoda, dass Mandelstam wegen eines ungeheuerlichen Gedichtes verhaftet worden war, bis zu diesem Moment hatte ich aber keine Ahnung gehabt, was tatsächlich darin stand. Auch bei Bucharin schlugen die Worte wie eine Bombe ein. Nach und nach verschwand alle Farbe aus seinem Gesicht, und am Ende sah er aus wie eine geschälte Birne. Als er aufsah, schien er unter Schock zu stehen. »Ich hatte ja keine Ahnung … Niemand hat mir gesagt … Ich hatte gedacht, er würde wie gewohnt nichts offen benennen. Sie haben gesagt, es sei auch nicht schlimmer als das, was Mandelstam normalerweise schreibt.« Bucharin sammelte sich. »Dennoch, Koba, das Gedicht bestätigt nur, was Pasternak sagt: Kein zurechnungsfähiger Mensch würde solche Verse zu Papier bringen. Sie beweisen, dass er wahnsinnig ist.«

»Warum?«

»Warum?«

»Ja, warum sind diese Verse ein Beweis für seinen Wahnsinn?«

Von meinem Platz hinten im Raum konnte ich förmlich sehen, wie sich die Räder in Bucharins Kopf drehten. Er begriff, dass jetzt nicht mehr nur Mandelstams Leben auf dem Spiel stand, sondern auch seines. »Diese Verse sind ein Beweis für seinen Wahnsinn, weil sie nicht stimmen, Koba. Er bringt kein einziges vernünftiges Argument, mit dem man sich auseinandersetzen könnte. Das sind Verunglimpfungen der übelsten Sorte, voller Irrationalität, die als Beweis für seine Unzurechnungsfähigkeit gesehen werden müssen.«

»Du begehst einen großen Fehler, indem du dich in diese Sache einmischst«, sagte der Chosjain kalt. »Das werde ich dir nicht vergessen.«

Bucharin, das muss ich zugeben, zeigte Rückgrat. »Es gab mal Zeiten, da hast du mir für meine Einmischung gedankt«, fuhr er auf. »Ich habe immer noch den Revolver, auf dem du hast eingravieren lassen: *Dem Führer der proletarischen Revolution N. Bucharin, von J. Stalin.*«

Mein Chef antwortete wütend: »Wenn du von deinen vergangenen Verdiensten reden willst, die kann dir keiner nehmen. Aber die hat auch Trotzki. Unter uns gesagt, hat sich kaum einer vor der Revolution so verdient gemacht wie er.« Der Chosjain deutete mit dem Zeigefinger auf Bucharin. »Ich nehme dir übel, wenn du wiederholst, was ich gerade gesagt habe.« Dann wedelte er mit der Hand vor sich hin und her, um zu zeigen, dass die Unterredung damit beendet war. Ich griff nach der Klinke und öffnete die Tür. Bucharin stand auf. »Du bist nicht mehr der Revolutionär, als den ich dich kannte, als wir uns Lenin in seinem Kampf angeschlossen haben, die Welt zu verändern, Koba«, sagte er. »Früher warst du dankbar für die Unterstützung deiner bolschewistischen Genossen.«

»Dankbarkeit ist eine Hundekrankheit«, schoss Stalin zurück.

Bucharin wirkte kurz so, als wollte er das letzte Wort haben. Dann schüttelte er den Kopf und eilte an mir vorbei.

Als er weg war, bedeutete mir der Chosjain mit einer Geste, die Tür zu schließen. »Man erlebt nicht jeden Tag einen, der sein eigenes Todesurteil unterzeichnet«, bemerkte er. »Was aber Mandelstam angeht: Die Scheiße ist, dass Pasternak wahrscheinlich recht hat. Die Geschichte ist ein Miststück, und dieses Miststück steht aufseiten der verdammten Dichter.« Er hob den Blick. »Treiben Sie Jagoda auf, Wlasik. Sagen Sie ihm, Mandelstam nicht wieder auf die Liste zu setzen. Wir verpassen ihm ein Zwölfer-Exil und verbannen ihn für ein paar Jahre aus den großen Städten. Das gibt ihm Zeit, seinen Wahnsinn zu überwinden – und wenn er wieder zu Sinnen kommt, bringen wir ihn dafür um.«

Worauf der Chosjain – ich werde nur erzählen, was geschah, und es Ihnen überlassen, die Bedeutung zu ergründen –, worauf also der Chosjain die Zigarette aus dem Mund nahm und sie sich auf dem Handrücken ausdrückte. Das ist etwas, das der Chef von seinen Jahren in Sibirien mitgebracht haben muss. Echte Verbrecher, die wegen Mordes dorthin verbannt worden waren, machten so was, um den politischen Gefangenen zu zeigen, was für Burschen sie waren. Mein Chef sah auf den Brandfleck und nickte, als habe die Geste Erinnerungen in ihm wachgerufen. Dann murmelte er etwas, das mich verwirrte und mir heute noch weniger Sinn ergeben will: »Niemand ist unschuldig, Wlasik. Nicht Mandelstam, nicht Pasternak, diese Hure Achmatowa nicht, Bucharin nicht und nicht mal Sie. Niemand.«

Dreizehn

Boris Pasternak
Donnerstag, 24. Mai 1934

Wenige Dinge entmutigten mich so wie ein Streit mit der Achmatowa, wahrscheinlich weil sie in aller Regel recht hatte, was ich aber auch diesmal erst begriff, als sie den Hörer bereits aufgelegt hatte. Nicht gerade hilfreich war dabei, dass ich die alte Wohnung meines Vaters mit sechs anderen Familien teilte, deren Kinder auf dem gemeinsamen Flur ein solches Spektakel veranstalteten, dass man kaum verstehen konnte, was die Stimme am anderen Ende der Leitung sagte. Stellen Sie sich also vor: Ich stand in der Telefonnische des Flurs, barfuß, weil ich aus der Gemeinschaftstoilette herbeigeeilt war, die Hosenträger hingen mir die Beine hinunter, und ich presste mir den Hörer ans Ohr, während die Kinder einem Ball aus alten Lumpen hinterherjagten, presste mir den Hörer ans Ohr und schrie in die Sprechmuschel, Anna bittend, noch einmal zu wiederholen, was sie gerade gesagt hatte. Aber natürlich war sie schon beim nächsten Punkt, der vielleicht, vielleicht auch nicht, mit dem vorhergehenden zusammenhing. Mandelstams Verhaftung hatte uns alle verstört, und Anna warf sich und mir und noch dem letzten Mitglied des Schriftstellerverbandes vor, nicht ihre, meine, unsere Pflicht als Dichter getan zu haben, ganz im Gegensatz zu Ossip Emiljewitsch, der jetzt im Gefängnis moderte, weil er sich dem Druck widersetzt hatte, dem wir alle uns beugten. *Definieren Sie, was Sie mit der Pflicht als Dichter meinen?,* schrie ich. *Die Wahrheit zu sagen,* schrie sie. *Aus dem Grab lassen sich keine großen Wahrheiten verkünden,* gab ich zurück, aber sie hörte mich wahrscheinlich nicht mal.

Natürlich fühlte sich Anna Achmatowa der Wahrheit verpflichtet. Was ich vor allem an der Revolution geschätzt hatte, damals, als ich die Revolution noch geschätzt hatte, war ihre moralische Verheißung. Ich hatte tatsächlich mit dem Gedanken gespielt, das Leben könne sich zum Besseren wenden, die Kunst die Freiheit bekommen, der Stachel im Fleisch zu sein – und dass sich die Künstler darauf einigen könnten, uneinig zu sein und sich dennoch gegenseitig zu achten. (Ich erinnere mich, dass mir Majakowski nach einem bitteren Streit einmal den Arm um die Schultern legte und sagte: *Wir sind wirklich verschieden, Boris – Sie lieben die Blitze am Himmel, ich sehe sie lieber in einem elektrischen Draht.*) Mittlerweile aber war die Illusion zerstoben, dass sich die Dinge zum Besseren wendeten, aber im Vergleich zu gestern bereits besser waren. Diese Erkenntnis veränderte mein Leben als Künstler. Solange ich mich zurückerinnern konnte, hatte ich mich der Dichtung gewidmet, also *der* Kunst, die der Zeichensprache, dem Codieren und anderen Signalsystemen am nächsten ist. Nach und nach kam ich jedoch zu der Auffassung, dass das Leben zu kompliziert für das Lyrische geworden war, um darin noch die Unermesslichkeit unserer Erfahrung ausdrücken zu können, und dass, was wir durchlebten, am besten in Prosa zu fassen sei. Ich träumte davon, einen

Roman zu schreiben, der mein Werk abschließen und es zu einem Ganzen zusammenführen würde. Ich träumte von einem Roman, der die Zusammenhangslosigkeit meiner Gedichte überwinden und zeigen würde, wie die russische Revolution alles Etablierte, Gesetzte hinweggefegt hatte, und damit auch alles, was mit Heimat und Ordnung zu tun hatte. Aber ich komme vom Thema ab: Die Achmatowa war völlig außer sich wegen dem, was unserem lieben Freund Mandelstam widerfahren war, ich versuchte, mich gegen Angriffe zur Wehr zu setzen, die es gar nicht gab, und alle beide fühlten wir uns zutiefst schuldig, weil Ossip in der Lubjanka saß und wir nicht.

Stunden vergingen. Ich lag ausgestreckt auf dem Tagesbett in der Hälfte des alten Studios meines Vaters, die mir zugewiesen worden war, steckte meine fünfte Zigarette des Tages an und hoffte immer noch, bis Mitternacht mit insgesamt sechs auszukommen, als einer meiner Nachbarn rief, jemand sei für mich am Telefon. Ich nahm an, es sei die Achmatowa, die sich für Dinge entschuldigen wollte, an die wir uns beide nicht erinnern konnten. Die Kinder spielten Gott sei Dank am anderen Ende des Korridors, als ich den Hörer ans Ohr nahm.

»Pasternak?«

»Ja.«

»Alexander Poskrjobyschew hier. Haben Sie Papier und Bleistift?«

»Eine Sekunde.« Ich zog die Schublade des kleinen Telefontischchens auf und fand einen Notizblock und einen Stift. Aus irgendeinem Grund nahm ich die Hosenträger hoch und ließ sie mir auf die Schultern schnalzen. »Ich bin so weit«, sagte ich ins Telefon.

»Ich gebe Ihnen jetzt eine private Kremltelefonnummer.

Rufen Sie diese Nummer in drei Minuten an.« Er las sie mir vor, und ich musste sie wiederholen, weil er sichergehen wollte, dass ich sie richtig notiert hatte. Ohne ein weiteres Wort legte Poskrjobyschew auf.

Mein Herz raste. Warum rief Stalins Privatsekretär mich an? Und wer würde am anderen Ende abheben, wenn ich die Nummer wählte? Ich holte meine Taschenuhr hervor und starrte auf den großen Zeiger, überzeugt, dass er sich kaum mehr bewegte und der Tag, wenn er nicht wieder Tempo aufnahm, mindestens achtundvierzig Stunden dauern und es damit noch schwerer werden würde, mit meinen sechs Zigaretten auszukommen. Als ich dachte, die drei Minuten seien vorbei, wählte ich die Nummer. Ich war so aufgeregt, dass ich mich beim ersten Mal verwählte und es noch mal probieren musste. Sofort wurde abgenommen.

»Erkennen Sie meine Stimme, Pasternak?«

»Nein.«

Der Mann am anderen Ende lachte leise. »Stalin hier. Ich will mit Ihnen über Mandelstam sprechen. Sie sollen wissen, dass ich seine Verhaftung nicht genehmigt habe.«

Die Kinder im Korridor spielten schon wieder Fußball und liefen schreiend hin und her. »Ich kann Sie nicht gut hören. Hier spielen Kinder im Flur. Könnten Sie das noch einmal wiederholen?«

Stalin hob die Stimme. »Ich habe Mandelstams Verhaftung nicht genehmigt. Für mich ist es eine Schande. Ich rufe Sie an, um Ihnen zu versichern, dass Mandelstams Fall geprüft wird. Ich habe das Gefühl, dass mit ihm alles in Ordnung kommt.«

»Die Tatsache, dass Sie sich der Sache persönlich annehmen, wird sehr viele Künstler und Schriftsteller beruhigen«, rief ich.

Die Kinder waren ans andere Ende des Korridors gelaufen. Ich hörte Stalin deutlich sagen: »Er ist doch ein Genie, oder?«

»Darum geht es nicht«, sagte ich.

»Worum geht es dann?«, wollte er wissen.

Mein Kopf war plötzlich voller Möglichkeiten. Vielleicht täuschte sich Ossip am Ende doch, vielleicht hatte ich recht. Vielleicht lebte Stalin wirklich in einer Art Blase und wusste nicht, was die Tschekisten draußen außerhalb des Kreml machten. Wenn ihm nur jemand erzählen würde vom Hunger, von den Verhaftungen, den Hinrichtungen und Deportationen.

»Josef Wissarionowitsch, ich muss unbedingt mit Ihnen sprechen.«

»Sie sprechen mit mir.«

»Ich meine von Angesicht zu Angesicht. Von Mann zu Mann.«

Er zögerte. »Und worüber wollen Sie sprechen?«

Dummerweise sagte ich das Erste, was mir in den Kopf kam: »Über das Leben, den Tod.«

Ich drückte den Hörer so fest ans Ohr, wie es nur ging, um seine Antwort nicht zu verpassen. Ich konnte Stalin atmen hören. Und dann brach die Verbindung ab. Ich lauschte noch eine Weile angestrengt, um sicher zu sein, dass ich mich nicht täuschte, und schalt mich bitterlich, weil ich nicht die richtigen Worte gefunden hatte. Weil ich diese Gelegenheit, eine Gelegenheit, wie man sie nur ein Mal im Leben bekam, vermasselt hatte. Ich drückte die Gabel mit dem Finger herunter, hob den Hörer erneut an mein Ohr und wartete auf das Freizeichen. Als es kam, wählte ich die Kremlnummer noch einmal. Es klingelte sechzehn Mal, bis der Hörer am anderen Ende abgenommen wurde. »Josef

Wissarionowitsch«, rief ich. »Bitte geben Sie mir einen Moment, damit ich erklären kann …«

»Hier ist Poskrjobyschew.«

»Könnten Sie mich bitte mit Stalin verbinden?«

»Unmöglich. Er ist nicht mehr in Moskau. Rufen Sie diese Nummer nicht wieder an. Sie wurde für einen Anruf aktiviert und wird, nachdem ich aufgelegt habe, abgeschaltet. Verstehen Sie, Pasternak?«

»Nein, ich …« Ich hörte, wie die Verbindung ein zweites Mal abbrach.

Vierzehn

Fikret Schotman
Samstag, 26. Mai 1934

Seit damals in Wien, in Österreich, wo ich, wie ich vielleicht schon erzählt habe, die Silbermedaille im Gewichtheben gewann, bin ich daran gewöhnt, in Blitzlichter zu blicken. Um die Wahrheit zu sagen, machen sie mir nicht viel aus. Im Gegenteil, man fühlt sich wichtig, und so lächelte ich und winkte beim Betreten des Oktobersaals oben im Gewerkschaftshaus, während meine Mitangeklagten die Arme hoben, um ihre Gesichter damit zu bedecken. Ich wollte die Leute wissen lassen, dass ich, wenn ich auch auf schuldig plädierte, in dem Sinne unschuldig war, dass ich von meiner Schuld nichts gewusst hatte, bis Christophorowitsch mich darüber aufklärte. Der Saal hatte hohe Fenster mit goldfarbenen Vorhängen und kristallene Kronleuchter, und ich muss sagen, ich war nie in einem vornehmeren Raum gewesen, beschloss aber, mir nichts davon anmerken zu lassen. Als ich die drei Richter auf dem Podium sah, die in schwarzen Roben auf Stühlen mit extra hohen Rückenlehnen thronten, hob ich die rechte Hand und grüßte sie im Stil aserbaidschanischer Bauern. Ihrem Grinsen nach zu urteilen, ließen sie meine Gebirgssitten nicht unberührt. Der Gerichtssaal war voller Zuschauer. Das waren mehr, als je zu einer meiner Vorführungen als Kraftmensch im Zirkus gekommen waren. Ich versuchte, sie zu zählen, gab bei hundert aber auf (es waren leicht dreimal so viel). So weit komme ich ohne Agrippinas Hilfe, und tatsächlich, da war sie. Sie saß in der ersten Reihe, beschützt von Männern in schwarzen Anzügen, links und rechts von ihr. Ich winkte ihr zu, und sie lächelte so gezwungen, wie sie immer lächelte, wenn sie traurig war. (Sie hatte diese verrückte Vorstellung, dass einem das Lächeln die Traurigkeit aus dem Herzen saugen kann, so wie sich mit dem Saft einer Zwiebel eine Warze aus der Fußsohle saugen lässt.) Neben Agrippina erkannte ich noch acht oder zehn andere Gesichter im Saal. Die Frau, die mein Geständnis aufgeschrieben hatte, war da, und ich sah auch noch ein paar Frauen aus der Kleiderkammer der Lubjanka, wo sie mir einen Anzug für den Prozess verpasst hatten. Christophorowitsch sah ich ebenfalls. Er lächelte und nickte mir ermutigend zu. Ich entdeckte sogar den Ringer Islam Issa, ganz hinten an der Wand auf der zurücktretenden Galerie, bei den getönten Fenstern, wo früher das Orchester für die Aristokraten gespielt hatte, bevor die Revolution sie an die frische Luft gesetzt hat. Christophorowitsch hatte mir anvertraut, dass der Genosse Stalin die Prozesse manchmal persönlich verfolgte. Er saß dann hinter den getönten Scheiben. Der Genosse Vernehmungsbeamte wusste das von der Putzfrau, die berichtet hatte, dass sie Aschenbecher, voll mit Stalins Lieblingszigaretten, Kasbek-Papirossi, hatte ausleeren müssen. Am Ende von Agrippinas Reihe saßen die ausländischen Journalisten. Man erkannte sie an den Aufschlägen ihrer Anzüge und daran, dass sie die Beine übereinanderschlugen, was ein anständiger Sowjetjournalist bei einem Prozess niemals tun würde. Der Generalstaatsanwalt Andrei Wyschinski, der (wie alle Schulkinder wussten) früher die von seinen reichen Eltern geschickten Fresspakete mit dem Genossen Stalin geteilt hatte, als sie zusammen im Gefängnis saßen, lehnte mir gegenüber an einem halbrunden Geländer und studierte ein paar Blätter in einer Aktenmappe.

Was meine Mitangeklagten anging, so waren wir uns nicht vorgestellt worden. Eine Stunde vor Beginn des Prozesses hatten sie uns in einer Zelle unten im Keller zusammen eingeschlossen. Ich erfuhr ihre Namen erst, als Generalstaatsanwalt Wyschinski sie beim Prozess öffentlich verkündete.

»Knud Trifimowitsch Ignatiew.« Der Kleine zu meiner Rechten, der einen ausgebeulten Anzug und ein schmutziges, bis zum Hals zugeknöpftes Hemd trug, stand auf. Er hatte genauso einen Schnauzbart wie der Genosse Wyschinski. »Das bin ich, Euer Ehren«, sagte er.

Der Genosse Wyschinski las die Vorwürfe gegen den Angeklagten Ignatiew vor: Zerstörung, Verrat, konterrevolutionäre Aktivitäten nach Paragraf 58 des Strafgesetzbuches. »Worauf plädieren Sie?«

»Schuldig.«

»Bitte erklären Sie dem Gericht doch«, sagte der Genosse Wyschinski mit vor Verachtung triefender Stimme und sah den Angeklagten durch seine Hornbrille an, »wie ein russischer Staatsbürger wie Sie an einen Namen wie Knud kommt.«

»Meine Mutter war Dänin, mein Vater Russe. Ich wurde nach meinem Großvater mütterlicherseits benannt.«

Der Genosse Wyschinski wandte sich an Ihre Ehren, die Richter. »Wie Sie sehen werden, steht der dänische Hintergrund des Angeklagten Ignatiew in direkter Verbindung mit der Anklage gegen ihn.« Damit sah er wieder zu Ignatiew herüber, der sich am Geländer festhalten musste. »In Ihrer Funktion als leitender Bibliothekar des Großraums Moskau, wie viele Bibliotheken hatten Sie da unter sich?«

»Zusätzlich zur großen Lenin-Bibliothek und zu den vier Universitätsbibliotheken hatte ich noch siebenundvierzig örtliche Bibliotheken unter mir.«

»In Ihrer Rolle als Direktor all dieser Bibliotheken, ist es da korrekt, wenn ich sage, dass Sie die Verantwortung für die Vernichtung der Bücher trugen, die als subversiv betrachtet werden?«

»Das ist korrekt, Genosse Generalstaatsanwalt.«

»Und wie wurden Sie darauf aufmerksam, dass die verantwortlichen Organe bestimmte Bücher für subversiv hielten und diese deswegen zu vernichten waren?«

»Ich bekam wöchentlich eine maschinengeschriebene Liste aus dem Büro des Kommissars für kulturelle Angelegenheiten. Zweimal bekam ich eine Benachrichtigung vom Genossen Stalin persönlich, in der er fragte, warum dieses oder jenes Buch noch für die Öffentlichkeit zugänglich sei.«

»Was taten Sie darauf?«

»Zusammen mit einer Mitarbeiterin bin ich in einem kleinen Transporter, der meiner Abteilung für den Zweck zur Verfügung gestellt worden war, die Bibliotheken abgefahren, habe die betreffenden Bücher eingesammelt, sie zu einer Müllanlage am Rand von Moskau gebracht und die Vernichtung persönlich überwacht.«

»Sie wurden in Öfen verbrannt, stimmt das?«

»Das stimmt, Genosse Generalstaatsanwalt.«

»Am 12. März dieses Jahres wurden Sie«, der Generalstaatsanwalt beugte den Kopf über seine Akte, »in der Jaroslaw-Mülldeponie an der Jaroslaw-Straße festgenommen, während Sie die Vernichtung subversiver Bücher überwachten. Können Sie dem Gericht erklären, warum?«

»In den für die Vernichtung gekennzeichneten Kisten befanden sich siebzehn Ausgaben von Lenins gesammelten Werken und acht Ausgaben von Stalins gesammelten Werken.«

Der Genosse Wyschinski verließ seinen Platz und ging auf den Angeklagten zu. »Würden Sie so freundlich sein, Knud Trifimowitsch Ignatiew, und dem Gericht erklären, warum Sie die allgemein bewunderten Texte der Genossen Lenin und Stalin vernichten wollten?«

»Ich bin Gründungsmitglied des in Paris ansässigen trotzkistischen antibolschewistischen Zentrums. Ich habe genaue Anweisungen befolgt, die mir von Trotzkis Sohn Sedow bei einem Treffen im dänischen Kopenhagen übergeben wurden, wohin ich mit Parteierlaubnis gereist war, um an der Beerdigung meines Großvaters mütterlicherseits teilzunehmen, des Knud, nach dem ich benannt wurde.«

Der Genosse Wyschinski sah wieder auf sein Anklageblatt. »Dieses Treffen fand am 14. Februar 1934 um halb vier nachmittags im Hotel Bristol statt. Ist das korrekt?«

»Nein.«

Die Leute im Zuschauerraum hielten den Atem an. Dem Genossen Wyschinski fiel das Kinn herunter. Die drei Richter auf dem Podium redeten leise miteinander. Der Genosse Generalstaatsanwalt überprüfte seine Anklageunterlagen. »Sie haben zugegeben, in der Vernehmung, dass Sie Trotzkis Sohn Sedow im Hotel Bristol getroffen haben. Ziehen Sie hiermit Ihr Geständnis zurück, Angeklagter Ignatiew?«

»Euer Ehren, ich habe mein Treffen mit Sedow in einem

Kopenhagener Hotel beschrieben. Das Bristol habe ich nie erwähnt. Es muss von der Stenografin oder dem Vernehmungsbeamten hinzugefügt worden sein. Ich hätte Sedow am 14. Februar 1934 nicht im Hotel Bristol treffen können, das, wie ich genau weiß, 1917 abgerissen wurde.«

Der Genosse Wyschinski wandte sich an die Richter auf dem Podium. »Es muss nicht extra gesagt werden, dass es unerheblich ist, in *welchem* Hotel das Treffen stattfand. Der wichtige Punkt, der ohne einen Schatten des Zweifels nachgewiesen wurde, ist, dass der Angeklagte Ignatiew seine Zerstörungsbefehle direkt von Trotzkis Sohn in einem Kopenhagener Hotel bekommen hat.« Er wandte sich wieder dem Angeklagten zu. »Warum wollte Sedow, dass Sie die Texte von Lenin und Stalin zerstören?«

»Genau die Frage habe ich ihm auch gestellt«, antwortete Ignatiew mit dumpfer Stimme. »Er sagte, die Bibliotheken von Lenin und Stalin zu säubern sei der erste Schritt einer genauestens geplanten Konterrevolution, die von Trotzki ausgelöst werde. Ich bin verhaftet worden, bevor das Bibliothekszerstörungsprogramm richtig in Gang kommen konnte. Stalin und auch Sie, Genosse Generalstaatsanwalt, sowie andere Mitglieder der kommunistischen Führung sollten eliminiert werden, wonach wir Trotzkisten den Kapitalismus in Russland neu errichtet hätten.«

Aus dem Publikum waren wütende Schreie wie *Schande über dich!* und *Der Tod ist für diesen Verräter noch zu wenig!* zu hören. Die Stimme des Genossen Wyschinski wurde milde: »Können Sie bestätigen, Angeklagter Ignatiew, dass Ihr Geständnis freiwillig erfolgt ist und Sie in keiner Weise von den Vernehmungsbeamten unter Druck gesetzt wurden?«

»Das kann ich.«

»Können Sie die Richtigkeit Ihres freiwilligen Geständnisses bestätigen?«

»Mit Ausnahme des Hotels Bristol, ja.«

»Eine Sache noch«, sagte der Genosse Wyschinski. »Seien Sie doch so freundlich und erklären Sie dem Gericht, wie sich die Mitglieder des in Paris ansässigen trotzkistischen antibolschewistischen Zentrums gegenseitig erkennen sollten?«

»Das Erkennungszeichen war der Eiffelturm, wobei es ein Eiffelturm-Aufkleber auf einem Koffer oder einer Aktenmappe sein konnte oder auch ein Anstecker an einem Rockaufschlag oder ein kleines Modell auf einem Tisch oder einer Anrichte im Büro oder in der Wohnung von jemandem.«

Der Genosse Wyschinski kehrte an seinen Platz zurück und nahm ein weiteres Anklageblatt aus seiner Mappe. »Galina Jegorowa«, rief er.

Die Frau zwischen Ignatiew und mir erhob sich langsam. Ich nahm an, dass sie das Kleid schon seit ihrer Verhaftung anhatte. Ich sage das, weil es wie Ignatiews Anzug sehr zerknittert und der Saum des langen Rocks so verschmutzt war, als wäre er schon seit Wochen über den Boden gefegt. Dazu kam, dass das Kleid einen sehr unsowjetisch tiefen Ausschnitt hatte, der eine Beleidigung der bolschewistischen Tugendhaftigkeit war. Wenn Agrippina in solch einem Aufzug aus dem Haus gegangen wäre, hätte sie, sosehr ich sie liebe, meine Hand zu spüren bekommen.

»Der Angeklagten Jegorowa, Frau des Kommandeurs der Roten Armee, der bis vor Kurzem den Militärdistrikt Zentralasien leitete, werden antisowjetische üble Nachrede, Verrat und konterrevolutionäre Aktivitäten nach Paragraf 58 Strafgesetzbuch vorgeworfen. Wie plädieren Sie?«

Als der Generalstaatsanwalt ihren Namen sagte, wurde

mir bewusst, dass das die Frau war, von der alle in der Lubjanka redeten. Es hieß, eine der weiblichen Gefangenen sei nicht nur eine bekannte Filmschauspielerin, sondern auch eine persönliche Freundin des Genossen Stalin. (Ob er wohl da oben hinter den getönten Scheiben des Gerichtssaals saß und sie beobachtete? Falls das so war, würde er auch mich wiedererkennen, von meinem Besuch im Kreml, als er mir die Hand geschüttelt hatte.) Ich musste an etwas denken, das Agrippina gesagt hatte, als der Direktor unseres Zirkus verhaftet wurde, weil er sich an den Eintrittsgeldern bedient hatte: *Die Mächtigen fallen tief.* Das galt eindeutig auch für die arme Frau neben mir, die sich am Geländer festhielt, um nicht auf die Knie zu sinken. Sie sah aus wie eine Vierzigjährige, die auf die sechzig zuging, wenn Sie verstehen, was ich meine. Die Haut ihres Gesichts war weiß wie die eines Clowns, in ihren Augen lag Angst, und ihre Brüste hingen so traurig in ihrem Oberteil, dass man verlegen den Kopf wegdrehen wollte. Sie kniff die Augen zusammen, als hätte sie Schwierigkeiten, den Generalstaatsanwalt und Ihre Ehren, die Richter, zu erkennen. Ich hörte sie mit heiserer Stimme sagen: »Schuldig.«

Einer der Richter rief: »Sie müssen lauter sprechen.«

»Ich bekenne mich im Sinne der Anklage für schuldig«, sagte die Frau jetzt mit lauterer Stimme.

Wieder verließ der Genosse Wyschinski seinen Platz und näherte sich unserer Seite. »Galina Jegorowa, am oder um den 16. März dieses Jahres hat man gehört, wie Sie bei einer Feier zur Fertigstellung Ihres letzten Films sagten«, er senkte den Blick auf das Blatt in seiner Hand: »*Bei all den Terroristen, die frei in Moskau herumlaufen und Stalin zu töten versuchen, ist es ein Wunder, dass er noch lebt.* Waren das Ihre Worte?«

»Sie wurden aus dem Zusammenhang gerissen«, murmelte sie.

»Das ist meine letzte Warnung«, sagte der Richter. »Sprechen Sie lauter, oder wir bestrafen Sie wegen Missachtung des Gerichts.«

»Die Worte wurden aus dem Zusammenhang gerissen, Euer Ehren. Ich hatte nicht die Absicht, die Artikel in der *Prawda* über die Terroristen in Zweifel zu ziehen, die in Moskau bekanntermaßen am Werk sind, und wollte auch die Prozesse gegen die Terroristen nicht kritisieren, die zugeben, dass sie versucht haben, Mitglieder der Führung zu töten. Ich meinte nur, wo doch so viele Terroristen in der Stadt sind, dass es da *erstaunlich* ist, gleichsam ein *Wunder,* dass es ihnen, dank der Aufmerksamkeit unserer Tschekisten, nicht gelungen ist, unseren geliebten Josef Wissarionowitsch zu ermorden.«

Die drei Richter auf dem Podium steckten die Köpfe zusammen. Anschließend wandte sich der mittlere Richter an die Angeklagte: »Angeklagte Jegorowa, es kann in Ihrem Fall nicht helfen, wenn Sie sich auf unseren hochgeschätzten Führer mit seinem Vornamen und Vatersnamen beziehen. Außerhalb seines engsten Kreises von Mitstreitern und Freunden ist er als Genosse Stalin bekannt.«

Die Jegorowa senkte den Blick. »Ich werde den Fehler nicht noch ein zweites Mal begehen, Euer Ehren.«

Der Genosse Wyschinski sagte: »Wenn das Gericht möchte, kann ich als Beweis das unterschriebene Geständnis von Jegorowas Ehemann vorlegen, der im Januar wegen Hochverrats verhaftet wurde und darauf mit seinem Vernehmungsbeamten kooperiert hat.« Der Genosse Wyschinski legte eine Mappe auf den Richtertisch.

»Einverstanden«, sagte der mittlere Richter, begann,

durch die Mappe zu blättern, und verteilte einzelne Blätter an seine Kollegen, als er damit durch war.

»Der Kommandeur der Roten Armee Jegorow hat gestanden, ein Agent des in Paris ansässigen trotzkistischen antibolschewistischen Zentrums zu sein«, fuhr der Genosse Wyschinski jetzt fort. »Er hat zugegeben, einen konterrevolutionären Aufstand im von ihm kommandierten zentralasiatischen Militärdistrikt organisiert und seine Frau, die Angeklagte Jegorowa, mit in die Verschwörung einbezogen zu haben, die bestehende Ordnung umzustürzen und den Kapitalismus unter der Führung des Erzverräters Leon Trotzki wiederherzustellen.« Der Genosse Generalstaatsanwalt putzte sich mit dem Ende seiner Krawatte leicht abwesend die Brille. »Erläutern Sie dem Gericht bitte Ihre genaue Rolle in dieser konterrevolutionären Verschwörung.«

»Warum lesen Sie nicht einfach aus dem Geständnis meines Mannes vor? Oder besser noch, warum rufen Sie meinen Mann nicht selbst in den Zeugenstand und lassen ihn meine Rolle beschreiben?«

Von den Zuschauern klang unmutiges Knurren über diesen anmaßenden Ausbruch der Angeklagten herüber. Der Genosse Wyschinski zog die Brauen zusammen. »Kommandeur Jegorow empfand so tiefe Schmach, als seine Rolle in der Verschwörung ans Licht kam, dass er den Kopf gegen die Steinwand seiner Zelle geschmettert hat, um sich umzubringen. Dabei hat er sich eine schwere Gehirnerschütterung zugezogen und wird gegenwärtig in der Klinik der Lubjanka behandelt.«

»Mein Mann hat sein Geständnis unter Folter abgelegt …«

Ein Sturm der Entrüstung brandete im Zuschauerraum auf. »Verleumdung!«, kreischte eine Frauenstimme.

»Diffamierung unserer Tschekisten, der Wärter der Revolution!«, rief eine andere.

Der Richter ließ seinen Hammer auf den Tisch niederkrachen. »Ruhe!«, brüllte er und wandte sich an die Angeklagte Jegorowa: »Behaupten Sie, dass das Geständnis Ihres Mannes, das uns hier vorliegt, mit Datum und offiziellem Siegel des Vernehmungsbeamten versehen und von ihm und zwei Zeugen unterzeichnet, wie auch von der Stenografin, behaupten Sie, dass dieses Geständnis unter Zwang erpresst wurde?«

»Ich bin absolut sicher, dass Kommandeur Jegorow ein treuer Stalinist ist und nie mit konterrevolutionären Plänen zu tun hatte«, erklärte die Jegorowa.

Der Genosse Wyschinski fuhr sich mit einem Finger hinter den gestärkten Kragen. »Sie haben in der Vernehmung zugegeben, als Kurier des in Paris ansässigen trotzkistischen antibolschewistischen Zentrums gearbeitet zu haben. Sie haben zugegeben, von Trotzkis Sohn Sedow in einem Berliner Hotel kontaktiert worden zu sein, als sie im letzten Oktober auf dem Berliner Filmfest zu Gast waren. Versteht das Gericht es richtig, dass Sie Ihr Geständnis widerrufen?«

»Ich bleibe bei meinem Geständnis. Ich habe Sedow in einem Berliner Hotel getroffen, an dessen Namen ich mich nicht erinnere. Er gab mir ein Päckchen deutsche Filterzigaretten, an deren Markennamen ich mich auch nicht erinnere. Einige der Zigaretten, so wurde mir gesagt, enthielten Anweisungen für zerstörerische konterrevolutionäre Aktivitäten. Sie waren innen auf das Papier gedruckt. Gemäß Sedows Instruktionen bin ich zurück in die Sowjetunion gereist und habe die Zigaretten dabei in meiner Lederhandtasche mitgeführt. Als ich nach meinem Treffen mit Sedow das Hotelzimmer verließ, feuchtete er die Rückseite eines Eiffelturm-Aufklebers mit der Zunge an und klebte ihn mir als Erkennungszeichen auf die Handtasche. Er sagte mir, ich solle die Zigaretten der Person im zentralen Bibliotheksamt geben, die einen ähnlichen Aufkleber sichtbar auf ihrer Aktentasche trüge. Diese Person sollte die Zerstörungsanweisungen an andere Mitglieder des in Paris ansässigen trotzkistischen antibolschewistischen Zentrums weiterleiten. Wie sich herausstellte, handelte es sich bei dieser Person um Ignatiew. Keinesfalls habe ich die Zigaretten und die Anweisungen darin meinem Mann, einem seiner Offiziere oder Freunde im zentralasiatischen Militärdistrikt übergeben. Das streite ich entschieden ab.«

Der Genosse Wyschinski wiegte den Kopf hin und her. »Was Sie dem Gericht da erzählen, Angeklagte Jegorowa, widerspricht dem von Ihnen unterzeichneten Geständnis. Sie leugnen doch nicht, dass das Ihre Unterschrift unter dem beglaubigten Geständnis ist, das ich dem Gericht bereits als Beweis vorgelegt habe?«

»Mir wurde versprochen, dass mein Leben verschont würde, wenn ich meinen Mann belastete, und so habe ich das Geständnis in einem Augenblick der Schwäche unterschrieben. Die Wahrheit ist jedoch, dass mein Mann völlig unschuldig ist. Gott ist mein Zeuge, dass er sich meiner konterrevolutionären Aktivitäten nicht bewusst war. Genügt es nicht, dass ich meine Schuld eingestehe? Warum müssen Sie uns beide vernichten?«

Der mittlere Richter sagte: »Ihr Leben hängt davon ab, dass Sie im Zusammenhang mit dem in Paris ansässigen trotzkistischen antibolschewistischen Zentrum die Wahrheit sagen.«

Vor meinen Augen verließen die Angeklagte Jegorowa

die Kräfte. Sie sank auf die Knie. Ihr Kinn landete auf der unteren Strebe des Geländers, doch der Soldat hinter ihr fasste sie gleich unter die Achseln und zog sie zurück auf die Beine. Dabei rutschte ihr ein Träger von der Schulter und entblößte für alle sichtbar eine ihrer Brüste. Ich langte zu ihr hin, bevor der Soldat hinter mir dazwischengehen konnte (er war halb so groß wie ich und hätte Schwierigkeiten gehabt, mich zurückzuhalten, hätte ich mich nicht zurückhalten lassen wollen), und schob ihr den Träger zurück auf die Schulter.

Der Genosse Wyschinski, ein erfahrener Ankläger, schien vom Gang der Ereignisse unbeeindruckt. »Angesichts zweier unterzeichneter Geständnisse, von ihr und ihrem Mann, ist klar, dass die Angeklagte Jegorowa einen Meineid schwört, um ihren Mann zu schützen. Sie stellt die Treue zu ihrem verräterischen Ehemann vor ihre Treue zum Sowjetstaat und zur Revolution. Die Beweislast, Eure Ehren, ist überwältigend. Die konterrevolutionären Aktivitäten des Angeklagten Ignatiew und des Kommandeurs der Roten Armee Jegorow, der in einem gesonderten Prozess angeklagt werden wird, sobald er von seinen sich selbst zugefügten Kopfverletzungen genesen ist, sind Teil der von Trotzkis Sohn Sedow angezettelten Verschwörung. Die genauen Anweisungen dazu wurden der Moskauer Sektion des in Paris ansässigen trotzkistischen antibolschewistischen Zentrums durch die Angeklagte Jegorowa zugespielt.«

Der Genosse Wyschinski ging zurück zu seinem Platz und öffnete eine weitere Mappe. Ich wusste, dass damit die Reihe endlich an mir war. Zu meiner Freude rief er meinen Namen auf.

»Fikret Trofimowitsch Schotman.«

Ich sah, wie Agrippina die Hände vors Gesicht schlug und die Männer links und rechts von ihr sie bei den Armen fassten und die Hände zurückzogen. Ich lächelte ihr ermutigend zu. »Hier«, rief ich laut und mit fester Stimme, »und begierig darauf, meine Schuld einzugestehen, so wie ich sie verstehen gelernt habe.« Und bevor der Generalstaatsanwalt noch eine Frage stellen konnte, begann ich bereits mit meinem Geständnis. Ich beschrieb genauestens, wie ich in Wien, in Österreich, 1932 rekrutiert worden war, als ich die Sowjetunion bei den europäischen Spielen im Gewichtheben vertreten hatte, wie ich mit US-amerikanischen Dollar bezahlt worden war, um meine zerstörerischen Aktivitäten zu finanzieren, wie ich mit meinem Führer kommuniziert hatte, einem als Gewichtheber verkleideten amerikanischen Geheimagenten, nämlich mithilfe eines Geheimcodes, der in der Widmung auf der vorderen Innenseite einer amerikanischen Sportzeitschrift verborgen war, und wie ich, als der Hass auf die neue Ordnung mit mir durchging, den Stalin auf meinem Oberarm entstellt hatte. Um den letzten Punkt zu dramatisieren, warf ich die Jacke meines neuen Anzugs zur Seite, knöpfte mir das Hemd auf und legte meinen Arm bloß, wobei ich den linken Bizeps so anwinkelte, dass die Menge die Seilverbrennung quer über der verblichenen Tätowierung sehen konnte. Agrippina in der ersten Reihe drehte den Kopf weg, und ich konnte große Tränen über ihre schönen Wangen rinnen sehen, aber ich wusste, ich tat das Richtige. Darauf hatte mir der Genosse Vernehmungsbeamte Christophorowitsch sein Wort gegeben. Der Genosse Wyschinski versuchte, mich zu unterbrechen, als ich mein Hemd wieder zuknöpfte, aber ich unterbrach seine Unterbrechung. »Es gibt noch mehr«, erklärte ich, während ich meine Jacke wieder anzog, und erzählte von den wertlosen zaristischen Anleihecoupons, die ich für den Tag in meinem Überseekoffer aufbewahrt hatte, da die trotzkistische Konterrevolution, zu deren Fußsoldaten ich gehörte, die Bolschewiki von der Macht vertrieb und den Kapitalismus in Russland wiederherstellte, worauf die zaristischen Coupons zu ihrem Nennwert eingelöst werden konnten. Der Genosse Generalstaatsanwalt trickste mich aus, als ich Luft holen musste, und fragte mich nach der Bedeutung des Eiffelturms auf meinem Überseekoffer. »Ich bin froh, dass Sie danach fragen. Fast hätte ich den Eiffelturm vergessen. Für die, die mit der Sache nicht so vertraut sind, lassen Sie mich hier sagen, dass der Eiffelturm in Paris, also in Frankreich, den Türmen hier in unserer eigenen Sowjetunion nicht das Wasser reichen kann. Gut, sie sind vielleicht nicht so groß wie der in Paris, aber jede Frau weiß, dass es nicht allein auf die Größe ankommt.« Einige der Frauen im Gerichtssaal fingen an zu kichern, verstummten aber gleich wieder, als einer der Richter mit seinem hölzernen Hammer auf den Tisch schlug. Dann nickte er mir zu, ich solle fortfahren, und das tat ich. »Als ich bei den Europameisterschaften in Wien vom in Paris ansässigen trotzkistischen antibolschewistischen Zentrum rekrutiert wurde, gaben sie mir einen Eiffelturm-Aufkleber und befahlen mir, ihn als Erkennungszeichen auf meinen Überseekoffer zu kleben, damit die anderen Verschwörer des in Paris ansässigen trotzkistischen antibolschewistischen Zentrums mich als Mitglied der Bande erkennen konnten.«

Der mittlere Richter sah von seinem Thron auf dem Podium zu mir herunter. »Lassen Sie mich sagen, dass dem Angeklagten Schotman sein Entschluss positiv anzurechnen ist, sich offen zu seinen Verbrechen zu bekennen. Noch der Dümmste kann sehen, dass er nicht darauf aus ist, seine Schuld zu verstecken oder herunterzuspielen, und das wird ins Gewicht fallen, wenn die Zeit kommt, Urteile zu fällen.«

Darauf hoffte ich, und so nickte ich ihm von der Anklagebank aus meinen Dank zu.

Die Richterin rechts hob jetzt die Hand. »Ich würde den Angeklagten Schotman gerne fragen, was genau seine Rolle im in Paris ansässigen trotzkistischen antibolschewistischen Zentrum war.«

»Meine Rolle?«

»Was sollten Sie tun, um die Konterrevolution voranzutreiben?«, erklärte die Richterin.

Auf ein Zeichen hoffend, was ich antworten sollte, sah ich zu Christophorowitsch hinüber. Bei den Proben für mein Geständnis war er nie auf diesen Punkt gekommen, und in diesem Moment konnte er mir dabei auch nicht weiterhelfen. Ich warf einen Blick zu Agrippina hinüber, aber die wich mir aus. Ich drehte den Kopf wieder zur Richterin hin. »Also, meine Rolle war, zu zerstören. Ich habe mich denen als Zerstörer angeschlossen.«

»Was sollten Sie zerstören?«, setzte die Richterin noch einmal nach.

Ich zuckte mit den Schultern. »Bis mein Knie kaputtging, war ich Gewichthebemeister und bis zu meiner Verhaftung dann der Kraftmensch in einem Zirkus. Sehen Sie mich an, Euer Ehren. Sehen Sie meine Hände an. Meine Schultern. Ich kann zerstören, was immer man mir sagt, dass ich es zerstören soll.«

Der Genosse Wyschinski kam mir zu Hilfe. »Aus seinem Geständnis geht klar hervor, dass der Angeklagte Schotman bereit war, Zerstörungsanweisungen zu folgen, die ihm vom in Paris ansässigen trotzkistischen antibolschewistischen

Zentrum geschickt wurden. Vielleicht gab es spezielle Zerstörungsanweisungen in einer von Sedows Zigaretten, die dem Angeklagten Ignatiew von der Angeklagten Jegorowa überbracht, aber nie weitergeleitet wurden, da die beiden Verschwörer rechtzeitig verhaftet wurden. Der wichtige Umstand, den wir im Kopf behalten müssen, ist, dass der Angeklagte Schotman Mitglied einer Verschwörung und bereit war, Sedows Zerstörungsbefehle auszuführen, sobald sie ihn erreichten.«

Der mittlere Richter sah zu mir herüber. »Wünscht der Angeklagte Schotman seiner Aussage noch etwas hinzuzufügen?«

An dieser Stelle sagte ich, was mir Christophorowitsch wieder und wieder eingebläut hatte: »Egal, wie meine Strafe ausfallen wird, Euer Ehren, ich halte sie vorher schon für gerecht.« Ich blickte eindringlich zu den getönten Scheiben hinten im Gerichtssaal hinauf. »Lasst uns alle hinter dem Genossen Stalin vorwärtsschreiten.«

Einige im Gerichtssaal, Christophorowitsch, Islam Issa, die Frau, die meine Aussage aufgenommen hatte, und ein paar weibliche Angestellte, begannen zu klatschen. Andere fielen in ihr Klatschen mit ein, bis der ganze Saal mit Applaus gefüllt war. Blitzlichter flammten vor mir auf. Ich spürte Agrippinas Blick auf mir und begriff, dass sie sich endlich einmal nicht für ihren Fikret schämen musste. Ich wandte mich den Zuschauern zu und verbeugte mich so tief, dass die Hände den Boden berührten.

Der Rest des Prozesses verging in einem Nebelschleier aus Verteidigungsreden von Anwälten (bis dahin hatte ich gar nicht gewusst, dass uns Verteidiger zugeteilt worden waren), die für meine beiden Mitangeklagten die Höchststrafe forderten. »Die tollen Hunde des Kapitalismus versuchen, das Beste unserer Sowjetheimat Glied für Glied zu zerreißen. Ich bestehe darauf, dass wir mit ihnen verfahren, wie man mit tollen Hunden verfährt, und sie erschießen.« Jetzt erhob sich die Verteidigerin, die mir zugeteilt worden war, und sagte: »Fikret Schotman hat echte Reue gezeigt und uneingeschränkt mit den Organen kooperiert. Für ihn bitte ich die Richter um ein mildes Urteil von vier Jahren Arbeitslager in Sibirien.«

Aus der Zuschauermenge waren Rufe zu hören: »Tolle Hunde müssen erschossen werden!« und: »Milde für Schotman!«, als die Richter sich zur Beratung zurückzogen. Zwanzig Minuten später kamen sie wieder herein. Der mittlere Richter las die Urteile vor. Die Angeklagten Ignatiew und Jegorowa wurden zum Tod durch Erschießen verurteilt, und das Urteil war sofort zu vollstrecken. Ich bekam vier Jahre. Agrippina erlitt einen Zusammenbruch und fiel einem der Männer in dunklen Anzügen in die Arme. Rechts neben mir blies der Angeklagte Ignatiew einen Kuss zu einer alten Frau auf Krücken hinten im Saal hinüber, bevor er sich umdrehte und die Anklagebank verließ. Die Angeklagte Jegorowa sank zu Boden. Die beiden Soldaten hatten Schwierigkeiten, sie wieder hochzubekommen. Ich schob sie zur Seite, hob die Ohnmächtige wie eine Kinderpuppe vom Boden und trug sie auf meinen Armen hinunter in die Zelle im Keller, wo ich sie sanft auf eine Bank setzte und ihr das Kleid zurechtzog. Als ich zurück in meinen Zellenblock gebracht wurde, drehte ich mich ein letztes Mal zu ihr um und sah, wie die Wärter versuchten, sie für ihre Hinrichtung mit Riechsalz wiederzubeleben.

Fünfzehn

Nadeschda Jakowlewna
Montag, 28. Mai 1934

In den Tagen nach Mandelstams Verhaftung stürzte ich mich auf alle möglichen Verrichtungen, um nicht ständig an Mandelstams Verhaftung denken zu müssen. So schrubbte ich die Küchentöpfe und den Rost unseres Paraffinofens mit Stahlwolle, bis meine Finger ganz wund waren. Dann wieder hüpfte ich in unserem kleinen Wohnzimmer herum, zerdrückte Motten und führte mit Kreidestrichen darüber Buch, wie viele ich erwischte. Fast ein ganzes Wochenende verbrachte ich damit, Kleidungsstücke auszubessern, obwohl ich gar kein passendes Garn hatte. Eines Abends schrieb ich bei Kerzenlicht die Gedichte ab, die wir in meinen Schuhen versteckt hatten, und gab sie Mandelstams Bruder Alexander zur Aufbewahrung. In der Nacht von Mandelstams Verhaftung hatten sie alle unsere Bücher durchsucht und sie anschließend in wildem Durcheinander zurück auf die Regalbretter geworfen. Am Tag, um den es hier geht, beschloss ich, ihnen so gut es ging ihre alte Ordnung zurückzugeben, staubte jeden einzelnen Band ab und machte einen Stapel mit den Büchern meines Mannes und einen mit meinen, bevor ich sie ins Regal zurückstellte. Es ist ein Naturgesetz, dass man beim Ordnen von Büchern immer wieder innehält und in ihnen blättert, sich fragt, wer da wohl bestimmte Passagen unterstrichen hat und warum und von wem die unleserlichen Kommentare mit den Pfeilen am Rand stammen, die auf andere Absätze verweisen. Ich las einzelne von mir angestrichene Sätze in der ausgezeichneten russischen Übersetzung von Laclos' Meisterwerk aus dem achtzehnten Jahrhundert, *Les Liaisons Dangereuses*. Dann fiel mir ein Buch in die Hände, das ich verliehen und verloren geglaubt hatte, Zinowjewa-Annibals *33 Abscheulichkeiten,* ein Roman, der kurz nach der Jahrhundertwende erschienen war und in dem zum ersten Mal in der russischen Literatur offen lesbische Liebe beschrieben wurde. Ich weiß nicht mehr, wie das Buch in meinen Besitz gekommen war, kann aber noch sagen, wann: Ich war damals sechzehn und fürchterlich in ein russisches Mädchen verliebt, das ich auf einer Reise nach Paris kennengelernt hatte. Ich war mit meinen Eltern dort gewesen. Sie ließ mir kleine Briefchen zukommen, in denen sie schrieb, wie sehr sie meine hellen Augen und meine zarte Haut bewundere. Komischerweise kann ich mich nicht mehr an den Namen des Mädchens erinnern, obwohl diese Jugendliebe doch zu meinen intensivsten Erfahrungen gehörte, bevor Mandelstam im *Ramschladen* seine erste Zigarette von mir schnorrte. Vielleicht hatte mir dieses Mädchen die *33 Abscheulichkeiten* geschenkt. Andererseits konnte es auch gut meine Mutter gewesen sein, die als eine der ersten Frauen in ganz Russland Ärztin geworden war. Sie hatte ein unkonventionelles Naturell, und es ist denkbar, dass sie das Buch auf meinen Nachttisch legte, um ihrer nach Kiew gehenden Tochter etwas Weltläufigkeit mit auf den Weg zu geben.

Ich blätterte durch die *33 Abscheulichkeiten,* verweilte auf den Seiten, die irgendwann einmal mit Eselsohren markiert worden waren, und versuchte, sie (vergeblich) mit den Augen jener sechzehn Jahre alten Tagträumerin zu lesen, die ich einmal gewesen war. Da hörte ich draußen auf dem Korridor vor unserer Wohnung hastige Schritte davoneilen. Ich ging in den Flur, entdeckte ein zusammengefaltetes Stück Papier, das unter der Tür durchgeschoben worden war, bückte mich, um es aufzuheben, und spürte, wie mir dabei das Herz gegen die Rippen schlug. Einen Augenblick lang hatte ich zu große Angst, um das Blatt auseinanderzufalten und zu sehen, was darauf stand. Pasternak hatte ein paar Tage vorher angerufen und gesagt, wie er erfahren habe – wobei er sich strikt weigerte zu sagen, von wem –, interessiere sich Stalin persönlich für Mandelstams Fall. Pasternak wertete das als positive Entwicklung, aber ich sah die dunkle Seite des Mondes: Wenn sich Stalin persönlich für Mandelstams Fall interessierte, dann gnade Mandelstam Gott. Am Ende war die Neugier jedoch zu stark, und ich faltete das Papier auseinander, das sich als gedruckte Vorladung erwies, in die mit Tinte mein Name eingefügt worden war. Ich hatte mich noch am selben Nachmittag um zwei an dem auf die Furkassowski-Straße hinausgehenden Eingang der Lubjanka zu melden.

Der Lubjanka! Sollte ich auch verhaftet werden? Oder ging es um meinen Mann? Wollten sie mir seinen Totenschein und seine persönlichen Habseligkeiten aushändigen? Ich erinnere mich, wie mir die Beine den Dienst versagten und ich vor dem rosenroten Heizkörper auf die Knie sank, als wäre es ein Schrein, vor dem ich beten wollte. Lieber Herr im Himmel, wenn er noch eine Muse und eine Erektion hat, mach, dass dann die Sonne morgen früh einfach nicht wieder aufgeht. Amen. Nach einer Weile gelang es mir, etwas Kraft zu sammeln und genug Ordnung in meine Gedanken zu bringen, um mich aufraffen, ans Gemeinschaftstelefon draußen auf dem Korridor gehen und Bucharins *Iswestija*-Nummer wählen zu können. Seine Sekretärin Korotkowa nahm ab. »Oje«, sagte sie mit einem verzagten Seufzen, »er hat mir strengstens verboten, Sie zu ihm durchzustellen, Madame Mandelstam. Er wird Sie auch nicht empfangen, falls Sie überlegen herzukommen. Er ist wütend auf Sie. Offenbar haben Sie Nikolai Iwanowitsch seinem Freund im Kreml gegenüber in eine unangenehme Situation gebracht. Ich fürchte, ich kann nichts für Sie tun.«

Zu sagen, dass ich erschüttert war, wäre eine Untertreibung. Eine der Nachbarinnen aus dem Herzen-Haus fand mich wie betäubt auf dem wackeligen Stuhl beim Telefon sitzen und die Wand anstarren. »Nadeschda, haben Sie schlechte Nachrichten bekommen?«, fragte sie.

Ich gab ihr die Vorladung. Sie las sie und sagte: »Gott helfe Ihnen, ich kann es nicht«, drückte mir das Stück Papier zurück in die Hand, als wäre es vergiftet, und verschwand.

Mir kam der Gedanke, Anna Achmatowa anzurufen, meine weltläufige Freundin, die wusste, wie man mit einem kleinen Päckchen herausfand, in welchem Gefängnis der verhaftete Ehemann saß. Lew nahm ab, Anna Andrejewnas Sohn von Gumiljow, ihrem ersten Mann. Er versprach mir, seiner Mutter zu sagen, sie solle sofort zurückrufen, wenn sie vom Einkaufen im Gastronom zurückkam. Ich weiß nicht, wie lange ich dasaß, bis das Telefon klingelte. Ich riss den Hörer von der Gabel, und es war, Gott sei Dank, Anna Achmatowa. Ich las ihr die Vorladung vor. Wie gewohnt dachte sie erst einmal gründlich nach, bevor sie etwas sagte.

»Ich glaube, wir können ausschließen, dass sie Ihnen seinen Tod mitteilen wollen«, meinte sie endlich. »Nach allem, was ich höre, erfährt man vom Tod eines Gefangenen dadurch, dass ein Päckchen oder Brief mit dem Stempel *Verstorben* zurückgeschickt wird. Es kommt auch vor, allerdings nur sehr selten, dass einem eine gute Seele den Tod mitteilt, wobei der Tod eines Gefangenen, selbst wenn er im Keller der Lubjanka erschossen wurde, fast immer mit Herzversagen begründet wird. In Ausnahmefällen schicken die Organe auch eine offizielle Mitteilung mit dem Datum, an dem der Gefangene gestorben sein soll.«

»Falls er tot ist, was machen sie dann mit seiner Leiche?«

»Ich habe gehört, wenn Gefangene nicht verbrannt werden, kommen sie in ein Gemeinschaftsgrab auf der Schießanlage Butowo, außerhalb von Moskau, gleich neben den Datschas, die sie da für die Tschekisten gebaut haben. Aber beruhigen Sie sich, Nadeschda, es ist äußerst unwahrscheinlich, dass man Sie ruft, um Ihnen Mandelstams Tod mitzuteilen. Ich kann allerdings nicht ausschließen, dass man Sie verhaften will. Offenbar verhaften sie heute so viele Leute, dass sie nicht genug Tschekisten haben, um sie abzuholen. Also werden die weniger wichtigen politischen Gefangenen herbeibefohlen, um genug Leute für die wichtigen Fälle übrig zu haben. Aber vielleicht ist es ja auch etwas völlig anderes. Wir sollten die Hoffnung nicht völlig aufgeben, dass Pasternak oder Bucharin doch noch ein Wort bei Stalin einlegen konnten und Mandelstam eine Gefängnisstrafe bekommt. Worauf wir dann achten müssen, ob er sie mit dem Zusatz *Ohne Recht zur Korrespondenz* bekommt. *Ohne Recht zur Korrespondenz* ist gleichbedeutend mit einem Todesurteil. Es heißt, dass sie einen Gefangenen von der Zivilisation abschneiden, weil sie nicht damit rechnen, dass er zurückkommt. Und es gibt noch eine Möglichkeit: dass Ossip ins Exil geschickt wird, ins berüchtigte ›Minus zwölf‹. In dem Fall braucht man Sie, damit Sie Essen für die Reise und Kleidung für den Winter bringen …«, Anna verbesserte sich gleich, »… für die Winter, Mehrzahl, die vor ihm liegen.«

»Ich hätte nie gedacht, einmal dafür zu beten, dass Mandelstam ins Exil geschickt wird«, sagte ich.

»Das wäre unter allen schrecklichen Möglichkeiten noch die beste«, stimmte sie mir zu. »Ich schließe mich Ihrem Gebet an, nur für den Fall, dass es tatsächlich einen Allmächtigen gibt und der uns gerade zuhört.«

»Werden sie mir erlauben, mit ihm ins Exil zu gehen?«

»Wenn es tatsächlich das Exil ist, wahrscheinlich schon. Immer mehr Frauen gehen heute mit ihren Männern ins Exil. Dadurch werden Wohnungen frei, und sie sind uns Nervensägen los. Um wie viel Uhr sollen Sie zur Lubjanka kommen?«

»Um zwei.«

»Liebste Nadeschda, ich werde neben dem Telefon warten«, sagte Anna Achmatowa. »Wenn Sie bis fünf nicht anrufen, informiere ich Pasternak, und dann werden wir den Schriftstellerverband gemeinsam mit Telegrammen bombardieren, um in Erfahrung zu bringen, was mit Ihnen beiden ist.«

Und so fand ich mich schließlich vor einer unauffälligen hölzernen Tür in der Furkassowski-Straße wieder und suchte nach einer Klingel oder einem Türklopfer. Mandelstam wäre sicher in Lachen ausgebrochen, hätte er gesehen, wie ich dastand und herauszufinden versuchte, wie ich *in* die Lubjanka gelangen konnte. Am Ende klopfte ich mit der Hand an die Tür. Ein junger Tschekist in der blauen

Uniform einer Grenzwache öffnete die Tür etwa eine Faustbreit, sodass ich nur seine Augen erkennen konnte, die mich eindringlich ansahen.

»Ja?«

Ich schob ihm die Vorladung durch den Spalt, worauf er mir die Tür vor der Nase wieder zumachte. Ich stand da und überlegte, ob ich noch einmal klopfen oder warten sollte. Auf dem Bürgersteig gingen Frauen an mir vorbei, mit Einkaufsnetzen voller Orangen, und warfen mir Blicke zu. Ich fragte mich, ob ihnen bewusst war, dass das hier der Hintereingang zur berüchtigten Lubjanka war. Einen Moment später öffnete sich die Tür wieder, diesmal weit genug, dass ich eintreten konnte. Als ich hörte, wie die Tür hinter mir zuschlug und der Riegel vorgeschoben wurde, hatte ich alle Mühe, mich auf den Beinen zu halten, die mir mit einem Mal ihren Dienst versagen wollten.

»Folgen Sie mir«, sagte der Tschekist.

»Wohin bringen Sie mich?«, fragte ich, aber er war schon davongeeilt, und ich musste mich sputen, um ihn nicht zu verlieren. Durch eine weitere Tür ging es in einen Hof, dann eine Treppe hinauf und wieder durch eine Tür in eine elegante Eingangshalle mit Wandspiegeln und gefliestem Boden, der so auf Hochglanz poliert war, dass sich der Saum meines Kleides darin spiegelte. Eine breite Treppe mit Mahagonigeländer wand sich in die oberen Stockwerke. Der Tschekist führte mich daran vorbei zu einem großen, verspiegelten Aufzug. Er gab dem Aufzugführer, einem älteren Herrn mit weißen Handschuhen und einer mit Goldborten und Messingknöpfen besetzten blauen Uniformjacke, meine Vorladung. Ich trat in den Aufzug und betrachtete wie aus Gewohnheit mein Spiegelbild, das mir entgegensah. Der Teufel persönlich hätte beim Anblick meines aschfahlen Gesichts Reißaus genommen. Ich steckte ein paar widerspenstige Haarsträhnen unter die Baskenmütze, die mir meine Eltern in Paris gekauft hatten, damals, als ich sechzehn war. Mir kam der Gedanke, dass es klüger gewesen wäre, eine russische Mütze aufzusetzen als eine, in die ein französisches Schild genäht war. Der Aufzug glitt nach oben. Ich zählte die Stockwerke, an denen wir vorbeikamen. Eins. Zwei. Wir hielten im dritten Stock. Der Aufzugführer zog mit einiger Anstrengung das Messinggitter zurück, öffnete die schwere Tür und hielt sie mir auf, als wäre ich im Ritz zu Gast. »Zimmer dreiundzwanzig«, sagte er und nickte in Richtung der Tür ganz am Ende des Korridors. Über einen abgetretenen Läufer ging ich den hell erleuchteten Korridor hinunter, vorbei an einem offenen Lastenaufzug mit gepolsterten Wänden und schönen Holztüren mit Messingzahlen, bis ich zur Nummer dreiundzwanzig kam. Und dann, ganz so, als handelte es sich um einen Anstandsbesuch bei einem Verleger, der meine Übersetzungsdienste in Anspruch nehmen wollte, klopfte ich an.

Was ich jetzt erzähle, kommt nicht aus dem Teil meines Gehirns, in dem das Gedächtnis untergebracht ist. Ich sehe es direkt vor meinem geistigen Auge und erlebe es beim Erzählen neu oder, genauer ausgedrückt, wie zum ersten Mal. Wenn ich mir die fürchterlichen Geschehnisse gelegentlich vergegenwärtige, verbreiten sie den Geruch von Erde aus einem frisch ausgehobenen Grab.

Es folgt, was mein Herz sah, als der Mann, den ich als den Vernehmungsbeamten Christophorowitsch kennenlernen sollte, die Tür öffnete und mir mit einem Nicken bedeutete einzutreten. Es sah Josef Stalin von einer riesigen Fotografie an der Wand auf mich herabblicken. Es sah Christophorowitsch, der mich wie ein Maître d'hôtel dümmlich angrinste. Und es sah einen Mann, der dem Dichter Mandelstam glich, allenfalls glich. Er stand neben einem absurden Hocker, dessen Vorderbeine kürzer als die hinteren waren, und hielt mit beiden Händen den Bund seiner übel mitgenommenen Hose, damit sie ihm nicht auf die Füße rutschte.

Ich stolperte durch den Raum und drückte seinen Körper, der von Kopf bis Fuß von lautlosen Schluchzern erbebte, mit zitternden Armen an mich.

Ich sollte hier hinzufügen, dass seine Kleider nach Urin stanken.

»Wie Sie sehen, Madame Mandelstam, lebt Ihr Mann, und es geht ihm gut«, sagte der Vernehmungsbeamte. Er setzte sich auf den Stuhl hinter einem großen Tisch, schob ein halb gegessenes Gericht zur Seite und bedeutete Mandelstam, sich ebenfalls zu setzen. Mein Mann klammerte sich an meine Hand, als er sich auf dem Hocker niederließ. »Lassen sie dich gehen?«, fragte er mit einer Stimme, die sich nicht wie die von jemandem anhörte, den ich kannte.

»Was meinst du mit *mich gehen lassen?*«

»Weißt du denn nicht mehr? Ich habe dich doch in deiner Zelle besucht, Nadenka. Dich und Zinaida.« Er machte mir ein Zeichen, dass ich mich neben ihn hocken sollte, damit sein Mund nahe bei meinem Ohr war. »Bei ihrer Verhaftung haben sie auch das Epigramm mitgenommen, das ich für sie aufgeschrieben habe.«

»Mein Name«, verkündete der Maître d'hôtel hinter dem Tisch, »ist Christophorowitsch. Ich habe die Ehre, der Vernehmungsbeamte Ihres Mannes zu sein. Er ist leicht desorientiert, wahrscheinlich durch den Schock, Sie hier zu sehen.« Er wandte sich an Mandelstam. »Ihre Frau, und auch die Freundin Ihrer Frau, die Schauspielerin Zinaida Zaitsewa-Antonowa, sind nie in Schutzhaft genommen worden.«

»Natürlich lügen Sie«, sagte Mandelstam mit einer Stimme, die schon eher wie die klang, die ich kannte. »Ich habe sie beide im Gefängnis gesehen.«

»Er sagt die Wahrheit, Ossja. Das musst du geträumt haben. Ich war während der letzten zwei Wochen in unserer Wohnung im Herzen-Haus.«

Christophorowitsch räusperte sich. »Sie sind vorgeladen worden«, informierte er mich, »um Mandelstams Urteil wegen Verletzung des Paragrafen 58 zu hören, wegen antisowjetischer Propaganda und konterrevolutionärer Aktivitäten. Das Gedicht Ihres Mannes ist ein konterrevolutionäres Dokument ohne Beispiel.« Der Vernehmungsbeamte zog ein Blatt Papier aus einem übervollen Ordner auf dem Tisch. »Genosse Stalin hat sich des Falles persönlich angenommen und die Organe angewiesen, den Gefangenen zu isolieren und zu schonen. Das Urteil lautet auf drei Jahre Minus-zwölf-Exil.«

»Was soll das heißen, minus zwölf?«, fragte Mandelstam.

»Das heißt, dass es Ihnen nicht erlaubt ist, in einem der zwölf größten urbanen Zentren der Sowjetunion zu wohnen«, sagte Christophorowitsch.

Mandelstam klammerte sich noch fester als zuvor an meine Hand und begann, unkontrollierbar zu zittern. »Ich werde nicht erschossen?«

»Du wirst nicht erschossen«, erklärte ich ihm. »Du lebst und kannst dutzendweise schöne Gedichte schreiben.«

»Ich werde nicht erschossen?«, wiederholte er, als hätte er meine Antwort nicht gehört.

»Ich versichere Ihnen, dass Sie nicht der Höchststrafe

unterworfen werden«, sagte Christophorowitsch. Er sah mich direkt an. »Ist es Ihr Wunsch, Ihrem Mann ins Exil zu folgen?«

»Nein«, antwortete Mandelstam für mich.

»Unbedingt«, wies ich ihn zurück.

»Also was nun?«, wollte Christophorowitsch wissen.

»Ich werde meinen Mann auf jeden Fall ins Exil begleiten.«

»Dann werde ich die nötigen Papiere ausstellen lassen und sie Ihnen zur Unterschrift bringen.«

Er kam um den Tisch herum und baute sich vor Mandelstam auf. »Angesichts des konterrevolutionären Charakters Ihres Verbrechens ist Ihr Urteil ein unglaublicher Akt der Milde von allerhöchster Stelle. Seien Sie dankbar.« Damit verließ er den Raum und schloss die Tür hinter sich.

Mit bebenden Lippen wollte Mandelstam etwas sagen. »Sei vorsichtig«, wisperte ich. »Die hören bestimmt zu.« Und mit der entsprechenden Geste warf ich einen Blick auf die Wände, in denen sich Mikrofone befinden konnten.

»Hast du abgestritten, verhaftet worden zu sein, weil er im Raum war?«

»Nein, es ist die Wahrheit. Ich war die ganze Zeit zu Hause.«

»Und Zinaida?«

»Nach Tagen und Tagen habe ich sie endlich ans Telefon bekommen. Ihre Stimme war angespannt. Ich nehme an, weil ihr Mann und sie sich scheiden lassen. Sie hat mir versichert, sie hätte den Zettel mit dem Epigramm vernichtet, den du ihr gegeben hast.«

Verwirrt schüttelte er den Kopf. »Wenn sie angespannt klang, lag es daran, dass sie ihr das Epigramm abgenommen haben und sie Angst hat, es zuzugeben. Christophorowitsch hat es mir gezeigt. Da war kein Irrtum möglich, es war die erste Version, bevor Pasternak mich dazu gebracht hat, die zweite Strophe zu ändern. Ich kenne schließlich meine Handschrift.«

»Das verstehe ich nicht …«

»Ich auch nicht. Glaube mir, ich halluziniere nicht. Ich habe dich und Zinaida in eurer Zelle besucht, Gott noch mal.«

»Und ich sage dir, das musst du dir eingebildet haben. Lieber Gott, und was sonst wohl noch alles?«

Mandelstam murmelte etwas auf Griechisch: *»Ei kai egnokamen kata sarka Christon.«* Ich erkannte den Satz sofort, hatten wir doch oft genug versucht, diese geheimnisvollen Worte des heiligen Paulus aus dem zweiten Brief an die Korinther zu entschlüsseln. Es heißt von Paulus, dass er Christus nie selbst begegnet ist, und doch behauptet er: *… und wenn wir auch Christus dem Fleische nach kannten, so doch nicht mehr jetzt.* Ich begriff nicht, worauf Mandelstam mit seinem Paulus-Zitat hinauswollte. »Willst du mir sagen, dass du Christus begegnet bist? Hier im Gefängnis?«, fragte ich.

Verdrossen schüttelte Mandelstam den Kopf und sah hinüber zur Fotografie Josef Stalins hinter dem Tisch des Vernehmungsbeamten. »Ich habe *ihn* gesehen.«

Ich verstand immer noch nicht. »Stalin hat dich im Gefängnis besucht?«

Mein Nicht-begreifen-Wollen begann meinen Mann aufzuregen. »Nicht im Gefängnis. Er ist nicht zu *mir* gekommen, ich war bei *ihm*. Natürlich habe ich ihn im Kreml besucht. Persönlich. Er bot mir eine Zigarette an. Wir haben geredet. Er hat mir viel von sich erzählt, unter anderem …«, Mandelstam presste die Lippen auf mein Ohr, »unter anderem, dass er seine Frau nach einem Streit erschossen hat. Oh, es war nicht allein seine Schuld. Sie holte eine Pistole hervor und drückte sie ihm in die Hand. Sie reizte ihn zu beweisen, dass er hart wie Iwan der Schreckliche sei. Also richtete er den Lauf auf ihr Herz und drückte ab. Alle im Kreml sind überzeugt, dass sie Selbstmord begangen hat. Nur ich weiß die Wahrheit.«

Ich wusste nicht, wie ich darauf reagieren sollte. War es möglich, dass Stalin meinen Mann in den Kreml geholt und sich ihm anvertraut hatte? Aber wenn er sich ihm anvertraut und zugegeben hatte, seine Frau erschossen zu haben, warum schickte er ihn dann ins Exil, wo Mandelstam die Geschichte überall herumerzählen konnte? Nein, nein, die einzige Erklärung, die auch nur irgendwie einen Sinn ergab, war, dass Mandelstam, an der Schwelle eines Nervenzusammenbruchs, halluziniert hatte, sich mit Stalin im Kreml unterhalten zu haben, genau wie er sich sein Zusammentreffen mit Zinaida und mir in einer Gefängniszelle nur eingebildet hatte. »Hör genau zu, mein Schatz«, sagte ich und hauchte ihm meine Worte ins Ohr. »Du darfst keiner Menschenseele davon erzählen, dass du Stalin im Kreml getroffen hast. Ich bezweifle nicht, dass es genau so war, aber wenn du erzählst, wie seine Frau gestorben ist, wird er dich zurück in die Lubjanka schleppen und in Ketten legen lassen. Verstehst du, was ich sage, Ossja?«

Er massierte sich die schöne Stirn mit den Fingerknöcheln. »Ja.«

»Bist du sicher, dass du mich verstehst?«, wiederholte ich.

Er nickte langsam.

»Gut. Sprich nie wieder darüber. Weder mit dir selbst noch mit Achmatowa oder Pasternak. Nicht mit deinem Bruder und nicht mal mit mir.«

»Ich werde nie wieder darüber sprechen«, sagte er mit leiser Stimme.

»Wir müssen die Vergangenheit hinter uns lassen und uns auf die Zukunft konzentrieren.«

»Liegt die Zukunft hinter uns oder vor uns?«

Einen Moment lang glaubte ich, Mandelstam sei wieder zu sich gekommen, mit einer seiner typischen sarkastischen Beobachtungen, von poetisch gar nicht zu reden. Aber dann ging ich in die Hocke und sah seine weit aufgerissenen Augen, die nach einer Antwort auf die Frage hungerten, die er gerade gestellt hatte.

»Die Zukunft«, sagte ich, »liegt vor uns.«

Mandelstam akzeptierte diese Klarstellung mit einem weiteren bedächtigen Nicken des Kopfes.

Der Maître d'hôtel kam zurück und brachte Formulare mit, in dreifacher Ausfertigung, die ich unterschreiben musste. Ich kratzte meinen Namen unten auf jede Seite, ohne mir die Mühe zu machen, sie zu lesen. Was konnte ich noch verlieren, was uns nicht schon genommen war? Die Kante seines Tischs benutzend, riss Christophorowitsch ein Stück Papier ab und schrieb den Namen eines Bahnhofs auf, mit Gleisnummer und Abfahrtszeit. »Mandelstam wird ins Exil nach Tscherdyn im Nordural geschickt«, sagte er. »Sie haben sieben Stunden, um zusammenzupacken, was Sie tragen können, und sich Ihrem Mann anzuschließen.« Ich hatte keine Zeit zu verlieren, wollte ich mich einigermaßen auf die Reise vorbereiten, und wandte mich Richtung Tür. Da sprang Mandelstam auf. »Eine Schwalbe«, jaulte er und deutete auf die gewellten Vorhänge vor dem Fenster.

»Was siehst du da, Ossja?«

»Ich sehe die Zukunft in einen Berghang krachen!«

Ich wandte mich dem Vernehmungsbeamten zu und

machte meiner Wut Luft. »Sie haben einen Dichter in den Wahnsinn getrieben«, rief ich. »Das ist ein schlimmes Vergehen an der Regierung, die Sie vertreten. Ein in den Wahnsinn getriebener Dichter wird ins Exil geschickt.«

Christophorowitsch ließen Mandelstams Wahnsinn und mein Ausbruch unberührt. »Sie nutzen die Zeit vor Abfahrt des Zuges besser, wenn Sie sich beruhigen und an die Reisevorbereitungen machen«, erklärte er mir mit kalter Stimme.

Ich fürchte, die Bilder vor meinem geistigen Auge verwischen an diesem Punkt der Erzählung. Ich scheine noch zu wissen, dass Mandelstam weinte, als ich mich von der Szene losriss. Wie ich zurück ins Herzen-Haus kam, kann ich nicht sagen. Das liegt völlig im Dunkel. Ich erinnere mich auch nicht, Anna Achmatowa angerufen zu haben, aber es muss wohl so gewesen sein, denn minutenschnell kamen einige jüngere Dichter, die in den kleinen Räumen im zweiten Stock wohnten, und halfen mir packen. Ich erinnere mich an das Gefühl, hohes Fieber zu haben. In meinem Taumel stopfte ich die Kleidung meines Mannes (die zum Teil stark nach Kampfer roch) in den Koffer, der uns als Kaffeetisch gedient hatte. Meine eigenen Sachen packte ich in den Pappkoffer, den mir jemand brachte, stopfte Töpfe, Porzellanschüsseln, Küchenutensilien und Wäsche in einen Postsack aus Leinen und füllte einen kleinen Karton mit Büchern von Mandelstams Regal. Pasternak erschien mit einem dicken Bündel Rubel, das von einem Gummiband zusammengehalten wurde. Die Hälfte sei von ihm, die Hälfte von Achmatowa. Noch trauriger als gewohnt dreinschauend, küsste er mich auf die Stirn und floh aus der Wohnung. Bulgakows Frau, Elena Sergejewna, konnte die Tränen nicht zurückhalten, als sie an die Tür klopfte. Sie leerte ihr Portemonnaie auf dem Küchentisch aus und bestand darauf, dass ich auch noch den letzten Rubel daraus nahm. Die Frauen von zwei Redakteuren, die Mandelstams Gedichte nicht hatten veröffentlichen können, klopften ebenfalls an, eine mit zwei gestrickten Winterschals, die andere mit Bargeld. (»Nehmen Sie's als Darlehen«, sagte sie, als ich ihr das Geld zurück in die Hand drücken wollte.) Zwei der jüngeren Dichter, die abends bei uns am Küchentisch gesessen und gelauscht hatten, wie Mandelstam aus *Der Stein* vorlas, seinem ersten Gedichtband, hielten eine Regierungslimousine an und steckten dem Fahrer ein großzügiges Trinkgeld zu, damit er mich zum Bahnhof brachte. Sie bestanden darauf, mich zu begleiten und die Koffer, den Leinensack und den Karton voller Bücher zu tragen. Meine ramponierte Handtasche mit mehr Geld an die Brust drückend, als wir seit Jahren besessen hatten, und die beiden jungen Dichter mit unseren ärmlichen Besitztümern hinter mir, lief ich den Bahnsteig entlang, bis ich meinen Mann in einem Abteil sitzen sah. Er wirkte so blass und so eindimensional wie das Spiegelbild in einem verschmutzten Schaufenster.

Zug und Flussschiff brauchten drei Nächte und zwei Tage, um die tausendfünfhundert Kilometer nach Tscherdyn zu überwinden. Nur flüchtige Bilder sind mir von unserer Reise ins Exil geblieben, wie Filmsequenzen, die von der Transporttrommel des Projektors zu springen drohen. (Anna Achmatowa zitierte gern einen englischsprachigen Dichter, dessen Name mir entfallen ist, und sprach von Fragmenten, die man gegen sein Scheitern auftürmt. Was ich jetzt erzähle, *sind* die Fragmente meines Ruins.) Sah man von den drei bewaffneten Soldaten ab, von denen einer immer an der Tür stand, um die anderen Reisenden abzuweisen, hatten Mandelstam und ich das Abteil mit seinen sechs Plätzen für uns. Der ranghöchste der Soldaten, der ebenfalls Ossip hieß, kam vom Land und hatte ein breites, offenes Gesicht. Wenn er mich nicht gerade anstarrte, summte er volkstümliche Rundgesänge. Er füllte meine Teekanne mit kochendem Wasser aus dem Samowar des Waggons, wann immer ich ihn darum bat, und so konnte ich meinen Mann fortlaufend mit Tee versorgen. Allerdings hatte ich vergessen, im Herzen-Haus nach Zucker zu fragen, und Mandelstam verzog das Gesicht bei jedem Schluck. Stunden um Stunden verbrachte er damit, die Stirn ans Fenster zu drücken, seinen feuchten Atem auf die Scheibe zu hauchen und durch sein Spiegelbild hinaus in die Taiga zu starren. Während Dörfer und Ansiedlungen vorbeiflogen, lauschte er der fast menschlichen Stimme der Gleise unter den Rädern des Zuges. »Kannst du es hören?«, wollte er wissen und entschlüsselte die Worte für mich: *Alter vor Schönheit? Talent vor Mittelmaß? Der städtische Intellektuelle vor dem Bauerntrampel?* Bei einer anderen Gelegenheit erwachte ich aus einem Schlummer und fand ihn im Selbstgespräch. Ich erinnere mich, wie er wieder und wieder das Gleiche sagte: »Sie wollen mich aus Moskau weghaben, bevor sie mich erschießen. Sie wollen, dass ich spurlos verschwinde.«

Ossip, der Soldat, musste ihn ebenfalls gehört haben, weil er sich, immer noch grinsend, an mich wandte und sagte: »Sagen Sie ihm, er soll sich beruhigen, meine Dame. Wir erschießen keine Leute, weil sie Reime erfinden, nur wegen Spionage und Sabotage. Wir sind nicht wie die bourgeoisen Länder. Da können Sie aufgehängt werden, weil Sie was schreiben, das die nicht mögen.«

Die Filmsequenzen springen. Irgendwann während jener ersten Nacht hielt der Zug auf einem Abstellgleis, und wir mussten in den offenen Waggon einer Schmalspurbahn umsteigen (die Soldaten hängten sich die Gewehre um und trugen unsere Habseligkeiten). Mandelstam und ich saßen uns auf zwei Holzbänken gegenüber, die Soldaten auf der anderen Seite des Ganges, von wo sie die übrigen Reisenden mit demonstrativen Gesten auf Abstand hielten. Was die Leute von den beiden schwermütigen Stadtmenschen dachten, mit ihren Koffern und Habseligkeiten über sich im Gepäcknetz, vermag ich nicht zu sagen. Da sie sahen, dass wir von bewaffneten Soldaten begleitet wurden, mieden sie unsere Blicke. Alle bis auf eine schlanke, elegant gekleidete ältere Frau, die aussah wie geradewegs einem Turgenjew-Roman entstiegen. O Gott, plötzlich sehe ich alles wieder vor mir. Seit Jahren habe ich nicht an sie gedacht. Sie bestieg den Wagen an einem abgelegenen Bahnhof, gekleidet, wie sich meine Mutter, ruhe sie in Frieden, für Hochzeiten anzog, mit einem hochgeschlossenen cremefarbenen Kleid, einem kleinen Strohhut und gehäkelten Handschuhen. Sie hatte einen geschlossenen Weidenkorb dabei und trug einen zusammengeklappten Sonnenschirm unter dem Arm. Sie sah mich an, dann die Soldaten, dann mich wieder, und als sie begriff, dass wir Gefangene waren, die ins Exil gebracht wurden, schenkte sie mir das traurigste Lächeln, das man sich vorstellen kann, und trat näher. Sie störte sich nicht weiter daran, dass die Soldaten sie mit abwehrenden Handbewegungen zu verscheuchen versuchten und Ossip, ihr Anführer, nach dem Griff seines enormen Revolvers langte. Sie öffnete den Deckel ihres Korbes, suchte unter einem Tuch herum und zog schließlich zwei Gurken hervor. Eine bot sie meinem Mann an, eine mir. Mandelstam, der durch diese unerschrockene Solidaritätsbezeugung aus seiner Benommenheit gerissen wurde, stand auf und küsste ihr auf französische Art die Hand. Seine blutlosen Lippen berührten ganz leicht das Material ihres Handschuhs, und mit einer höflichen Neigung des Kopfes drehte sich dieser Schutzengel deportierter Gefangener, dieses Relikt eines sterbenden Russland um und setzte sich ganz am Ende des Wagens neben eine Bauernfamilie, von wo aus sie den Blick nicht mehr von mir nahm.

Ich musste in Schlummer gefallen sein. Ich hatte meine Augen nicht länger offen halten können. Als der Zug einen weiteren entlegenen Bahnhof hinter sich ließ, rüttelte ich mich wach und stellte fest, dass der Platz der Frau am Ende des Wagens leer war. Bis auf den heutigen Tag bedauere ich es bitterlich, ihren Namen nicht zu kennen, wenn es sie angesichts dessen, was sie für uns getan hatte, auch in Gefahr hätte bringen können, danach zu fragen. Mandelstam seinerseits hörte nicht auf, sein Spiegelbild im Fenster anzustarren. Er war sicher, jeden Moment hingerichtet zu werden, und wollte sich nicht überraschen lassen. Die Zeit der Weißen Nächte hatte begonnen, und man konnte auf den Gebirgsausläufern Birken- und Espenwäldchen ausmachen. Ich schlummerte erneut ein, wurde aber noch vor Tagesanbruch vom Ausbleiben des ständigen Rüttelns geweckt. Wir standen auf dem Rangiergleis eines Verladebahnhofs und ließen rote Viehwaggons vorbei, mit denen Gefangene in Arbeitslager in Sibirien gebracht wurden. Frauen hatten Fetzen ihres Unterzeugs zwischen die Seitenplanken gequetscht, damit die Menschen draußen sahen, was für eine Art Ladung da transportiert wurde. In meiner Vorstellung sehe ich die Fetzen wie Regimentsbanner im kühlen Halbschatten zwischen Weißer Nacht und dem jungen Tag wehen.

Spät am zweiten Tag erhob sich der Ural wie ein Schmutzrand am Horizont. Der Zug kroch durch einen Vorort mit hell gestrichenen einstöckigen Ganzdachhäusern und schmalen, unbefestigten Straßen in einen verwahrlosten Bahnhof mit riesigen Abbildern Lenins und Stalins. Auf den Schwingtüren zum Warteraum stand *Solikamsk* zu lesen. Eine Nachrichtendurchsage hallte aus den an Pfosten auf den Bahnsteigen befestigten Lautsprechern: *Die Spione, Verräter und Abtrünnigen wurden vom Angesicht der Erde getilgt.* Unsere drei getreuen Aufpasser brachten uns und unsere Habseligkeiten zu einem offenen Lastwagen, der seitlich bei den öffentlichen Toiletten parkte. Mandelstam und ich mussten uns auf die Strohballen hinten auf der Ladefläche setzen, und schon fuhr der Wagen, eine Abgaswolke hinter sich lassend, über die einzige große Straße der Stadt Richtung Norden. Auf die Ganzdachhäuser folgte dichter Wald, und das Tageslicht wurde von undurchdringlichen Schatten ersetzt. Nicht lange, und wir bogen auf eine Lichtung, und die Ladefläche füllte sich mit Waldarbeitern, die zum Fluss mitgenommen werden wollten. Einer von ihnen machte Mandelstam besondere Angst, ein großer, bärtiger Mann mit dunkelrotem Hemd und einer mächtigen Doppelaxt über der Schulter. Um sein Leben fürchtend, begann Mandelstam zu zittern. »Sie werden mich enthaupten, wie zu Zeiten von Zar Peter«, keuchte er. Ich zog ihn an mich und versuchte, ihn zu beruhigen, aber er hielt die Augen voller Grauen auf den bärtigen Riesen gerichtet. »Mach dich auf das Schlimmste gefasst«, erklärte er mir, »und verteidige deine Ehre mit allen Mitteln. Wenn sie kommen, muss ich unbedingt davonlaufen – es ist wichtig, zu fliehen oder auf der Flucht getötet zu werden.«

Ich erinnere mich noch, dass ich darauf erwiderte:

»Wenn sie uns umbringen, müssen wir wenigstens keinen Selbstmord begehen.«

Das rief bei Mandelstam ein nervöses Kichern hervor. »Wie kann ich mit einem Profiselbstmörder wie dir an meiner Seite weiterleben?«, wollte er wissen.

Was ich nicht sagte, aber dachte, war: Wenn du dich entschließt zu sterben, muss ich mich nicht mehr umbringen. Dann hört mein Leben einfach auf.

Ich weiß noch, dass er jetzt mehrmals tief einatmete, was ihn beruhigte. Dennoch nahm er den Blick nicht eine Sekunde von dem bärtigen Holzfäller und seiner Doppelaxt.

Die Sonne war bereits untergegangen, als der Lastwagen den wackligen Anleger an der Kolwa erreichte. Die Weiße Nacht verlor sich in den Schatten des Waldes, der fast bis hinunter ans Wasser reichte. Singende Frauenstimmen von der anderen Seite des Flusses hallten durch den Wald. Die Waldarbeiter verschwanden in einem kasernenartigen Gebäude auf einem Felsvorsprung, nicht hoch über dem Wasser. Unsere drei Bewacher packten unsere Besitztümer auf den Anleger, setzten sich mit dem Rücken dagegen, rauchten und unterhielten sich mit gedämpften Stimmen. Ich klopfte ans Fenster eines kleinen Ladens neben der Unterkunft, und es gelang mir, ein paar Dosen Sardinen, Brot und zur Freude meines Mannes zwei Päckchen türkische Zigaretten zu kaufen. Wir ließen uns auf dem grasbewachsenen Abhang neben dem Anleger nieder und lauschten den sanften Geräuschen, die ein Fluss nachts hervorbringt, einem leisen Gurgeln, dem Spritzen von Fischen und Quaken von Fröschen. Unter anderen Umständen wäre es ein angenehmes Zwischenspiel gewesen. Mandelstam strich sich diese erste türkische Zigarette genüsslich unter der Nase entlang, steckte sie sich zwischen die Lippen und riss ein Streichholz an. Seine Hand zitterte jedoch zu sehr, um es an die Spitze der Zigarette zu führen, und so entzündete ich ein zweites Streichholz, und er fasste meinen Arm und führte die Zigarette zur Flamme. Ausatmend sank er zurück ins Gras. »Ich habe Stalins Arm gehalten, als er meine Zigarette ansteckte«, sagte er abwesend. Gott allein weiß, wie es mir gelang, ein Lächeln auf meine Züge zu zwingen. In der Dunkelheit konnte ich sehen, wie er mich anstarrte, als wäre ich eine Fremde.

Kurz nach Mitternacht machte der Flussdampfer längs der schwachen elektrischen Lichter am Ende des Anlegers fest. Es war ein altes Schiff mit einer nackten Frau als Galionsfigur und einem schiefen Steuerhaus, das sich hoch über dem Hauptdeck in den Wind lehnte. Ich fand den Zahlmeister mittschiffs in seinem Büro, griff in mein prall mit Bargeld gefülltes Portemonnaie und kaufte uns Karten, die uns das Recht auf eine Kabine ganz für uns gaben, sogar mit Toilette und einer kleinen Blechwanne. Mandelstam konnte unser Glück kaum fassen, als der Steward die Tür mit seinem Hauptschlüssel öffnete und zur Seite trat, damit wir eintreten konnten, fast so, als wären wir Urlauber auf einer Schiffsreise nach Tscherdyn. Unsere drei Soldaten verstauten unser Gepäck unter den beiden Betten der Kabine und gingen auf das Zwischendeck, um ihre Pritschen zu suchen. Der Geruch von gekochtem Kohl drang aus der Kombüse (Mandelstam erklärte sich bestürzt über meine Vertrautheit mit der nautischen Terminologie), und im Austausch für ein paar Zigaretten wurde uns unser Essen in die Kabine gebracht. Es dauerte nicht lange, und das gedehnte Gellen der Schiffspfeife erfüllte die Nacht, das Deck begann, unter unseren Füßen zu vibrieren, und der Dampfer machte sich auf seine Fahrt flussaufwärts auf unser Ziel zu.

Ich kann ohne Übertreibung sagen, dass wir seit Tagen beide zum ersten Mal wieder gut schliefen, so gut, dass ich einen gehörigen Schreck bekam, als ich Mandelstam morgens in seinem Bett liegen sah. Ich betrachtete ihn genau, um mich zu versichern, dass er noch atmete, und schlüpfte dann unter seine Decke, um ihn mit der Wärme meines Körpers zu wecken. Er klammerte sich an mich wie ein Ertrinkender, und ich glaubte – sicher war ich allerdings nicht, es war nur ein Eindruck –, die Nässe von Tränen an meinem Hals zu spüren. Und dann, ich erinnere mich genau an dieses Detail, trotz des Schmerzes, den es mir heute verursacht, hörte ich ihn sagen: »Mit etwas Glück habe ich vielleicht immer noch eine Muse.«

Die folgenden Stunden behalte ich für mich.

Gebadet und rasiert (von mir, während er in der Wanne saß und seine knubbligen Knie aus dem Wasser ragten, denn es wollte mir noch nicht behagen, ihm ein scharfes Rasiermesser in die Hand zu geben), angezogen mit Kleidern, die nach Kampfer rochen, und einen der neuen Strickschals um den Hals gewunden, schnappte Mandelstam auf dem schmalen Hauptdeck frische Luft. Er wanderte zwischen mir in meinem Liegestuhl und dem Vorschiff auf und ab und hielt dabei den Puschkin aufgeschlagen in der Hand, wenn seine Aufmerksamkeit auch ganz vom Ufer in Anspruch genommen wurde.

Und das mit gutem Grund. Stalins Verstoß gegen die Menschlichkeit – die Bauern, die den von Menschen verursachten Hunger und die Hinrichtungsschwadronen überlebt hatten, in Kolchosen zu zwingen – hatte Massen von Menschen entwurzelt und sie über Gegenden verstreut, die zu Brachland geworden waren. Mein Mann und ich hatten bereits Spuren dieses Unheils auf unserem Rückweg von der Krim gesehen, dieser Reise, die Mandelstam unauslöschlich gezeichnet und auf Gedeih und Verderb zu einem gemacht hatte, der kein Blatt mehr vor den Mund nahm. Freunde, die im Süden oder Osten von Moskau unterwegs gewesen waren, hatten von Überlebenden berichtet, die – auf der Flucht vor den Tschekisten, die das Land durchkämmten – verzweifelt nach einem Dorf suchten, in dem sie sich niederlassen konnten, oder einem Stück Land, das sie bestellen konnten. Hier, vom Deck unseres Flussschiffes aus, konnten wir die Opfer der Kollektivierung an den Ufern links und rechts kampieren sehen, Gruppen verlorener Seelen, die sich unter über Ästen gespannten Planen zusammendrängten. Um sie herum standen Kartons und Weidenkörbe, nackte Kinder spielten im flachen Wasser, und ein paar der Erwachsenen brieten über Holzkohlefeuern aus Kadavern gehacktes Pferdefleisch. Und mein verwirrter bester Freund und Ehemann, den Kopf voll mit Halluzinationen, mich in der Lubjanka besucht und Stalin im Kreml getroffen zu haben, wandte sich mir zu und deutete mit bebendem Finger aufs Ufer. »Sieh doch, Nadenka«, rief er. »Der Mangel wird unter den Bauern aufgeteilt.«

Zur ewigen Schande Russlands, er hatte recht. Was kann man nach all den Jahren über diese Geschichte sagen? Wenn, wovon Mandelstam sich nicht abbringen ließ, Stalin wusste, was seine Tschekisten machten, war er sicher dazu verdammt, auf ewig in der Hölle zu schmoren, wo es, wie Dante erzählt, so heiß ist, dass man sich den Körper mit geschmolzenem Glas kühlen könnte. Wenn, wie Pasternak annahm, Stalin nichts davon wusste, war er schuldig, nicht zu wissen, was er hätte wissen sollen, und würde im gleichen Inferno enden.

Nachmittags tauchte Tscherdyn hinter einer Biegung der

Kolwa auf, ausgebreitet auf mehreren von Wald umgebenen Hügeln und überragt vom Turm einer riesigen Kathedrale, die von den Bolschewiken zu einem Lagerhaus umfunktioniert worden war. Mandelstam stand am Bug, die Hand auf dem Rumpf der nackten Galionsfigur, und verfolgte, wie der Dampfer in der Strömung wendete und am Kai anlegte, auf dem sich Ballen und Kisten stapelten, die zurück in die Zivilisation geschafft werden sollten. Hafenarbeiter fingen die Wurfleinen der Besatzung, zogen die schweren Taue durchs Wasser heran und hievten sie über die Poller. Als das Schiff am Kai festgemacht und die Gangway ausgebracht war, eskortierten uns die drei Soldaten samt unserem Gepäck zu einer offenen Kutsche, die von einer abgemagerten Mähre gezogen wurde, und folgten uns zu Fuß durch ein mächtiges Tor in die Zitadelle im Zentrum der Stadt. Der Kommandant, seinen hohen Stiefeln und dem extravaganten Schnauzbart nach zu urteilen ein alter Kavallerist, knöpfte sich hastig die angelaufenen goldenen Knöpfe seiner Uniformjacke zu, als wir in sein Büro geführt wurden. Er zwirbelte sich die Enden seines Schnauzbarts hoch. »Sie müssen die Mandelstams sein«, sagte er. »Das Telegramm aus Moskau enthielt leider keine Vor- oder Vatersnamen. Wer von Ihnen ist der Gefangene?«

»Der Gefangene bin ich«, sagte mein Mann. »Ich bin der Dichter Mandelstam.«

»Und ich bin Nadeschda Jakowlewna, die Frau des Dichters Mandelstam«, sagte ich. Mein Stolz, zu ihm zu gehören, übertraf meinen Groll auf ihn (den ich zu unterdrücken pflegte), weil er uns in diese Lage gebracht hatte.

»Sehr ungewöhnlich«, bemerkte der Kommandant, der keine Anstalten machte, sich selbst ebenfalls vorzustellen.

»Was ist ungewöhnlich?«, wollte ich wissen.

»Der Vermerk *Isolieren und schonen* neben dem Namen Mandelstam im Telegramm«, antwortete er. »Es ist das erste Mal, dass ich solch eine Anweisung erhalte.« Er sah Mandelstam direkt an. »Wen kennen Sie im Kreml?«

Die Lippen meines Mannes verzogen sich zu etwas, das man bei anderer Gelegenheit gut als ein Lächeln hätte deuten können. »Stalin«, antwortete er.

Der Kommandant wechselte einen schnellen Blick mit seinem jungen Vertreter, der hinter einem Schreibtisch am anderen Ende des Raumes saß. »Mit so etwas sollte man nicht scherzen«, warnte er.

»Warum denken Sie, dass ich scherze?«

Offenbar hielt es der Kommandant für klüger, das Thema nicht weiter zu vertiefen, und so verkündete er nur, dass wir im örtlichen Bezirkskrankenhaus untergebracht würden, bis man über den endgültigen Ort unseres Exils entschieden habe. Das war der erste Hinweis darauf, dass Tscherdyn nur eine Zwischenstation für uns war. Anschließend brachte uns unsere Kutsche eine sich windende, mit gespaltenen Holzstämmen befestigte Straße hinauf zu einem Ziegelgebäude, das früher einmal eine Wurstfabrik gewesen, dann aber zu einem Krankenhaus umgebaut worden war. Am Tor verabschiedeten sich unsere drei Bewacher von uns. Der, der Ossip hieß, nahm tatsächlich Haltung an und salutierte, nachdem sie uns der Krankenhausverwaltung übergeben hatten. Eine schwergewichtige Frau in einem schmutzigen weißen Kittel führte uns auf eine große, leere Station im zweiten Stock, wo zwei metallene Armeepritschen im rechten Winkel vor einer Wand standen. Da sich niemand anbot, uns mit dem Gepäck zu helfen, musste ich mehrmals nach unten laufen und alles allein heraufschaffen. Jetzt, wo unsere drei Bewacher nicht mehr da waren, die ihn, davon war Mandelstam überzeugt gewesen, hatten exekutieren sollen, entspannte er sich etwas. Er entdeckte ein Lenin-Porträt, das aus einer Zeitschrift gerissen und von innen an die Stationstür geheftet worden war, was eine Erinnerung in ihm wachrief. »Als die Roten die Macht ergriffen«, sagte er, »ging die Frau eines der Bolschewiken zu den Wohnungen von Schriftstellern, um uns aus Zeitschriften gerissene Lenin-Porträts an die Wand zu hängen. Das, hoffte sie, werde die Intelligenzija retten. Wie unschuldig sie doch war.« Er schüttelte den Kopf. »Wie unschuldig wir alle waren.«

Als sich die Nacht über Tscherdyn senkte, hörte Mandelstam wieder Stimmen. Ich sah es am wilden Blick in seinen Augen. Er war überzeugt, Anna Achmatowa zu hören, die einen Vers aus einem ihrer Gedichte zitierte – *Sie bringen meinen Schatten zum Verhör* –, und schloss daraus, dass sie verhaftet und erschossen worden war. Zum Abendessen wurden wir in die Kantine im zentralen Stockwerk beordert, aber Mandelstam weigerte sich kategorisch, etwas zu essen, bevor er nicht die Gräben um das Krankenhaus herum nach Achmatowas Leiche abgesucht hatte. Ich folgte ihm über die unbefestigten Pfade durch den umliegenden Wald, bis wir beide so erschöpft waren, dass wir uns kaum noch auf den Beinen halten konnten. Erst da gelang es mir, ihn zurück in den zweiten Stock des Krankenhauses und auf seine Pritsche zu zerren. Als ich endlich unten in die Kantine kam, waren nur noch Reste übrig, aber in der Not frisst der Teufel Fliegen, wie es ganz richtig heißt, und so kratzte ich etwas knorpeliges Fleisch und ein paar kalte Kartoffeln auf einen sauberen Teller und brachte ihn meinem Mann, der bemerkenswert leidenschaftslos darin herumstocherte.

Damit komme ich zu dem Teil der Geschichte, der mir das Herz zerreißt. Es ist so, als … als würde mit der Erinnerung an das Geschehene etwas in mir sterben.

Mandelstam saß auf seiner Pritsche, voll angekleidet, den Rücken an die Wand gelehnt. Er hielt die Augen wachsam aufgerissen und murmelte, dass die Holzfäller ihn exekutieren würden, wenn der Mond hoch genug stehe und sie ihren Weg durch den Wald fänden. Ich war entschlossen, meine Augen erst zu schließen, wenn er eingeschlafen war, doch meine Müdigkeit war zu groß. Ich dämmerte ein und träumte schreckliche Dinge von Krokodilen, die Kinder aus einem flachen Flusswasser rupften, während ihre Eltern die Flammen von Holzkohlefeuern anfächelten, über denen sie aufgespießte Menschen brieten. Der Albtraum ließ mich hochfahren. Die Pritsche neben mir war leer. Die Glastür auf den schmalen Balkon hinaus stand offen, und im Licht des Mondes sah ich Mandelstam rittlings auf dem Geländer sitzen. Eines seiner Beine baumelte zwei Stockwerke über dem Boden, und offenbar sammelte er Mut, um zu springen. Von der Tür aus flüsterte ich seinen Namen, um ihn nicht zu erschrecken. Er drehte den Kopf und starrte mich aus finsteren Augenhöhlen ängstlich an. Ich stürzte vor und bekam den Rücken seiner Jacke zu fassen, aber er wand sich aus den Ärmeln und fiel in die Dunkelheit. Reglos stand ich da in der eisigen Nacht und hielt die Jacke so lange mit den Händen gepackt, wie ein Bild von der Netzhaut ins Gehirn braucht. Dann schrie ich, dass die Vögel am Nachthimmel erschrocken zusammenfuhren.

Ich erinnere mich nicht mehr, wie ich die breite Treppe hinunter ins Erdgeschoss gelangte, nur noch, dass ich am Fuß der Krankenhausmauer stand und Gestalten mit Petroleumlampen aus dem Eingang gelaufen kamen. Menschen in weißen Kitteln zogen den vor Schmerz stöhnenden Mandelstam aus der Hecke, in die er gefallen war. Sie setzten ihn auf eine Bahre und mussten mich mit Gewalt von ihm lösen, um ihn zurück ins Krankenhaus tragen zu können. Ich stolperte hinter ihnen her. Schließlich gelangten wir in einen Operationssaal, der von Kerzen erleuchtet war, weil sie den Generator abgeschaltet hatten, um Treibstoff zu sparen. Eine Ärztin in einem Bademantel, die deutlich verärgert war, aufgeweckt worden zu sein, wies die Schwestern an, Mandelstam auszuziehen. Die Brille rutschte ihr die Nase herunter, während sie seine rechte Schulter und den Arm untersuchte, der ihm komisch vom Körper hing und voller blauer Flecken war. »Er hat Glück«, sagte die Ärztin und betastete meinen Mann mit den Fingerspitzen. »Er hat sich nur die Schulter ausgekugelt.« Und schon fasste sie Mandelstams Handgelenk, zog einmal kräftig daran und brachte den Knochen zurück in die Gelenkpfanne. Der Schmerzensschrei meines Mannes brach ab, da er in Ohnmacht fiel.

Als er wieder zu sich kam, lag er mit bandagierter Schulter, den Arm in einer Schlinge, auf seiner Pritsche, die Decke bis zum Kinn hochgezogen. »Was ist geschehen?«, fragte er, als die Wirkung des Beruhigungsmittels nachließ.

»Du bist gestürzt, liebster Ossja. Glücklicherweise bist du in einer Hecke gelandet, die deinen Sturz gedämpft hat. Die Erde daneben ist gerade erst umgegraben worden, um ein Blumenbeet anzulegen. Du hast dir die Schulter ausgekugelt. Die Ärztin sagt, es dauert ein paar Wochen, bis du den rechten Arm wieder richtig benutzen kannst.«

Die Zeit nach Mandelstams Selbstmordversuch verfließt in meiner Erinnerung. Ich sehe nur Licht: Sonnenlicht, Weiße Nächte, Kerzenlicht, Mondlicht, sogar Sternenlicht.

Die Tage verschmolzen ineinander. Die Schwestern hatten Mitleid und kümmerten sich sehr um uns. Sie wechselten meinem Mann den Verband, wuschen seinen Körper, leerten die Bettpfanne und holten uns das Essen aus der Kantine, damit ich ihn nicht auf der Station allein lassen musste. Vielleicht verging so eine Woche. Ich kann es beim besten Willen nicht sagen. Meine nächste Erinnerung ist, dass an einem sonnendurchtränkten Morgen zwei blasse Pfleger auf der Station erschienen. Sie hatten einen stabilen Stuhl dabei, auf dem sie, wie sie vorschlugen, Mandelstam nach unten tragen wollten. Ich werde nie verstehen, warum, aber Mandelstam brach der kalte Schweiß aus, und er schüttelte eindringlich den Kopf. Nichts konnte ihn davon überzeugen, ihre Fürsorge zu akzeptieren. Am Ende ging er selbstständig die Treppe hinunter, lehnte sein Gewicht dabei auf mich und zuckte bei jedem Schritt vor Schmerz zusammen. Unten angekommen, wurde Mandelstam zusammen mit unserem Gepäck auf einen Handwagen geladen, den zwei kräftige Bauernburschen über den mit Baumstämmen befestigten Weg zur Zitadelle zogen. Der Kommandant trug diesmal einen Arbeitsanzug. Er empfing uns in seinem Büro. »Sie müssen tatsächlich einen Freund im Kreml haben«, sagte er und schüttelte ungläubig den Kopf. »Ich habe ein Telegramm mit der Anweisung erhalten, dass Sie sich den Ort für Ihr Exil selbst aussuchen dürfen. Sie haben die freie Wahl, nur nicht eine der zwölf größten Städte.«

Wer war unser Freund im Kreml? Hatte Pasternak Bucharin am Ende doch dazu bringen können zu intervenieren? Hatte der Kopf des Schriftstellerverbandes, Maxim Gorki, Unmutsbezeugungen von Dichtern zusammengetragen und sie an Jagoda weitergeleitet? Hatte Stalin, von dem zweifellos das *Isolieren und schonen* kam, erkannt, dass Mandelstam einen Winter direkt am Polarkreis kaum überleben würde?

Mandelstam zögerte nicht mit seiner Wahl. »Woronesch«, verkündete er, als hätte er das Angebot vorausgeahnt.

»Warum Woronesch?«, fragte der Kommandant.

Die Wahl überraschte auch mich. »Warum Woronesch, Ossja?«

Mandelstam dachte nach. »Ich kannte einmal einen Biologen von der Universität Taschkent, der in Woronesch geboren war. Zu Zeiten Peters des Großen war Woronesch eine Grenzstadt voller entflohener Häftlinge. Mein Bekannter hat mir gute Dinge über die Stadt erzählt, und da sie am Don und südlich von Moskau liegt, wird das Wetter milder sein als hier. Ich erinnere mich, dass der Biologe mir erzählt hat, sein Vater arbeite dort noch als Gefängnisarzt.« Und dann, Wunder über Wunder, wurde der alte Mandelstam, dieser nervöse, dickköpfige, lebensfrohe Homo poeticus, der auch noch in der finstersten Situation ein Quäntchen Humor aufbrachte, dort im Kommandantenbüro der Tscherdyner Zitadelle wiedergeboren. Er sah mich an, und der Anflug eines Lächelns spielte in seinen Augen. »Wir können die Möglichkeit nicht ganz ausschließen«, sagte er, »dass wir vielleicht noch die Dienste eines Gefängnisarztes brauchen werden. Was meinst du, Nadenka?«

»Schön, dass du zurück bist«, sagte ich.

Sechzehn

Fikret Schotman
Samstag, 23. Juni 1934

Ich liebe Züge. Solange ich mich erinnern kann, mich zu erinnern. Für mich gibt es keine behaglichere Musik als das Pfeifen eines Zuges in der Nacht. Als ich sechzehn und schon groß war für mein Alter, träumte ich davon, als Heizer in einer Dampflokomotive zu arbeiten. Ich bewunderte die Uniformen von Bahnhofsvorstehern und Schaffnern, die mit ihren Schirmmützen aussahen wie Generäle der glorreichen Roten Armee. Als ich Berufsgewichtheber wurde, und später als Kraftmensch im Zirkus, habe ich einen guten Teil meines Lebens unterwegs verbracht, aber die Reise, die ich am 23. Juni des Jahres 1934 begann, war die erste in einem Viehwaggon. Wenn Sie jetzt denken, was ich denke, dass Sie es denken, liegen Sie völlig falsch, weil das Reisen im Viehwaggon dem Reisen erster Klasse so nahe kam, wie ich ihm in den Tagen vor der Revolution, als es noch eine erste Klasse gab, je nahegekommen war. Ich werd's erklären. Es lässt sich nicht abstreiten, dass wir voll belegt waren, dreiundneunzig warme Körper, alle zusammengezählt, darunter sieben Kinder, die mit ihren Eltern nach Sibirien fuhren, und neunzehn Alte, von denen einer von der Hüfte abwärts gelähmt war und getragen werden musste, wenn wir irgendwo anhielten, damit wir uns in einem Fluss oder Bach waschen konnten. Das konnte eigentlich nicht gut gehen, nur dass wir Glück hatten, weil ein Gefangener unter uns war, den alle *den Professor* nannten. Er war ein kleiner Kerl mit runder Brille, die Gläser so dick wie Flaschenböden. Mit seinem spitzen Ziegenbart erinnerte mich der Professor an Agrippinas Tätowierung vom Verräter Trotzki, den sie als Engels ausgab. Nicht, dass es etwas ausmachte, aber der Professor musste ein Israelit sein, weil er den gleichen Namen hatte wie der Jude im Politbüro, Kaganowitsch. Vielleicht waren die beiden, der Professor und der Lokomotiven-Kommissar (Kaganowitschs Spitzname, als er die Eisenbahn unter sich hatte), ja nahe oder entfernte Cousins. Der Professor organisierte uns zu einer, wie er sagte, Viehwaggon-Kooperative, und ihm hatten wir es zu verdanken, dass wir die neunzehntägige Reise von dem kleinen Bahnhof in Moskau ins Übergangslager Magadanskaja überstanden, ohne auch nur ein einziges Leben zu verlieren. Aus den anderen Waggons des Zuges begruben sie bei jedem Halt Tote in flachen Gräbern neben den Gleisen. Meine Größe gab mir eine natürliche Autorität, weshalb mich der Professor fürs Gemeinschaftsklo einteilte, das in einem Loch in den Bodenplanken in einer Ecke des Waggons bestand, umgeben von Frauentüchern, die wir als Sichtschutz aufgespannt hatten. Wenn einer der Gefangenen mit Durchfall das Klo versaut hatte, machte ich es mit einem Eimer Pisse und einem Strohbündel wieder sauber, was dazu führte, dass mich der Professor vor sämtlichen Mitgliedern der Kooperative für den Zustand der sanitären Einrichtung belobigte.

Der Professor war ein alter Bolschewik, der bei der Revolution am Kampf ums Winterpalais teilgenommen hatte, wie er uns stolz erzählte. Als unverbesserlicher Marxist versammelte er abends die Insassen des Waggons um sich und hielt Vorträge über die Diktatur des Proletariats, den elektrischen Materialismus und die Ausbeutung durch die Kapitalistenklasse. Nach den Vorträgen öffnete der Professor die Runde für Fragen, und am Abend des ersten Vortrags hob ich den Finger, und er nickte in meine Richtung. »Weswegen werden Sie hochgeschickt?«, fragte ich.

»Verletzung von Paragraf 58«, antwortete er und sah mir direkt in die Augen. »Mir wurde vorgeworfen, Mitglied einer antisowjetischen trotzkistischen Zerstörergruppe zu sein, die Stalin und andere Mitglieder des Politbüros ermorden wollte.«

Viele im Viehwaggon, mich eingeschlossen, reagierten darauf mit wütendem Gebrummel. Es war uns nicht in den Sinn gekommen, dass dieser kleine Mann mit dem buschigen Haar über den Ohren und der kahlen Platte oben ein gefährlicher Krimineller sein konnte. »Und, waren Sie schuldig?«, rief eine Frau von hinten aus dem Waggon.

»Natürlich war er schuldig«, sagte ich, »sonst wäre er nicht unterwegs nach Sibirien.«

»Ich war schuldig«, sagte der Professor, »aber nicht im Sinne der Anklage. Ich habe eine Bittschrift von kommunistischen Studenten einer Universität unterschrieben, die Bucharins Kritik an der Zwangskollektivierung der Landwirtschaft unterstützten. Wie auch Bucharin waren wir nicht gegen die Kollektivierung selbst – die Idee, dass Bauern wie landwirtschaftliche Arbeiter behandelt und genau wie Fabrikarbeiter bezahlt werden, schien uns eine logische Erweiterung der marxistischen Doktrin. Aber wir waren für einen graduelleren Ansatz. Wir hätten die Bauern mit einer guten Unterbringung, einer Vierundfünfzigstundenwoche und einem Garantielohn auch bei schlechter Ernte in die Kolchosen gelockt. Nach und nach, wenn sie gesehen hätten, wie viel besser das Leben in den Kolchosen ist, wären sie schon aus freien Stücken gekommen, statt aus Protest ihr Vieh abzuschlachten und die Ernte zu vernichten.«

Der alte, gelähmte Mann meldete sich zu Wort. »Wie kann es sein, dass Sie ungerecht verurteilt wurden und doch immer noch Marxist sind?«

»Mit Stolz … und auf die Zukunft Russlands und der ganzen Menschheit hoffend, nenne ich mich immer noch einen Marxisten und Leninisten«, erklärte der Professor. »Der Fortschritt folgt keiner geraden Linie. Im Zickzack bewegt er sich voran und versucht, dem westlich materialistischen Denken zu entgehen, dem alles Leiden gleichgültig ist, und einen eigenen russischen Weg in die Moderne zu finden. Jedes Zick und jedes Zack bedeutet eine unnötige Drangsal, vielleicht sogar den Tod wahrer Anhänger. Oder lassen Sie es mich anders sagen: Bis die Bolschewiki auftauchten, war der Mensch das *Objekt* der Geschichte – wie ein Ball wurde er von tyrannischen Führern religiöser Institutionen und kapitalistischer Imperien herumgetreten. Mit dem Kommunismus entmachtete der Mensch die religiösen Institutionen und die kapitalistischen Tyrannen und wurde zum *Subjekt* der Geschichte. In diesem Viehwaggon, in diesem in die fernste Ecke Sibiriens dampfenden Zug, sehe ich mich als Soldat an der Front der weltweiten Revolution des Proletariats. Wo liegt der Unterschied, ob ich das Fundament des Kommunismus im europäischen Teil Russlands oder fern in der sibirischen Taiga lege? Genossen, ich will euch gleich auch die Antwort auf meine Frage geben: Es gibt keinen Unterschied.«

Einige der weiblichen Gefangenen begannen, leise zu applaudieren, dann fielen die Männer mit ein, und der Applaus schwoll an. Auch ich begann zu klatschen und gab dem Applaus einen Rhythmus, der zum Klagen der Räder auf den Gleisen passte, und bald schon applaudierten alle in meinem Rhythmus, stampften mit den Füßen auf den Boden, und ich begriff, dass ich die Reise in diesem Viehwaggon einmal als einen der Höhepunkte meines Lebens sehen würde, wie meine Silbermedaille in Wien und mein Händeschütteln mit Stalin.

Als ich am nächsten Nachmittag meine Füße und mein eines Paar Strümpfe in einem eisigen Fluss wusch, hörte ich eine Frau sagen, von was der Professor ein Professor war. Ich glaube, es hieß Linguistik. Die Frau meinte, er sei dafür berühmt, den Unterschied zwischen Sprachen und Dialekten zu bestimmen: Sprachen würden von Völkern mit Armee, Dialekte von welchen ohne Armee gesprochen. Der Professor war auch in Geografie nicht schlecht, denn kaum war unser Zug losgefahren, hatte er die Route von Moskau nach Magadanskaja mit Kreide an die Holzwand des Waggons gemalt und hakte jetzt die Städte ab, wenn er durch die Ritzen zwischen den Brettern etwas von ihnen zu sehen bekam: Nischni Nowgorod, Kasan, Jekaterinburg (wo die Bolschewiki, ein Glück, dass wir ihn los sind, den letzten Zaren hingerichtet haben), Omsk, Nowosibirsk, Irkutskaja.

Am ersten Abend ließ er alle Essens- und Wasserbehälter einsammeln und ernannte ein Komitee, um Rationen zu verteilen, je nach Bedarf, was hieß, dass die Kinder und Alten mehr Wasser bekamen als die kräftigen, gesunden Gefangenen wie ich. Er ernannte noch ein weiteres Komitee, aus Bauernfrauen, deren Aufgabe es war, Zedernüsse und essbare Wurzeln zu sammeln, wenn der Zug auf einem Seitengleis hielt und wir unsere Gefäße mit frischem Wasser aus einem kleinen Bach oder Flüsschen füllen durften. Hin und wieder, gewöhnlich, wenn wir spätabends durch eine Stadt gekommen waren, schoben die Wachen die schweren Türen auf und warfen einen Papiersack mit Brotlaiben herein. In den anderen Waggons konnte man die Gefangenen fluchen und streiten hören, während sie um das Brot kämpften. Bei uns übernahm das Rationierungs-Komitee den Sack und teilte das Brot ein, sodass es meist bis zur nächsten Stadt und zum nächsten Sack reichte.

Einige der Gefangenen schrieben Briefe, und für die Analphabeten gab es das Briefschreibe-Komitee des Professors, das aus drei ehemaligen Schullehrern bestand. Zunächst fragten sie alle im Waggon nach Papier und leeren Seiten aus den Büchern, die sich die Leute mitgenommen hatten. Das Papier wurde nach Gefängnissitte beschrieben, also mit winziger Schrift, die jeden Fitzel ausnutzte. So schrieb das Komitee Briefe für die Gefangenen, die selbst nicht schreiben konnten. Name und Adresse des Empfängers wurden auf eine Seite geschrieben und das Papier dann so gefaltet und noch mal gefaltet, dass am Ende nur noch die Adresse sichtbar war. Der fertige Brief wurde schließlich durchs Kloloch *verschickt,* wenn wir nachts durch ein Dorf oder eine Stadt kamen. Der Professor erklärte uns, dass es seit den Strafkolonien des Zaren die Tradition gab, dass Bauern, die Briefe auf den Gleisen fanden, die Adresse auf einen Umschlag kopierten und zur Post brachten. Die Briefmarken kosteten so gut wie nichts. So bekamen die Verwandten und Freunde daheim in Moskau Nachrichten von den Gefangenen auf ihrem Weg nach Sibirien. Ich selbst nahm die Dienste des Briefschreibe-Komitees nicht in Anspruch, weil die Leute nicht wissen sollten, dass ich weder lesen noch schreiben konnte.

Und es gab noch ein Komitee, das der Professor das Propaganda-Komitee nannte. Ich bin nicht ganz sicher, was sie im Sinn hatten, weshalb ich einfach nur beschreibe, was sie machten. Mir blieb das schleierhaft, aber vielleicht kapiert es ja der Leser dieses Berichts. Das Komitee, das ganz aus Stadtfrauen bestand, die in der Partei waren, fragte alle Frauen im Waggon nach Fetzen von Unterröcken. (Eine Dame trug noch ihr Ballkleid vom Abend, als sie verhaftet worden war, und sie gab einen ganzen Unterrock.) Und wenn unser Zug durch eine große oder auch eine kleinere Stadt kam, was immer nachts war, stopften die Komiteemitglieder die Fetzen durch die Ritzen in den Seitenwänden des Waggons, sodass sie draußen im Fahrtwind flatterten, und wenn wir durch die Stadt durch waren, zogen sie die Unterröcke wieder herein, bis zur nächsten Stadt.

Das Kinder-Komitee des Professors unterhielt die Kleinen mit Knopfspielen und Märchen. Aber die Erwachsenen ließen trotz der, wie ich es nenne, Erste-Klasse-Bedingungen in unserem Viehwaggon die Köpfe hängen. Alle bis auf Ihren Diener, Fikret Schotman. Ich kann ehrlich sagen, dass ich mich darauf freute, der Gesellschaft meine Schuld zurückzuzahlen und meine Weste von allen Betrügereien und allem Verrat zu reinigen, den der Genosse Vernehmungsbeamte der Welt so gekonnt vorgeführt hatte. Je eher ich ins Überführungslager kam, desto eher würde ich in einen Gulag geschickt werden (das Wort hatte ich von einem Mitgefangenen aufgeschnappt), um mich von meinen Vergehen gegen den Sowjetstaat reinzuwaschen. Vier Jahre waren keine Ewigkeit. Ich lebte, war gesund, gut in Form und würde zu Agrippina und zum Zirkus zurückkehren und mein Leben weiser, was den Lauf der Welt betraf, und nur wenig älter neu aufnehmen. Es war wichtig, die Reise nach Osten in einem positiven Licht zu sehen. Alle meine Helden, angefangen mit Wladimir Lenin bis hin zum Genossen Stalin, hatten Jahre im Exil verbracht und waren gestärkt daraus zurückgekehrt. Verstehen Sie mich nicht falsch. Ich will mich nicht mit Lenin oder Stalin vergleichen. Ich sage nur, nachdem ich schon meinen Prozess mit Würde absolviert hatte, war ich entschlossen, auch meine Strafe mit Würde zu absolvieren. Mit einem Wort: Ich war entschlossen, die Vergangenheit dahin zu packen, wohin sie gehörte, nämlich hinter mich.

Die Spannung wuchs, als wir uns nach der Kreidekarte des Professors Magadanskaja näherten. Die Flüsse, in denen wir uns wuschen, fühlten sich noch kälter an, wenn auch gelber Löwenzahn die Köpfe reckte und der Sommer nahe genug war, um ihn riechen zu können. Die Landschaft wurde rauer, im Dickicht neben den Gleisen wuchsen Beeren, und die wilden Ziegen, die hinunter zum Fluss kamen, in dem wir uns wuschen, hatten lange, ungepflegte Klauen, die seit Jahren nicht geschnitten worden waren. Vom Zug aus waren nicht mehr so viele Dörfer zu sehen. Die Abstände zwischen ihnen wuchsen. Man konnte einen halben Tag fahren, ohne ein gepflügtes Feld oder eine Lichtung zu entdecken. Die Leere erinnerte mich an die Karakum-Wüste bei Chiwa in Turkmenistan, nur dass es hier keinen Sand gab, sondern Dauerfrost und Berge, deren Gipfel noch im Juni schneebedeckt waren. Als wir durch den Rangierbahnhof von Magadanskaja kamen, presste ich mein Auge an eine der Ritzen zwischen den Seitenplanken. Ich sah Holzhäuser und kleine Gemüsegärten, Kühe und

Ziegen, die an hell gestrichene Zäune gebunden waren. Ich sah eine Holzkooperative mit einem Hammer über der Tür, eine Traktorenwerkstatt mit einer Sichel über der Halle und von Ochsen gezogene Lastkarren. Kurz, es schien ganz so, als gediehe die Zivilisation in dieser sozialistischen Sowjetrepublik.

Nachdem der Zug endlich zum Stehen kam, mussten wir noch stundenlang in dem stickigen Waggon ausharren. Die Stimmung war gereizt. Zwei Männer hätten sich fast geschlagen, aber der Professor fand die richtigen Worte, um die Nerven der Leute zu beruhigen. Wir konnten hören, wie Beamte sich mit den Gefangenen in den Waggons vor uns befassten. Endlich wurde auch unsere Tür von bewaffneten Männern aufgeschoben, die graue Uniformjacken mit Gürteln und Budjonny-Schirmmützen trugen. Einige von ihnen hielten knurrende Hunde an kurzen Leinen. Zwei Männer, einer von ihnen im Arbeitsanzug der Armee, der andere in zerknittertem Zivil, saßen auf dem hölzernen Bahnsteig vor unserer Tür an einem Tisch. Der in Zivil rief den Namen des Professors: »Kaganowitsch, Alter.« Der Professor verabschiedete sich mit einer schwungvollen Handbewegung, und einige der Frauen wandten den Kopf ab, um ihre Tränen zu verbergen. Ich wandte ihn ab, damit niemand sah, dass meine Augen trocken blieben. (Wo ich herkomme, aus den Bergen von Aserbaidschan, weinen Männer nicht.) Der Zivilist am Tisch las mit so lauter Stimme von einem Blatt ab, dass wir ihn alle verstehen konnten: »Verletzung des Paragrafen 58 Strafgesetzbuch. Verurteilt zu zwanzig Jahren ohne Recht auf Korrespondenz.« Aus dem Viehwaggon verfolgten wir, wie der Professor dem Zivilisten seinen Ausweis gab, sich etwas, das eine Nummer zu sein schien, ans Hemd steckte und zu den anderen Gefangenen hinüberging, die bereits hinten auf der Ladefläche eines in der Nähe geparkten Lastwagens hockten.

Ich machte mir damit Mut, dass er in Sibirien den Kommunismus errichten würde.

Einer nach dem anderen sprangen die Genossen Gefangenen auf den Bahnsteig, wenn ihre Namen aufgerufen wurden, und präsentierten sich den Männern hinter dem Tisch. (Die beiden, die sich fast geschlagen hätten, trugen den Gelähmten, als die Reihe an ihn kam. Der Armeeoffizier schien perplex, einen Zehner für zerstörerische Aktivitäten vor sich zu haben, der gelähmt war. Der Zivilist ruckte mit dem Kopf zu etwas hin, das ich nicht sehen konnte. Der Offizier nickte, und der Gelähmte wurde in einer Schubkarre in die betreffende Richtung transportiert, ohne je wieder gesehen zu werden; wenigstens nicht von mir.) Und dann hörte ich meinen Namen. *Schotman, Fikret.* »Hier, und begierig darauf, meine Strafe anzutreten«, rief ich zurück, was bei den Gefangenen, die noch im Waggon waren, ein nervöses Kichern hervorrief. Ich sprang auf den Bahnsteig und nahm vor dem Tisch Haltung an.

»*ZEK* SH744 239, wo ist Ihr Gepäck?«

»Bis auf ein Paar Socken zum Wechseln besitze ich nichts, Euer Ehren.«

»Welche Fähigkeiten haben Sie?«

»Ich konnte mal im Kreuzheben 285 Kilogramm stemmen, und selbst mit meinem kaputten Knie schaffe ich wahrscheinlich noch zweihundert.«

»Was heißt das, *Kreuzheben?*«

»Es gibt drei Gewichthebedisziplinen, Euer Ehren. Die Kniebeuge, das Bankdrücken und das Kreuzheben«, begann ich.

Der Armeeoffizier schnitt mir ungeduldig das Wort ab.

»Vergessen Sie meine Frage.« Er sagte etwas zu dem Zivilisten neben sich, der zustimmend nickte. »Was wissen Sie über Gold, Schotman?«, fragte mich der Offizier.

»Mein Bestes war Silber, Euer Ehren.«

Die beiden Männer hinter dem Tisch tauschten Blicke. »Sie haben nach *Silber* geschürft?«, fragte mich der Zivilist.

»Ich habe Silber gewonnen, Euer Ehren. In Wien, in Österreich, im Jahre 1932. Das wollte ich sagen. Im Kreuzheben habe ich Silber gewonnen, zehn Kilo hinter dem Amerikaner Bob Hoffman, der Gold gewann. Stalin selbst hat mir im Kreml die Hand geschüttelt, als ich das Silber zurück nach Moskau brachte.«

»Ich wiederhole meine Frage«, sagte der KGB-Offizier. »Was wissen Sie über den *Abbau* von Gold?«

Ich kratzte mich am Kopf. »Über den Abbau von Gold weiß ich weniger als nichts«, sagte ich und dachte, meine Ehrlichkeit würde anerkannt werden.

Der Zivilist kritzelte etwas unten auf ein Stück Papier und gab mir eine Nummer, die ich vorne an mein Hemd stecken musste. »In Kolma werden Sie alles über den Goldabbau lernen, was Sie darüber wissen müssen«, sagte er. Mit einer Handbewegung bedeutete er mir, mich zu einer Gruppe Männer auf den Hügel hinter dem Bahnsteig zu setzen, und rief den nächsten Namen auf.

»Sie kommen also mit zum Fluss Kolma«, sagte der Soldat, der die Gruppe bewachte, als ich mich zu den anderen auf den Boden hockte.

»Wo ist die Kolma?«, fragte ich.

»Neun Tage nördlich von hier«, sagte einer der Gefangenen, ein Städter, seinen Schnürschuhen nach zu urteilen. Er klang nicht gerade begeistert.

»Neun Tage mit dem Zug? Dem Schiff? Oder mit dem Lastwagen?«

Der Soldat kaute auf einer Wurzel und grinste. »Neun Tage zu Fuß«, sagte er. »Sie marschieren hin, und wenn Sie am Ende Ihrer Strafe noch leben, worauf Sie nicht wetten sollten, marschieren Sie auch wieder zurück.«

Wie sich herausstellte, wären es neun Tage gewesen, hätte die Sonne geschienen und wäre der Boden knochentrocken gewesen. Was aber nicht der Fall war. Kaum, dass wir auf der Straße waren, öffnete sich der Himmel, und ich hätte nicht geglaubt, dass er so viel Wasser tragen konnte. Die fünf Soldaten, die uns vierundzwanzig Goldschürfer nach Kolma bringen sollten, ließen uns durch den Matsch stapfen, der uns bei jedem Schritt an den Sohlen zog, als wäre er ein Ungeheuer, das uns bei lebendigem Leib verschlingen wollte. Entlang des Weges gab es Militärposten, in denen wir nachts Schutz vor dem Regen fanden. Einer der Sträflinge, der bereits seine zweite Fünfjahresstrafe antrat, erklärte mir, ganz Sibirien sei ein einziges großes Gefangenenlager, was ich ihm natürlich nicht glaubte. Der Schutz des Postens beschränkte sich auf eine Kanonenplane, die über ein paar Zeltstangen gespannt war. Zu essen gab es eine Hammelsuppe, aus der sich die Soldaten das Fleisch herauspickten, aber immerhin blieb uns das Knochenmark. Das war mehr, als wir auf unserer neunzehntägigen Reise nach Sibirien bekommen hatten, und so kam es uns im Vergleich fast wie ein Festessen vor. Der Regen hörte bei unserer Ankunft an der Kolma auf, zwölf Tage nachdem wir in Magadanskaja aufgebrochen waren. Wie Kinder bei einem Komsomol-Picknick spritzten wir im flachen Wasser herum, das schnell dahinschoss, legten uns nackt ans Ufer und ließen unsere Sachen in der

Sonne trocknen. Am dreizehnten Tag hatten wir Glück. Ein flacher, motorisierter Lastkahn kam hinter uns den Fluss herauf. Er brachte Lebensmittel für die Goldschürfer in die Siedlung Kolma und würde Gold, Zinn und Holz flussabwärts transportieren. Unsere fünf Soldaten waren das Laufen satt und verabredeten mit dem Kapitän, dass er uns mitnahm und wir ihm dafür die Bilge leer schöpften. Dazu bildeten wir eine Kette und reichten Eimer hin und her. Auf dem Lastkahn gab es eine Frau, die für die Mannschaft kochte. Da sie selbst einmal im Lager gesessen hatte, gab sie uns Reis und Gemüse, nachdem sie den anderen ihre Portionen zugeteilt hatte. Und am sechzehnten Tag, die Bilge war so gut wie trocken, kam die Siedlung Kolma in Sicht, am Hang über den Holzstapeln unten am Fluss. Die Ankunft des Lastkahns wurde mit einer heulenden Handsirene begrüßt, und wir konnten sehen, wie uns oben vom Hügel Leute freudig zuwinkten. Ein Zwerg von einem Offizier mit einem aufrecht stehenden Grizzlybären an einer Leine kam zum Ufer heruntergewatschelt. Er trug eine Arbeitshose und die schmutzigste Uniformjacke, die ich je gesehen hatte. Der Kragen war offen und mit dem verfärbten silbernen Rangabzeichen eines Obersts besetzt. Auf dem Weg hinunter zum Anleger nahm er den Wodka in Besitz, der bereits mit den Lebensmitteln den Hang heraufkam. Dazu setzte er seine Initialen auf die Kisten, wenn sie auf den hölzernen Schubkarren an ihm vorbeikamen. Der Oberst war, wie sich herausstellte, der Kommandant von Kolma. Er befahl den fünf Soldaten, die neuen Sträflinge antreten zu lassen, und stolzierte dann wie ein Sowjetgeneral, der eine Ehrengarde inspizierte, mit seinem Bären an uns vorbei. In diesem Moment sah ich eine Unmenge Frauen, vielleicht ein halbes Hundert, vielleicht mehr, den

Hügel herunterströmen, als hätte die Schwerkraft den Einfluss auf ihre Füße verloren. Bald schon konnte ich sie auch hören, bis der Kommandant, der durch den Lärm bei seiner Inspektion des Sträflingskontingents gestört wurde, *Ruhe, meine Damen!* schrie. Das Geplapper brach ab, als hätte man eine Phonographennadel von der Platte gehoben. Die Frauen blieben etwa zwanzig Meter entfernt in einer unordentlichen Reihe stehen, und der Oberst wandte sich wieder seinen neuen Gefangenen zu. »Hört zu!«, rief er. »Ich werde jetzt erklären, wie es in Kolma läuft. Es gibt hier kein Gefängnis, keine Gemeinschaftsunterkünfte, sondern nur Holzhütten, die vor zehn Jahren von den ersten Sträflingen, die hier ankamen, errichtet wurden. Die zweiundsechzig Frauen, die ihr da vor euch seht, sind Witwen, wie es in Kolma heißt, was bedeutet, dass die Männer, mit denen sie sich ihre Hütte und das Bett geteilt haben, entweder ins Gras gebissen oder ihre Strafe abgearbeitet haben und auf dem Weg zurück in den europäischen Teil Russlands sind. Jede dieser Frauen könnte einen Mann brauchen, der das Holz hackt, Rentiere oder Schweine häutet und das Bett mit warm hält, wenn ihr versteht, was ich meine. Es gibt mehr Frauen, die nach Männern suchen, als verfügbare männliche Gefangene, ihr habt also die Wahl. Seht sie euch an, sucht euch eine aus, die euch mag, und zieht bei ihr ein. Eine halbe Stunde nach Sonnenaufgang meldet ihr euch morgen am Eingang der Mine zur Arbeit, auf der Bergseite der Siedlung. Noch Fragen?«

Ein Gefangener am Ende der Reihe hob die Hand. »Können wir noch mal wechseln, nachdem wir zu einer der Frauen gezogen sind?«

Der Oberst lachte. »Nein. Damit es nicht dazu kommt, dass sich die Frauen untereinander die Männer stehlen, habt ihr bei eurer ersten Wahl zu bleiben. Ihr könnt wieder ausziehen, aber dann habt ihr keine Hütte mehr und keinen Frauenkörper, der euch hilft, durch die zehn Wintermonate zu kommen, in denen die Höchsttemperatur bei minus dreißig Grad liegt.«

Ich sah Magda in dem Augenblick, als sie mich sah. Sie war einen Kopf größer als die Frauen um sie herum, womit sie nur einen Kopf kleiner als ich war. Unsere Blicke trafen sich. Ich konnte sehen, dass sie mich anlächelte. Die Männer begannen, das Niemandsland Richtung Frauen zu überqueren. Einer von ihnen ging auf Magda zu, aber sie hob den Arm und schob ihn zur Seite. Ich ging geradewegs zu ihr.

»Magda«, sagte sie.

»Fikret.«

»Kasachin«, sagte sie.

»Aserbaidschaner.«

»Zehn Jahre«, sagte sie, »konterrevolutionäre Agentin für einen Kerl, von dem ich nie gehört hatte, Litzki oder Trotzki oder so. Neun Jahre habe ich noch.«

»Ich habe vier Jahre. Paragraf 58. Zerstörerische Aktivitäten, als Schlüsselmitglied des trotzkistischen antibolschewistischen Zentrums in Paris.«

»Warst du schuldig?«

»Sie haben es gesagt, also muss es so sein.«

»Bist du so stark, wie du aussiehst?«, fragte sie.

»Stärker.«

»Warum drehst du den Kopf so zur Seite?«

»Auf dem linken Ohr bin ich taub.«

Sie nickte. »Ändert das was im Bett?«

»Ich war seitdem mit keiner Frau mehr zusammen, aber ich rechne da nicht mit Schwierigkeiten.«

Magda lachte. Da ich ihr mein gutes Ohr zugewandt hielt, hörte ich, dass sie ein schönes Lachen hatte.

»Von meiner Größe mal abgesehen, warum hast du mich ausgesucht?«, fragte sie.

Man muss wissen, dass Magda eine riesige Menge verfilzten Haares hatte. Die Männerarbeitshose, die sie trug, hatte sie sich mit einem Strick hoch um den Bauch gebunden, und ihr ärmelloses Hemd ließ die Seiten ihrer großen Brüste und ihre nackten Arme sehen. »Die Tätowierung«, sagte ich. »Ich habe sie sofort gesehen. Ich mag Frauen mit Tätowierungen.«

Sie hob den Unterarm, damit ich die Tätowierung besser sehen konnte. »Sie hat fast keine Farbe mehr, aber so sah mein Mann aus, bevor sie ihn verhafteten.«

»Was ist mit ihm?«

Magda zuckte mit den Schultern. »Ich habe ihn kurz im Gefängnishof in Ajagus gesehen. Er ging Runde um Runde, die Hand auf der Schulter des Häftlings vor ihm. Seitdem nichts mehr. Vielleicht sitzt er in einem anderen Lager an der Kolma.« Sie legte den Kopf schief und sah mich mit schmalen Augen an. »Hast du eine Frau da draußen in der Zivilisation?«

Ich nickte. Ich sagte, sie heiße Agrippina und sei die tätowierte Frau im selben Zirkus wie ich gewesen.

»Das erklärt, warum du Tätowierungen magst.«

»Wie kommt es, dass du hier eine Witwe bist?«, fragte ich.

»Der Mann, mit dem ich mir die Hütte geteilt habe, hat den Verstand verloren. Er stand noch am Anfang seiner zwanzig Jahre, als ich vor einem Jahr ankam. Vor zwei, drei Monaten … welchen Monat haben wir jetzt?«

»Juni.«

»Es war im Februar, also vor vier Monaten. Die Zeit vergeht so langsam, wenn man nach vorn sieht, aber im Nachhinein verfliegt sie nur so. Im Februar, wie ich sagte, hackte er das Eis im Fluss auf, zog sich aus und ging ins Wasser. Es dauerte keine halbe Minute. Bis sie einen Haken gefunden hatten, um ihn herauszuholen, war er steif wie ein Brett und blau wie der Himmel.«

»Willst du mich an seiner Stelle nehmen?«, fragte ich.

»Ja, ich nehme dich«, sagte sie, hakte sich bei mir unter und schob mich den Hang hoch.

So fing ich ein neues Kapitel meines Lebens an. Ich weiß, manch einer wird jetzt mit dem Finger auf mich zeigen, weil ich Agrippina untreu wurde, aber das alte Sprichwort *Aus den Augen, aus dem Sinn* ist eine ziemlich gute Beschreibung davon, wie es einem Mann in meiner Situation geht. Zu meiner Verteidigung will ich sagen, dass ich vier Jahre vor mir hatte, ein Dach über dem Kopf brauchte und nachts einen warmen Körper im Bett, um die Winter am arktischen Ende der Welt zu überleben. Ich will mich nicht aus der Verantwortung stehlen, wenn ich sage, so wie die Dinge liegen, wird Agrippina meinen Rat ernst genommen haben: *Wenn in Aserbaidschan ein Mann aus dem einen oder anderen Grund verschwindet, wartet seine Frau eine schickliche Zeit und sucht sich dann einen Ersatz.* Agrippina war mir eine gute Frau und würde auch einem der unverheirateten Zeltbauern in den Komunalkas eine gute Frau sein. Für mich wäre es ein Beispiel für den Lauf der Natur, wenn sie Nadel und Faden hervorholte, meine Hosen, Hemden und Jacken verkleinerte (die Zeltmänner sind kräftig, aber nicht so wie ich) und ihrem neuen Mann gäbe. Genau das tat auch Magda, nur dass sie alles weiter und länger machen musste, die gefütterten Hosen, die Jacken und Hemden ihres Mannes, der sich selbst aus dieser Welt geschafft hatte. Es gelang ihr sogar, seine Korksohlenstiefel zu verlängern, damit ich die Füße hineinbekam.

So fließt das Leben dahin. Und wer ist Fikret Schotman, dass er an jeder Biegung des Flusses vorhersagen könnte, was jetzt richtig und falsch ist?

Das Überleben rechtfertigt eine Menge von dem, was sonst als falsch gelten könnte.

Magdas Hütte war das Gegenteil von ihr. Sie war eine wilde Schönheit, die manche, die es besser hätten wissen sollen, hässlich fanden. Womit ich sagen will: Obwohl sie selbst ungezähmt war, ein feuriges Temperament hatte und unkämmbares Haar, das in alle Richtungen schoss, war ihre Hütte aus gesplissenen Stämmen (mit der runden Seite nach außen und Erde und Stroh in den Ritzen) blank und sauber wie eine neue Kopeke und ein Ausbund an Ordnung. Jede Blechtasse, jeder Blechteller und Holzlöffel hatte seinen festen Platz. Jedes mit der Axt gehackte Holzscheit lag fein säuberlich neben dem Kamin, und zwar wie ein Puzzle ineinandergelegt, sodass der Stapel weniger Platz einnahm. Das Klo draußen hatte einen vierbeinigen Hocker mit einem Loch in der Mitte und war ein Luxus, wie er mir seit dem Kremlklo, als ich Stalin die Hand gedrückt hatte, nicht mehr untergekommen war. Selbst die Arbeit in der Mine, vierzehn Stunden pro Tag, sechs Tage die Woche, befriedigte mich, weil ich wusste, wie Professor Kaganowitsch es uns in unserem Viehwaggon erklärt hatte, dass ich damit zum Aufbau des Kommunismus beitrug. Ich arbeitete ganz hinten am Ende eines kilometerlangen Schachts, der sich in die Seite des Berges grub. Mit einer Spitzhacke brach ich die weißen Quarzadern aus dem Fels und lud das Erz in eine der schmalen Loren, die wir zum

Eingang der Mine schoben, wenn sie voll waren. Die Luft im Schacht war schlecht, und die meiste Zeit mussten wir Gasmasken aus dem Großen Krieg tragen. Aber auch ohne Gasmaske konnte man kaum mit dem Mann neben sich reden, weil die Wasserpumpen einen fürchterlichen Lärm machten. Magda war in der Truppe am Mineneingang. Dort wurde das Erz in Eimer umgefüllt und mit riesigen Stampfern bearbeitet, schweren Eisenstößeln, mit denen das Quarzgestein zu kleinen Splittern zertrümmert wurde, die die älteren Gefangenen schließlich durchsiebten. Die Goldklümpchen wurden in ein Säurebad geworfen und zu einer Art Brei, aus dem sie ziegelgroße Barren schmolzen. Wenn die etwa zweihundert Sträflinge der Mine an einem einzigen Tag mehr als zehn Barren produzierten, bekamen wir abends doppelte Rationen, was ein Grund zum Jubel war, denn mit einfachen Rationen knurrte einem der Magen auch nach dem Essen noch vor Hunger. An dem Tag, an dem wir nicht in der Mine arbeiteten, hatten wir nach dem Mittagessen im Gemeinschaftsgebäude neben dem Kommandantenbüro zu erscheinen und dem wabbligen Offizier für politische Erziehung zuzuhören, der laut aus Stalins Büchern vorlas. Der Offizier lispelte. Jeder, der einschlief, lief Gefahr, die Latrine des Kommandanten mit der Zahnbürste reinigen und sich anschließend die Zähne damit putzen zu müssen.

Wenn es eine Kehrseite des Lebens in Kolma gab, dann die, dass die Zeit so langsam verging. Gefangene mit langen Strafen zählten die Monate, andere die Wochen oder gar Tage, die sie noch vor sich hatten. Aber egal, ob sie nach Monaten, Wochen oder Tagen zählten, zogen sich die Stunden unglaublich dahin. Ich denke, wenn wir eine Uhr besessen hätten, so eine wie die großen in Bahnhöfen, hätten sich die Zeiger endlos langsam über die Zahlen bewegt. Magda und ich, wir hatten beide weder eine Armbanduhr noch eine andere Uhr. Magda besaß eine hübsche kleine Sanduhr, die sich in drei Minuten leerte, aber die benutzten wir nur, um Eier zu kochen, wenn wir mal welche hatten, was an den großen nationalen Feiertagen vorkam, zum Beispiel am Jahrestag der bolschewistischen Revolution oder an Stalins Geburtstag.

Jeder Tag in Kolma begann mit dem schiefen Ton aus einem Signalhorn, wenn das erste Licht der Sonne auf die Siedlung fiel. Dann konnte man die Männer in den Hütten ringsum husten und fluchen hören. Eine halbe Stunde später standen wir alle vor der Mine aufgereiht, wurden gezählt, und die Arbeit begann. Mittags gab es zehn Minuten Pause. Da wurde uns kaltes Gulasch aus einem Holzeimer auf die Blechteller gelöffelt, die wir in einem Beutel dabeihatten, wenn wir in den Schacht gingen. Weil keiner der Gefangenen eine Uhr besaß (wer eine gehabt hatte, der hatte sie bald schon nach seiner Ankunft bei den Wärtern gegen Zigaretten eingetauscht) und wir tausend Meter tief im Berg allein Licht von unseren flackernden Grubenlampen hatten, konnten wir nur schätzen, wie viel Stunden vom Arbeitstag noch vor uns lagen. Und so, wie die Zeit dahinkroch, schätzten alle, genau wie ich, zu kurz. Aber zwei Wochen nachdem ich bei Magda eingezogen war, fand ich heraus, dass sie einen Weg kannte, wie man die Zeit beschleunigen konnte. Ich erfinde das nicht. Es gab auch andere Gefangene in der Siedlung, die Magdas Trick benutzten. Falls der Kommandant davon wusste, sah er drüber weg. Das Geheimnis hieß *Tee*. Einfacher Küchentee mit chinesischer Schrift auf dem kleinen Beutel. Und so funktionierte die Sache: Jeder Gefangene bekam pro Tag zwei

Gramm Tee, was bedeutete, dass Magda und ich zusammen vier Gramm hatten, was pro Woche wiederum mehr als zwanzig Gramm machte, ohne das mitzurechnen, was wir uns zusätzlich von den fünfzehn Rubeln Taschengeld kaufen konnten, die wir jeder im Monat bekamen. Und so gingen wir, wenn der lispelnde Offizier müde wurde, zurück in Magdas Hütte und entfachten ein prasselndes Feuer (Holz gab es genug) unter einem großen Topf Quellwasser, sodass der Raum ganz heiß und feucht wurde, wie in einem der türkischen Bäder in Moskau. Dann zogen wir uns aus, setzten uns auf den Boden, den Rücken an die Wand gelehnt, und massierten uns die schwitzenden Körper mit Stroh. Während ich auf einem eingelegten Aal kaute, den ich mit bloßen Händen in einem flachen Teil der Kolma gefangen hatte, kochte Magda unseren gesammelten Tee in so wenig Wasser, dass es nur zwei, drei kleine Tassen wurden. Die Gefangenen hatten einen speziellen Begriff für diesen heruntergekochten Tee, der voll mit was war, das Magda Tannin nannte. *Tschaifir* nannten sie ihn. Wenn man ihn langsam nippte, wurde einem ganz anders, und mit zwei Tassen konnte man schweben, und dann schoss einem die Zeit nur so an den Ohren vorbei, so schnell, wie das Sonnenlicht morgens zwischen den Bergen hervorsticht. Die Zeiger der Bahnhofsuhr in meinem Kopf drehten sich dann so schnell, dass mir schwindelig wurde, und ich dachte, ich hätte meine vier Jahre hinter mir, wenn ich zurück auf die Erde kam.

Ich würde sagen, damit ist alles erzählt und beantwortet. Bis auf Ihre letzte Frage: Was war der Unterschied zwischen Agrippina und Magda? Zunächst mal ist es schwer, zwei Frauen miteinander zu vergleichen, wenn sie nicht im selben Raum sind. Die Gegenwart von der, die da ist, gibt ihren Qualitäten zusätzliches Gewicht, und die Abwesenheit der anderen ruft danach, sich an ihren Fehlern zu stören. Ich kann nur sagen, dass Magda eine Frau weniger Worte war, aber diese wenigen Worte sagten alles, was gesagt werden musste. Sie war die Herrin der Welt, in der sie lebte. So sagen es die Bauern. Und im Zentrum ihres Lebens stand ihr Bett. Sie hatte Freude daran, Freude zu bereiten. Mehr möchte ich nicht sagen, denn ich will Sie nicht damit verlegen machen, dass Sie sich Sachen anhören müssen, die Sie nichts angehen.

Siebzehn

Anna Andrejewna
Dienstag, 4. Februar 1936

Die Fahrt war grässlich – neunundvierzig endlose Stunden, davon sechsunddreißig in stickigen, mit Zigarettenrauch gefüllten Wagen voller kommunistischer Kleinbürger (Apparatschiks, die nach Woronesch wollten, um dort die Bücher staatlicher Lagerhäuser zu prüfen, staatliche Landwirtschaftsbetriebe zu leiten oder, in einem Fall, einen Vortrag über Stalins kolossalen Beitrag zu dem zu halten, was der Staat den »wissenschaftlichen Marxismus« nennt) und dreizehn Stunden in heruntergekommenen Bahnhöfen, die Zeit totschlagend und auf Züge wartend, die in die gewünschte Richtung fuhren. Das Schlimmste war das Gerede: das Herunterbeten körperlicher Leiden, unter denen die Mitfahrenden litten, von Verbrennungen am Hintern bis zu wegfaulenden Zähnen und gynäkologischen Problemen, die zumindest von mir unbeschrieben bleiben sollen. Auf der hintersten der Holzbänke saß ein Paar, das von drei Soldaten eskortiert wurde, die Bajonette auf ihre Gewehre pflanzten, bevor sie die Waffen ins Gepäcknetz legten, als wären es Skistöcke. Der Mann war unrasiert, aber gepflegt gekleidet und las ein Buch. Er wirkte wie ein Intellektueller, ein Professor, den ein von der Tscheka angeheuerter Student einen antisowjetischen Witz hatte machen hören. (Ich sage das, weil ich einen Fall kenne, in dem ein Professor auf genau diese Art zu Fall gekommen ist.) Als ich auf dem Weg zur Toilette an den beiden vorbeikam, nahm ich Blickkontakt mit der Frau auf, die hübsch, aber vergrämt aussah, mit aschgrauem Haar, obwohl sie doch offensichtlich die Lebensmitte noch nicht erreicht hatte. Mein eigener Mann und mein Sohn waren vier Monate zuvor verhaftet worden, und so ließ mich das Elend in den Augen der Frau gleich denken, mein eigenes Spiegelbild vor mir zu haben. Ich blieb stehen, um ein ermutigendes Wort zu sagen, aber die Soldaten scheuchten mich weiter und sagten, Gefangenen auf dem Weg ins Exil sei es nicht erlaubt, mit freien Bürgern der sozialistischen Sowjetrepubliken zu sprechen. Die Frau, die sich nicht einschüchtern lassen wollte, klärte den Soldaten darüber auf, dass ihr Mann der verurteilte Gefangene sei und sie ihn freiwillig ins Exil begleite und daher mit jedem reden dürfe, wie es ihr gefalle. Der älteste der drei Soldaten, mit ausgefransten Unteroffiziersstreifen, die sich bereits vom Ärmel seiner ausgebeulten Uniformjacke zu lösen begannen, hob angeödet die Brauen und schlug ihr mit dem Handrücken über den Mund. Er trug einen Ring, der ihr die Wange aufriss, sodass Blut floss. Der Mann blickte von seinem Buch auf, und ich sah die Tränen in seinen Augen, weil er seiner Frau nicht helfen konnte.

Die junge Frau mit dem aschgrauen Haar rang um Atem. »Können Sie das aufschreiben?«, fragte sie leise und sah mich eindringlich an.

»Das kann ich«, murmelte ich und schwor mir stumm, es eines Tages zu tun. Ich stand da und starrte den Unteroffizier an, traute mich aber nicht zu protestieren, damit er seine idiotische Autorität nicht dazu gebrauchte, mich am nächsten Bahnhof aus dem Zug zu werfen. Was Ossip Emiljewitsch, der ungeduldig in Woronesch auf mich wartete, noch ein Stückchen näher an einen Selbstmord herangebracht hätte. Nadeschdas Brief mit der Bitte zu kommen war unmissverständlich gewesen. Trotz ihrer herkulischen Anstrengungen glitt der liebe Ossip immer tiefer in Melancholie und Wahnsinn, und so schluckte ich meinen Stolz herunter, zusammen mit meiner Abscheu für das Regime, und sagte nichts. Und hasste mich ein bisschen mehr als noch vor diesem Vorfall.

Kurz vor Mittag kroch der Zug in den Bahnhof von Woronesch. Ich schleppte meine beiden Taschen über den Bahnsteig (in der kleineren waren ein paar Kleidungsstücke zum Wechseln und meine Toilettenartikel, in der größeren Bücher und verschiedene Geschenke für Mandelstam) und suchte nach einem vertrauten Gesicht. Und dann hörte ich *hinter* mir eine Stimme *Anna Andrejewna!* rufen. Ich drehte mich um und starrte einen völlig Fremden an. Aber natürlich war es der Dichter Mandelstam.

Dass ich ihn nicht erkannt hatte, machte ihm eindeutig Angst. »Liebe Anna, habe ich mich so verändert?«, fragte er.

»Ossip?«

»Leibhaftig, wenn der Leib auch nur noch an den Knochen hängt.«

Ich war sprachlos. Ossip trug einen knielangen gelben Ledermantel und eine Ledermütze mit hochgebundenen Ohrenklappen. Er war unrasiert, schmal wie ein Handtuch und schob die rechte Schulter vor, an der steif der rechte Arm hing. Seine Zähne waren in bedauernswertem Zustand, die Lippen blau, die Wangen eingesunken. Kurzatmig stand er da und sah sicher zwanzig Jahre älter aus, als er mit seinen fünfundvierzig Jahren tatsächlich war.

»Ist schon gut«, sagte er. »Wir haben keinen Spiegel, aber manchmal sehe ich mich in einem Schaufenster. Die ersten paar Male starrte mich da einer an, den ich auch nicht erkannte.« Er drückte mir einen kleinen Strauß getrockneter Vergissmeinnicht in die Hand. »Im Februar ist es unmöglich, frische Blumen zu bekommen. Sie werden sich mit denen hier begnügen müssen.«

»Liebster Ossip«, rief ich, ließ meine Taschen auf den Bahnsteig fallen und schlang ihm die Arme um den Hals. Und ich erinnere mich, wie er sagte (lieber Gott im Himmel, ich kann tatsächlich seine Stimme hören, während ich die Worte wiederhole): »Anna, Anna, ich bin nicht tot, ich sterbe nur.«

Ja. *Ich sterbe nur.* Ich bin absolut sicher, dass er genau das sagte.

Zum Glück – das sage ich, weil es für Ossip bereits eine große Anstrengung war, die leichtere meiner beiden Taschen zu tragen –, zum Glück wohnten die Mandelstams nicht weit vom Bahnhof entfernt. Wir gingen los, im Schneckentempo. Ossip benutzte ein Stück hölzerne Vorhangstange mit einem Knauf am Ende als Stock, schien aber nicht die Kraft im rechten Arm zu haben, sich darauf abzustützen. (Nadeschda hatte mir von seinem Sturz aus dem zweiten Stock des Krankenhauses und der ausgekugelten Schulter geschrieben, seit mehr als einem Jahr aber kein Wort mehr darüber verloren, und so hatte ich angenommen, die Verletzung sei ausgeheilt – welch ein Irrtum.) Ossip blieb immer wieder stehen, um zu Luft zu kommen. Vor uns lag das Zentrum von Woronesch, flach wie der Tisch in einem Pariser Café. Der Prospekt der Revolution durchzog die Stadt wie eine Lebensader. Seitenstraßen und Gassen fielen von ihm ab und sickerten hinunter zu einem zugefrorenen Fluss, der Worona, wie Ossip sagte. Natürlich war keine der Straßen, die vom großen Prospekt abzweigten, gepflastert, was im Winter mit steinhart gefrorenem Boden absolut in Ordnung war. Im Sommer musste es allerdings infernalisch gewesen sein, wenn der Regen die Gassen in Matschrutschen verwandelte. Die Wohnstatt der Mandelstams (wenn man ein windschiefes Dach mit hölzernen Schindeln, das unsicher auf vier brüchigen Wänden lehnt, denn wirklich eine Wohnstatt nennen kann) stand am oberen Ende der Lineinaja-Straße (Nummer vier), einer schmalen, abfallenden Gasse mit Schindelhäusern, die allesamt baufällig schienen und für meinen Städterblick in ihren winzigen Gärten zu versinken drohten. Eisenbahnsignale wuchsen neben dem Haus auf, in dem die Mandelstams von einer freundlichen Näherin ein Zimmer gemietet hatten, und wie ich bald schon feststellen sollte, rauschten immer wieder Züge direkt an ihrem Fenster vorbei. Mit überraschender Beweglichkeit sprang Ossip dann von seinem Stuhl auf und eilte hin, um dem Zug nachzusehen, als wäre jede Vorbeifahrt ein zentrales Ereignis seiner wachen Stunden. Aber ich greife vor.

Nadeschda war, wie Sie sich vorstellen können, voller Freude über mein Kommen. Sie bombardierte mich mit Fragen und ließ mir kaum Zeit, darauf zu antworten. Welche Neuigkeiten hatte ich über meinen Mann und meinen Sohn Lew? (Keine. Seit sie von den Tschekisten abgeholt worden waren, hatte ich nichts mehr von ihnen gehört. Meine Telegramme an den Schriftstellerverband und das Zentralkomitee waren sämtlich unbeantwortet geblieben.) Wann musste ich wieder weg? (In einer Woche. Ich hatte

Angst, länger nicht telefonisch erreichbar zu sein.) Was machte Pasternak dieser Tage? (Ich hatte im Januar zwei seiner Gedichte aus der *Iswestija* gerissen und mitgebracht. Es waren Huldigungen Stalins, und ich sah, wie Nadeschda und Mandelstam bedeutungsvolle Blicke tauschten, als sie die Gedichte hin- und herreichten.) War etwas an dem Gerücht, dass Sinowiew und Kamenew im Sommer vor Gericht gestellt werden sollten? (Wie um alles in der Welt sollte ich wissen, ob ein Gerücht stimmte? Andererseits hatten sie in der Zeitung geschrieben, dass die beiden gestanden hätten, sich gegen Stalin verschworen zu haben, was darauf hindeutete, dass bereits ein Schauprozess in Vorbereitung war.) Nachdem sie so viele Leute verhaftet hatten, war es da nicht möglich, dass die Lager aus allen Nähten platzten und der Terror langsam nachließ? (Sicher nicht. Verglichen mit dem relativ gemäßigten Jahr 1934, als die Verhaftungen noch mehr oder weniger begründet gewesen waren, holten sie die Leute mittlerweile völlig wahllos ab. Die Tscheka brauchte keine Anklage, keine Beweise, nicht mal eine Denunzierung. Es war fast so, als wäre die völlige Zufälligkeit der Verhaftungen das, was der Staat den Menschen demonstrieren wollte.)

Und so brachten wir uns mit Halbsätzen, bedeutungsvollem Schweigen und unterdrückten Tränen auf den letzten Stand unseres ruinierten Lebens. Die Mandelstams hatten einen Teil ihres gemieteten Zimmers mit einer Schnur und darüberhängenden Decken abgeteilt, um einen Sichtschutz für ihr schmales Bett zu schaffen, in dem ich, da rauf bestanden sie, schlafen sollte. Gott allein weiß, wo sie sich hinlegten. Vielleicht ließ sie die Vermieterin auf der Ottomane im Nähzimmer schlafen, in das ich bei der Begrüßung kurz hatte hineinsehen können. Auf jeden Fall waren die Morgen eine wahre Sarabande von Leuten, die den Flur hinauf- und hinunterliefen, um die einzige Toilette im Haus zu benutzen. Zu uns dreien, der Näherin und ihrem Sohn kamen noch ein paar Nachbarn, die bei sich im Haus kein fließendes Wasser hatten. Bald nach meiner Ankunft gab ich Ossip und Nadeschda die mitgebrachten Bücher (einschließlich einer neuen italienischen Übersetzung von Plutarchs *Parallelen Lebensbeschreibungen*) und die Kleidung (lange Unterhosen und Lederhandschuhe für Ossip, einen einfachen deutschen Büstenhalter und dicke wollene, schenkelhohe Strümpfe für Nadeschda), dazu Schwefelpillen gegen Ossips Herzklopfen und die tausend Rubel (jeweils zur Hälfte von Borisik und mir), die ich mir zur Sicherheit mit einer Nadel im Unterrock festgesteckt hatte. Ich spürte Ossips Ärger, als er feststellte, dass es keine Zigaretten in seinem, wie er es nannte, *Weihnachtsstrumpf* gab, aber Nadeschda hatte mir geschrieben, der Arzt im Krankenhaus habe ihm dringend empfohlen, mit dem Rauchen aufzuhören.

Ossip hatte reichlich Gedichte geschrieben, die zu seinen, wie er sie nannte, *Woronescher Heften* gehörten. Einige davon hatte er in seinen Briefen mitgeschickt, andere las er mir voller Freude vor, als ich in Woronesch war. Da wurde mitunter der alte Ossip sichtbar, wenn er sich erhob und auf der Lehne eines Stuhles abstützte, mit der gesunden Hand durch die Luft fahrend und einzelne Verse aus dem Gedächtnis rezitierend.

»O könnten sie mich eines Tages zwingen,
Weit über Schlaf und Tod hinausgeschnellt:
Der Stachel Luft und Sommerglutenringe –
Sie zu belauschen: Achse, Achse dieser Welt …«

Kaum, dass wir allein waren, nutzte Nadeschda die Gelegenheit, mir zu erklären, dass sich Ossip, der oft in tiefe Verzweiflung falle, immer noch mit der Idee eines gemeinsamen Selbstmordes trage. Aber wenn *er* bereit sei, den Schritt zu tun, hänge sie einen zurück, und wenn *sie* so weit sei, sage er: *Noch nicht, lass uns noch warten.* Offenbar dachten beide nicht ernsthaft darüber nach, sich allein umzubringen. Sie hätten als Paar gelebt, sagte Nadeschda mit etwas, das sich nur als Stolz beschreiben lässt, und wenn es so weit sei, würden sie auch als Paar sterben. Ossip ließ jedoch auch Anzeichen erkennen, dass sein Überlebenswille noch nicht erloschen war. Seit Monaten, so vertraute mir Nadeschda an, arbeite er an einer echten Ode auf Stalin, die seine Beleidigungen des *Gebirglers im Kreml* auslöschen und sie so, wie er hoffe, vor erneuter Verhaftung schützen werde, wenn seine Strafe abgelaufen sei. Als ich ihn am nächsten Tag in die Poliklinik Nr. 1 in der Engels-Straße begleitete, wo er einen Laryngologen aufsuchen wollte (Ossip hatte Schwierigkeiten mit seinen Nebenhöhlen), sprach ich ihn auf die Ode an, und Ossip rezitierte widerwillig Teile daraus. Ich kann nicht behaupten, mehr als ein paar Bruchstücke dieses absolut mittelmäßigen Poems im Kopf behalten zu haben:

Ich will nicht Stalin sagen, eher – Dschugaschwili …
Künstler, schone den Kämpfer und beschütze ihn …
Er beugt von der Tribüne wie vom Berge sich
Zu Hügeln: Köpfen …
Er lächelt mit dem Lächeln eines Schnitters …

Und noch eine schreckliche Zeile kommt mir in den Kopf:

Durch Stalins Augen teilt sich schon der Berg …

Mein Gott, was war aus Ossip geworden! Stalins Augen teilten Berge! Hier sind noch zwei Zeilen, die mit einem Wortspiel auf den Namen Stalin enden, der, wie alle Schulkinder lernen, von *Stali* oder *Stahl* abstammt:

Wahrhaftere Wahrheit – Kämpfer, aufrichtig und fest:
Für Ehre, Liebe, Mut und Stahl gesungen …

Ich erinnere mich, wie Ossip nach dem letzten Vers der Ode stehen blieb. In Selbstzweifel verloren sah er den Hügel hinunter auf die halb zerstörte Mitrofan-Kathedrale aus dem siebzehnten Jahrhundert, benannt nach dem heiliggesprochenen Bischof von Woronesch. Wie ein Eispalast erhob sie sich auf dem Cafétisch des Stadtzentrums. Die kältestarren Straßen um die Kathedrale wimmelten von Bauern, die es satthatten, mit Resten abgespeist zu werden, und von den kollektivierten Höfen geflohen waren, nachdem die Bolschewiken ihre Ernte in die Städte geschafft hatten, um die Proletarier zu ernähren. Um Brotkrusten bettelnd, standen sie in Gruppen vor den Läden und stampften mit den Füßen auf den Boden, weil es so kalt war. Ossip kannte das sicher längst, dennoch war sein Gesicht voller Mitgefühl. Ich erinnere mich, wie er sagte, dass das Elend im Gegensatz zur landläufigen Meinung *keine* Gesellschaft möge. Es sei am liebsten für sich. (Ich vermute, er sagte das aus eigener Erfahrung.) Und dann, mit einem jener typischen Sprünge, die es seinen ersten Lesern und Freunden nicht leicht machten, ihm im Gespräch zu folgen, brach es aus ihm heraus: »Anna, Anna, als ich jünger war, fiel mir das Dichten leichter, und meine Gedichte waren oft nicht schlecht. Jetzt bin ich älter, und es geht viel langsamer, aber manchmal sind sie besser. Wenn ich einige der Gedichte aus den *Woronescher Heften* vorlese, muss ich keine Pausen mehr machen, damit meine ersten Leser wissen, wo die Verse brechen, sich neigen oder auf sich selbst zurückverweisen. Die Worte sprechen für sich selbst. Sie brauchen keinen Dichter mehr. Bis auf diese … diese *Ode auf Stalin*. Wie Galle sind die Worte in mir hochgekommen. Ich stammle, schwatze, und mir wird langsam klar, dass ich in einer Schaffenskrise stecke. Was habe ich getan?«

Ich erklärte ihm, dass man unter den Lebenden bleiben müsse, solange es menschlich zu ertragen sei. Ich möchte gern annehmen, dass ich es mit Überzeugung sagte, wenn ich auch keine empfand. »Wenn ich meinen Sohn retten könnte, wenn ich meinen Mann retten könnte«, fügte ich hinzu, »Jesus, was würde ich dafür nicht tun. Dafür ginge ich mit Stalin ins Bett.«

»Ich würde am liebsten etwas ganz anderes mit ihm machen, wenn ich könnte«, sagte er und lächelte. Ja, ja, Ossip zeigte ein freudloses Lächeln und fügte noch hinzu: »Aber sicher nicht im Bett.« Und dann fielen wir einander in die Arme und wussten vor Lachen kaum noch, wohin.

Ich weiß nicht mehr, ob es an diesem Tag oder dem Tag danach war, dass sich Ossip beim Überqueren der Bahngleise bückte, um ein Stück Papier aufzuheben. »Ist der Dichter Mandelstam jetzt Straßenkehrer?«, scherzte ich, sah dann aber, dass das Papier fest zusammengefaltet und nicht einfach nur irgendein Abfall war. Ossip öffnete es und zeigte es mir. Es war ein kurzer Brief, in winziger Schrift auf ein Stück Schulbuchseite geschrieben, zusammen mit einem Namen und einer Adresse in Petersburg. »Die Viehwaggons, die nachts hier durchkommen, sind voller Sträflinge auf dem Weg nach Zentralasien«, sagte er. »Hören Sie sich das an«, und er schob sich die Brillenbügel über die Ohren und fing an zu lesen:

»Meine liebste, heiß geliebte Aksinja, ich küsse Deine Hände, ich küsse Deine Füße. Mein Prozess war vorüber, bevor ich überhaupt wusste, dass er angefangen hatte. Das dreiköpfige Sondergericht las laut die Darstellung meines Vernehmers vor. Ich wollte etwas dazu sagen, wurde aber mit dem Richterhammer zum Schweigen gebracht. Die drei Richter flüsterten miteinander, und dann verkündete der mittlere das Urteil: zwanzig Jahre Zwangsarbeit ohne Recht auf Korrespondenz. Falls Dich dieser Brief mit Gottes Hilfe erreicht, weißt Du, dass Ihr, Du und die Kinder, Euch allein durchschlagen müsst. Zögere nicht und verkaufe meine beiden Geigen, zusammen mit den Bogen und meinem Vorrat an Kolophonium. Besonders die italienische Geige sollte einen guten Preis erzielen. Frage meinen Bruder, wer das Talent haben könnte, sie zu spielen, und das Geld, sie zu kaufen. Meine Partituren stifte bitte der Musikschule, und sage meinen Freunden im Orchester, was mit mir ist. Ich könnte heulen vor Bedauern, dass ich die Verbrechen, die sie mir vorwerfen, nicht begangen habe. Dein Dich liebender Mann, der mit Deinem Bild unter den Lidern ins Grab gehen wird. Alexander«.

Ossip faltete das Papier sorgfältig wieder zusammen. Ich nahm es. Tränen hatten sich in meinen Augen gesammelt und tropften auf die unbeschriftete Seite des Papiers. Ich weiß noch, wie ich dachte, dass auch ich vielleicht etwas von meinem Mann oder Sohn hören würde, wenn eine gute Seele ein zusammengefaltetes Stück Papier fand, das auf die Bahngleise gefallen war. Ich schob den Brief in meinen Handschuh, um ihn mit nach Petersburg zu nehmen. Da würde ich ihn in die Post geben. »Vielleicht hat dieser Musiker zufällig die Formel gefunden, um unserem Gebirgler im Kreml Einhalt zu gebieten«, sagte ich. »Vielleicht sollten wir alle die Verbrechen begehen, die sie uns einmal vorwerfen werden.«

»Das wäre ein sicherer Weg, sich umzubringen«, sagte Ossip.

Wenn ich heute auf meine Woche in Woronesch zurückblicke, finde ich es sehr aufschlussreich, wie selbst jemand wie Ossip, verbannt aus den zwölf größten Städten des Landes, weil er ein aufwieglerisches Gedicht geschrieben hatte, ja, wie wir alle immer noch so taten, als führten wir ein normales Leben in einer zivilisierten Gesellschaft. Die erste Stunde nach dem Frühstück morgens war Tag für Tag der Wiederherstellung des Mandelstam'schen Werkes gewidmet. Große Teile davon waren von den Tschekisten nach seiner Verhaftung in der Wohnung konfisziert worden. Die Augen fest geschlossen und den Kopf zurückgelegt, half Ossip seiner Frau dabei, die Gedichte aus dem Gedächtnis zu rekonstruieren (hin und wieder vermochte auch ich ein fehlendes Fragment beizusteuern), und Nadeschda hielt alles mit winziger Schrift auf Zigarettenpapier fest, ein Gedicht pro Papierchen, die dann bei anderen exilierten Schriftstellern versteckt wurden. Wenn seine Konzentration nachließ, beendete Ossip die Erinnerungsarbeit. Sich mit bitterer Freude die Seiten der Lokalzeitung gegen die beißende Kälte unter Hemd und Pullover schiebend, bestand er darauf, dass ich ihn auf seinen täglichen Expeditionen ins Zentrum von Woronesch begleitete. (Nadeschda nutzte die Zeit, um sich mit örtlichen Redakteuren zu treffen, die ihr einen Hungerlohn dafür zahlten, dass sie ihnen bei der Beurteilung literarischer Werke half, die zur Veröffentlichung eingereicht worden waren.) Ossip schrieb Manuskripte für Radio Woronesch (ich erinnere mich, dass er eines besonders mochte, das *Gulliver für Kinder* hieß), und von einem Theater hatte er dreihundert Rubel dafür bekommen, dass er den Text für das Programmheft von Glucks *Orpheus und Eurydike* schrieb. Bei unseren Ausflügen in die Stadt hielt er immer Ausschau nach Zigaretten. Im Gegensatz zu früher in Moskau, wo er sie päckchenweise kaufte oder schnorrte, war es jetzt ein Triumph für ihn, eine einzelne Zigarette aufzutreiben, die er, mich zur Verschwiegenheit verdammend, hinter Nadeschdas Rücken rauchte. In der Hoffnung, dass sie wieder etwas für ihn zu tun hatten, sah er beim Radio und beim Theater vorbei. Er behauptete, bereit zu sein, die Straßen zu fegen, die in Woronesch allein vom eisigen Wind aus der Steppe gesäubert wurden. Aber die Hauptentschuldigung für unsere Ausflüge bestand darin, dass sie uns die Gelegenheit zum Reden boten. Wir achteten nicht weiter auf die eisigen Temperaturen und redeten und redeten, bis unsere Lippen steif waren vor Kälte und die Worte nur mehr mit gedämpften B, M, P und W zwischen ihnen hervorkamen. Ossip scherzte, wir würden eine neue Sprache erfinden, eine, wie sie Gefangene benutzten, damit die Lippenableser der Tscheka, die sie mit Fernrohren beobachteten, nicht verstanden, was sie sagten.

Während wir so straßauf, straßab wanderten, fiel mir auf, dass Ossip nur wenige Leute zu kennen schien. Gelegentlich lüftete ein Mann im Wintermantel seinen Hut in Richtung meines Freundes, und Ossip nickte ihm mit einem abwesenden Blick zu. Wenn ich mich dann aber erkundigte, wer denn dieser Mann gewesen sei, war ich doch neugierig, ob es ebenfalls ein Exilierter war oder jemand, der aus freiem Willen in Woronesch lebte, sagte Ossip jedes Mal, er wisse es nicht. »Ich kenne die persönlichen Geschichten der Leute, denen ich zunicke, nicht«, sagte er.

»Aber Sie müssen hier doch ein paar Freunde gefunden haben«, setzte ich noch einmal nach.

»Abgesehen von Nadenka habe ich nur noch eine Freundin. Das ist die Prostituierte, die unmittelbar neben uns in der Lineinaja-Straße wohnt«, erklärte er mir. »Als ich merkte, dass niemand sie auf der Straße grüßt – kein Mann würde daran denken, einer Prostituierten gegenüber die Hand zum Hut zu heben –, begann *ich,* sie zu grüßen, und sie grüßte dankbar zurück. Und dann, eines Tages, hat sie uns zu Tee und Konfitüre eingeladen, und da wir seit zwei Jahren keine Konfitüre mehr gesehen hatten, nahmen wir die Einladung an.«

Ich sollte sagen, dass mich Ossips Freundschaft mit einer Prostituierten sogleich faszinierte. (War es, weil ich gehört hatte, dass die Bolschewiken *mich* eine Hure nannten?) Über die Jahre hatte ich sämtliche Affären Ossips kennengelernt, einschließlich der, mit der er durchgebrannt war, *nachdem* er Nadeschda in jener Kneipe in Kiew kennengelernt hatte, aber ich hatte nie erlebt, dass er, ganz gleich, wie lüstern er war, mit einer Frau von schlechtem Ruf gegangen wäre, wie die Männer von schlechtem Ruf sie nannten. »Hat sie Ihnen ihre Dienste angeboten?«, fragte ich mit einem Grinsen.

Ossip war stehen geblieben, um zu Atem zu kommen. »Nein«, kicherte er, »das hat sie nicht. Und wenn sie es getan hätte, hätte ich sie nicht annehmen können. Ich stelle mich oft an der langen Schlange nicht weit vom Bahnhof an, wo sie Erektionen vermieten, aber wann immer ich endlich ans Fenster komme, haben sie keine mehr da.

Schauen Sie nicht so überrascht, Anna. Ich habe immer noch meine Muse.«

Ossip wollte es nicht recht gefallen, mich der Prostituierten vorzustellen. Er hatte Angst, dass sie es schlecht aufnahm, wenn er eine Freundin mitbrachte, die sie anstarrte wie einen Goldfisch im Glas. Er gab erst nach, als ich darauf bestand, und so kam es, dass wir zusammen unseren Tee nahmen, wie die Engländer sagen, im Salon der Prostituierten, die Warwara Samolowa hieß und eine ungewöhnliche Person war. Warwara war als Frau eines politisch Exilierten nach Woronesch gekommen, und als er den ersten Winter nicht überlebte, begann sie sich zu prostituieren, um ihren fünfzehn- oder sechzehnjährigen Sohn durchzubringen. Sie sammelte Briefmarken aus aller Welt, auf denen Kunstwerke zu sehen waren, Gemälde, Statuen, Architekturwunder. Ossip behauptete, dass Warwara von einigen ihrer Kunden mit Briefmarken bezahlt würde, was ich aber nicht recht glauben wollte. Ich fand es ziemlich ungewöhnlich, dass sie offen als Prostituierte auftrat, aber wie ich von Ossip erfuhr, kamen auch etliche Mitglieder des örtlichen Parteikomitees, einschließlich eines Tschekisten, regelmäßig zu ihr.

Wie sah Warwara aus? Ich schätzte sie auf Ende zwanzig, Anfang dreißig, und sie hatte zierliche Knochen wie ein Schneevogel, einen schönen Teint und langes rötliches Haar, das ihr in flauschigen Büscheln über die Brüste hing. Sie trug ein Hauskleid, das sie (wie sich herausstellte) selbst aus zwei Schürzen zusammengenäht hatte. Es war vorne tief ausgeschnitten und gab den Blick auf einen Unterrock frei, der wenig Raum für Fantasie ließ. Mitten auf ihrem Kopf trug sie auch im Haus einen modischen Hut, wie man ihn sonst vielleicht in einer Pariser Zeitschrift fand.

Mir kam der Gedanke, dass sie ihre Kunden ohne Kleider, aber mit Hut empfing, hielt es jedoch nicht für passend, sie zu fragen, ob ich damit richtiglag. Warwara war sichtlich erfreut, Mandelstam auf ihrer Schwelle vorzufinden, und holte gleich die Konfitüre aus ihrem Versteck. Sie hielt mich für eine neu eingetroffene Minus-Zwölferin, und da Ossip ihr nicht widersprach, begann sie, in meiner Gegenwart frei zu sprechen. Bevor wir uns noch versahen, hatte sie die Schulbücher ihres Sohnes auf den Glastisch gelegt und zeigte uns die Seiten, wo sie dickes Papier über die Gesichter von Trotzki, Sinowiew und Kamenew geklebt hatte.

»Aber woher wussten Sie, dass Sie das tun sollten?«, fragte ich.

»Die Kinder werden in der Schule davon in Kenntnis gesetzt, welche politischen Führer in Ungnade gefallen sind. Der Direktor bekommt regelmäßig von den Redakteuren der Großen Enzyklopädie Listen mit Beiträgen, Artikeln und Illustrationen, die überklebt oder herausgeschnitten werden müssen. Aber das geht ja noch, wenn man wie wir auf dem Land lebt, weil wir unsere Holzöfen haben. Meine Schwester wohnt in Moskau, und sie verbringt den halben Tag damit, Seiten in Streifen zu schneiden und die Toilette hinunterzuspülen.«

Ossip fragte sich laut, ob sein Name wohl aus allen Büchern über Dichtung und Lyrik aus den Zwanzigern und frühen Dreißigern getilgt worden war. »Sind Sie berühmt?«, fragte die Prostituierte, und als er nicht antwortete, wandte sie sich an mich und wiederholte die Frage. »Sie müssen es mir unbedingt sagen: Ist er berühmt?«

»In manchen Kreisen ist er berühmt, in anderen berüchtigt.«

Warwara tat meine Antwort mit einer abschätzigen

Handbewegung ab. »Ich lass mich von Ihnen nicht zum Narren halten. Sie spielen mit Worten, was ich niemals tue. Hier können Sie Ihren Kopf verlieren, wenn Sie mit Worten spielen. Und wofür ist er berühmt?«

»Dafür, dass er über die Brüche zwischen den Worten klettert«, erklärte ich.

Warwara wiegte verwundert den Kopf hin und her. »Man könnte in den Brüchen zwischen den Worten verschwinden.«

Ossip hielt ihr die Hand hin. »Ich werde Sie über die Brüche führen«, sagte er.

Warwara lächelte züchtig und ergriff sie.

Bei der Prostituierten sah ich eine Seite Ossips, die ich zusammen mit seinen Erektionen verloren geglaubt hatte. Er neckte sie, gab sich sogar verführerisch, als übte er eine Rolle, die er (nach eigener Aussage) nicht länger zu spielen hoffen durfte. Warwara gegenüber kam er aus sich heraus, wie man so sagt, und schwatzte so unbeschwert dahin, als lebte er in einer Welt ohne Sorgen. Mit Nadeschda war es anders. In meiner Gegenwart sprachen sie nur über ernste Dinge: das Für und Wider von Selbstmord, ob sie mir zu Ehren ihre wenigen Rubel für eine Flasche georgischen Wein verprassen sollten, ob Nadeschdas Murtsowka mit Kwass oder rostigem Leitungswasser gekocht besser schmeckte, und wenn mit Kwass, wo um alles in der Welt bekam man welches? Und wer in Woronesch konnte womöglich dazu gebracht werden, einem von ihnen beiden Arbeit zu geben?

Am Ende blieb es an mir hängen, das heikle Thema anzusprechen, das sie eifrig vermieden. Ich erinnere mich, dass ich es ein, zwei Stunden vor meiner Abfahrt tat, während wir einen Teller Grieß aßen. Ich räusperte mich, um ihre Aufmerksamkeit zu erlangen. »Was werden Sie tun, wenn Sie Ihre Strafe im nächsten Jahr verbüßt haben?«, fragte ich.

Auf meine Worte folgte eisiges Schweigen. »Wenn es hier noch ruhiger wird«, witzelte ich, »können wir vielleicht die Erdachse hören.«

Ein schwaches Lächeln erschien auf Nadeschdas Lippen, als sie die Zeile aus Ossips *Woronescher Heften* zitierte: *»Weit über Schlaf und Tod hinausgeschnellt ... Sie zu belauschen: Achse, Achse dieser Welt ...«*

»Nun?«, fragte ich noch einmal.

Ossip lief zum Fenster, um einem vorbeifahrenden Zug nachzusehen. Als er zurück zu seinem Stuhl geschlurft war, starrte er immer noch nach draußen und sagte mit fester Stimme: »Wenn mein Exil vorüber ist, kehre ich nach Moskau zurück und nehme mein Leben wieder auf.«

Nadeschda sah ihren Mann an. »Willst du deine Gedichte wieder vor elf Leuten lesen, die dem Wetter trotzen, um in die Redaktion der *Literaturnaja Gaseta* zu kommen? Zigaretten von dummen Frauen schnorren, die denken, der Dichter Mandelstam ist längst tot? Originalmanuskripte vom *Stein* produzieren und sie dem Literaturmuseum verkaufen? Schlaflos im Bett liegen und auf das Klopfen an der Tür warten?«

Ossip kontrollierte seine Gefühle. »Meine neue *Ode auf Stalin* wird uns beide vor einer Verhaftung schützen.«

Nadeschda wandte sich an mich. »Ich habe davon geträumt, so weit aufs Land hinaus zu verschwinden, dass der Staat uns vergisst, in einem allein für sich stehenden Holzhaus mit verzierten Fensterläden zu wohnen, auf einem fernen Hügel den Zwiebelturm einer kleinen Dorfkirche zu sehen, in der Heu gelagert wird, Kartoffeln, Kohl, Gurken,

Rüben und Petersilienwurzeln auf dem kleinen Stück Land hinter dem Haus anzubauen, ein paar Hühner und eine Kuh zu halten und Eier und Milch gegen Brot und Dosen mit Rogen einzutauschen.«

Ich erinnere mich, wie Nadeschda den Blick abwandte und ihre Schultern vor Kummer bebten. Ich sah meinen lieben Freund Ossip an. »In der Nacht, als Sie verhaftet wurden, 1934, habe ich Sie an Puschkins letzte Worte erinnert«, sagte ich. »Sie haben es sicher nicht vergessen. *Versuchen Sie, in Vergessenheit zu geraten. Gehen Sie hinaus aufs Land.*«

»Puschkin hat seine letzten Atemzüge in der Stadt getan«, bemerkte Ossip gereizt. »Ich habe vor, seinem Beispiel zu folgen.«

»Sie wären verrückt, wenn Sie nach Moskau zurückkehrten«, sagte ich. »Nach drei Jahren Exil besteht so gut wie keine Chance, eine Aufenthaltserlaubnis zu bekommen, was heißt, dass Sie beide illegal unterkommen müssten. Aber die Städte sind voller kleiner Beamter, Schriftsteller und Redakteure, die denken, sie können überleben, wenn sie andere denunzieren. Wen immer. Und ob Sie legal oder illegal in der Stadt sind, am Ende wird sich irgendein ehrgeiziger Lakai in der Tscheka einen Namen damit machen wollen, dass er den Dichter Mandelstam das zweite Mal verhaftet hat. Wenn Sie noch ein paar Jahre leben wollen …«

Ossip unterbrach mich mit einem listigen Lächeln. »Ein paar Jahre? Hoffen Sie nicht darauf, ein hohes Alter zu erreichen?«

»Ein hohes Alter«, antwortete ich, »liegt nicht im Bereich des Möglichen.«

»Das denke ich auch«, gab er zu.

Ich fuhr fort, als hätte er seinen Einwurf nicht gemacht:

»Wenn Sie noch ein paar Jahre leben wollen, wenn Sie wollen, dass Nadeschda überlebt, müssen Sie unauffällig bleiben, an einen Ort fern von Moskau ziehen, wo Sie keiner kennt, und anonym bleiben.«

»Anonym!«, fuhr Ossip da auf. »Wie können ausgerechnet Sie mir das raten, Anna Andrejewna? Was, schlagen Sie vor, soll der Dichter Mandelstam tun? Sich bei den Tausenden einreihen, die über die Jahrhunderte Gedichte veröffentlicht und statt ihres Namens *Anonym* daruntergesetzt haben?« Ich sah, dass Ossip längst nicht mehr bei der Frage war, die unser Gespräch ausgelöst hatte, aber das hielt ihn nicht davon ab, mit seiner Tirade fortzufahren: »Ja, ja, Ihr Rat ist nur zu eingängig. Morgen früh gehen wir als Erstes zum Stadtkomitee der Bolschewiken, Nadenka, und reichen eine Petition ein, unseren Namen offiziell in *Anonym* umzuändern. Ossip Emiljewitsch und Nadeschda Jakowlewna Anonym. Das ist es! Und dann ziehen wir in eine Einsiedlerhütte in den Bergen und halten uns eine Kuh, mit deren Scheiße wir den Weg zu unserer Tür befestigen, damit die Bolschewiken kommen und mir zur Veröffentlichung meiner *Ode auf Stalin* gratulieren können, die unter meinem neuen Namen in der *Prawda* erschienen ist.«

»So beruhige dich doch«, sagte Nadeschda. »Wenn du unbedingt nach Moskau zurückwillst, dann gehen wir eben.«

Ossip füllte sich die Lungen mit Luft. Langsam ging sein Atem wieder ruhiger. Und dann kam er mit einer Zeile, die ich sofort aus einem der Gedichte aus den *Woronescher Heften* wiedererkannte, die er mir per Post geschickt hatte. *»Vielleicht ist dies der Beginn des Wahnsinns.«*

»Wenn es der Beginn des Wahnsinns ist«, sagte ich, »können Sie aufhören, Zurechnungsfähigkeit vorzutäuschen.«

Wusste er noch, dass ihm die Bemerkung während jenes denkwürdigen Gesprächs mit Pasternak und mir vor einem ganzen Lebensalter von den Lippen gekommen war? Wenn ja, war es in seinen Augen nicht zu erkennen. Er sah mich seltsam an, fast so, als könnte er durch mich hindurchsehen. »Als ich Sie vom Zug abholen ging, ist mir etwas Absurdes passiert«, sagte er. »Auf dem Petrowski-Platz, neben dem Standbild von Peter dem Großen, der einen Anker hochhält, verweilte ich kurz, um zu Atem zu kommen, und einen erschreckenden Moment lang wusste ich nicht, wer ich war und was ich da tat, auf dem Rand dieses Brunnens sitzend, der statt mit Wasser mit Müll gefüllt war, und zu dem Standbild aufsehend, das ich Peter den Anker nenne. Gerettet hat mich ein Vers aus einem meiner Woronescher Gedichte: *Was ist das für eine Straße? Die Mandelstam-Straße …* Und damit war mein Name wieder da und auch die Erinnerung, dass ich unterwegs war, um meine nach Nadenka liebste Freundin auf dieser Welt zu treffen.«

Ich wiederholte die Worte, um sie mir zu merken: »*Was ist das für eine Straße? Die Mandelstam-Straße …*«

Nadeschda brachte mich an jenem Nachmittag zurück zum Bahnhof. Ossip litt wieder unter Herzklopfen. Er hatte ein paar von seinen Schwefeltabletten genommen, aber die brachten keine Linderung, und er fühlte sich zu schwach, um mich weiter als bis zur Tür zu begleiten. Wir umarmten uns, beide nicht davon überzeugt, dass wir uns je wiedersehen würden. Ich wandte mich der Treppe zu, und Ossip trug mir mit beklommener Stimme noch einige Dinge auf. Wenn mein Zug in Moskau ankam, sollte ich gleich zum Zentralkomitee gehen und ihnen sagen, dass er hier in Woronesch hungernd und deprimiert dahinsieche und einen Brief von der Poliklinik Nr. 1 habe, der bestätigte, dass er unter Kardiopathie, Arteriosklerose und schizoider Psychopathie leide. »Wie, um alles in der Welt, denken Sie, soll ich mit dem Zentralkomitee reden?«, rief ich. »Ich habe ja nicht mal einen Passierschein. Sie werden mich gar nicht erst durch die Tür lassen.«

Ossip wollte das nicht akzeptieren. »Sagen Sie ihnen, Sie kommen vom Dichter Mandelstam, und die Türen werden sich öffnen«, antwortete er. Ein Augenlid zuckte. »Sie werden sich überschlagen, um Ihnen zuhören zu können.«

Im Bahnhof sahen Nadeschda und ich zu, wie der lange, staubbedeckte Zug auf den Bahnsteig zukroch. Kinder sprangen in die Wagen, um Plätze für ältere Passagiere zu ergattern, die sich mit ihrem Gepäck abmühten. Nadeschda drückte mir ein paar in Zeitungspapier gewickelte eingelegte Rüben in die Hände und zuckte verzweifelt die Schultern. »Ich habe angefangen zu beten«, sagte sie mir. »Jeden Abend, wenn ich mich in das schmale Bett neben meinen Mann lege, bete ich zu Gott.« Ich muss sie wohl gefragt haben, wofür sie denn bete, denn sie sagte: »Ich bete: *Lieber Gott, der du nach allem, was ich um mich herum sehe, nicht existierst, während mein geliebter Ossja noch eine Muse hat, bitte sorge dafür, dass die Sonne morgen früh nicht wieder aufgeht. Amen.*«

»Amen«, sagte ich.

Nein, ich erinnere mich kaum mehr an meine Rückreise nach Petersburg. Sie hatte einen Anfang und ein Ende, aber keine Mitte. In einem traumgleichen Zustand wechselte ich die Züge, suchte nach einem Platz und schlief mit an die Brust gedrückter Tasche ein, damit mir niemand etwas daraus stahl. Irgendwann unterwegs schrieb ich vier Zeilen auf die Rückseite eines Umschlags, den ich noch heute besitze. Ich muss ihn nicht hervorholen, um Ihnen die Verse vorzulesen. Sie sind mir ins Gedächtnis eingebrannt.

»… in des verbannten Dichters Zimmer
Stehn wechselnd Angst und Muse ihre Wacht.
Nun kommt die Nacht,
Und einen neuen Morgen kennt sie nimmer.«

Achtzehn

Nadeschda Jakowlewna
Montag, 2. Mai 1938

Was den Staat anging, war unser Minus-zwölf-Exil in Woronesch vor nicht ganz einem Jahr zu Ende gegangen, am 16. Mai 1937, um Viertel nach drei Uhr nachmittags, um genau zu sein. Da unterzeichnete und stempelte ein verhärmt aussehender Tschekist mit gewachstem Schnauzbart (wie sich herausstellte, ein Kunde der reizenden Prostituierten von nebenan) ein offizielles Dokument ab, das bestätigte, dass Mandelstam seine Strafe verbüßt hatte und es uns freistand, überall in Sowjetrussland zu leben, wie es unser Herz begehrte. Es gab nur einen ungenannten Haken: Das alles setzte voraus, dass man eine Aufenthaltserlaubnis für den jeweiligen Ort hatte, und Woronesch war die einzige Stadt in ganz Russland, für die wir eine besaßen.

Was für den Dichter Mandelstam und seine ihm angetraute Ehefrau bedeutete, dass ihr Exil ein Leben lang dauern würde.

Dennoch waren wir entschlossen, uns nicht aufhalten zu lassen. (Wohin wir sollten und wie, wusste Gott allein.) Tagesordnungspunkt eins war dabei, allen Ballast abzuwerfen, den wir seit unserer Ankunft in Woronesch angesammelt hatten: Eimer, einen Nachttopf, eine Bratpfanne, ein Bügeleisen, einen kleinen, einflammigen Petroleumkocher, eine Petroleumlampe, eine klumpige Matratze, eine Sammlung oft geflickter Tücher und Decken und einen Karton voller angeschlagener Teller und Töpfe. Einen Teil unserer Habseligkeiten vermachten wir unserer Vermieterin, anderes gaben wir einem gerade mit dem Zug angekommenen exilierten Paar, das Mandelstam durch die Lineinaja-Straße laufen und verzweifelt nach einem Zimmer suchen sah, das sie mieten konnten. (Unsere Näherin hatte beschlossen, dass wir ihre letzten Untermieter sein sollten, da sie das Zimmer für ihren Sohn brauchte.) Unsere Kleidung packten wir in einen Koffer, zwei Taschen und einen Papiersack mit Griff und gaben dem Sohn der Näherin ein paar Münzen, damit er uns mit unserem Gepäck zum Bahnhof half. Mit oder ohne Aufenthaltserlaubnis zog es uns nach Moskau wie die sprichwörtliche Motte zum Licht. Mandelstam, der schlecht schlief und den Großteil des Tages mutlos und niedergeschlagen war, wurde gleich munterer, als der Zug Woronesch in nordwestlicher Richtung verließ, und je näher wir Moskau kamen, desto lebendiger wirkte er. Er dichtete in jenen Tagen zwar nicht, dennoch schien ihm seine Muse neues Leben einzuhauchen.

Ich kann Ihnen sagen, dass sich Moskau in den drei Jahren, die wir nicht dort gewesen waren, ziemlich verändert hatte. Nach einer zermürbenden zweieinhalbtägigen Reise kroch der lange Zug durch Vorstädte, die bei unserer Abreise noch nicht existiert hatten. Breite, staubige Straßen wurden von großen Ziegelhäusern in unterschiedlichen Stadien der Fertigstellung gesäumt. Auch die Stadt selbst schien eine Erneuerung erlebt zu haben. Gebäude aus zaristischer Zeit waren gesäubert worden, und hinter Gerüsten konnte man mächtige neue Strukturen aufwachsen sehen, mit beeindruckenden Stein-, Stahl- und Glasfassaden, die nach meinem laienhaften Blick vom, wie ihn die Zeitungen nannten, dekadenten amerikanischen Zierstil inspiriert waren. Auch die soziale Atmosphäre hatte sich geändert, wobei ich kaum sagen könnte, dass es zum Besseren gewesen wäre. Seit Monaten hatten uns Neuankömmlinge in Woronesch von einer neuen Klasse Bürger in Moskau berichtet, die sie als *nouveau riche* beschrieben. (Worauf Mandelstam mit einem seiner seltenen Geistesblitze geantwortet hatte: *Besser nouveau als nie.*) Junge Leute taten so, als hätten sie Geld zu verbrennen. Kader wurden schnell befördert (weil die in der Hackordnung über ihnen stehenden Leute verhaftet wurden), und der letzte Schrei war es, ein Bankkonto zu eröffnen. (Wenn ich Geld hatte, steckte ich es mir genau wie Anna Achmatowa mit einer Nadel im Unterrock fest.) Wohnungen, Datschas, Gebrauchtmöbel, Grammofone, Platten aus zweiter Hand und selbst Luxusgegenstände wie elektrische Kühlschränke, hieß es, seien leichter zu bekommen, ohne Zweifel, weil so viele Menschen im Gefängnis oder Exil verschwanden und ihre Besitztümer hinter sich zurückließen.

Als Mandelstam seinen Fuß zurück auf Moskauer Boden setzte, konnte ich sehen, dass wir trotz der Gefahr, die uns wegen der fehlenden Aufenthaltserlaubnis drohte, das Richtige getan hatten. Es mag so klingen, als erfände ich es, aber ich hätte schwören können, dass seine Gesichtsfarbe von Asphaltgrau zurück zu, nun, normaler Hautfarbe wechselte. Ein unverkennbares Leuchten trat in seine Augen, fast so, als rüttelten die Bilder und der Lärm der Metropole eine Erinnerung an das Leben *vor* dem Tod in ihm wach. Er ging sogar wieder schneller als eine Schnecke.

Zum ersten Mal seit Monaten zeichnete sich ein Lächeln auf den Zügen meines Mannes ab, und das ließ auch mich wieder lächeln.

Wie Juden, die nach Jahren in der Wildnis zurück ins Gelobte Land gefunden hatten, beschlossen wir dort vor dem Bahnhof, dass wir unbedingt einen Weg finden mussten, um in Moskau bleiben zu können. Der erste Schritt bestand darin, einen Platz zum Schlafen zu suchen, und so winkten wir eine der Ministeriumslimousinen heran, deren Chauffeure nebenbei als Taxifahrer arbeiteten, und fuhren in der Hoffnung Richtung Herzen-Haus, dort jemanden zu finden, der uns für ein, zwei Nächte Unterschlupf gewähren würde.

Schließlich mussten wir uns mit ein paar Sofakissen auf dem Linoleumboden der winzigen Wohnung eines der jungen Dichter begnügen, denen Mandelstam früher seine Gedichte vorgelesen hatte. Die Frau des jungen Dichters, die dickliche, blasse Redakteurin einer monatlich erscheinenden Literaturzeitschrift, verteilte die Kissen auf ein paar Schichten Zeitungspapier und machte uns klar, dass wir gerne zwei, drei Nächte bleiben könnten. Länger, bedeutete das, waren wir nicht erwünscht. (Ich warf ihr das nicht vor. Sie gingen bereits ein gehöriges Risiko ein, indem sie uns ohne Aufenthaltsgenehmigung bei sich beherbergten.) Mandelstam war todmüde von der Reise und voller Wehmut, die Moskau in ihm entfachte. Er streckte sich auf den Kissen aus, zog die Ohrenklappen seiner Mütze herunter, um den Lärm von der Naschtschokin-Straße auszusperren, und sank gleich in tiefen Schlaf. Ich deckte ihn mit seinem gelben Ledermantel zu und legte mich voll angezogen neben ihn.

Ich weiß noch, wie ich an jenem ersten Morgen in Moskau mit schlimmen Kopfschmerzen aufwachte. Mein Mann schlief so fest, dass ich es nicht über mich brachte, ihn zu wecken. Ich ging zur Toilette und wusch mir das Gesicht und den Nacken mit dem rostigen, kalten Wasser aus der Leitung. Das machte mich wieder zu einem Menschen. Ich entschied, nach unten zu gehen und an die Tür unserer alten Wohnung zu klopfen. Als ich Mandelstam ins Exil gefolgt war, hatte ich in panischer Hast gepackt und etliche Bücher zurückgelassen, und vielleicht konnte ich die jetzt zurückbekommen. An der Tür unserer Wohnung hing eine Notiz: »Falls jemand nach Zakonski fragt, ich bin bis Ende des Monats in der Datscha.« Dazu gab es eine Telefonnummer. Ich kannte den Namen Zakonski nicht, aber wenn er eine Datscha hatte *und* ein Telefon, hieß das, dass er gedruckt wurde, was in diesen Tagen ein wenig verheißungsvolles Zeichen war, wurden doch nur noch die Linientreuen veröffentlicht. Ich wollte mich schon abwenden, als mir der Schlüssel einfiel, den ich für den Fall, dass Mandelstam seinen vergessen sollte, hinter der Wandverkleidung beim Gemeinschaftstelefon versteckt hatte. Zu meinem Erstaunen war er nach all den Jahren noch da. Niemand rührte sich auf dem Flur, als ich die Wohnung aufschloss und eintrat. Der Anblick der vertrauten Wände und das Ticken der Schweizer Uhr in der Küche trieben mir Tränen in die Augen. Unsere zurückgelassenen Bücher füllten das obere Brett unseres alten Bücherregals: Erstausgaben von Derschawin, Jasikow, Schukowski, Baratinski, Fet und Polanski standen neben Mandelstams geliebten Italienern Vasari, Boccaccio und Vico. Ich holte sie herunter und ließ mich mit ihnen auf das zerschlissene Sofa sinken, auf dem Zinaida und ich gesessen und Mandelstam sein Gebirgler-Epigramm hatten vortragen hören. Ich blätterte durch die

Titeleien, und so naiv es klingen mag, dämmerte es mir plötzlich: *Die beste Möglichkeit, eine Aufenthaltserlaubnis zu bekommen, besteht darin, eine Wohnung vorweisen zu können.* Die Erklärung, die mir dazu einfiel, schien einfach genug, um selbst noch von einem Apparatschik verstanden zu werden: Dem Dichter Mandelstam und mir war diese Wohnung im Herzen-Haus zugeteilt worden, dann hatten sie ihn ins Minus-zwölf-Exil geschickt, ich hatte ihn begleitet, und jetzt nach Ende des Exils waren wir wieder hier und wollten unsere Wohnung zurück. Sie werden es nicht glauben, ich glaube es ja selbst kaum, während ich Ihnen diese Geschichte erzähle, aber meine Argumentation kam meinem verdrehten Denken so vernünftig vor, dass ich loslief und nach der nächsten Station der Miliz suchte. Stellen Sie sich die Angst vor, die ich herunterschlucken musste, um durch die Tür zu treten! Der diensthabende Beamte war ein älterer Mann, der seinem Blick nach verzweifelt darauf hoffte, dass sie ihn pensionierten, bevor sie einen Grund fanden, ihn zu verhaften. Zu meiner Überraschung hörte er sich in Ruhe an, was ich zu sagen hatte, und zuckte dann mit den Schultern. Dazu müssen Sie wissen, dass ein Schulterzucken in Sowjetrussland nicht *nein* bedeutete. Es bedeutete *vielleicht.* Es bedeutete: Ich bin nicht in der Position, Ihnen darauf eine definitive Antwort geben zu können. Der Mann schlug vor, es in der Zentrale der Miliz in der Petrowka-Straße zu versuchen. Ich ging das ganze Stück und hoffte, die Anstrengung würde meine Nerven beruhigen und meine Stimme müde, aber nicht angespannt klingen lassen. In der Petrowka-Straße hatte sich bereits eine lange Schlange gebildet, und ich musste stundenlang anstehen, bevor ich den übergeordneten Milizionär sprechen konnte. Es war ein milchgesichtiger Junge, viel zu jung für den Posten, den er innehatte, was darauf hindeutete, dass er einem verhafteten älteren Kollegen nachgefolgt war. Er hob den Blick hinter seinen perfekt runden Brillengläsern, aber nicht den Kopf, und glotzte mich über den Metallrahmen der Brille hinweg an. Ich begann, meine Situation zu erklären, doch er schnitt mir das Wort ab.

»Es ist unmöglich, ohne Aufenthaltserlaubnis eine Wohnung zugewiesen zu bekommen, und die Aufenthaltserlaubnis wird Ihnen verweigert, weil Sie eine verurteilte Person sind. Der Nächste.«

»Ich bin nicht verurteilt«, rief ich.

Die Frau hinter mir flüsterte mir zu: »Was immer Sie wollen, gute Frau, Sie vergrößern Ihre Chance, wenn Sie ruhig bleiben.«

Ich zog also das offizielle Dokument aus der Tasche und legte es flach auf den Tisch, damit der Beamte es lesen konnte. Wieder bewegte er den Kopf nicht, nur die Augen. »Da steht, Sie sind eine verurteilte Person«, sagte er.

»Ich bin nicht verurteilt. Ich bin meinem Mann freiwillig ins Exil gefolgt.«

Ich hätte genauso gut mit einem Automaten sprechen können. »Da steht«, sagte er ungeduldig, *»Ossip Mandelstam, verurteilte Person.«*

»Ossip Mandelstam ist ein Mann. Ich bin eine Frau.«

Es gelang mir, mein wertvolles Dokument zurückzuziehen, bevor der Junge die Faust auf den Tisch krachen ließ. »Ossip Mandelstam ist Ihr Ehemann, oder etwa nicht? Nach sowjetischem Recht wird Verhafteten und ihren Familien das Aufenthaltsrecht für Moskau entzogen. Haben Sie noch nichts von Paragraf 58 gehört? Wessen sich Ihr Mann schuldig gemacht hat, dessen sind auch Sie schuldig. Ich kann Sie wegen antisowjetischer Aktivitäten belangen.«

Ich fürchte, ich bin in absoluter Panik aus der Milizstation in der Petrowka geflohen. Nach meinem vergeblichen, jämmerlichen Versuch, unsere alte Wohnung zurückzubekommen, lebten wir wie Zugvögel. Am Ende zogen wir in ein Zimmer in einer Komunalka in Kalinin, das nahe genug bei Moskau lag, um mehrmals im Monat mit dem Zug herkommen zu können. Die Nachricht verbreitete sich, dass Mandelstam lebend aus dem Exil zurück war, und Freunde kamen zusammen, wann immer sie hörten, dass er in der Stadt war. In der Hoffnung, uns damit vor einer zweiten Verhaftung zu bewahren, trug mein Mann jedem, der sie hören wollte, höchst leidenschaftlich seine *Ode auf Stalin* vor. Es herrschte kein Mangel an Schriftstellern, die bereit waren, uns Geld zu leihen, um uns darüber »hinwegzuhelfen«. (»Worüber hinwegzuhelfen?«, fragte Mandelstam dann aufgewühlt, wenn wir wieder allein waren.) Einer von ihnen war der, wie er sich selbst beschrieb, *Meister der Gattung des Schweigens,* Isaak Babel, der uns bei einem Besuch in seinen Mietszimmern in einer privaten Villa verdrießlich erklärte: »Das Schweigen wird mich nicht retten. Denkt an meine Worte, sie werden mich bald schon holen kommen.«

Eine ganze Reihe enger Freunde waren bereit, uns in Moskau Unterschlupf zu geben, wenn wir ihretwillen auch nie mehr als ein paar Tage blieben, aus Furcht, dass jemand unsere Gastgeber denunzieren könnte. Anna Achmatowa ließ alles stehen und liegen, als sie erfuhr, dass wir zurück waren. Mandelstam und sie flogen einander in die Arme. Fühlte ich mich da als fünftes Rad am Wagen? Nein, die Frage nehme ich Ihnen nicht übel. Die beiden waren nie ein Liebespaar gewesen, obwohl sie in gewisser Hinsicht ein intimeres Verhältnis als bloße Geliebte hatten, womit ich sagen will, dass sie eine Vertrautheit miteinander verband, die von der körperlichen Liebe nur eben angekratzt wird. Es gab Gelegenheiten, das will ich nicht abstreiten, da trieb mir diese Intimität einen Kloß in den Hals, den ich als Eifersucht identifizierte. Die beiden riefen die verlorene Jugend ineinander wach. In ihrer Privatsprache, die alle anderen von ihrem Gespräch ausschloss, konnten sie sich derartig zum Lachen bringen, dass sie nicht aufzuhören vermochten, bis einer von ihnen Nasenbluten bekam. Die Hände hinter dem Kopf, die Finger verschränkt, lief Mandelstam im Zimmer auf und ab und rezitierte Gedichte aus den *Woronescher Heften.* Anna Andrejewna trug darauf ihrerseits ein Gedicht vor, das sie im Jahr zuvor nach ihrem Besuch in Woronesch geschrieben hatte, etwas über Angst und eine Muse, die abwechselnd über einen in Ungnade gefallenen Dichter wachten. (Soweit ich weiß, wurde das Gedicht nie veröffentlicht.) Einmal fuhren wir zusammen nach Petersburg, was sich aus meiner Sicht als Fehler erwies: Durch die Straßen zu spazieren, die ihm noch aus der Studienzeit bekannt waren, löste heftigste Gefühle in meinem Mann aus. Wir übernachteten in Achmatowas Wohnung und brachten bis spät in die Nacht Trinksprüche auf Dichter und einzelne Gedichte aus.

Irgendwann hörten wir draußen auf dem Korridor das Telefon klingeln. Ein Nachbar steckte den Kopf zur Tür herein: »Das ist für Sie, Anna Andrejewna.«

Sie ging zum Telefon und kam schon einen Augenblick später ziemlich blass wieder zurück. »Wer war es?«, fragte ich.

»Da war keiner am anderen Ende«, sagte sie.

Wir wechselten Blicke. Mandelstam und ich fuhren am Morgen. Anna Andrejewna begleitete uns zum Bahnhof.

Die letzten Worte meines Mannes an sie werde ich nie vergessen: »Ich bin bereit zu sterben.«

Bei anderer Gelegenheit verbrachten wir einen Nachmittag mit Pasternak in seiner Datscha in Peredelkino, eine halbe Stunde außerhalb von Moskau. Ursprünglich im Besitz von Kolitschew, war das Dorf in den späten Zwanzigern ein modischer Rückzugsort für modische Schriftsteller geworden. (Wir sind nie dahintergekommen, wie Pasternak, der über die Jahre immer wieder auch schlecht angeschrieben war, da im Sommer 36 den Fuß in die Tür bekam.) Es entging uns nicht, dass seine neue (für uns wenigstens) Frau während unseres gesamten Besuchs in der Küche blieb, um meinen Mann zu meiden. Boris Leonidowitsch und Mandelstam zogen sich Hocker an den reich verzierten Kachelofen, und ich setzte mich mit einer Decke über den Beinen aufs Sofa. Pasternak erzählte, dass er in den ersten Vorbereitungen für einen neuen Roman »über uns alle« stecke, und holte Bücher über die Französische Revolution hervor, die er gerade las. Ich weiß noch, dass die Diskussion sehr leidenschaftlich wurde und ich Boris Leonidowitsch mit einer Geste bedeutete, das Gespräch in ruhigere Bahnen zu lenken, da ich fürchtete, es könnte Mandelstams Herz zu viel werden.

Pasternak bezog die Position, dass es möglich sei, eine Terrorherrschaft zu überleben, aber mein Mann schüttelte störrisch den Kopf. »Wer die Luft des Terrors einatmet«, sagte er, »den infiziert sie. Alle werden Opfer – die, denen die Köpfe abgeschlagen werden, die Henker, die ihnen die Köpfe abschlagen, und die Massen, die auf den Straßen dabei zusehen, selbst die mit genug Anstand, den Blick abzuwenden.«

Später am Bahnhof steckte Pasternak Mandelstam mit

dem Geschick eines Taschendiebs Geld in die Tasche, ich denke, als sie einander zum Abschied umarmten. Wir entdeckten es erst, als ich den gelben Ledermantel meines Mannes daheim in Kalinin aufhängte.

Und so vergingen Wochen und Monate, während Mandelstam aus den regenfleckigen Fenstern in Kalinin, Moskau und Petersburg sah und die Namen von Leuten wiederholte, die in einen Gulag verschwunden waren. Wenn ich die Augen schließe, kann ich seine Stimme noch hören: »Der hintergründige Chardschijew mit dem übergroßen Kopf, Hippolyte mit dem wilden Plan, den Todesengel zu verführen, Zhenia mit den heruntergebissenen Nägeln, Wadik mit seinen derart verschachtelten Gedichten, dass er sie selbst nicht mehr verstand, und Pascha mit der verrückten Theorie, dass Russland zu retten wäre, wenn Opium die Religion des Volkes würde.«

An dieser Stelle sollte ich sagen, dass das Verschwinden, das uns am meisten schmerzte, gar nicht zu reden von der Wut, mit der es uns erfüllte, das unseres Freundes und Beschützers Nikolai Bucharin war. Wir hatten sein Schicksal natürlich genau verfolgt. Sein Name als Chefredakteur war im Winter 1937 aus dem Impressum der *Iswestija* entfernt worden, und kurz darauf hatten wir aus den Lautsprechern in den Hauptstraßen Woroneschs von seiner Verhaftung erfahren. (Mandelstam brachte es besonders auf, einige Leute applaudieren zu hören.) Danach gab es monatelang keine Neuigkeiten über Bucharin. Dann folgte sein sehr öffentlicher Schauprozess wegen Hochverrats und Verschwörung zur Ermordung Stalins. (Ironischerweise war Genrich Jagoda, der ehemalige Kopf der Tscheka, der 1934 den Haftbefehl gegen Mandelstam persönlich unterschrieben hatte, einer der Mitangeklagten. »Dem werden wir keine Träne nachweinen« war alles, was mein Mann sagte, als er das hörte.) Der Prozess hatte im März dieses Jahres angefangen, in der Oktoberhalle des Gewerkschaftshauses, wo Nikolai Iwanowitsch, wie wir zufällig wussten, der jungen Frau, die später seine dritte Frau werden sollte, seinen Antrag gemacht hatte. Sein in der *Prawda* abgedrucktes Geständnis war das wichtigste Gesprächsthema (Hitlers »Anschluss« Österreichs gleich danach das zweite) in intellektuellen Kreisen, in denen Bucharin trotz seines Bolschewistentums als kultivierter Humanist galt. Einige zitierten das alte Sprichwort: *Wo Rauch ist, da ist auch Feuer,* was ausdrücken sollte, dass »der dreckige kleine Bucharin« (wie er in Zeitungsartikeln genannt wurde) unter den bestehenden Umständen dumm gewesen wäre, sich nicht gegen Stalin zu verschwören, andere, darunter auch wir, nahmen an, dass er gestanden hatte, um das Leben seiner Frau und seines jungen Sohnes zu retten.

Der geschätzte Nikolai Iwanowitsch wurde ins Kellergewölbe der Lubjanka gebracht und von hinten in den Kopf geschossen, wenn man der Hinrichtungsnotiz Glauben schenken wollte, die am Morgen des 15. März in der Zeitung erschien. Was kurioserweise wenige Tage nach unserem zufälligen Zusammentreffen mit Wladimir Stawski war, dem Generalsekretär des sowjetischen Schriftstellerverbandes. Lassen Sie mich das erklären. Wir hatten fast die Hoffnung aufgegeben, jemals wieder die Erlaubnis zu bekommen, in Moskau zu leben, ja, die neue Welle des Terrors zu überstehen, die über Russland hinwegschwappte. Der letzte Strohhalm, an den wir uns noch klammerten, war die Möglichkeit, dass nach der Verhaftung Bucharins Stawski bei Stalin ein Wort für Mandelstam einlegen und ihm die im Umlauf befindliche *Ode auf Stalin (Durch Sta-*

lins Augen teilt sich schon der Berg …) geben würde. Doch unsere verzweifelten, wiederholten Versuche, einen Termin bei Stawski zu bekommen, liefen erbärmlich ins Leere. Stundenlang harrten wir auf den Holzbänken in seinem Wartezimmer aus. Sekretärinnen schwirrten vorbei, bis am Ende jemand Mitleid mit uns hatte. Der Generalsekretär sei nicht in der Stadt, informierte uns eine Frau. Er sei bei einem Schriftstellertreffen auf der Krim. Er besuche Kolchosen in verschiedenen Sowjetrepubliken. Und so weiter. Und dann, eines Tages, so unwahrscheinlich es klingen mag, trafen wir auf Stawski, der gerade das Haus verließ, als wir hineinwollten. Genauer gesagt, traf er auf uns. Wir hatten ihn seit Jahren nicht gesehen, und ich bezweifle, dass wir ihn erkannt hätten, aber er rief: »He, ho, Mandelstam, ich suche überall nach Ihnen!«

Stawski war sonnengebräunt, trug einen kaffeefarbenen dreiteiligen Leinenanzug und eine dunkle Brille, eilte auf uns zu und schüttelte meinem Mann herzlich die Hand. »Ich habe versucht, Kontakt mit Ihnen aufzunehmen«, rief er, »aber niemand scheint so recht zu wissen, wo Sie dieser Tage zu fassen sind.«

Alles, was Mandelstam, Gott segne ihn, darauf zu sagen einfiel, war: »Am besten am Kragen.«

Stawski ließ die Hand meines Mannes los. »Geht es Ihnen gut?«

»Nein.«

»Ah! Also, ich habe gute Nachrichten für Sie, Mandelstam. Ihr Schicksal wendet sich zum Besseren. Zunächst einmal haben wir beschlossen, Ihnen und Ihrer Frau eine zweimonatige Kur in einem der Schriftstellersanatorien außerhalb von Moskau zu spendieren. Der Aufenthalt da wird Ihnen ungeheuer guttun – gesundes Essen, die Landluft, viel Schlaf, ausgedehnte Spaziergänge in den Wäldern. Sie werden sich wie neugeboren fühlen. Anschließend kümmern wir uns um Ihre Rehabilitation. Die Frage einer Aufenthaltserlaubnis für Moskau und einer angemessenen Arbeit für Sie wird bereits an höchster Stelle erörtert.«

Stawski sagte, wir sollten uns unsere Fahrkarten und die Gutscheine für den Aufenthalt im Büro des Literaturmuseums abholen. Mit der Murom-Bahn gehe es nach Tscherusti, die Gutscheine seien für das Erholungsheim Samaticha, das etwa fünfundzwanzig Kilometer vom Bahnhof entfernt liege. In Tscherusti werde ein Pferdeschlitten auf uns warten und uns nach Samaticha bringen.

Ein Hochgefühl stieg in Mandelstam auf, wie Saft in einem Baum. »Kneif mich«, sagte er, als Stawski aus dem Fond seiner abfahrenden Limousine noch einmal zu uns herübergrüßte. »Ich muss das alles träumen.«

»Das Problem«, antwortete ich, »besteht vor allem darin dahinterzukommen, *was hinter* diesem Traum steckt.«

»Aber das sieht doch jeder Idiot! Meine Ode ist endlich bis zu Stalin vorgedrungen, und jetzt sickert von oben die Maßgabe durch, dass es sich um den Dichter Mandelstam zu kümmern gilt.« Er sah mich zornig an. »Was ist falsch an guten Nachrichten?«

»Ich mache mir Sorgen.«

»Wegen was?«

»Dass es gar keine guten Nachrichten gibt, nur schlechte, die als gute verkleidet werden. Es macht mich ganz krank zu denken, dass sie dich nur von deinen Freunden trennen wollen. Und dass sie dich wieder verhaften werden.«

»Was für eine Wahl bleibt uns?«

»Wir können uns ein fernab gelegenes Haus suchen, mit verzierten Fensterläden, können Kartoffeln, Kohl, Gurken,

Rüben und Petersilienwurzeln im Garten anbauen, ein paar Hühner und eine Kuh halten und Eier und Milch gegen Brot und Dosen mit Rogen eintauschen.«

Mandelstams Gesicht war vor Aufregung rot angelaufen. »Du täuschst mich nicht. Du willst, dass ich meine Gedichte anonym veröffentliche. Nadenka, siehst du denn nicht, dass sie mich rehabilitieren werden? Meine Muse, vielleicht sogar meine Erektion, wird zu alter Kraft erwachen. Gedichte werden wie Fäuste ans Fenster klopfen. Wir werden uns lieben, und ich schreibe Gedichte und veröffentliche sie unter dem Namen Ossip Mandelstam. Redakteure und Verleger werden mir die Tür einrennen, um die Rechte an meinen gesammelten Werken zu erwerben.«

Ich sah ihm in die Augen. Er wollte unbedingt glauben, dass unser Schicksal eine Wende nahm. Ich nehme an, dass ich ihn angelächelt habe, denn er sagte: »Ich wusste, dass du es einsiehst.«

Ich glaube, ich sagte: »Was können wir schon verlieren«, und ich glaube, ich dachte: Nur was von unserem Leben noch bleibt.

Warum wollen Sie noch mehr Einzelheiten? Für mich zählt nur noch eines: Von dem Moment an, da wir mit Stawski zusammengetroffen waren, hatte ich das komische Gefühl, auf einem steilen, glatten Abhang zu stehen. Ja, die Fahrkarten und die Gutscheine lagen im Büro des Literaturmuseums für uns bereit. Ja, ja, am Bahnhof in Tscherusti wartete ein Pferdeschlitten auf uns, was Mandelstam als weiteren Hinweis darauf sah, dass sich unser Schicksal zum Besseren gewendet hatte. Und Luxus über Luxus, eine riesige Schaffelldecke lag auf dem Sitz zusammengefaltet. Wir breiteten sie über uns aus und zogen sie bis zu den Achseln hoch. Der Kutscher, ein alter Muschik mit kniehohen geschnürten Lederstiefeln und einer Wolfsfell-Schapka auf dem spitzen Kopf, schwang die Peitsche, und im Trab ging es an die verbliebenen fünfundzwanzig Kilometer zum Erholungsheim.

Selbst im April herrschte hier noch Winter. So weit das Auge reichte, war die Landschaft mit blendend weißem, frischem Schnee bedeckt. Nadelbäume bogen sich unter dem Gewicht des Eises auf den Ästen. Der Himmel war strahlend blau, nur ganz weit oben trieben ein paar Wolkensträhnen. Atemwirbel stoben aus den bebenden Nüstern des Pferdes. Mandelstam improvisierte mit seinen Handschuhen einen einfachen Sonnenschutz, nahm alles in sich auf und seufzte angesichts der großartigen Szenerie. Nach etwa zwei Stunden bog der Muschik auf den Hof einer Kolchose, und wir wurden in ein Zimmer gebracht, wo man uns mit Glühwein und Keksen bewirtete, als hätte man uns erwartet. Mandelstam warf mir triumphierende Blicke zu. Das Erholungsheim erreichten wir bei Anbruch der Dämmerung. Der Arzt, ein alter Bolschewik, der, wie er uns später erzählte, die Arbeit im Heim angenommen hatte, weil er hoffte, hier abtauchen zu können, empfing uns an der Tür. Er verriet mir, dass er ein Telegramm aus Moskau bekommen habe, in dem ihm aufgetragen wurde, die Mandelstams als wichtige Gäste zu behandeln. Der Arzt schien ein aufrichtiger Mann zu sein. Wollte man uns tatsächlich verhaften, so wusste er sicher nicht davon. Das spürte ich, und es gab mir Kraft. Mandelstam sagte, dass er sich nach Ruhe und, ja, auch nach Frieden sehne. Der Arzt erklärte uns, am Waldrand gebe es eine Hütte, die den Heimgästen als Leseraum diene – und schon hatten sie zwei Betten darin aufgestellt und uns den Schlüssel gegeben. Wir breiteten die mitgebrachten Kleider und unsere Bücher auf den schäbigen Sofas aus und legten uns in unseren Kleidern auf die Betten, die Hände hinter den Köpfen verschränkt.

Gott allein weiß, warum, aber ausgerechnet jetzt wurde Mandelstam von Zweifeln ergriffen. »Du könntest recht haben«, sagte er plötzlich. »Wir könnten ihnen in die Falle gegangen sein. Wenn sie uns hier verhaften, werden Pasternak und Achmatowa monatelang nicht davon erfahren.«

Als meinem Mann der Mut sank, muss ich mich gedrängt gefühlt haben, optimistisch zu sein. Wie sonst könnte ich erklären, was ich ihm darauf antwortete: »Nein, nein. Bezahlt nicht das Literaturmuseum die Fahrt und den Aufenthalt? Das würden sie nicht tun, wenn wir noch unter Verdacht stünden.«

»Meinst du wirklich?«

»Ja.«

Mandelstams Laune hob sich wieder. »Da hast du sicher recht«, sagte er.

Der April verging. Hoffnung grub ihre Wurzeln in den tauenden Boden von Samaticha. Wir unternahmen lange Spaziergänge durch die Wälder, schliefen bis tief in den Tag und ruhten auch nachmittags noch einmal, Bücher vom Regal des Leseraums offen auf dem Schoß haltend. Wenn ich aufwachte, hörte Mandelstam Musik, mit Kopfhörern, die an ein Kurzwellenradio angeschlossen waren, das zur Ausstattung unserer Hütte gehörte. Die Mahlzeiten nahmen wir im gemeinschaftlichen Essraum nicht weit vom Hauptgebäude ein. Gelegentlich traten Schriftsteller oder Dichter, die wir zumindest dem Namen nach kannten, zu uns an den Tisch, um mit Mandelstam zu schwatzen. Die Frau eines Mannes, der Erzählungen schrieb, sie selbst war Übersetzerin, fragte Mandelstam, woran er gerade arbeite.

»Am Leben zu bleiben«, kam es von ihm zurück.

»Das tun alle«, bemerkte ihr Mann mit einem trockenen Lachen. »Sie meint künstlerisch. Schreiben Sie gerade an etwas?«

Aus irgendeinem Grund erregten die beiden den Unwillen meines Mannes. »Ich schreibe nie«, sagte Mandelstam unschuldig. »Ich komponiere die Gedichte im Kopf und diktiere sie dann Nadenka. Sie ist diejenige, die sie aufschreibt.«

Die Frau des Schriftstellers gab nicht nach. »Und komponieren Sie gerade etwas in Ihrem Kopf?«

Ein spukhaft gequältes Lächeln überzog die Miene meines Mannes. »Ich konzentriere mich hier darauf, die Spinnweben aus dem Kopf zu bekommen. Wenn wir nach Moskau zurückkehren, in unsere alte Wohnung im Herzen-Haus, werde ich wieder dichten.«

Und dann … dann eines Abends …

Danke, ja, ich fang noch einmal an.

Und dann eines Abends nach dem Essen sahen wir durch das Fenster unserer Hütte am Waldrand, wie zwei identische schwarze Automobile mit Weißwandreifen vor dem Hauptgebäude vorfuhren. Die Gestalten im vorderen Wagen blieben sitzen, aus dem hinteren stiegen zwei bullige Kerle, einer in Zivil, der andere in einer Uniform, die ich nicht zu identifizieren vermochte. »Hast du das gesehen?«, fragte Mandelstam alarmiert.

Im schwindenden Licht konnte ich seine schreckensweiten Augen sehen. »Wahrscheinlich wollen sie das Heim inspizieren«, sagte ich.

Es war der erste Mai, neunzehn Jahre waren vergangen, seit wir uns in jener schäbigen Künstlerkneipe in Kiew kennengelernt hatten. Das weiß ich genau, denn ich kann mich noch daran erinnern, wie die Leute später vor einem

Kurzwellenradio standen und Stalin lauschten, der eine ausschweifende Rede hielt. Als gegen Ende des Abendessens ein riesiger Lebkuchenmann an den Kopf der Tafel gebracht wurde, klatschten sie und trampelten mit den Füßen auf den Boden. Mandelstam beugte sich zu mir hin und sagte, sie applaudierten dem Koch, der ihn gebacken habe, und nicht den einundzwanzig bolschewistischen Maifeiertagen. Nach dem Essen versammelten sich die Gäste um ein Klavier, tranken Schnaps und sangen russische Volkslieder. Noch Stunden nachdem wir in unsere Hütte zurückgekehrt waren, konnten wir die Leute aus voller Kehle patriotische Lieder schmettern hören. Als ich endlich einschlief, träumte ich von Ikonen, was allgemein als schlechtes Omen gilt. Hinter den Ikonen lauert der Tod. Ich weiß noch, wie ich plötzlich hochfuhr und nach Luft schnappte. Mein Mann versuchte, mich zu beruhigen. »Wir haben nichts zu befürchten«, sagte er. »Das Schlimmste liegt hinter uns.«

Morgens weckten mich die Vögel in den Bäumen rings um die Hütte mit ihrem Gesang. Wie immer nach dem Aufwachen versicherte ich mich, dass Mandelstam atmete. Dann hörte ich ein Klopfen. Ich schlüpfte in meinen Morgenrock, durchquerte barfuß den Raum und öffnete die Tür, wobei ich überlegte, was ich dem, der da draußen stand, um sich zu dieser gottlosen Stunde ein Buch aus dem Leseraum zu holen, entgegenhalten wollte. Vor der Tür stand der Arzt, der keuchte, als wäre er vom Haupthaus herübergerannt. Die beiden bulligen Männer standen hinter ihm. Der in Zivil schob sich an ihm vorbei. »Wir suchen Ossip Mandelstam.«

Mandelstam trat hinter mich. »Ich bin der Dichter Mandelstam.«

Die beiden Männer drängten an mir vorbei in die Hütte. »Ossip Emiljewitsch Mandelstam«, verkündete der Zivilist, »Sie stehen unter Arrest, wegen Verletzung von Paragraf 58 Strafgesetzbuch.« Ich glaube mich erinnern zu können, dass er Mandelstam einen Haftbefehl zeigte, allerdings bin ich nicht ganz sicher.

Mein Mann stand in seiner Unterwäsche da und nickte. Er sammelte sich, zog seine graue Hose und ein kragenloses weißes Hemd an, das er sich hinter den Bund schob und bis zum Hals zuknöpfte. Die Männer sahen schweigend zu, während er die Hosenträger anlegte, Anzugjacke, Strümpfe und Schuhe anzog. Mandelstam ließ kurz den Blick schweifen, um zu sehen, ob er etwas vergessen hatte, und schlüpfte dann trotz der frühlingshaften Wärme draußen in seinen gelben Ledermantel. Er holte den Papiersack mit dem Griff unter dem Bett hervor und packte schnell einige Sachen zusammen: seine einbändige Puschkin-Ausgabe von Tomaschewski, ein paar Hemden, die ich tags zuvor gebügelt hatte, Unterwäsche und Strümpfe zum Wechseln, den gestrickten Winterschal, den ihm eine Redakteursfrau bei seiner ersten Verhaftung gegeben hatte, Seife, einen Kamm, Zahnpulver und seine Zahnbürste. Ich zog meinen Morgenmantel eng um meinen betäubten Körper und saß wie gelähmt auf dem Bett. Mein Mann trat zu mir.

»Komm bis Tscherusti mit.«

Der Mann in der mir unbekannten Uniform sagte: »Das ist nicht erlaubt.«

Mandelstam beugte sich zu mir herunter und küsste mich auf die Lippen. »Dann also auf Wiedersehen.«

»Auf Wiedersehen.«

Ich sah hinüber zu den Sonnenstrahlen, die durchs Fenster hereinstießen. Als ich den Kopf zurückwandte, war mein Mann nicht mehr da. Ich hörte, wie die Motoren der Limousinen zum Leben erwachten. Die Tür zur Hütte stand gähnend weit auf. Der Arzt stand auf der Schwelle und hielt die Hand aufs Herz gedrückt. »Mir fehlen die Worte«, sagte er niedergeschmettert. Und dann floh er, die Tür hinter sich offen lassend. Ich hatte keine Verbindung zu den Muskeln in meinem Körper, die mir erlaubt hätten, den Raum zu durchqueren und die Tür zu schließen, und ich kann mich nicht erinnern, wie lange ich dort auf dem Bett sitzen blieb. Es können Stunden gewesen sein. Ich weiß noch, dass ich mit mir selbst redete. Ich weiß noch, dass ich versuchte, mit meiner neuen Identität ins Reine zu kommen, indem ich wieder und wieder den einen Satz wiederholte: »Ich bin die Witwe des Dichters Mandelstam. Ich bin die Witwe des Dichters Mandelstam. Ich bin die Witwe des Dichters Mandelstam. Ich bin die Witwe des Dichters Mandelstam. Ich bin die Witwe des Dichters Mandelstam.«

Neunzehn

Wahrscheinlich Ossip Emiljewitsch
Mitte, Ende September 1938

(Eine Kopie des im Folgenden abgedruckten Briefes wurde dem Autor im Januar 1965, am fünfundzwanzigsten Jahrestag des Todes von Isaak Babel [der, nachdem er unter Folter gestanden hatte, Spionage betrieben zu haben, erschossen wurde], freundlicherweise von Jekaterina Sch. überlassen, einer Moskauerin, die selbst drei Jahre im Gulag verbracht hatte und es vorzog, anonym zu bleiben. Sie und ihr verstorbener Mann, ein Kritiker, der sein [unveröffentlichtes und später konfisziertes] Opus magnum über russische Dichtung vor der bolschewistischen Revolution geschrieben hatte, waren enge Freunde der Mandelstams und nahmen das Risiko auf sich, die beiden mehrfach bei sich übernachten zu lassen, als Ossip und Nadeschda nach ihrer Rückkehr aus Woronesch wie Zigeuner in Moskau lebten. Der Brief kam in einem aus grobem, braunem Papier gefertigten Umschlag, abgestempelt in Ulan-Bator, mit dem Namen und der Adresse von Jekaterina Sch. in Großbuchstaben auf einer Seite, aber ohne Absender. Undatiert und nicht unterschrieben, bis auf ein quälend vieldeutiges [fast als Code zu verstehendes] *Immer noch tanzend* am Ende. Der Brief selbst wurde mühevoll mit Bleistift in spinnenfeiner Schrift vorne und hinten auf die Titelseite und ein leeres Blatt von Tomaschewskis Puschkin-Ausgabe geschrieben, das Papier bis an den äußersten Rand ausnutzend. Er fängt an mit dem Namen Jekaterina Sch. und ihrer Adresse in einem von Hand gezogenen Rahmen. Darauf folgt das Wort *Hoffnung*, kyrillisch надежда, das im weiblichen Singular der Name von Mandelstams Frau ist, Nadeschda. Das, zusammen mit verschiedenen anderen Bezügen auf *Nadenka*, unterstützt die Annahme, dass der Brief von Ossip Mandelstam ist. Wenn dieses Dokument, wie es scheint, wirklich Mandelstam zugeschrieben werden kann, wurde es wahrscheinlich Mitte, Ende September 1938 verfasst, als er nach seiner zweiten Verhaftung unterwegs in ein Transitlager in Sibirien war. Es kann angenommen werden, dass er den Brief auf die traditionelle Weise »aufgegeben« hat: indem er ihn zwischen den Bodenplanken durchfallen ließ, als der Zug nachts durch ein Dorf oder eine Stadt fuhr.)

Hoffnung: Meine zweite Verhaftung (ich zähle sie an den Fingern meiner linken Hand und mir bleiben noch drei, bis ich zur rechten wechseln muss), sie war durch ihre Gewöhnlichkeit außergewöhnlich. Ich spürte, wie die Tschekisten wiederholten, was sie wie Arbeiter am Fließband vielleicht schon hundert oder gar tausend Mal getan hatten. Sie wirkten zu Tode gelangweilt, als sie zurück nach Moskau aufbrachen, drei von ihnen mit mir im Automobil, der vierte fuhr im zweiten Fahrzeug voran und säuberte die Straße mit seiner Sirene, wenn Lastwagen oder Kühe im Weg waren. Der leitende Tschekist, der mir den Haftbefehl gezeigt hatte, bot mir eine Blechtasse mit Tee aus einer

Warmhalteflasche an. Ich hatte Angst, ihn zu trinken, weil er vergiftet hätte sein können, worauf er mit den Achseln zuckte und ihn selbst trank. Noch eine Tasse bot er mir nicht an. In Tscherusti hielten wir zum Essen in einer Militärkantine, es gab [unleserlich] und Schwarzbrot. Ich saß zwischen zwei Soldaten, fast so wie ein Gast, bediente mich aus der großen Schüssel und brachte tatsächlich etwas herunter. Keiner der Soldaten an den anderen Tischen schenkte mir auch nur die geringste Aufmerksamkeit. Auf der Weiterfahrt döste ich die meiste Zeit hinten auf dem Rücksitz, den Kopf gegen meine Tasche gelehnt, die ich zwischen Sitz und Fenster gequetscht hatte. Als wir uns Moskau näherten, wurde ich vom Funkgerät geweckt, [kaum lesbar, könnte heißen, *das knisternd zum Leben erwachte*]. Eine Stimme verkündete eine Änderung des Plans. Die Tschekisten sollten ihren Gefangenen zu einer Milizstation außerhalb der Stadt bringen. Als ich das hörte, fing ich unkontrollierbar zu zittern an. Ich dachte, sie würden mich dort in den Keller schleppen und kurzerhand erschießen, so wie es mir bereits einmal fast ergangen war. Wir hielten vor der Station. Ich zitterte so schlimm, dass ich kaum gehen konnte. Sie führten mich hinein, wo mich ein Offizier, der den anderen eindeutig vorgesetzt war (wie Du, Nadenka, war ich nie gut darin, den Rang aus der Anordnung von Gold und Silber auf Schulterklappen und Kragen herauszulesen), übernahm, einen Flur hinunterführte und dann hinaus in einen Hof. Er dirigierte mich auf den Rücksitz eines glänzenden amerikanischen Packards, der am Fuß der Treppe parkte, mit laufendem Motor und einem usbekischen Soldaten hinter dem Lenkrad. Der Offizier setzte sich neben den Fahrer, und der Packard fuhr los. Mit hoher Geschwindigkeit rumpelten wir über die Pflastersteine einer breiten Straße, die von neuen Ziegelhäusern gesäumt wurde, die noch keine Scheiben in den Fenstern hatten. (Kann man Fenster eigentlich Fenster nennen, wenn sie kein Licht reflektieren?) Ich hatte das Gefühl, ersticken zu müssen, und kurbelte das Autofenster ein Stück herunter. Dabei stellte ich fest, dass das Glas dick wie mein Daumen war, was hieß, es war das kugelsichere Glas, von dem man in der Zeitung liest. Daraus schloss ich, dass der Wagen einer wichtigen Person gehörte. Wie mir schien, raste der Packard minutenlang über eine Regierungsstraße, obwohl mein Zeitgefühl mich zusammen mit meinem Farbempfinden und meiner Muse verlassen hatte. Wir kamen an einer Plakatwand vorbei, auf der ein Tschekist mit Handschuhen eine Schlange mit den Köpfen von Trotzki und Bucharin würgte. Ich konnte nicht sagen, ob es eine Werbung für einen Film oder Propaganda war. Der Packard verließ die Regierungsstraße an einer Schranke, hinter der ein einspuriger gepflasterter Weg in einen Wald führte. Der Offizier vorne hielt eine kleine Plakette an die Windschutzscheibe, die Wärter salutierten und öffneten die Schranke. Ein paar Minuten ging es weiter, dann nach links auf einen noch kleineren Weg. Hinter einer Biegung kamen wir an einen Kontrollpunkt und wurden von Soldaten durchgewinkt, die mit Maschinenpistolen bewaffnet waren. Einige von ihnen hielten Wachhunde an kurzen Leinen. Zu beiden Seiten des Kontrollpunkts schnitt ein doppelter hoher Maschendrahtzaun in den Wald, wie weit, konnte ich nicht sehen, zu dicht standen die schwarzen Kiefern und weißen Birken. Und jetzt kommt das Kuriose, Nadenka. Hinter der nächsten Biegung wuchs ein mächtiges Plakat Stalins auf und versperrte den Weg. Es war groß wie ein Filmplakat, stand aber hochkant und zeigte Stalin in leicht breitbeiniger Haltung, das Kinn gereckt und über die Wipfel der Bäume starrend. Er trug eine einfache, bis oben zugeknöpfte Uniformjacke und eine weiche Flanellhose, die in knöchelhohen Stiefeln steckte. Und was mich dann völlig konfus machte, war, dass der Packard nicht langsamer wurde, sondern direkt durch das riesige über die Straße gespannte Plakat fuhr. Liebe Nadenka, fast kann ich Deine Stimme in meinem Ohr hören, die sagt: *Beruhige dich, mein Liebling, du fantasierst wieder.* Um die Wahrheit zu sagen, wusste ich tatsächlich nicht, ob das alles wirklich passierte oder ich es mir nur einbildete, bis ich aus dem schmalen Spalt des Rückfensters blickte und das Plakat im Luftzug unseres Wagens flattern sah. (Bist Du noch da, Nadenka? Ich kann Dich nicht hören.) Traute Worte erklangen in meinem Kopf – *Alle Leinwand-Distanzen zerknirschend* –, während wir eine ovale, kiesbestreute Auffahrt hinauffuhren, vorbei am Hundegeläuf eines Zwingers, vorbei an einstöckigen Unterkünften, vor denen Usbeken auf Klapptischen ihre Waffen säuberten. Der Packard bog in den Hof einer Villa, die zu groß war, um eine Datscha zu sein, und zu klein für ein Sanatorium, auf drei Seiten eingefasst von geschlossenen Glasveranden. Usbeken mit vorgehaltenen Maschinenpistolen umkreisten den Wagen. Einer von ihnen öffnete die hintere Tür. Als ich nach meiner Tasche griff, drohte mir der Offizier von vorne mit dem Finger. *Die holen Sie nachher,* sagte er. *Nach was?,* fragte ich. *Nach* [unleserlich]. Meinen gelben Ledermantel fest um mich ziehend, stieg auch ich aus dem Packard. Ein großer Mann, der mir entfernt bekannt vorkam, trat vor und durchsuchte mich gründlich. Er zog mir den gelben Mantel aus und warf ihn über die geöffnete hintere Wagentür. *Wenn Sie nach einer Waffe suchen, ich habe keine,* sagte ich. *Und wenn ich eine hätte, wüsste ich nicht, wie ich damit umgehen sollte.* Worauf er nur *Schnauze!* sagte. Nachdem er meine Hose bis zu den Füßen abgetastet hatte, stand er auf. *Erkennen Sie mich nicht?*, fragte er. Als ich nicht antwortete, sagte er: *Wlasik, ich bin der oberste Leibwächter des Kreml. Wir haben uns getroffen, als Sie vor ein paar Jahren gebracht wurden, um meinen Chef zu sehen.* Ich fragte: *Wer ist hier der Hausherr?* Er schien überrascht von meiner Frage. *Natürlich ist der Chosjain, um einen georgischen Ausdruck zu benutzen, der Hausherr, wenn sich das fragliche Haus auch von der Ostsee bis zum Schwarzen Meer und von der arktischen Eiskappe bis zum Pazifischen Ozean erstreckt.* Mit einer Geste, ihm zu folgen, drehte sich dieser Wlasik auf dem Absatz um und betrat das Gebäude. Er sah immer wieder über die Schulter, um sicherzugehen, dass ich noch hinter ihm war, und ging langsam genug, dass ich mit ihm Schritt halten konnte. Wir kamen durch Räume voller schwerer Möbel. In einem erklang aus einem Radio klassische Musik, und eine Frau schob einen Teppichkehrer vorbei. Ach, liebste Nadenka, jetzt kommt ein Detail, über das Du lächeln wirst: Es gab keine Kunst an den Wänden, keine Gemälde von Generälen, wie ich sie im Kreml gesehen hatte, nur Seiten, die aus Zeitschriften gerissen worden waren: idyllische Winterszenen, der Kreml aus verschiedenen Perspektiven, dieser hässliche Turm in Kiew und das ganzseitige Luftbild einer Pariser Publikation vom wunderbaren Eiffelturm. Es gab auch einige Fotografien von Film- und Theaterschauspielerinnen. (Eine sah unserer Freundin Zinaida Zaitsewa-Antonowa erstaunlich ähnlich. Manchmal frage ich mich, was aus dem lieben Mädchen geworden ist. Verstehe mich nicht falsch, Nadenka, ich vermisse das Körperliche nicht, sondern die Intimität, die daraus entstand, dass Du uns dabei zusahst. Intimität war für mich immer die Spitze der Lust.) Wir bogen in einen langen Korridor und kamen an eine hölzerne Tür mit einem Klappfenster darüber – einem *vasistas,* wie es die Franzosen nennen. Hinter der Tür konnte ich gedämpfte Stimmen hören. Den Anflug eines Lächelns auf den Zügen, zog Wlasik die Tür auf und trat ein. Ich fand mich am Eingang eines Esszimmers wieder, in dem sich acht oder zehn Männer befanden, einige von ihnen in dunklen europäischen Anzügen, zwei in Uniform, mit Ordensreihen auf der Brust und Gold auf den Schultern. Ich erkannte gleich mehrere der Anwesenden von Fotografien aus der Zeitung. Kaganowitsch stand an einem Büfett und häufte sich Kaviar und Sahne auf die Blini auf seinem Teller. Molotow, mit seinem charakteristischen Schnauzbart, der fahlen Gesichtsfarbe und den aufmerksamen Augen, sah kurz zu mir auf, schüttelte dann aus irgendeinem Grund den Kopf, als wollte er eine Fliege loswerden, die sich auf seiner Nase niedergelassen hatte, und wandte sich wieder seinem Essen zu. Nikita Chruschtschow lutschte geräuschvoll an einem Hühnerbein und wischte sich das Kinn mit dem Hemdsärmel ab. Einen Platz vom Kopf des Tisches entfernt saß der Chosjain: Josef Stalin. Er schüttete einen Fingerbreit Wodka in den Wein in seinem Glas und nippte daran. Einer der Männer, die ich nicht kannte – er war klein, hatte die blassgrüne Haut eines Alkoholikers und trug einen Kneifer auf der Nase, in dem das Licht des Kronleuchters aufblitzte –, sah mich und sagte etwas auf Georgisch. Stalin blickte auf. *Wir sprechen hier Russisch, Lawrenti Pawlowitsch,* sagte er mit finsterem Blick. Er winkte mich mit seinem guten Arm herein. *Kommen Sie, bleiben Sie nicht da stehen,* rief er. *Beria wird Sie schon nicht beißen.* Er zeigte auf einen leeren Platz ihm gegenüber. *Nehmen Sie sich was zu essen. Dann reden wir.* Ich ging ans Büfett, legte mir einen Hering und gefüllte Zwiebeln auf einen Teller, füllte ein Glas mit Wasser und ging zu dem Platz, auf den er gedeutet hatte.

Stalin selbst hatte sich sehr verändert, seit ich ihn das letzte Mal im Kreml gesehen hatte. Unter seinem Uniformrock wölbte sich der Leib, er hatte wenigstens zehn Kilo zugenommen und war merklich älter geworden. Sein Haar war lichter, und die Pockennarben in seinem Gesicht leuchteten röter. Die Hand des verkrüppelten Arms steckte in der Rocktasche. Er kippelte mit dem Stuhl zurück, sodass sein Gewicht ganz auf den hinteren Beinen ruhte, und sah mich an. Ihm fiel die Steifheit in meiner Schulter und meinem Arm auf, und er fragte danach. Ich erklärte ihm, dass ich aus dem zweiten Stock eines Krankenhauses gefallen sei und mir die Schulter gebrochen hätte. *Unfälle kommen vor,* sagte er und hob die eigene Schulter an.

Stalin ließ den Stuhl wieder auf alle viere fallen, stand auf und ging hinüber zu einer riesigen Weltkarte, die eine ganze Wand des Esszimmers ausfüllte. *Warum tragen die Städte um Leningrad immer noch ihre ursprünglichen deutschen Namen aus der Zeit Katharinas?*, wollte er wissen. Er wandte sich an einen der Generäle. *Das ist eine unerträgliche Situation. Ändern Sie das. Ich will gute russische Namen.* Der Offizier zog einen kleinen Notizblock aus der Tasche und machte sich eine Notiz. Stalin kam durch den Raum, bis er hinter mir stand. Bildete ich mir nur ein, seinen Atem im Nacken spüren zu können? Ich hörte ihn sagen: *Sie enttäuschen mich, Mandelstam. Ich habe Ihre sogenannte Ode gelesen. Sie ist weit schlimmer als das erste Stück Dreck, das Sie über mich geschrieben haben. Wofür halten Sie mich? Für einen ungebildeten Bauern? Sie hassen*

Stalin immer noch, Sie können sich nicht dazu bringen, ihn zu feiern. Sie ziehen ihn ein zweites Mal durch den Schmutz. Er ging um den Kopf des Tisches herum und sank müde auf seinen Stuhl. *Sie essen nichts?*, fragte er. *Ich habe den Appetit verloren,* antwortete ich. Er kicherte durch die Nasenlöcher, sagte: *Das sollten Sie auch,* wandte sich an die Runde und rief: *Das sollte er auch!* Einige derer, die am Tisch saßen, nickten heftig. *Irgendwas sollte sich daraus lernen lassen,* fuhr er fort. *Ich wollte ein Gedicht von ihm, aber er wollte keins schreiben. Jetzt hat er eins geschrieben, aber es nützt mir nichts, weil er nicht mehr der Dichter ist, der er war, als er sich noch weigerte, eins zu schreiben.* Er sprach weiter in die Runde, hielt seine zornigen gelben Augen aber auf mich gerichtet. *Auf den ersten Blick erweckt diese neue Ode den Anschein, als huldigte sie Stalin, tut aber unterschwellig genau das Gegenteil.* Ich denke, ich murmelte: *Ich verstehe nicht,* weil er noch zorniger wurde. *Natürlich verstehen Sie das. Sie sind der Autor dieses Mülls. Wie könnten Sie es da nicht verstehen?* Wieder wandte er sich an seine Gäste. *Raus, raus, alle raus hier. Was ich zu sagen habe, ist nur für die Ohren dieses Dichters bestimmt.* Die Kätzchen, wie Stalin bekanntermaßen seine Kremlgenossen nennt, liefen zur Tür. Chruschtschow nahm seinen Teller mit. Stalin zog ein Stück Papier aus der Brusttasche, und mit vor Sarkasmus triefender Stimme ratterte er Verse aus meiner Ode herunter. *Was soll das bedeuten: Durch Stalins Augen teilt sich schon der Berg? Das kann nur als Echo der heimtückischen Bezugnahme auf den Gebirgler im Kreml in Ihrem ersten Gedicht verstanden werden. Und das hier: Ich will nicht Stalin sagen, eher – Dschugaschwili. Warum sind Sie unfähig, den Namen Stalin über die Lippen zu bringen, Mandelstam? Warum Dschugaschwili, es sei denn, Sie wollen die Aufmerk-*

samkeit auf Stalins nicht russische Herkunft lenken? Wen kümmert es, dass ich georgische Wurzeln habe? Napoleon war Korse, kein Franzose. Hitler ist Österreicher, kein Deutscher. Selbst Churchill, dieser Sack, der Ihnen die Kopeken aus der Tasche klaut, wenn Sie nicht genau aufpassen, ist halb Amerikaner. Glaube mir, Nadenka, wenn ich sage, dass ich mich zu verteidigen versuchte. *Sie missverstehen, was ich schreibe,* begann ich, aber er fuhr schon wieder fort, bevor ich noch ein weiteres Wort sagen konnte. *Was heißt das: Künstler, so hilf ihm doch, denn ganz mit dir ist Er. Wollen Sie damit andeuten, dass wir in einem Polizeistaat leben, in dem Stalin und die Tschekisten Ihnen vierundzwanzig Stunden am Tag über die Schulter sehen?* Er schlug mit dem Handrücken auf das Papier. *Und das hier, Himmel noch mal. Wie erklären Sie mir das: Er lächelt mit dem Lächeln eines Schnitters. Denken Sie auch nur den Bruchteil einer Sekunde, dass einer, der das hört, nicht gleich den Bezug auf Gevatter Tod, den Sensenmann, versteht? Ha! Und hier! Das ist mir beim ersten Mal gar nicht aufgefallen, als ich Ihr Stück Dreck gelesen habe. Er beugt von der Tribüne wie vom Berge sich – da kommen Sie schon wieder mit Ihrem verfluchten Gebirge – zu Hügeln, Köpfen. Was bedeutet das, Mandelstam, dieses Bild, das Sie da entwerfen von Stalin? Das kommt in der letzten Strophe noch mal: In weite Ferne gehen Hügel: Menschenköpfe … Ich begreife jetzt, dass ich Sie gleich beim ersten Mal hätte erschießen lassen sollen, als Sie mit so was kamen. Aus reiner Herzensgüte habe ich Ihnen drei Jahre gegeben. Die Notiz neben Ihrem Namen, von mir selbst dort hingeschrieben, lautete: Isolieren und schonen. Und wie danken Sie mir das? Mit Müll! Mit Verrat! Mit Bezügen auf Menschenköpfe in der Ferne, die da wohl rollen sollen! Da hätten Sie auch gleich ein Schild Richtung Osten aufstellen können, auf dem steht: Hier geht's in Stalins Gulag! Mein Gott, was für eine Unverschämtheit!* Sein Gesicht erschlaffte, und seine Lippen bewegten sich kaum noch, als er sagte: *Sie haben mit dem Feuer gespielt, Mandelstam. Sie müssen verbrannt werden.* Er griff in die Tasche seines Uniformrocks und zog eine Kugel und ein zusammengefaltetes Stück Papier hervor. Die Kugel stieß er über den Tisch in meine Richtung. Ich nahm sie in die Hand. Sie war zerdrückt, als wäre sie in etwas hineingeschossen worden. In winzigen Buchstaben stand ein Name darauf: Bucharin. *Ja, ja, ich kann sehen, dass es Ihnen dämmert,* schimpfte Stalin. *Das ist die Kugel, mit der Nikolai Bucharin, der Verräter Bucharin, hingerichtet wurde. Ich habe sie ihm von einem Chirurgen aus dem Kopf holen und vom Gehirngewebe reinigen lassen. Ihr Mentor Bucharin hat mich in einem Brief um Morphium angebettelt, damit er sich das Leben nehmen könne, statt mit einer Kugel im Kopf zu sterben. Aber ich ignorierte seinen Brief. Hier, diese Notiz wird Sie interessieren. Bucharin verfasste sie, Augenblicke bevor das Gerichtsurteil vollstreckt wurde.* Stalin setzte sich eine Brille auf, faltete das Papier auseinander und las vor: *Koba, warum willst Du, dass ich sterbe?* Ich flüsterte: *Warum haben Sie ihn getötet?* Wieder schüttete sich Stalin Wodka in den Wein und trank das halbe Glas mit einem Schluck aus. *Sie vergessen, wo Sie sind, Mandelstam. Ich habe Bucharin nicht getötet. Die Tscheka hat ihn des Verrats überführt. Die Richter wurden über die Beweise unterrichtet und haben ihn zur Höchststrafe verurteilt. Der Scharfrichter hat ihn getötet. Stalin hat damit nichts zu tun.* Der Chosjain rülpste in den Ärmel. *Buchartschik war ein intellektueller Buckliger,* sagte er. *Mein verstorbener Vater pflegte zu sagen, dass allein das Grab einen Buckel begradigt.* Ich glaube, ich erhob mich halb aus meinem Stuhl. *Aber er war unschuldig!*, rief ich. Stalin sah mich höhnisch an. *Unschuldig! Niemand ist unschuldig. Lassen Sie mich Ihnen eine Geschichte erzählen. An meinem elften Geburtstag wurden zwei Banditen am Flussufer von Gori aufgehängt. Die beiden waren gut aussehende junge Burschen mit weiten Hosen und buschigen Schnauzbärten. Ihre Fußeisen durch den Schmutz ziehend, alberten sie auf dem Weg zum Galgen mit den Polizisten herum, die sie geleiteten. Einer der Verurteilten zwinkerte mir zu, als sie ihnen die Schlingen um die Hälse legten. Dann fielen die Körper durch die Klappen, baumelten am Ende der Seile, und zwei fette Hilfspolizisten hängten sich an ihre Beine, um das Erwürgen zu beschleunigen. Völlig aufgeregt rannte ich den ganzen Weg zurück zu dem Schuppen, dessen Wände mit Stroh und Erde abgedichtet waren, um meiner heiligen Mutter zu erklären, ich hätte herausgefunden, wie sich der Tod überlisten lasse: Man zwinkerte ihm zu, alberte mit ihm herum und ließ ihn nicht spüren, dass man außer sich war vor Angst, das einzige Leben, das es gab, zu verlieren, was im Gegensatz zu dem, was die orthodoxen Priester predigten, das vor dem Tode war. Zufällig war mein Vater Wissarion, der in einer Schuhfabrik in Tiflis arbeitete, an dem Morgen zu seinem monatlichen Besuch gekommen, nach billigem Alkohol stinkend und einen Tonkrug gegen die Brust gedrückt. Der verrückte Wisso, wie ihn seine Trinkkumpane nannten, war ein untersetzter Mann mit ungepflegtem Bart. Er hatte eine durchzechte Nacht hinter sich, wie immer, wenn er Geld in der Tasche hatte.* (Bist Du noch da, Nadenka? Höre auf jedes Wort, das ich Dir sage, wiederhole es niemandem gegenüber, nimm es mit ins Grab.) *Wissarion,* fuhr Stalin fort, schüttete noch mehr Wodka in seinen Wein und trank, bis seine Lider purpurrot anliefen, *stellte den Krug aufs Regal und zog den breiten Ledergürtel aus den Schlaufen seiner Drillichhose. Ich wusste, was jetzt kommen würde, und drückte mich in die Ecke. Was hat Sosso jetzt wieder gemacht?, bettelte meine Mutter. Sie packte ihren betrunkenen Mann am Arm. Mit einem Grunzen fuhr er zu ihr herum und schlug sie ins Gesicht. Ich sah, wie Blut aus ihrer Nase strömte. Mein Vater beugte sich über mich. Gestehe, kam es aus ihm heraus. Was denn?, rief ich. Ich habe doch nichts getan. Wissarion verfluchte mich, Gottvater und Gottsohn. Wo steht geschrieben, dass du auf frischer Tat ertappt werden musst?, sagte er. Meine Mutter flehte ihn an. Warum schlägst du ihn, wenn er unschuldig ist? Und der Mistkerl von einem Vater sagte: Ich schlage ihn, damit er lernt, dass es so etwas wie Unschuld nicht gibt. Er weiß, wessen er schuldig ist, selbst wenn ich es nicht tu. Damit begann er, mich auf den Arm zu prügeln, den ich schützend über den Kopf gelegt hatte. Den hier!* Stalin hob seinen verkrüppelten linken Arm. *Und je lauter protestierend ich meine Unschuld beteuerte, desto fester schlug er zu. Er schlug, bis mein Hemd in Fetzen hing und mein Arm voller Striemen, aufgerissener Haut und verklebtem Blut war.* Stalin verstummte schwer atmend. Ich fragte ihn, ob sein Vater noch lebe. *Er brennt in der Hölle,* sagte er. *In den Biografien über mich steht, er sei einen Heldentod gestorben. Meine heilige Mutter hat erzählt, er hätte sich auf einen Armenfriedhof gesoffen. Einzelheiten weiß ich keine. Ich habe nicht weiter nachgefragt. Zur Hölle mit ihm.* Nach einer Weile sammelte ich genug Mut, Stalin zu fragen, warum er mir von seinem Vater erzähle. Die Antwort wird Dir nicht gefallen, Nadenka. Er sagte: *Ich erzähle Ihnen das, weil ich zu einem Toten spreche. Bucharin ist nicht mehr da, um Sie ein zweites Mal zu retten. Hören Sie, es wird Krieg mit Hitler geben. Wenn ich meine Karten richtig ausspiele, werde ich es bis 1942, 43 hinauszögern können. Ich habe die entsprechenden Schlüsse aus dem Spanischen Bürgerkrieg gezogen, besonders aus der Schlacht um Madrid, wo sich die berüchtigte fünfte Kolonne von Franco-Sympathisanten in der Stadt erhob, um die vier nationalistischen Kolonnen, die von außen angriffen, zu unterstützen. Bevor der Krieg gegen Deutschland beginnt, muss ich die Partei säubern, muss Schwächlinge und Zweifler ausmerzen. Die Eliminierung einer Million Mitglieder aus den Reihen der bolschewistischen Partei, die Schauprozesse, die in Tausenden zu zählenden weniger öffentlichen Prozesse und die Strafen für Verbrechen, welche die Zerstörer begehen würden, bekämen sie nur die Chance dazu, das alles ist als präventiver Schlag gegen die fünfte Kolonne zu sehen. Ich muss die Kollaborateure eliminieren, bevor sie sich zur Unterstützung Hitlers erheben können, und mein Feldzug gegen mögliche Feinde muss von dem Prinzip geleitet werden, dass es so etwas wie Unschuld nicht gibt. Unschuld existiert nicht auf dieser Welt. Jeder einzelne der hundertfünfzig Millionen Menschen in Russland, mit Ausnahme meiner heiligen Mutter, hat sich mit irgendwas schuldig gemacht. Lenin steht auf der Liste ganz oben. Meine eigene Nadeschda steht ebenfalls weit oben. All die alten Bolschewiki, Kamenew, Sinowiew, Trotzki und die anderen, stehen darauf. Genau wie der Liebling der Partei: Bucharin. Und so auch der Liebling der Dichtung: Mandelstam.*

Oh, Nadenka, Schwester meiner Sorgen, ich sage Dir, ich hörte Stalin zu, wie man einem Verrückten zuhört. Und dann erinnerte ich mich an Tolstois Geschichte des Mannes, der, aus der Ferne betrachtet, mit etwas beschäftigt zu sein scheint, das darauf hindeutet, dass er verrückt ist. Näher kommend, stellte er fest, dass der Mann ein Messer schärfte. Ich schob meinen Stuhl vom Tisch zurück und [unleserlich]. Stalin redete mit sich selbst, als ich zur Tür zurückwich. Seine Lippen bewegten sich wie die eines wiederkäuenden alten Mannes. Ich hörte ihn sagen: *Je näher wir dem Erfolg kommen, desto aktiver wird unser Feind. Wenn er am aktivsten und zerstörerischsten ist, sollte das als Zeichen gewertet werden, dass wir an der Schwelle des Erfolges stehen.*

Was darauf folgte, liebste Nadenka, war der Niedergang. Ich wurde in die Lubjanka gebracht, aber nicht ernsthaft vernommen. Es war so, als stünde meine Schuld lange fest. Ich war ein Feind des Volkes, ein Zerstörer, ein Agent des diskreditierten, hingerichteten Bucharin. Es musste nur noch die angemessene Strafe für meine vorgestellten Vergehen gefunden werden. Eine Zeit lang – was für ein Zusammentreffen – teilte ich meine Zelle mit Christophorowitsch, dem Tschekisten, der mich nach meiner ersten Verhaftung verhört hatte. Du erinnerst Dich sicher an ihn, Nadenka, wenn Du ihn auch nicht wiedererkannt hättest. Er war völlig ausgezehrt, seine einstmals schöne Uniform hing ihm nur noch am Körper, und er hatte fast sein ganzes Haar und all seine Dreistigkeit eingebüßt. Er versuchte sich aus nichts herauszureden, sondern sagte nur, sein Fall sei unvermeidlich gewesen, kletterten die Tschekisten doch die Karriereleiter hinauf, indem sie ihre direkten Vorgesetzten als ausländische Agenten entlarvten. Es sei nur eine Frage der Zeit gewesen, bis sie auch ihn denunzierten. Ich fragte ihn, ob er seine Vergehen zugegeben habe, und er sagte, 1934 seien Geständnisse noch nützlich gewesen, da Anklagen gegen einen Volksfeind einer gewissen Plausibilität bedurften. Mittlerweile, behauptete er, würden die Vorwürfe an den Haaren herbeigezogen, und sie scheuten nicht einmal davor zurück, Juden der Spionage für Hitler anzuklagen. Geständnisse würden als überflüssig erachtet, da die Organe nicht die Schuld der Verdächtigen beweisen müssten, sondern die umgekehrt ihre Unschuld zu beweisen hätten. Christophorowitsch wurde zu zwanzig Jahren Arbeitslager verurteilt, ohne Recht auf Korrespondenz, und er wusste natürlich, was das bedeutete. Er wurde noch vor mir abtransportiert. Ich stellte fest, dass sie ihn abgeholt hatten, als ich von der Toilette kam, die Zelle leer vorfand und einen Zettel von ihm, auf dem stand: *Sie waren der Höhepunkt meiner Arbeit. Ich verstehe nicht, warum wir sie 1934 nicht erschossen haben.* Schließlich stellten sie mich vor ein Tribunal und verurteilten mich innerhalb von Minuten zu fünf Jahren Arbeitslager wegen konterrevolutionärer Aktivitäten. Angesichts meines Gesundheitszustandes begreife ich den Spruch als Todesurteil. Ich wurde ins Butyrka-Gefängnis überstellt, wo sie die Sträflinge für den Sibirientransport versammelten. Am neunten September wurde ich zusammen mit mehreren Hundert Gefangenen in geschlossenen Lastwagen zu einem Güterbahnhof außerhalb Moskaus gebracht und in Viehwaggons verfrachtet. Ein netter Wärter sagte mir, wir würden ins Wtoraja-Retschka-Transitlager bei Wladiwostok im fernen Osten gebracht, um von dort in einen der Gulags auf der Halbinsel Kamtschatka eingewiesen zu werden. Ich bitte Dich, Nadenka, schicke ein Päckchen mit Pullovern, Handschuhen und Seife ins Wtoraja-Retschka-Lager. Ich küsse Deine Augen, ich küsse die Tränen, die aus ihnen rinnen, sollte Dich dieser Brief durch ein Wunder erreichen. Immer noch tanzend.

Zwanzig

Fikret Schotman
Sonntag, 8. Januar 1939

Das Telegramm, das Ihren Diener, *ZEK* SH744239, dazu ermächtigte, aus dem Wtoraja-Retschka-Transitlager, wo ich nach Ende meiner Strafe gelandet war, nach Moskau zurückzukehren, lautete auf die erste verfügbare Reisegelegenheit, und das war einer jener alten Erste-Klasse-Waggons von vor der Revolution. So kam es, dass ich meine Reise nach Westen in einem Passagierwaggon der transsibirischen Eisenbahn antrat, der voller Offiziere der Roten Armee auf Heimaturlaub war. Die Bänke waren mit Kissen ausgestattet, was meine Lagerfrau Magda amüsiert hätte, wäre sie mit mir gekommen, was sie aber leider nicht gekonnt hatte. Sie hatte noch fünf Jahre und winkte mir zum Abschied zu, als der Motorlastkahn vom Anleger in Kolma losmachte. (Ich nahm es ihr nicht übel, dass sie bereits die Neuankömmlinge in Augenschein nahm, die am Ufer beieinanderstanden. Ich hätte es an ihrer Stelle genauso gemacht.) Der Zug brauchte drei Tage weniger drei Stunden bis nach Moskau, was ein erheblicher Fortschritt war, verglichen mit den neunzehn Tagen im Viehwaggon bei der Hinfahrt. Da meine Reisegenossen Offiziere waren, hatten sie in einem der Waggons eine Feldküche eingerichtet, und Messe-Soldaten verteilten warmes Essen auf Porzellantellern – darunter ging nichts –, zweimal pro Tag. Da ich der einzige Zivilist im Wagen war, hielten mich die Offiziere für einen bedeutenden Tschekisten und behandelten mich mit Hochachtung. Ich ließ sie in dem Glauben, dass ich so wichtig war, wie sie annahmen.

Zwei uniformierte Tschekisten, einer davon ein Oberst!, erwarteten mich auf dem Bahnsteig, als der Zug in Moskau einfuhr. »Schotman, Fikret?«, fragte der Oberst und sah zu mir auf, da ich ihn um einiges überragte.

»Genau der«, sagte ich.

Und das kam als Nächstes: Der Oberst hob eine Hand an den Schirm und salutierte so zackig, wie Sie es in Russland nicht zackiger sehen. Ich überlegte tatsächlich kurz, ob er vielleicht jemanden grüßte, der hinter mir stand, aber da war niemand nahe genug, dass er ihn hätte grüßen können. Da ich nicht unhöflich erscheinen wollte, salutierte ich zurück.

»Draußen steht ein Wagen«, verkündete der Oberst und behandelte mich wie die Offiziere im Erste-Klasse-Waggon mit Hochachtung.

Damit er nicht dachte, dass mich die ganze Aufmerksamkeit überwältigte, zuckte ich teilnahmslos mit den Schultern und folgte ihm durch die Flut der Reisenden aus der enormen Eingangshalle des Bahnhofs, und siehe da, neben der geöffneten Tür eines leuchtend blauen amerikanischen Packards stand ein usbekischer Unteroffizier in Habachtstellung. Ich quetschte mich auf die Rückbank, die Knie unters Kinn geklemmt. Als ich das Fenster herunterkurbelte, um frische Luft hereinzulassen (Moskauer Winter sind im Vergleich zu den sibirischen wie Sommer), stellte ich fest, dass die Scheibe dick wie mein kleiner Finger war. Ich nahm an, dass die Amerikaner nun mal ihre Automobile so bauten, obwohl mir schleierhaft war, welchen Vorteil dickes Glas gegenüber dünnem hatte. Zu meiner Überraschung scherten vier Milizionäre auf Motorrädern vor den Packard und blockierten an den Kreuzungen den Querverkehr, sodass wir auch über rote Ampeln fahren konnten. Ich musste lachen, als ich die Leute sah, wie sie in den Wagen zu schielen versuchten, weil sie wissen wollten, welcher bedeutende Apparatschik da wohl den Verkehr für sich anhalten lassen konnte. Nach ein paar Minuten sah ich die Kremlmauer vor uns am Ende der Straße, die nach dem verstorbenen Maxim Gorki benannt war. Wenn ich mich recht erinnere, hatte der was mit Büchern zu tun. Ich weiß noch, wie Magda in Kolma die Meldung von seinem Tod im wöchentlichen Nachrichtenblatt vorlas, woher ich wusste, dass er verstorben war. Als wir die Mauer erreichten, mit dem prächtigen Roten Platz zur Linken, bog der Packard nach rechts, fuhr dann links über eine kleine Brücke und durch ein Kremltor, das, wie ich zufällig wusste, nicht für die Öffentlichkeit zugänglich war.

Die ganze Zeit fragte ich mich, wohin sie mich wohl brachten und warum.

Innerhalb vom Kreml fuhr der Wagen vor einem niedrigen Ziegelhaus vor. Der Usbeke sprang von seinem Sitz, um die Hintertür des Automobils zu öffnen. Sonne blitzte von der Zwiebelkuppel einer Kirche, und ich musste mir die Hand über die Augen halten, um etwas sehen zu können. Der Oberst muss gedacht haben, dass ich wieder salutierte, denn er salutierte auch noch mal. Der Usbeke rannte voraus und riss die Tür des Hauses auf. Genosse Stalins Hauptleibwächter, der mich 1932 gefilzt hatte, als ich zum

Händeschütteln gekommen war (ich erinnerte mich an ihn, weil er fast so groß war wie ich, wenn mir sein Name im Moment auch nicht einfällt, aber mit ein bisschen Glück komme ich drauf, bevor wir mit Ihren Fragen durch sind), also der stand wartend in der Diele. Allerdings filzte er mich diesmal nicht. Er ruckte mit dem Kopf zur Seite, damit ich ihm eine Treppe hinunter folgte. Wir kamen an eine Glastür mit Schrift darauf, und er ruckte wieder mit dem Kopf, damit ich hineinging. Was ich tat. In tausend Jahren werden Sie nicht erraten, wo ich war. Ich war in einer Schneiderwerkstatt, ja, einer richtigen Schneiderwerkstatt mit vier Männern, die sich über Singer-Nähmaschinen beugten und heftig die Räder surren ließen. Ich kenne die Marke, weil wir die auch im Zirkus für die Kostüme hatten. An einer der Wände hingen mehr Anzüge auf Bügeln, als man zählen konnte, in den Fächern vor einer anderen stapelten sich säuberlich aufgefaltete Hemden, und es gab eine Riesenauswahl Schuhe. Ein israelitischer Schneider, ein gebückter Mann mit lockigem Haar, griff nach dem Stoffmaßband, das ihm um den Hals hing, und begann, meine Maße zu nehmen. Unverständliche Worte vor sich hin murmelnd, zog der Israelit einen dunkelblauen Anzug von einem Bügel. »Wir werden die Säume aus Ärmeln und Hose herauslassen müssen«, erklärte er dem Leibwächter.

»Wie lange wird das dauern?«

»Zwanzig Minuten.«

»Machen Sie es in zehn.«

Der Schneider gab einem seiner Näher die Hose, die Jacke einem anderen, und sie legten zur Seite, was sie gerade machten, und gingen an die Arbeit. Während sie Ärmel und Hose verlängerten, musste ich mich bis auf die Wäsche ausziehen. Ich bekam ein weißes Hemd mit Kragen und richtige Lederschnürschuhe, die vorne spitz waren und meine Zehen zusammendrückten. Als die Näher mit ihrer Arbeit fertig waren, bügelten sie die neuen Umschläge und Ärmel mit einem Eisen, das über eine Schnur mit einer elektrischen Steckdose verbunden schien. Was werden sie noch alles erfinden? Ich probierte den Anzug an, knöpfte die zweireihige Jacke zu und sah mich im mannshohen Spiegel an. Wenn Magda mich so gesehen hätte, hätte sie gedacht, es läge am Tschaifir. Der Israelit bot mir verschiedene Krawatten zur Auswahl an, aber da ich nicht wusste, wie man sie band, scheuchte ich ihn weg und knöpfte das Hemd bis zum Hals zu, aserbaidschanisch. Meine alten Sachen flogen in eine auf dem Boden stehende Kiste – die Drillichhose, das Flanellhemd, das Magdas Selbstmörder gehört hatte, und die Fellstiefel mit den abgelaufenen Korksohlen. Als ich fragte, ob ich die Sachen zurückbekommen würde, lachte der Leibwächter, und die Israeliten an den Nähmaschinen fingen auch an zu lachen. Da ich nicht dumm dastehen wollte, lachte ich mit.

Die neuen Schuhe quietschten unter meinem Gewicht, und der Kragen des gestärkten Hemds kratzte am Hals, während ich dem Leibwächter durch einen langen unterirdischen Gang folgte, in dem alle paar Meter eine Glühbirne von der Decke hing. (Ich wusste, dass Elektrizität teuer war, und fragte mich, ob sie das Licht wohl nachts ausstellten, um Geld zu sparen.) Am Ende des Ganges angekommen, stiegen wir eine Wendeltreppe hinauf bis zu einer verschlossenen Tür drei Etagen höher. Der Leibwächter – ah, da fällt mir der Name wieder ein: Wlasik; Agrippina meinte immer, das Denken sei nicht meine starke Seite, aber ich schlage mich doch ganz gut, oder? –, dieser Wlasik zog also ein Schlüsselbund hervor und steckte einen der

Schlüssel ins Schloss, und die Tür, die aus Eisen war, sprang auf. Ich folgte ihm noch eine Treppe hinauf und einen Gang hinunter bis in einen Raum, an dessen Wänden entlang glänzende Bänke standen. Hinter einem Schreibtisch mit drei Telefonen saß ein haarloser Mann voller Pickel. An der Wand über ihm hing ein inspirierendes Bild des Genossen Lenin. Er stand auf einem hölzernen Podium und sprach zu einer Gruppe Arbeiter, wobei er mit der rechten Hand durch die Luft fuhr.

Der Leibwächter des Genossen Stalin sagte: »Hier ist er.«

Der Haarlose hinter dem Schreibtisch ergriff einen der Hörer, sagte »Er ist hier« in ihn hinein und sah auf. »Bringen Sie ihn gleich rein.«

Ich schnappte nach Luft, als ich durch die Tür trat. Es war genau das Zimmer, in dem der Genosse Stalin mir die Hand geschüttelt hatte, nachdem ich in Wien, in Österreich, Silber gewonnen hatte. An einem der Fenster stand ein kleiner Mann mit Militärjacke und sah zur Kremlkirche hinüber, auf deren Turm die Sonne blitzte. Wlasik hustete in die Faust. Der Mann am Fenster drehte sich langsam zu mir um. Es war der Genosse Stalin höchstpersönlich, nur kleiner, älter und müder, als ich ihn von vor sechs Jahren in Erinnerung hatte. Er zog sich die Hose hoch, kam um seinen Tisch herum und hielt mir die Hand hin. »Stalin«, sagte er.

Ich schüttelte ihm die Hand und gab darauf acht, nicht zu fest zuzudrücken. »Schotman, Fikret«, brachte ich heraus, obwohl es mir doch den Atem nahm, die gleiche Luft zu atmen wie der Mann, den ich auf der Welt am meisten bewunderte.

Der Genosse Stalin nahm eine Zigarette mit langem Pappmundstück aus einem silbernen Etui und bot sie mir an. »Ich habe früher selbst gedrehten Machorka geraucht«, sagte ich, »aber ich habe es aufgehört, Exzellenz.«

»Ich wünschte, auch ich rauchte nicht«, sagte er und hielt die Flamme eines kleinen Feuerzeugs an das Ende der Zigarette. Dann stieß er eine Rauchwolke aus. »Ich werde von dem Tag an keine Zigarette mehr anrühren, wenn Amerika kommunistisch wird.«

Er ging zurück hinter den Tisch, setzte sich auf einen normalen Stuhl und zeigte auf einen anderen Stuhl auf meiner Seite des Tisches. Ich muss den Stuhl wohl unsicher angesehen haben, denn Wlasik knurrte mich an: »Setzen Sie sich, Himmel noch mal.« Also setzte ich mich.

Der Genosse Stalin sagte: »Ich erinnere mich sehr gut an Sie, Schotman. Männer von Ihrer Größe vergisst man nicht so leicht. Sie waren der Gewichthebemeister mit dem kaputten Knie. Als die Kremlärzte es verdorben haben, hatte Chruschtschow die tolle Idee, Sie zu einem Kraftmenschen im Zirkus zu machen. Wie hat Ihnen das Leben seitdem mitgespielt?«

Ich war begeistert, dass der Genosse Stalin, der doch das Gewicht des sowjetischen Staates auf den Schultern trug, gar nicht zu reden von der weltweiten kommunistischen Bewegung, sich an jemand so Unwichtigen wie Fikret Schotman erinnerte. Natürlich sagte ich ihm die Wahrheit: »Ich wurde beschuldigt, ein Zerstörer zu sein, weil ich einen Eiffelturm-Aufkleber auf meinem Überseekoffer hatte und zaristische Anleihecoupons drin waren. Ich habe vier Jahre am Kolma-Fluss Gold geschürft.«

»Ich weiß von Sibirien«, sagte der Genosse Stalin, »und um es gradheraus zu sagen, deshalb sind Sie hier.« Er sah etwas durch, das wie ein Stapel Telegramme aussah. »Der Kommandant von Wtoraja Retschka berichtet, dass Sie den

Dichter Mandelstam getroffen haben, als Sie nach Verbüßung Ihrer Strafe auf Ihren Rücktransport warteten.«

»Bin ich in Schwierigkeiten wegen Mandelstam?«, platzte es aus mir heraus.

»Beantworten Sie die Fragen des Genossen Stalin ehrlich, und alles wird gut für Sie«, sagte Wlasik von hinten an der Wand.

»Sie sind nicht in Schwierigkeiten«, versicherte der Genosse Stalin mir. »Nehmen Sie sich Zeit. Erzählen Sie mir, was Sie über Mandelstam wissen.«

»Als ich in Wtoraja Retschka ankam, etwa Mitte Oktober, quoll das Lager vor Gefangenen über. In den Unterkünften gab es kein freies Bett mehr, also schlief ich draußen unter einer Zeltplane, die zwischen zwei Unterkünfte gespannt war. Ich beschwere mich nicht, sondern sage Ihnen nur, wie es war, Exzellenz. Mit das Erste, was ich sah, waren nackte Männer, die auf dem Boden vor den Latrinen saßen und ihre Kleidung und die Köpfe nach Läusen absuchten. Wenn sie welche fanden, zerquetschten sie die Dinger zwischen den Fingern. Einen der Gefangenen erkannte ich. Es war Mandelstam.«

»Wieso erkannten Sie ihn? Hatten Sie ihn schon einmal getroffen?«

»1934, als ich in der Lubjanka verhört wurde, habe ich in derselben Zelle wie er gesessen.«

»Ha! Das ist also die Verbindung.« Der Genosse Stalin saugte an seiner Zigarette und fuhr dann mit der Hand durch die Luft, damit er mich klar im Blick hatte. »Wie war Mandelstam in der Lubjanka?«

»Um die Wahrheit zu sagen, Exzellenz, benahm er sich manchmal, als gehörte er in die Klapse. Er dachte, er könnte durch Wände gehen, und gab damit an, dass er Sie im

Kreml getroffen hätte, wo er durch einen Gang voller Gemälde von russischen Generälen gekommen sein wollte. Er tat sehr geheimnisvoll und sagte, es wäre gefährlich für mich zu wissen, worüber Sie geredet hätten. Am Ende hätte er sich das Handgelenk mit der Scherbe einer kaputten Porzellanschüssel aufgeschnitten, hätte ich ihn nicht aufgehalten.«

Ich konnte sehen, wie Stalin die Brauen zusammenzog, und dann sagte er etwas, das ich bis heute nicht kapiere: »Ich habe Mandelstam niemals im Kreml getroffen. Und ich habe ihn auch anderswo nicht getroffen, was das angeht.«

»Ich habe ihm die Geschichte, dass er Sie getroffen hat, nie abgekauft«, sagte ich schnell. Was bei Gott nicht ganz die Wahrheit war. Ossip Emiljewitsch hatte das Treffen mit dem Genossen Stalin so genau und mit so vielen Einzelheiten beschrieben, dass ich nie auf den Gedanken gekommen wäre, er würde das alles erfinden.

»Erzählen Sie mir von Mandelstam in Wtoraja Retschka.«

Tatsächlich war es so, dass ich nur die Augen schließen musste, um den Dichter, wie ihn alle im Lager nannten, so klar vor mir zu sehen, als stünde er da. Fast konnte ich die Hand ausstrecken und ihn berühren. »Er war dünn wie eine Vogelscheuche, Exzellenz. Dünn und zerbrechlich wie die Eisscheiben, die vom Dach der Unterkünfte rutschten, wenn die Sonne herauskam. Er weigerte sich, eine der Schüsseln Buchweizengrütze zu essen, die es zweimal pro Tag gab. Er hatte Angst, dass die Wärter ihn vergiften wollten. Ich besorgte Brotkrusten, Kartoffelschalen und Knochenmark aus den Mülleimern hinter der Messebaracke, und das Zeugs aß er, obwohl er nicht mehr viele Zähne im

Mund hatte und das Essen zerlutschen musste. Als eine Kolonne Sträflinge das Lager verließ, in die Gulags auf Kamtschatka, fand ich eine leere obere Koje für ihn, in Hütte Nummer elf, Mandelstams Hütte, und wurde so was wie sein Beschützer. Das heißt, ich trug ihn zur Latrine und zurück und in die Krankenstation, als er über Magenkrämpfe klagte oder Schmerzen in der Brust und dass er alles doppelt sah. Im November blies der sibirische Winter von der Steppe herein. Wenn wir duschten, das war einmal alle zwei Wochen, fror unsere Kleidung in der feuchten Luft des Badehauses. Die Hosen lehnten an der Wand, als hätte sie einer an. Mandelstam schlug in die Hände und tanzte herum, um die Taubheit aus den Füßen zu kriegen. Sein gelber Ledermantel hing in Fetzen, und er zitterte die ganze Zeit. Ich wickelte ihm eins seiner Wechselhemden um den Nacken, aber das half auch nicht. Eines Tages fragte ein Gefangener namens Archangelski – das war ein normaler Verbrecher, keiner wegen Paragraf 58 wie wir –, er fragte Mandelstam, ob der den Verbrechern nichts vorlesen konnte, die oben unterm Dach der Unterkunft lebten. Die Frage weckte Mandelstams Lebensgeister. Er fuhr sich mit den Fingern durch die Haare und strich sich die Lumpen am Körper glatt. Ich half ihm die Leiter hoch unters Dach, wo es einen Holzofen gab und eine Petroleumlampe. Das gelbe Licht machte seine Haut noch gelber. Ich hob Mandelstam, der mit jedem Tag dünner und schwächer wurde, auf einen hohen Hocker, und er fing an, aus einem kleinen Buch zu lesen, das er immer in der Tasche bei sich hatte, wohin er auch ging, damit es ihm keiner klaute. Zwischendurch hob er immer wieder den Kopf, sah die Verbrecher an und beendete ein Gedicht, ohne weiter auf die Seite zu gucken. Es las noch andere Gedichte von einem, der, glaube ich, Woronesch oder so hieß. Die Verbrecher hörten sehr aufmerksam zu. Manchmal bat ihn Archangelski oder einer der anderen, ein Gedicht oder einen bestimmten Satz noch mal zu wiederholen, oder sie wollten wissen, was ein bestimmtes Wort bedeutete. Ich hörte ihm zusammen mit den Verbrechern zu, kann aber nicht sagen, dass ich viel von dem verstand, was er las. Trotzdem, man konnte sehen, wie Ossip Emiljewitsch mal gewesen sein musste, als er noch jung und stark gewesen war und nicht krank vor Angst. Zwischen den Gedichten gaben Archangelski und die anderen ihm was zu essen, Scheiben Brot von einem Laib oder eingelegte Pilze aus einer Dose, sogar Zuckerstücke aus einem Glas, das bis oben hin voll damit war. Mandelstam hatte keine Angst vor den Verbrechern, er dachte nicht, dass sie ihn vergiften wollten, und so nahm er die Sachen an. Am Ende las er den Verbrechern zwei-, dreimal die Woche vor, bis …«

Der Genosse Stalin beugte sich auf seinem Stuhl vor. »Bis?«

»Bis Typhus im Lager ausbrach. Die ersten Fälle hatten wir Mitte Dezember. Sie verbreiteten sich schnell. Alle mit Fieber wurden in eine Quarantäne-Unterkunft gesperrt. Keiner ging da rein oder raus. Jeden Morgen leerten die angesteckten Gefangenen Schmutzeimer aus den Fenstern. Bald schon ging das Gerücht, dass alle in der Unterkunft tot waren. Ossip Emiljewitsch flehte mich an, ihn da nicht hinzubringen. Er zitterte so schlimm, dass ich ihn hoch auf meine Koje legte, weil es da wärmer war, und ihn mit seiner und meiner Decke zudeckte. Als die medizinische Ordonnanz am Morgen mit ihren Gesichtsmasken durchkam, um die Gefangenen mit Fieber zu holen, konnte ich Ossip Emiljewitsch verstecken, indem ich mich neben ihn legte.

Aber dann, eines Morgens, als ich an der Reihe war, Grütze zu holen, fanden die anderen Gefangenen ihn zitternd und schwitzend unter seinen Decken. Als ich zurückkam, sagten sie mir, dass er Fieber hatte, und sie drohten, uns zu melden, wenn ich ihn nicht sofort in die Quarantäne-Unterkunft schaffte. Ich wickelte ihn in die Decken und trug ihn zur Krankenstation. Der Doktor dort war ein Politischer wie wir. Er zog Ossip Emiljewitsch aus und wusch seinen Körper, der nur noch aus Haut und Knochen bestand, mit einem Schwamm und warmem Wasser. Er kämmte ihm die Läuse aus dem Haar und dem Bart und legte ihn in ein Militärbett mit einer richtigen Strohmatratze. Während der nächsten Tage verbrachte ich so viel Zeit mit Ossip Emiljewitsch wie möglich. Er fantasierte viel. Einmal musste ich ihm versprechen, ein Telegramm an den Schriftstellerverband zu schicken, dass er wegen des Wetters an dem Abend nicht bei ihnen lesen könne. Ein andermal schimpfte er, dass sie ihm eine Spritze mit Tollwut gegeben hätten. Eines späten Nachmittags Ende Dezember muss ich dann neben seinem Bett eingeschlafen sein. Als ich aufwachte, sah ich, wie er mich mit den weit aufgerissenen Augen eines kleinen Jungen anstarrte, und dachte, er hat es zurück in die Sicherheit seiner Kindheit geschafft, bevor er stirbt. *Können Sie mich hören, Ossip Emiljewitsch?*, flüsterte ich. Seine Antwort kam so leise, dass ich mein gutes Ohr ganz vor seine Lippen halten musste, um ihn zu verstehen. Er sagte etwas wie, dass der Nadelstich des letzten Sterns ohne Schmerzen verschwand, wobei ich nicht begriff, was das bedeuten sollte. (Mit oder ohne Schmerzen, ich kapiere nicht, wie einem ein weit entfernter Stern einen Nadelstich geben kann.) Dann griff er unter die Decke und spielte mit sich herum, und ich dachte, er wird sogar wieder zum Baby, bevor er stirbt. Ich schäme mich nicht zu sagen, dass ich den Kopf abwandte, damit er die Tränen in meinen Augen nicht sah. Nach einer Weile fasste ich mich und wandte ihm den Blick wieder zu. Mandelstam sah mich immer noch mit seinen unschuldigen Kinderaugen an, nur dass sie erstarrt waren und er nicht mehr atmete. Ich lief auf den Flur und winkte dem Doktor, der mich gleich verstand, herbeigerannt kam und einen Taschenspiegel vor Mandelstams Mund hielt. Als kein Lebenshauch mehr darauf zu erkennen war, sah er mich an und schüttelte den Kopf. Er sagte: *Der Tod ist nichts Trauriges, wenn das, was davor lag, kein Leben war.* Er schrieb Ossip Emiljewitschs Namen und das Datum, den 27. Dezember 1938, auf einen Kofferanhänger und machte den mit einem Draht am großen Zeh des Dichters fest. Ich wickelte seinen Körper in ein Stück Drillich, das für den Zweck schon bereitlag, und trug ihn zum Graben hinter der letzten Unterkunft, der bereits mit Leichen von der Typhus-Epidemie gefüllt war. Eine Planierraupe stand in der Nähe und wartete darauf, den Graben mit Erde zuzuschieben, wenn kein Platz mehr drin war. Ich sprang hinein, hob Ossip Emiljewitsch vom Rand, legte ihn auf den gefrorenen Boden, öffnete den Drillich und legte ihm zwei flache Steine auf die Augen, wie man sie auch übers Wasser plitschen lässt. Das macht man in Aserbaidschan so, wenn man einen namhaften Menschen begräbt. Und ich dachte, Himmel, jemand sollte ein Gebet sprechen oder ein paar Worte, jetzt, wo er tot war, und so sagte ich: *Gott der Juden, messe der Anklage gegen den Dichter Mandelstam nicht zu viel Gewicht bei, es ist nicht sein Fehler, dass er sozial nicht nützlich war.* Als Archangelski an dem Abend kam, wollte er wissen, ob es dem Dichter gut genug gehe, um hochzukommen und den Verbrechern vorzulesen. Ich sagte, nein, es gehe ihm nicht gut genug, er würde ihnen nie wieder vorlesen, weil er tot war.«

Als ich fertig war mit der Beschreibung von Mandelstams Tod, konnte ich den Genossen Stalin durch die Nase atmen hören. Er hielt immer noch die Zigarette in der Hand, rauchte sie aber nicht. Dann zog er ein anderes Telegramm aus dem Stapel auf seinem Tisch und sagte: »Der Lagerkommandant gibt als Todesursache Typhus an.«

Ich muss wohl mit den Schultern gezuckt haben, weil der Genosse Stalin explodierte: »Es war doch Typhus, oder?«

»Ich weiß nichts von Medizin, Exzellenz. Wer kann schon sagen, warum ein Mensch stirbt? Vielleicht ist Ossip Emiljewitsch verhungert, weil er Angst hatte, seine Rationen zu essen. Vielleicht ist er aus Schlafmangel gestorben, weil er sich nachts endlos in der Koje herumwarf und zitterte. In Wtoraja Retschka sterben die Leute manchmal auch, wenn sie die Hoffnung verlieren. Mandelstam selbst meinte das ein paar Tage vor seinem Tod.«

»Mandelstam ist also wirklich tot«, sagte der Genosse Stalin. »Sie wissen sicher, dass er es war, den sie begraben haben?«

»Ja.«

Der Genosse Stalin drückte seine Zigarette im Aschenbecher aus, obwohl er sie noch nicht zu Ende geraucht hatte. (In Kolma und in Wtoraja Retschka hätten die Gefangenen alles für eine halb gerauchte Zigarette gegeben.) Er stand auf und starrte aus dem Fenster. Ich konnte sehen, wie in den GUM-Büros auf der anderen Seite des Roten Platzes die Lichter angingen. Als der Genosse Stalin wieder etwas sagte, konnte ich hören, dass er wütend war. »Wenn mir das Arschloch das Gedicht gegeben hätte, als ich es wollte, wäre das alles nicht passiert. Zum Teufel mit ihm.

Er hat sich mit seiner Starrköpfigkeit selbst umgebracht. Meine Schuld war es nicht.« Und dann tat der Zar von Sowjetrussland etwas, das mich zu Tode erschreckte: Er begann, mit der Faust gegen die Fensterscheibe zu schlagen, leicht erst und dann immer fester. Ich war sicher, das Glas würde gleich zerspringen, bis mir klar wurde, dass es so dick wie das im Packard sein musste. Und er schrie mit einer Stimme, die ich nicht wiedererkannte: »Dieser Scheißkerl! Was soll ich jetzt machen?«

Wlasik ging auf ihn zu, aber der Genosse Stalin lehnte den Kopf mit der Stirn gegen die Scheibe und winkte ihn weg. Ich spürte den Griff des Leibwächters um meinen Arm, den mit der fast völlig verblichenen Tätowierung von Stalins Gesicht. Ich folgte Wlasik durchs Wartezimmer und den Gang hinunter. Sich zu mir hindrehend, warnte er mich: »Erzählen Sie keiner lebenden Seele, was Sie eben erlebt haben.«

»Der Genosse Stalin ist mein großer Held«, sagte ich. »Ich habe nichts Ungewöhnliches gesehen.«

Er nickte und trat die Tür zu einer Toilette auf. Auf dem Boden stand ein Karton. Drinnen war die Drillichhose und das Flanellhemd, das Magdas Selbstmörder gehört hatte, und meine Filzstiefel mit den abgelaufenen Korksohlen. »Der Anzug, das Hemd und die Schuhe vom Schneider waren nur geliehen«, sagte Wlasik.

Es tat mir nicht leid, meine alten Sachen wiederzubekommen. Etwas sagte mir, dass Agrippina, die ich suchen wollte, einen geschneiderten Anzug mit doppelter Knopfreihe nicht ganz passend finden würde.

Einundzwanzig

Anna Andrejewna
Freitag, 4. Juni 1965

Nein, nein, ich glaube, ich könnte das nicht noch mal, auch nicht für Nadeschda. Jetzt nicht und in Zukunft nicht. Wenn ich Erinnerungen an Ossip Mandelstam heraufbeschwöre, geht das nicht ohne wirklichen Schmerz, und ich muss sagen, die Schmerzen, die ich schon zu ertragen hatte, reichen für mehr als ein Leben – die Hinrichtung meines ersten Mannes, die Verhaftung meines dritten Mannes und sein Tod im Gulag und schließlich die Jahre, die mein Sohn im Gefängnis leiden musste, als Geisel meines »guten Betragens«. Als mich der amerikanische Dichter Robert Frost, alt, rotgesichtig und mit grauem Haar, 1962 besuchte (die Organe bestanden darauf, dass wir in einer der vornehmeren Datschas in Komarowo zusammenkamen und nicht in meiner bescheidenen Hütte, damit er, wie ich annehme, nicht sah, in welchen Schmutz sie mich getreten hatten), erzählte ich ihm, dass ich alles erlebt hätte: Armut, endloses Warten vor Gefängnissen, Angst, ungeschriebene, auswendig gelernte und verbrannte Gedichte. Erniedrigung und Trauer. Endlose Erniedrigung und endlose Trauer. Frost war ein gutherziger Mann, er wollte mir nicht wehtun, aber als ich begriff, dass er etwas über Ossip von mir hören wollte, sprudelten die Worte nur so zwischen meinen Lippen hervor, bevor noch das Sprachzentrum in meinem Hirn bewusst einen Satz formulieren konnte. Was ich mich selbst sagen hörte, war: »Davon haben Sie keine Ahnung. Das würden Sie nicht verstehen können, wenn ich's Ihnen erzählte.«

Russland, die fortdauernde Unruhe, die wir kennen und hassen, lieben und fürchten, bleibt den Russen vorbehalten. Es ist nicht sehr kompliziert: Mein Körper ist hier in England, um die Ehrendoktorwürde der Universität Oxford zu empfangen, aber mein Kopf, mein Herz, meine Seele, mein ganzes Inneres sind zu Hause in Russland. Selbst wenn wir es wie durch ein Wunder schaffen, unsere Körper außer Landes zu bringen, können wir Russen Russland doch nicht verlassen. Und gutherzige Menschen wie Frost können nicht hinein zu uns, bloß weil sie den notwendigen Visumsstempel im Pass haben. Sie müssten die Dreißiger im Land durchlebt haben, und selbst dann könnten sie uns nicht verstehen.

Wenn Sie darüber nachdenken, werden Sie begreifen, dass ich Ihnen alles über den lieben, lieben Ossip und das sicher schrecklichste Kapitel der tausendjährigen russischen Geschichte erzählt habe.

Epilog

Robert Littell
Sonntag, 23. Dezember 1979

Nachdem ich in Moskau eingetroffen war, rief Madame Mandelstam an. Ein paar Jahre zuvor hatte man ihr nach einer Jahrzehnte währenden nomadischen Existenz endlich eine Aufenthaltsgenehmigung für die Hauptstadt gewährt, und sie hatte sich dort niedergelassen. Sie lud meine Begleitung und mich zum Tee zu sich ein. Mit der größten Pralinenschachtel aus dem Devisenladen des Hotels unter dem Arm sprangen wir in ein Taxi. Es brachte uns zu einem trostlosen Wohnblock in einem abgelegenen Vorort voller sechsstöckiger Backsteinbauten, die schon nach ihrer Errichtung marode gewesen sein mussten und seitdem noch weiter heruntergekommen waren. Als sich die Tür im Erdgeschoss öffnete, sahen wir uns einer kleinen, erschöpften, ausgemergelten Frau gegenüber, die alt, aber nicht so alt hätte sein sollen. Junge Dichter wechselten sich damit ab, sich um die Witwe Ossip Mandelstams zu kümmern. Einer kochte gerade Tee und arrangierte in der winzigen Küche etwas Gebäck auf einem Teller. Fast während unseres gesamten Besuchs lag Madame Mandelstam auf einer Couch und griff gelegentlich in die offene Pralinenschachtel auf ihrem Schoß. »Ich war nie besonders gut darin, den Geschmack von etwas nach seiner Form vorherzusagen«, sagte sie abwesend. Der kleine Raum war schrecklich überheizt. Sie trug ein ärmelloses Hemd. An den nackten, spitzen Ellbogen hing die Haut in weichen Falten. Wir unterhielten uns auf Englisch, das sie fließend sprach. In den Jahren, da Mandelstam nicht veröffentlicht wurde und kein Geld verdiente, hatte sie sich und ihn mit Übersetzungsarbeiten über Wasser gehalten. Als ich das Aufnahmegerät einschaltete, sagte sie: »Es ist eine Ewigkeit her, seit Sie mit Ihrer fürchterlichen Bandmaschine hier waren, für die Sie einen eigenen kleinen Koffer brauchten. Wenn ich mich recht erinnere, mussten Sie bei Ihrem Interview mit Mandelstam damals alle halbe Stunde die Spulen wechseln. Als Sie wieder weg waren, klagte Mandelstam darüber, dass ihn das Gedrehe ganz schwindlig gemacht habe. Und jetzt kommen Sie mit einem Apparat, der kaum größer ist als ein Päckchen Zigaretten.«

»Die werden in Zukunft noch kleiner werden«, sagte ich.

Madame Mandelstam wandte den Blick ab, mit einem leichten Lächeln auf den Zügen. »Als ich Mandelstam in der Lubjanka besuchen durfte, fragte er mich, ob die Zukunft vor oder hinter uns liege.«

»Was haben Sie ihm geantwortet?«

»Verflixt, Robert, Sie können doch nicht erwarten, dass ich mich noch daran erinnere, was ich 1934 gesagt habe. Deshalb nehmen Sie diese Gespräche doch auf. Sagen *Sie* mir, was ich gesagt habe.«

»Seitdem ist eine Menge Wasser den Fluss hinuntergeflossen«, bemerkte ich. »Da muss ich in meinen Papieren nachsehen.«

Sie lachte leise. »Mein große Freundin Achmatowa sagte

immer, was den Fluss hinunterfließt, ist vergossene Milch. Da hatte sie gewiss recht. Als sie nicht lange nach ihrer Rückkehr aus Oxford starb, hielt ich es für absolut möglich, dass sie in vergossener Milch ertrunken war.« Auf meine Bitte hin begann Madame Mandelstam, über ihren Mann zu sprechen: »Er war ein dummer junger Kerl, sehr, sehr heiter, auch noch, als die Dinge für ihn als Dichter in den Zwanzigern schwierig wurden. Er war endlos *schiznera-dostni,* was sie mit *fröhlich* oder besser noch *lebensfreudig* übersetzen können. Als es uns in den Dreißigern besonders schlecht ging – wir hungerten, hatten keine Wohnung, waren bitterarm, und es gab nichts als Angst und Schmutz –, damals fragte mich Mandelstam: *Wo steht geschrieben, dass man glücklich sein sollte?*« Ins Nichts starrend schien Madame Mandelstam den Faden einer Unterhaltung mit ihrem Mann aufzunehmen, die einundvierzig Jahre vorher unterbrochen worden war: *»Ich bin niemals desillusioniert worden, mein Liebling, weil ich den Luxus von Illusionen nie kennengelernt habe.«*

Wir nippten an unserem Tee. Mein kleines Gerät nahm minutenlanges Schweigen auf. Nach einer Weile fragte ich Madame Mandelstam, ob sie glaube, dass ihr Mann Stalin getroffen habe.

»Mandelstam war nicht der einzige russische Intellektuelle damals, der von Stalin fasziniert war. Er fragte sich, was für Mysterien hinter diesen Augen verborgen lagen und was aus dem kaukasischen Bauern Dschugaschwili den im Kreml lebenden Bauernschlächter Stalin gemacht hatte – einen praktizierenden Wahnsinnigen.«

»Das war nicht meine Frage. Glauben Sie, er hat Stalin getroffen?«

Sie dachte einen Moment lang nach, bis ihr eine Antwort einfiel, die sie befriedigte: »Mandelstam hat Stalin sicherlich getroffen«, sagte sie bedächtig. »Ob diese Treffen allerdings im Kreml, in einer Datscha oder nur im Kopf des Dichters stattgefunden haben, müssen Sie selbst entscheiden.«

Auf eine weitere Frage antwortend, sagte sie, sie habe keine Ahnung, warum sie nicht zusammen mit ihrem Mann verhaftet worden sei. Bei beiden Verhaftungen hätte sie leicht ebenfalls mitgenommen werden können. »Nach der zweiten Verhaftung beherzigte ich Puschkins Rat: *Sorgen Sie dafür, dass man Sie vergisst.* Ich habe so viele Jobs angenommen, an so vielen Orten, ich weiß es nicht mehr. Ich war Lehrerin, Übersetzerin, und einmal habe ich Regierungsgebäude geputzt. Ich habe niemals sehr lange in einer Stadt gelebt. Ich hörte, dass es Haftbefehle gegen mich gab, aber ich zog immer weiter und schaffte es, den Tschekisten einen Schritt voraus zu bleiben. Das musste ich, sollte Mandelstams Werk, von dem ein Teil auch heute noch nur in meinem Kopf existiert, überleben.«

»Am Ende hat sein Druck auf Sie, seine Gedichte auswendig zu lernen, Ihnen das Leben gerettet.«

»Sie irren sich, wenn Sie denken, dass er mich unter Druck gesetzt hätte, Robert. Ich habe mir seine Gedichte eingeprägt, weil ich sie immer verfügbar haben wollte. Erst später begriffen wir, dass mir mein Auswendigkönnen seiner Gedichte ein Ansporn sein könnte, überleben zu wollen, sollte ihm etwas zustoßen.« Madame Mandelstam schloss für einen Moment die Augen. »Nun, allen Widrigkeiten zum Trotz habe ich tatsächlich überlebt. Und ich bin wieder in Moskau – wenn Sie das hier Moskau nennen können.« Sie machte eine müde Handbewegung zum Fenster hin, durch das man auf einen anderen Wohnblock des weit abgelegenen Vororts hinaussah. »Ich bin eine alte Frau. Sie haben das Interesse an mir verloren.«

Ich bat sie, die letzten Monate vor Mandelstams zweiter Verhaftung zu beschreiben.

»Sie müssen verstehen, dass er nach seinem ersten Gefängnisaufenthalt nie wieder zu seinem alten Ich zurückfand. Einmal erzählte er mir, wie ihm Christophorowitsch bei seinem ersten Verhör versprochen hatte, dass er Angst in ihrem vollen Ausmaß erfahren würde, und so muss es gewesen sein. Etwas ist Mandelstam in der Lubjanka zugestoßen, das ihm die Lebensfreude zerstört hat. Bei mehreren Gelegenheiten machte er Anspielungen auf seine Hinrichtung, erzählte aber nie Genaueres, und ich fragte nicht weiter nach, aus Angst, die Wunde neu aufzureißen. Im Exil, selbst noch nach dem Exil, schien Mandelstam monatelang Angst vor seinem Schatten zu haben. Er hatte Angst, allein gelassen zu werden, Angst vor seinem Essen, es sei denn, ich hatte es ihm gemacht oder er konnte sich zusammen mit anderen aus einer großen Schüssel bedienen. Nachts in Woronesch und später in Kalinin lag er wach und lauschte auf das Geräusch von Autos, die draußen hielten, und auf Schritte, die sich der Tür unseres Hauses näherten. Wie zahllose, Millionen von Russen fiel er erst beim Morgengrauen in den Schlaf. Im Nachhinein sehe ich, dass er sich über lange Zeitspannen hinweg vor der Angst in den Wahnsinn flüchtete. Damit meine ich keinen kreativen Wahnsinn wie den, der ihn dazu trieb, sein erstes Stalin-Epigramm zu schreiben – nein, nein, ich meine ungetrübten Wahnsinn voller akustischer Halluzinationen und Dämonen, die dazu fähig waren, ihn so weit zu bringen, dass er aus dem zweiten Stock eines Krankenhauses in die Finsternis sprang. Zwischendurch gab es dann wieder

Zeiten, zu denen er sich in so etwas wie geistige Normalität zurückzukämpfen vermochte, und während solch einer gesünderen Phase verfasste er die wunderbar wehmütigen Gedichte seines Woronescher Zyklus. *In Luxus-Armut, reichen Bettlerrechten, Leb ich allein – getröstet in Geduld.*«

Madame Mandelstam schüttelte den Kopf, als wollte sie sich von etwas befreien. »Es war auch in einem jener gesünderen Momente, dass er mir einen letzten Brief schrieb, auf Seiten, die er aus seinem Puschkin gerissen hatte. Darin bat er mich, ihm warme Kleider und Seife nach Wtoraja Retschka zu schicken, was *zweites Flüsschen* heißt. Wir haben über Mandelstams Bruder Alexander von seinem Tod erfahren, der eine offizielle Benachrichtigung der Regierung bekam, dass Mandelstam am 27. Dezember 1938 an Herzversagen gestorben sei. In jenen Tagen starb jeder, ob in den Kellern der Lubjanka, in den Viehwaggons Richtung Osten oder den Gulags, laut Auskunft der Organe an Herzversagen, weshalb wir nichts auf die offizielle Version gaben, abgesehen vielleicht vom Datum. Anna Achmatowa kam kurz danach aus Leningrad. Ich wusste nicht, wie ich es ihr beibringen sollte, ohne noch vor Ende des Satzes zusammenzubrechen, und so sagte ich nur: *Ich bin die Witwe des Dichters Mandelstam.* Und wir fielen einander in die Arme und heulten, bis wir einen Lebensvorrat an Tränen vergossen hatten.«

Ich sagte ihr, dass ich den Brief kennen würde, und fragte sie, was sie von der Unterschrift halte.

»Sie sind nicht der Erste, den Mandelstams *Immer noch tanzend* fasziniert, Robert. Man kann es auf verschiedene Weise interpretieren. In einer Hinsicht wollte er sicher mit typischer Mandelstam'scher Bravour signalisieren, dass er trotz allem immer noch tanzte, mit einem Nicken in Richtung Ihrer Wilden Zwanziger, als er Aufpasser an die Tür stellte, damit ihn niemand denunzierte, weil er Charleston tanzte. Allerdings nehme ich an, dass er wie gewohnt genauer war. Als sich der Viehwaggon Sibirien näherte, tanzte er wie die Sterne in Philip Sidneys erstaunlichem Gedicht auf der Stelle, um seine Füße vor dem Erfrieren zu schützen, auf den Tag wartend, da er den Weg zurück zu seiner besten Freundin, Waffengefährtin und gesetzlich angetrauten Frau finden würde.«

»*Immer noch tanzend* bedeutet also *Hoffnung?*«

»Eher *Hoffnung wider alle Hoffnung.* Aber dennoch *Hoffnung.* Absolut.«

Ich erzählte Madame Mandelstam, wie sehr ich ihre beiden Bücher bewunderte, die sie aus Russland geschmuggelt und im Westen veröffentlicht hatte: *Das Jahrhundert der Wölfe* und *Generation ohne Tränen.* Dass ich sie, trotz Solschenizyns Werken, wie sehr viele andere Leute auch für die besten russischen Bücher über die grausame Zeit des Stalinismus hielt, dem Millionen Mensch zum Opfer gefallen waren, unter ihnen der Dichter Mandelstam. Ich fragte sie, ob sie denke, die Dinge hätten sich zum Besseren gewendet. Sie sagte, das hoffe sie wider alle Hoffnung, aber sicher sein könne man nie. Wie der Jude auf der hintersten Bank der Synagoge zur Zeit der Pogrome müsse man sich beim Beten ständig über die Schulter sehen, wolle man überleben.

Als ich dachte, dass wir ihre Gastfreundschaft nicht überstrapazieren sollten, dankte ich Madame Mandelstam dafür, dass sie uns empfangen hatte. Mit einiger Mühe erhob sie sich und geleitete uns hinaus. Bevor sie die Tür zum Treppenhaus öffnete, sagte sie einen Satz, der mich seitdem verfolgt:

Sprechen Sie auf dem Gang kein Englisch.